科幻名家经典

后人类时代现场

王晋康中短篇小说集

王晋康 著

科学普及出版社

·北 京·

图书在版编目（CIP）数据

后人类时代现场：王晋康中短篇小说集 / 王晋康著 .
-- 北京：科学普及出版社，2023.10
（科幻名家经典书系）
ISBN 978-7-110-09820-2

Ⅰ . ①后… Ⅱ . ①王… Ⅲ . ①中篇小说 – 小说集 – 中
国 – 当代 ②短篇小说 – 小说集 – 中国 – 当代 Ⅳ . ① I247.7

中国版本图书馆 CIP 数据核字（2019）第 275616 号

策划编辑	王卫英
责任编辑	刘　畅
封面绘图	郭得伟
封面设计	北京中科星河文化传媒有限公司
正文设计	中文天地
责任校对	张晓莉
责任印制	徐　飞

出　　版	科学普及出版社
发　　行	中国科学技术出版社有限公司发行部
地　　址	北京市海淀区中关村南大街 16 号
邮　　编	100081
发行电话	010-62173865
传　　真	010-62173081
网　　址	http://www.cspbooks.com.cn

开　　本	880mm × 1230mm　1/32
字　　数	246 千字
印　　张	11.25
版　　次	2023 年 10 月第 1 版
印　　次	2023 年 10 月第 1 次印刷
印　　刷	北京长宁印刷有限公司
书　　号	ISBN 978-7-110-09820-2 / I · 667
定　　价	69.80 元

前　言

立足现实，探索未来

　　2022 年 11 月 30 日，美国人工智能研究公司 OpenAI 推出人工智能聊天软件 ChatGPT，上线仅 5 天，注册用户超过 100 万。一时之间，关于 ChatGPT 和 AIGC 的讨论备受关注。很快，涵盖了生成应用和布局、搜索和数据分析、程序生成和分析、文本生成、内容创作、一般推理等功能的 AI 应用被用户无缝衔接于生活和工作中的各类场景。人们发现，和过去那些连最简单的指令都不能准确理解的 AI 工具相比，如今，以海量数据和迅猛发展的算力为基础的生成式 AI 正带来一场全新的技术革命，这将会给人类社会的生产方式、生活方式、组织方式带来颠覆性改变。

　　人们在体验科技带来的高效与便利的同时，也感到前所未有的担忧。以人工智能技术为例，它能够提高生产效率、改善生活质量，推动社会进步和经济发展，但同时存在一些问题和风险，比如，对就业市场的影响、用户隐私的泄露、错误信息的误导、道德伦理的挑战等。因此，人工智能技术的发展需要在科技进步和人类利益之间找到平衡点，社会各界在鼓励技术为人类带来便利和福祉的同时，也要寻找并建立相应的规范和监管机制，使技术在安全、合法、可控的范围内服务于人类。

而寻找技术进步与人类利益之间的平衡将涉及对社会环境、科技水平、文化制度等方方面面现实问题的考量。现实中我们很难在有限的时空范围内完成如此多变量的实验，科幻文学恰好通过构建虚拟的世界，帮助我们在想象中思考和论证不同的未来可能性，从而使我们更好地应对现实中的变化和未知。

"科幻名家经典书系"的推出旨在为大家提供立足现实、探索未来的视角。科幻名家的经典作品通常在反思现实、探索未来、展现文学价值及理解文化影响等方面具有丰富、深刻和卓越的表现。

"科幻名家经典书系"将成为以中国科幻文坛上具有重要影响力的作家作品为收录对象，展示中国科幻文学成就的系列图书。这一书系的作品遴选标准以"科幻名家"和"经典作品"为主。本书系所选择的科幻名家是在科幻文学领域具有较高的创作水平和广泛的影响力，并且其作品在科幻界和文学界都得到了认可和传颂的作家。这些作家通常包括获得过银河奖、星云奖等各类科幻奖项的作家，以被广大读者所熟知的中国科幻界的"四大天王"（王晋康、刘慈欣、韩松、何夕）为代表。

在遴选经典作品的过程中，我们将着重选择那些具有较高的文学价值、广泛的流传度和接受度的作品。这些作品通常具有鲜明的科幻主题、扣人心弦的故事情节，以及富有创意和想象力的文学风格。此外，我们还将注重选择那些在不同时期和不同领域都有着广泛影响力的作品，以展示中国科幻文学的多样性和发展历程。此外，能够突出展示中国科幻文学某一历史时期特点的代表性作品也将被收录在本书系中。

科幻名家的经典作品对现实的意义不可忽视。在日新月异的科技时代，科幻作品提醒我们审视科技进步的利弊，引导读者思考科技发展的方向和限度。科幻作家基于社会、科技、环境等多重因素的思考，用文字描绘未来可能的走向。通过设定各种情节和科技手段，追问人类在多元且快速变化的现实世界里如何应对挑战。同时，作家还在作品中拓展了人类道德和伦理的边界，让读者更加关注人类行为的后果及其对自身发展的潜在威胁。

人们在面对充满不确定性的未来时总希望可以有所参照，名家科幻作品中的创新与变革常常给人们以启示。这些作品将我们带入遥远的星球、未来的时空，探索科技进步和人类进化对社会、文明以及人类本质所产生的影响。科幻作家们透过他们的作品让我们思考人类在未来可能面临的挑战，并鼓励我们探索和研究未知的领域，寻求解决问题的新思路。

科幻名家的经典作品对于人类社会的发展具有潜在的深远影响，对于探讨人类自身的进步和发展、社会制度的完善，以及全球合作的必要性都提供了独到的视角。这种对未来的设想和洞察激励着科学家、工程师、哲学家，以及更广泛的读者们进行具有前瞻性的思考，以指导和推动人类社会的可持续发展。

通过"科幻名家经典书系"读者可以感受到每一位科幻名家不仅是写作者，更是社会观察者和未来探索者，他们的作品将拓宽我们的视野，激发我们的思考，为构建一个更美好的明天提供灵感和动力。

编者

2023 年 8 月 12 日

推荐序

后人类时代现场的悖论与省思

　　王卫英女士策划出版的《后人类时代现场》以"后人类"为主题，收录了"中国科幻的思想者"王晋康不同时期的 8 篇中短篇科幻小说。借此主题式选集出版的机会，我们一起回顾一下王晋康对后人类的科幻写作与科学思考。

　　王晋康对后人类的关注可以说是比较早的。就个人科幻创作而言，后人类是王晋康热衷的科幻创作题材之一。他于 1993 年发表的处女作《亚当回归》就是后人类题材的，自此之后，后人类主题或显或隐地贯穿了他 30 年的科幻创作。除收入本书的《豹》《生命之歌》等经典中短篇之外，"新人类四部曲"、《拉克是条狗》《他才是我》等也是后人类题材的科幻小说，"活着三部曲"等也多有涉及后人类主题。

王晋康对后人类的科学思考，可以追溯到 1997 年的北京国际科幻大会。他在会上做了题为"克隆技术与人类未来"的发言，发言中做了一个预言："试管婴儿和即将出现的克隆人既是自然人类衰老的第一块老人斑，又是新人类诞生的第一声宫啼。"这一预言主要基于 1997 年的两个科学事件，即克隆羊"多莉"的诞生与超级计算机"深蓝"战胜人类国际象棋冠军。人类迎来科技发展的奇点，而之前主要用于改造客观世界的科技，反过来用于变革人类自身了。人类的后人类剧变，虽然可能因科技伦理等原因推迟，但却是不可阻挡的，后人类时代终将到来。后来王晋康又对这一发言进行了修改、完善，以《超人类时代宣言》为题发表在 2003 年第 9 期的《科幻世界》上。

　　说回《后人类时代现场：王晋康中短篇小说集》这本选集，责任编辑刘畅取的书名或许会引起读者的困惑：既然是关乎未来的"后人类时代"，又何来指向此时此地的"现场"呢？这与王晋康关于世界是由悖论组成的悖论哲学相契合。先来看"后人类时代"这个关键词。在"后人类"之后加上"时代"两个字，就意味着后人类相关科学技术引发的人类变化不是补足式的、局部的、微弱的，而是改进式的、整体的、巨大的，塑造出的是迥异于人类现时代的另一时代。该选集中的小说大致描绘出后人类时代的整体图景。既有后人类的身体变革（如《豹》《转生的巨人》等），又有后人类在生活方式（如《七重外壳》《星期日病毒》）、生存境遇（如《生存实验》《一生的故事》）、伦理道德（如《生命之歌》）、法律制度（如《豹》）、宗教思想（如《水星播种》）等方方面面的变化。

　　而之所以说是"现场"，意在强调其现实性与现场感。现实性并不是说后人类时代已经完全到来，成为现时代最大的现实，而是指未来已来意义上的临近中的现实性；现场感离不开此时此地、身临其境的真实体验，与现实中的客观真实并不相同，后人类时代的现场真实指的是艺术真实，科幻艺术营造出的真实之境。至于王晋康的科幻小说中是否有"现场"，最终得靠读者来检验。而科幻之所以需要"现场"，终究是为了向读者发出真诚的思想实验邀约。现时代的我们其实正处于后人类时代的开端，因而有必要对后人类进行省思，"现场"保证的是读者能够对后人类时代产生真切的带入感与深度的参与感。

　　我们如何认识人类与后人类之间的"人猿相揖别"呢？迈克斯·泰格马克（Max Tegmark）提供了一种生命演进方式的认识思路。在《生命3.0》中，他依照演进方式是自然进化还是人工设计，区分了三种生命：生命的硬件和软件都是靠自然进化的是生命1.0；生命的硬件是进化而来，而软件在很大程度上依靠设计的是生命2.0；生命的硬件与软件都是设计而来的则是生命3.0。作为生命2.0的人类，无法改变自己的硬件——肉身，却可以重新设计自身的软件，如语言、技能、世界观等。而作为生命3.0的后人类，不仅可以最大限度地设计自身的软件，还可以重新设计自身的硬件。迈克斯·泰格马克又将生命3.0称为生命科技阶段，以此彰显科技所扮演的核心角色。

从科学技术的视角来看取后人类图景，可大致分为技术乐观主义与技术悲观主义两种图景。

后人类的技术乐观主义图景，指涉的是人类自身的异化，是人类关于后人类的自我叙事。脑机接口、芯片植入、意识上传、基因编辑等人类增强技术，从普通器官、大脑一直到基因，深刻地重塑人类的身体与心智，创造出从赛博格到数字生命等后人类形态。在这一路径中，人类不断突破生物人的有限性禁锢，使自己的身体机能、智力水平、寿命得到最大限度的提升，从"智人（homo sapiens）"跃升为"神人（homo deus）"。

后人类的技术悲观主义图景，言说的是无机生命演化对后人类的影响，是人类关于后人类的他者叙事。经约翰·冯·诺依曼（John von Neumann）、古德（I. J. Good）、弗诺·文奇（Vernor Vinge）、本·戈策尔（Ben Goertzel）、雷·库兹韦尔（Ray Kurzweil）等不断发展完善的技术奇点理论认为，技术将迎来无可预测的爆炸式发展，指数级增长的机器智能，将在短时间内演化为超越人类的超级智能。届时，人工智能再也不是人类的工具，而是凌驾于人类之上的智能生命体。人类乃万物之灵的旧有优越感，必然会遭到人工智能以及其他生命的啃噬，后人类的命运将是臣服于超级智能或者自行消亡。

两种后人类图景在此构筑起了悖论，引发我们的哲学省思，将我们从科技论的后人类拉到哲学论的后人类。尼采

《扎拉图斯特拉如是说》里关于超人的言说，在正统的哲学语境里或被看作是疯癫语，挪放在科幻关照现实的语境中，则显示出了耀眼的思想光辉："人类身上的伟大所在，是其为桥梁，而非目的；人类身上的可爱所在，是其为一种过渡，一种沉落。"（娄林译文） 这与王晋康关于后人类的达观看法有暗合之处，面对后人类图景的悖论，我们既不选择乐观、也不选择悲观，而是达观地看待一切，保持思想的开放性。后人类是对人类以及更终极的生命概念的界限颠覆。人类、生命的固有界限，终将随着科技巨矛的不断戳刺而渐渐消散，进而重建为界限更为外扩的新人类观与新生命观。从思考未来、关怀终极问题的意义上讲，科幻与哲学的确是相通的。

中国科学技术出版社有限公司与清华大学

联合培养博士后　刘玉杰

北京元宇科幻未来技术研究院特聘研究员

2023 年 8 月 29 日

目录
Contents

豹

楔子

2001 年 8 月的一个晚上，加拿大温哥华市的格利警官在阿比斯特街区例行巡逻。车上的微型电视正播放着纳特贝利体育场里 1500 米决赛的实况，那儿正举行世界田径锦标赛。格利警官是个田径迷，他一边开车，一边用一只眼睛盯着屏幕。忽然电话响了，是局里通知他立即赶往邓巴尔街的洛基旅馆。那儿刚打来一个报警电话，是一名女子的微弱声音，话未说完声音就断了，但电话中能听到她微弱的喘息声，很可能这会儿正生命垂危。格利警官立即关了电视，打开警灯，警车一路呼啸着驶去，7 分钟后在那个旅馆门口停下。

洛基旅馆门面很小，透过玻璃门，看见几个旅客在门厅里闲聊，有的在看田径比赛的实况转播。柜台经理阿瓦迪听见了警笛声，紧张地注视着门外。

格利匆匆进去，向他出示了警官证，说："212 号房间有人报警。"

　　阿瓦迪立即领他上到2楼，格利掏出手枪，侧身敲敲门，没有动静，阿瓦迪忙用钥匙打开房门。格利闪身进去，一眼就看见一名浑身赤裸的黑人女子，半边身子溜在床外，电话筒还在床头柜半腰处晃荡着。屋内有浓烈的血腥气，那女子的下体浸泡在血泊中。格利在卫生间搜索一遍，未发现其他人。他摸摸女子的脉搏，还好，她没有死，便立即让阿瓦迪唤来救护车。

　　格利用被单裹住女子的身体，发现她的上半身满是伤痕，像抓伤和咬伤。在喉咙处……竟然是两排深深的牙印！把女子送走后，他仔细检查了屋内，没有发现什么有用的线索。地毯上丢着女子的T恤、皮短裙、黑色的长筒袜和透明的内裤，床头柜上放着100美元。卫生间里的一次性小物品仍保持原状，没人使用过。

　　阿瓦迪告诉格利，这名黑人女子是半小时前和一名高个男人一块来的，那个男人10分钟前已经走了。"是个黄种人，身高约6英尺2英寸，身材很漂亮，动作富有弹性。他留的名字是麦吉·哈德逊，当然可能不是真名。"

　　"他是使用信用卡还是现款？"

　　"现款，是美元。"

　　这些年温哥华的华人日渐增多，华人黑社会也逐渐在温哥华扎根，这是警方很头痛的事。格利问："这个黄种人是不是华人？"

　　阿瓦迪迟疑地摇头："我不知道，但我看他很像是。"

　　格利点点头，不再追问。这桩案子的脉络是很清楚的：一名不幸的妓女遇见有虐待狂的嫖客，这种情况他不是第一次遇上。3年前，就在离这儿不远的一家4星级饭店里，一名颇有身份的嫖客把一名妓女咬得遍体鳞伤。在此之前，格利常在报上或电视上见到他的名字。另一次则正好相反，一名嫖客央求妓女用长筒丝袜把他的双手捆上，再用皮带狠狠抽他。这些怪癖令人厌恶，但还有的案犯的行为甚至不能用"怪癖"来描述，只能说是地地道道的兽行：在一个案件中，一家人全部被害，4岁的孩子失踪，后来在下水道里找到她的尸体，女主人被杀死后还被割去乳房，性器官也被割开。3个月后警方抓到凶犯，是一个骨瘦如柴、眼神恍惚的精神病患者。他没有被判刑，只是被关进疯人院了。

当警察时间长了，什么稀奇古怪的案件都能遇上。妻子南希对于丈夫讲述的这些犯罪行为十分不解，总是皱着眉头问："为什么？他们为什么要这样做？"

格利调侃地说，这证明达尔文学说是正确的。人从兽类进化而来，因此人类的某一部分或者正常人在某种程度上，仍保存着几百万年前的兽性，在适当的环境下，这些兽性就会复苏。南希很生气，不许他说这些"亵渎上帝"的话。但格利认为，如果抛开调侃的成分，那么自己说的并不为过。确实，他所见过的很多罪行并不是因为"理智上的邪恶"，而是完全基于"兽性的本能"。

第二天早上格利赶到医院，医生告诉他，那名女子早就醒了，伤势并不重，失血也不算太多，主要是极度惊恐而导致晕厥。格利走进病房时，那名女子斜倚在床头，雪白的毛巾被拥到下巴，脸上还凝结着昨晚的恐惧。听见门响，她惊慌地盯着来人。格利把一个塑料袋递过去："这是你的衣服和你的100美元。我是警官格利，昨晚是我把你送到医院的。"

黑人女子勉强挤出一丝微笑："谢谢你。"她的声音很低，显得嘶哑干涩。格利在她的床边坐下："能告诉我你的名字吗？地址？"

女子低声说："我叫萨拉，是美国加州人，5天前来的加拿大。"

格利点点头，知道这个黑人妓女是那种"候鸟"，随着各国运动员、记者和观众云集温哥华，她们也成群结队地飞到这里淘金来了。他问下去："那个男人是什么样子？请你尽量回忆一下。"

萨拉脸上又浮现出恐惧的表情，脱口喊道："他的性能力太强了！就像野兽，我从没见过这样的男人！"

"是吗？请慢慢讲。"

女子心有余悸地说："我们是在街头谈好的，那时他满身酒气，答应付我100美元。一到房间，不容我洗浴，他就把我扑到床上，后来……我受不了，央求他放开我，也不要他付钱。那个人忽然暴怒，用力扇我的耳光，咬我，掐我的脖子。后来我就什么也不知道了。"

格利看看她："恐怕不是用手掐你，据我看他是用牙齿，昨晚我就在你脖子上发现两排牙印。"

女子打个寒战，用手摸摸脖子，把要说的话冻结在喉咙里。格利继续问道："还是请你回忆一下，有没有什么东西能辨认他的身份？"

女子从恐惧中回过神来，回忆道："他好像是运动员……"

"为什么？"

"他把我扑到床上后，又突然下床打开电视，电视中是田径世锦赛的实况转播。此后他似乎一直用余光瞥着屏幕。还有，他的身材！完全是运动员的体型，匀称健美，肌肉发达，老实说，当他在街头开始与我搭话时，我还在庆幸今晚的幸运呢。我没想到……"

"他是哪国人？你知道吗？"

萨拉毫不迟疑地说："中国人。"

"为什么？柜台经理告诉我他是黄种人，但为什么不会是日本人、韩国人或越南人？"

萨拉肯定地说："他是中国人。他说一口地道的美式英语，但有时也说中国话。我在旧金山华人区附近长大，虽然不会说中国话，但我能听懂。"

"那么，他也有可能是在华人区长大的华裔美国人？"

萨拉犹豫地同意了："也有这种可能，不过……他似乎是把中国话作为母语。"

"他说了什么？"

"是一些不连贯的词。什么100米、200米、刘易斯、贝利等。"

"你知道刘易斯和贝利是谁吗？"

萨拉点点头。现在，格利已经不怀疑萨拉所说的"他是个运动员"的结论了。贝利和刘易斯是几年前世界上有名的短跑运动员。格利立即想到3天前看到的100米决赛情况。起跑线上的8名运动员，有5名黑人，2名白人，只有1名黄种人，是中国的田延豹。这也是多年来第一次杀入决赛的黄种人选手。田延豹是个老选手，已经35岁，很可能这是他运动生涯的最后一次拼搏。他在起跑线上来回走动时，格利几乎能触摸到他的紧张。事实证明格利并没有看错。发令枪响后，牙买加运动员奥利抢跑，裁判鸣枪示意停止。但是田延豹竟然一直跑出50米后才听见第二次鸣枪。等他终于收住

豹
|

脚步，离终点线只有 20 米了。他目光忧郁，慢慢地走回起跑线，走得如此缓慢，返回的时间足够他跑 5 次 100 米了。

那时格利就知道，这位不幸的中国人遭受的体力消耗和心理干扰太大，肯定与胜利无缘了。再次各就各位时，田延豹恶狠狠地瞪着那位牙买加选手。很可能，这名黑人选手的一次失误，耽误了另一名选手的一生！

那次决赛田延豹是最后一名，而且这还不是不幸的终结。他冲过终点线就栽倒在地上，中国队的队医和教练急忙把他抬下场。刚才他榨尽了最后一滴潜力以求最后一搏，不幸把腿部肌肉拉伤了。

两天后，也就是昨天晚上的 200 米决赛，田延豹不得不弃权。可是按他过去的成绩来看，他在 200 米比赛中获得奖牌的把握更大一些。在电视中看到这些情况时，格利十分同情和怜悯这个中国人，但此刻却不由自主地把怀疑的矛头对准了他。按体育频道主持人的介绍，田延豹恰是 6 英尺 2 英寸的身高，体型十分匀称剽悍。也许，一个在赛场上遭受毁灭的男人会怀着一腔怒火去毁灭一个素不相识的女人？他问萨拉："那人大约多大岁数？面部有什么特征？"

"应该不到 30 岁，圆脸，短发，至于别的特征……我回忆不起来了。"

"你能确定他不足 30 岁吗？"

萨拉迟疑地摇摇头："我不能，他没有给我足够的观察时间。"

"他走路是否稍有些瘸拐？"

"没有注意到。"

"还有什么异常情况吗？"

萨拉迟疑地说："他的精神……好像不大正常。他不能控制自己。"

"是吗？"

"他的表情一直很阴沉，说话很少，像是有很重的心事。他带我上车，为我开关车门，完全是一个有教养的绅士，可是后来……"

格利完全同意她的判断。想想吧，那人在干完这样的兽行后，竟然没有忘记留下应付的100美元！他问："如果看到他的照片，你能认出来吗？"

"我想可以。"

格利站起身："那好，你休息吧，我下午再过来。"

格利立即动身到温哥华电视台借来了前天晚上决赛的光盘，但在返回途中已经后悔了。冷静地想想，他的推测纯属臆断，没有什么事实根据。而且……即使罪犯真的是那个可怜的中国运动员，他也是在一时的神经崩溃状态下干的，很可能这会儿已经后悔了。

等他迟疑不决地回到医院，萨拉已经失踪。她趁护士不注意，穿上自己的衣裙溜走了，还带走了属于自己的100美元。这不奇怪，妓女是不会喜欢到警察局抛头露面的。于是，格利警官心安理得地还了光盘，把这件事抛到脑后。

3年后，在雅典奥运会，一件震惊世界的连环杀人案披露于世，几乎每家报纸、每家电视台都频繁登出一男一女两个死者的头像。凶手也是中国人。加拿大温哥华市皇家骑警队的格利警官马上在屏幕上认出他。此后，随着雅典一案的逐层剥露，他才知道洛基旅馆那件小小的案件只是冰山一角，在它的下面，隐藏着让全世界都瞠目的人类剧变。

一

中航波音777客机正飞在北京——雅典的航线上，高度15000米。从舷窗望去，外边是一片淡蓝色的晴空，脚下很远的地方是凝固的云海，云眼中镶嵌着深蓝色的地中海。

午餐已经结束，老体育记者费新吾用餐巾纸揩揩嘴巴，把杯盏递给空姐。看看他的两个同伴，田延豹和他的堂妹田歌，已经闭着眼睛靠在座椅背上，专心听着耳机里的英语新闻广播。田延豹今年38岁，圆脸，平头，穿着式样普通的夹克衫。他退出田径场后身体已经发福了，但行为举止仍带着运动员的潇洒写意。田歌则是一位青春靓女，在机舱里十分惹人注目。

飞机上乘客不多，不少人到后排的空位上观景去了。前排几个小伙子正神情亢奋地大摆龙门阵，听口音是东北人："这叫哀兵必胜！雅典1996年申奥失败，2000年照样申请；再失败，2004年还接着干，这不把奥运会争到手了？"

费新吾微微一笑，看来，机上至少一半人是去观看雅典奥运会的，他们属于迟到的观众，奥运会早在3天前就开幕了。不过费新吾是有意为之，因为他和两个同伴主要是冲着田径之王——男子百米决赛而去的，不想多花3天的食宿费。

男子百米决赛定于明晚举行。

从头等舱里出来一个老人，大约65岁，面目清癯，银发，穿一身剪裁得体的藏蓝色西服，细条纹衬衣，淡蓝色领带，举止优雅，目光十分锐利。他径直朝这边走过来，边走边打量着费新吾和他的同伴。费新吾开始在心里思索这是不是一个熟人，这时老人已立在他身旁，抬头看看座位牌，微笑着俯下身："如果我没有看错，您就是著名的体育记者费新吾先生吧？"

费新吾赶忙起身："不敢当，我曾经当过体育记者，现在已经退休了。先生……"

老人接着向田延豹示意："这位先生……"费新吾忙触触同伴，田延豹睁开眼睛，看见一个老人在笑着看他，便取下耳机，欠过身子。老人继续说："如果我没有看错，您就是中国最著名的短跑运动员田延豹先生吧？"

田延豹的目光变暗了，那个失败之夜又像一根烧红的铁棒一样烙着他的心房。一辈子的追求和奋斗啊，就这么轻易断送在"偶然"和"意外"上，谁说上帝不掷骰子？那晚，他违反了团组纪律，单独一人外出，在酒吧中喝得酩酊大醉。第二天，焦灼的领队和老费在警察局的收容所里找到他，那时他对头天晚上的事已经没有一点记忆。他拂去这些回忆，惨然一笑，对老人说："一个著名的失败者。"

老人在前排空位坐下，慈爱地看着他："失败的英雄也是英雄，折断翅膀的鹰仍然是鹰。毕竟你是在奥运会上'听四枪'的第一个中国选手，也是决赛中少数黄种人运动员之一。历史不会忘记你。"

费新吾饶有兴趣地看着他。所谓"听几枪"是体育界的行话，比如听两枪是进入预决赛，听三枪是进入半决赛，听四枪则是进入决赛。看来这位老人对田径比赛比较熟悉。老人看见了两人询问的目光，自我介绍道："我姓谢，双名可征，美国马里兰州克里夫兰市雷泽夫大学医学院生物学教授，也是去看奥运比赛的。"

靠窗坐的田歌忽然扯下耳机，兴奋地喊："预决赛刚结束，他已经杀入决赛了！"

田延豹急忙问："成绩呢？"

"10.07秒，仍是最后一名——最后一名也是英雄，飞得再低的雄鹰也是雄鹰！"

她刚才并没有听见三个男人的谈话，所以这番关于鹰的话纯属巧合，三个男人不由得笑了。田歌不知道笑从何来，诧异地睃着三个人，眼珠滴溜溜的像只小鹿，三个人又一次笑起来。

谢教授的目光被田歌紧紧吸引。22岁的田歌具有上天垂赐的美貌，虽然不施脂粉，但无论何时何地都能光芒四射、艳惊四座。她穿一身白色的亚麻质地的休闲装，显得飘逸灵秀。很可能，前边那一群东北小伙子的亢奋就与身后有这样一位美貌姑娘有关。

费新吾为老人介绍："这个漂亮姑娘是田先生的堂妹，一个超级田径迷，虽然她自己的百米成绩从未突破15秒。后来我为她找到了其中的原因：老天赐给她的美貌太多，坠住了她的双腿。所以她只好把对田径的一腔挚爱之情转移到她的偶像身上。"

这番亦庄亦谐的介绍使田歌脸庞羞红，她挽住哥哥的手臂说："豹哥是我的第一个偶像。"

谢教授微笑着问："你刚才谈论的是谢豹飞的成绩吧？"

"对，美国运动员鲍菲·谢，那是我的第二个偶像，他和我豹哥是国际大赛中为数不多的杀入决赛的中国人，而且名字中都带一个'豹'字，这真是难得的巧合！我想他们的父母在为儿子命名时，一定希望他们跑得像非洲猎豹一样！"

费新吾纠正道："你犯了一个错误，这名运动员只是华裔，不是中国人。"

老人微微一笑："田小姐说的并不为过，虽然谢豹飞，还有我，不是法律意义上的中国人，但在心灵上仍属于中国。"他眼睛中闪着异样的光芒，压低声音说，"透露一点儿小秘密，谢豹飞就是我的独生子，我是去为他助威的。"

田歌立即蹦起来，惊叫道："您……"

老人把手指放在唇边："嘘……不要声张。"

田歌站立过猛，膝盖狠狠撞在未折起的小餐桌上，但她没有感觉到疼痛，而是异常兴奋地盯着这个老人。她做梦也想不到能有这样难得的巧遇——遇上谢豹飞的父亲！在她的心目中，谢豹飞差不多和外星人一样神秘。

费新吾和田延豹也很兴奋。老人说："我在乘客名单中看到了你们两位……你们三位的名字，我和田先生、费先生已经神交多年了。为了表示敬意，三位所需的百米决赛的入场券就由我准备吧。到雅典后请用这个电话号码与我联系。"

老人递过一张写着电话号码的小纸片，费新吾由衷地说："谢谢，衷心希望令郎在明天取得好名次。"

老人起身同三个人告别，想了想，又俯下身神秘地说："再透露一点小秘密。希望绝对保密，直到明晚9点之后。可以吗？"

田歌性急地说："当然可以！是什么秘密？"

老人嘴角漾着笑意，一字一顿地说："除非有特大的意外，豹飞在决赛中绝不是最后一名。"他展颜一笑，返回头等舱。

这边三个人面面相觑，被这个消息惊呆了。田歌声音发颤地说："豹哥，费叔叔……"

　　费新吾向她摇摇手指，止住她的问话。他和田歌一样有抑制不住的狂喜。虽然在种族大融合的 21 世纪，狭隘的种族自豪感是一种过时的东西，但他还是没办法完全摆脱它。不错，在体育场上，黑人、白人运动员所创造的田径纪录也使他兴奋不已，他十分羡慕这些天之骄子，他们有上帝赐予的体态与体能。尤其是黑人，他们有猎豹一样的体形，长腿，窄髋骨，肌肉强劲，田径场上看着他们刚劲舒展的步伐简直是享受。他们多年来称霸田坛，最红火的时候，100 米、200 米的世界前 25 名好手竟然全是黑人！黄种人呢？尽管他们在灵巧性项目上早已占尽上风，但在力量型项目上至今仍让人失望。3 年前，田延豹在 35 岁的崛起曾使他兴奋过，结果让人失望了。其实回想起来这种结局是正常的，因为田延豹身上背负着太多太多的期望，他已经在心理上被压垮了，那天赛场上的意外只是一根导火索。

　　近两年来，华裔运动员谢豹飞像一颗耀眼的流星突然出现在天际，从一个默默无闻的三流选手迅速爬升，直到杀入奥运决赛。在体育界他是一个带着几分神秘的人物，连他的英国教练也从不抛头露面。费新吾对他一直抱着极高的期望，不过他始终认为谢豹飞夺冠只能是下一届奥运了，因为他的成绩一直徘徊在世界第八到第十之间。田延豹俯在他耳边兴奋地低声说："他在预赛和预决赛中都是倒数第二三名，如果……"

　　作为多年的体育记者，费新吾完全听懂了他的话。如果一个有意隐藏实力的选手一直以这种成绩杀入决赛，那就说明他对自己有绝对的信心——他知道自己不会因为万一不慎被挤出决赛圈。那么，这个选手极有可能有夺冠的实力。

他们兴奋地交换着目光，不再交谈。他们不会辜负老人的信任，一定要把这个秘密保守到决赛之后，因为这是出奇制胜的心理战术。

飞机下面已经是白色的雅典城，空姐们督促乘客系上安全带，迅速增大的气压使他们两耳轰鸣着，机场的光团渐渐分离成单个的灯光。田歌紧紧拉住哥哥的右臂，激动地说："豹哥，我真盼着快点到明天！"

雅典帕纳西耐孔体育场一直是奥林匹克运动的圣殿。帕纳西耐孔体育场建于公元前 330 年，全部由洁白的大理石建成，坐落在圆形的山丘上。体育场正面是典型的古希腊朵利亚建筑风格的高大前柱式门廊，门廊中央是巍峨庄严的白色大理石圆柱，前后排列共 24 根。中央门廊成品字形，共 12 根，后门廊柱共 6 根。看台依跑道的形状而建，也全部是洁白如雪的大理石，跑道两端是白色大理石砌成的方形圣火台，静卧在乳白色的地毯上。

体育场后面是郁郁葱葱的绿树，晚霞洒落在高大的树冠上。这个古老的体育场同样也充满了现代气息，两个巨型电视屏幕高高耸立，10 口锅状的卫星天线一字排开朝向天空。暮色渐渐沉落，但体育场内亮如白昼，灯光映照着绿色的草坪，朱红色的塑胶跑道，还有数万名兴奋的盛装观众。

费新吾和两个同伴在靠近跑道终端的 2 层看台上找到了自己的位置。做了多年的体育记者，他知道在百米决赛的黄金时段，这样的位置是十分难得的。他十分感激那个慷慨的老人，但没有找到老人的影子，附近没有，贵宾席上也没有。莫非在这个令人癫狂的时刻，他还能端坐在卧室中看实况转播？

他在贵宾席上看到了原美国短跑名将刘易斯。这位百米跑道上的风云人物，曾经多次破世界纪录和获奥运冠军，现在已结束体育生涯了。刘易斯正在与贵宾席正中的原国际奥委会主席萨马兰奇交谈，萨翁左侧则是现任奥委会主席。两名主席当然不会错过今天的比赛，毕竟，男子百米和男子跳高比赛的奖牌是田径运动中分量最重的。

费新吾回头望望看台，7 排以上全是各国的新闻记者，他们胸前挂着长焦距相机或摄像机，膝上摆着最新的笔记本电脑，面前还有为他们特意配置的小型闭路电视。费新吾用目光扫视一遍，从他们佩戴的台徽看，有英国的 BBC，美国的美联社，意大利的 RAI，日本的 TBS，加拿大的 CBC，法国的 FT2，挪威的 NRK，以色列的 IBA……自然也少不了新华社。新华社的穆明也看到他了，两人远远地招招手。

田延豹一直瞑目而坐，眉峰微蹙，他一定又回到了 3 年前那个痛苦的夜晚。田歌穿一件洁白的露肩装，紧紧捧着一束硕大的花束，里面有象征胜利的月桂和象征爱情的玫瑰。她的眸子里有两团火在燃烧，从她手指和嘴角无意识的抖动，能看出她心中极度的渴盼。

忽然观众骚动起来，随之各种语言的欢呼声响成一片，8 名短跑选手从休息室里出来了，有美国的老将格林、蒙戈马利，英国新秀德锐克，加拿大的贝克尔，牙买加的奥塞，尼日利亚的老将埃津瓦，乌克兰的斯契潘奇。这里面有 6 个黑人，1 个白人。最后出来的是美国的鲍菲·谢，是选手中唯一的黄种人。8 名选手都很从容，步履悠闲地走着，不时向看台上招手或送个飞吻。

当谢豹飞经过记者席时，二排看台上的一个姑娘用英语高喊："鲍菲·谢，谢豹飞，这束花是你的！"

姑娘的声音十分脆亮悦耳。谢豹飞看到了那个手持花束用力挥舞的姑娘，纵然是决战前的紧张时刻，那姑娘明月般的美貌还是让他心神摇曳。他点点头，又飞个吻，继续往前走。

田歌脸上发烧，坐下来，把脸埋进花丛，心房狂乱地跳动。她心目中的偶像听到了她的声音！为这一句话她曾踌躇良久，她原想喊："不管胜利或失败，这束花都是你的！"但仔细考虑，这样喊未免不吉利。反复斟酌到最后，她才把自己的激情浓缩在这几个字中。

8名选手正在脱外衣，她目醉神迷地盯着自己的偶像。其实，她对谢豹飞知之甚少，也不知道他是否有意中人，但她仍不顾一切地想把自己的终身托付给他。谢豹飞已脱掉长衣，悠闲地做调整运动。他身高1.88米，肩宽，腰细，臀部微凸，双腿修长强劲，圆脑袋，背部微有曲度，整个身体像非洲猎豹一样矫健敏捷。

9点30分，8名选手各就各位，谢豹飞在第8跑道。裁判高高举起发令枪，8台激光测速器都对准了各人的腰部，全场突然变得一片静寂。

在三个中国人附近，有一个衣着普通的白人老者。他坐在4排看台的普通席上，目光冷静地看着谢豹飞的一举一动。没有人认出他就是著名的耐克公司的董事长菲尔·奈特。3天前，在美国俄勒冈州波特兰市耐克公司总部里，秘书告诉他，有一个从雅典城打来的越洋电话，一定要找奈特本人。打电话的人自称是百米决赛中最差劲的一位选手，华裔美国人鲍菲·谢。奈特忽然心中一动，让秘书把电话转过来。

电视中出现了那个年轻人圆圆的面孔，穿着运动衫，背景是吵吵嚷嚷的体育场。他嬉笑自若地说："我是百米决赛中最差劲的一名选手，以致各个体育用品公司都不把我放在眼里。不过奈特先生是否知道一句中国话'烧冷灶'？也许在某个冷灶里烧一把火，会得到意想不到的好处呢。"他大笑一阵，继续说道，"所以我自己找上门来，想与奈特先生签一份对双方都有利的合同。"

他的笑容明朗而自信，在这一瞬间，奈特忽然触摸到了这个人明天的成功。老奈特十分相信自己的商业直觉，他仅停顿两秒钟就果断地说："好，我同意，我马上派人去雅典同你签合同。"

那人笑着说："我不喜欢同你的下级讨价还价，还是咱俩在这儿敲定吧。我会在百米决赛中穿上耐克跑鞋——毕竟我一直在穿它——比赛后我会把耐克跑鞋抛到天空，或顶在头上，总之做出你想要我干的任何表演。至于贵公司的酬劳，当然与我的名次有关。我提个数目，看奈特先生是否赞成。如果我取得第8至第2的任何名次，贵公司只需付我1美元……"

奈特立即问道："你说多少？"

"1美元，只需1美元。但我若夺得冠军，这个数目就立即上升到5000万美元。你同意吗？"

奈特十分震惊于他的自信，短时间的踌躇后他干脆地说："我同意，付款期限……"

"不，我的话还没有说完呢。如果我夺冠的同时又打破世界纪录，贵公司要把上述酬劳再增加1美元，也就是5000万零1美元。但如果我的纪录打破9.5秒大关，"他一字一顿地说，"听清了吗？如果打破9.5秒大关，我的酬劳就要变成1亿美元。"

纵然奈特是体育界的老树精，他仍然吃惊得站起身来："你说9.5秒大关？那是多少体育专家论证过的生理极限啊，根据计算，为了达到这个速度，大腿的肌肉纤维都要被拉断。换句话说，这是人类体能无法达到的。"

对方不耐烦地说："那就是我的事了。怎么样？1亿美元，据我所知，贵公司还没有同哪一个运动员签过这么大数额的合同。"

奈特按捺住内心的激动，平静地说："我答应。你不要把我看成唯利是图的商人。只要你能超越体能极限，达到人类不敢梦想的这个高度，我情愿奉送你1亿美元，并且不要你承担任何义务。"

鲍菲目光锐利地看看他，略作停顿后笑道："也好，我会把这段谈话透露给某位记者，我想这将是对耐克公司更好的宣传，远远甚于向天空扔跑鞋之类的杂耍。至于付款期限等枝节问题就由你们酌定吧，我不会挑剔。"

"但是有一条，"奈特严厉地说，"如果出现了兴奋剂丑闻，这个合同就彻底告吹。我不想再出现约翰逊那样的事情。"

"那当然。这一点请你尽管放心。"说完他就挂了电话。

这会儿，奈特用望远镜盯着蹲伏在起跑线上的鲍菲，心中默默祈祷着。一方面，从理智上说，他不相信谢的大话——这确实是令人难以置信的。另一方面，从直觉上，他又十分相信，他能从那人当时的笑声、从他明朗的表情，甚至从他的不耐烦上感受到他的才能和信心。好了，10秒之后就能看出究竟了。

一声枪响，8个人像子弹一般冲出起跑线，鲍菲和奥塞跑在最前面，但随即又是一声枪响，有人抢跑！8名运动员都很快收住脚步，快快地返回起跑线。

田延豹心头猛然一阵紧缩。这两年他一直盯着谢豹飞的崛起，为了一种潜意识的种族情结，他把自己破灭的梦想寄托在这个黑头发黄皮肤的华裔年轻人身上。其实他知道谢豹飞是美国人，他得奖时会升起星条旗，奏起美国国歌。但不管怎样，他仍然期盼着这名华裔选手获胜。在邂逅了谢先生之后，这种亲切感更加浓了。但是，今天的情形简直是3年前的重演，莫非他也要遭到命运之神的毁灭？

他原以为谢豹飞抢跑了，但裁判却向牙买加选手奥塞发出警告。谢豹飞返回起跑线后，怒气冲冲地瞪着第5道上的奥塞，向他狠狠啐了一口。田歌没有想到自己的偶像会在众目睽睽之下做出这样粗野的举动，面庞发烧地垂下目光。田延豹却突然攥住老费的胳臂——在这一瞬间，他对谢豹飞获胜的把握又大了几分。不错，这个动作是有失体面的，谦恭的中国选手绝不会这样做。但恰恰这个粗野的举动显露了那人的自信，显示了他身上未泯灭的野性。

这种可贵的野性在国内选手身上可是太少见了，而在国外选手尤其是黑人选手身上常常看到。那时，国内运动员中流传着一个近乎刻薄的嘲谑，说黑人正因为进化得较晚，所以才保留了较多的野性，当然这是吃不到葡萄的自我解嘲，因为据近代基因科学的判定，非洲人的基因是最古老的，非洲是全世界人类的摇篮。

发令枪又响了，谢豹飞第一个冲出起跑线。依田延豹多年的经验，他的起跑反应时间绝对在 0.120 秒之下。看来他的体力和心理都没有受到上次抢跑的影响。他的动作舒展飘逸，频率较高，步幅也大，腰肢柔软，酷似一只追捕羚羊的猎豹。从一开始，他就把其余的选手甩到身后，在后程加速跑中又把这个距离进一步扩大，领先第二名将近 5 米。转眼之间，他就昂首挺胸冲过终点线。看台中立即响起雷鸣般的掌声，这阵惊涛骇浪几乎把看台冲垮。

但今天场上的情形很奇怪。欢呼声仅限于普通观众，而那些教练、老选手、老资格的体育记者们都屏住气息，紧紧盯着电动记分牌。他们凭感觉知道，一项新的世界纪录就要诞生。9.45 秒！记分牌上打出这个不可思议的数字，全场足足停顿了 10 秒钟，才爆发出天崩地裂般的欢呼声，数万观众不约而同地站起来，有节奏地欢呼着：

"鲍菲——谢！鲍菲——谢！"

谢豹飞接过别人递过的美国国旗，绕场狂奔。新闻记者们低着头，争分夺秒地用专用电话线发回最新报道。两名奥委会主席也忘形地站起身大声喝彩，尤其是满头银发的萨翁，兴奋得不能自制，以致泪流满面。费新吾和田延豹的眼眶都湿润了。田歌捧着花束跳到场中间，等谢豹飞跑过来时，她狂喜地扑上去："谢豹飞，这束花是属于你的！"

她递过鲜花，忘情地搂住谢豹飞的脖颈。谢豹飞一手执旗，一手执花，环抱着姑娘的臀部把她举起来，在她的乳沟上方吻了一下。

虽然这个动作略显轻浮，但狂喜中的田歌毫无芥蒂，她深深地吻了谢豹飞的额头，挣下地，跑回看台。其他几名选手也过来同冠军握手祝贺，他们对这个冠军心悦诚服。奥塞也过来了，谢豹飞笑着特意同他紧紧拥抱，了却了不久前的冲突。

直到运动员回到休息室，全场的狂欢才慢慢平息。

各家电视台、电台和电子报纸都以最快的速度报道这则爆炸性的消息。美联社套用首次登月的宇航员阿姆斯特朗的一段著名的话："对于鲍菲·谢而言，这只是短短的 100 米；但对于人类来说，却跨越了几个世纪。"

不久，奥运会兴奋剂检测中心公布了对鲍菲·谢的检测结果："我们在赛前及赛后对鲍菲·谢进行了两次兴奋剂检查，检查结果均为阴性。还用才投入使用的最新技术对生长刺激素和促红细胞生长素的服用情况进行了检查，结果也为阴性。值得提出的是，正是谢本人主动要求我们强化对他的检查。他要向世人证明，这次令人震惊的胜利是光明磊落的。"

菲尔·奈特先生不动声色地看完比赛，悄悄返回波特兰市的耐克公司总部。鲍菲·谢履行了他的诺言，比赛后立即向报界公布了 3 天前两人之间的谈话，这使耐克公司的声誉达到巅峰，连总统也打电话向奈特表示敬意。这种效果是多少广告费也造不出来的。而且，凭多年的经验，他知道几天后大把的订单就会飞向耐克公司，至少 20% 的美国青少年会立即去买一双耐克跑鞋挂在墙上，以此宣泄他们对鲍菲的狂热崇拜。

二

在雅典瓦尔基扎富人区的一座寓所里,谢可征教授独自躺在沙发中看完电视转播,然后给国内的妻子打了一个电话,就儿子的惊人成功互相道喜。这个结果早在他们预料之中,所以他们的谈话十分平静。

刚放下电话,电话铃又响了,屏幕上是田歌的面庞,眼睛发亮,两颊潮红,略带羞涩但口气坚决地说:"谢伯伯,向您祝贺!……200米决赛后鲍菲有时间吗?如果他能陪我吃顿饭,我会十分荣幸。"

谢教授微微一笑,他想这个姑娘已经开始了义无反顾的爱情进攻。他也知道儿子已经成了世界名人,狂热痴迷的美女们会成群结队地跟在儿子身后。不过他十分喜爱田歌,喜爱她不事雕琢的美,喜欢她的开朗和落落大方,也喜欢她是一个中国人。他笑着说:"田小姐,我给你一个电话号码,你自己同鲍菲联系吧。"

"要抓紧啊。"他半开玩笑半认真地说。

田歌羞红了脸,说:"谢谢伯伯。"

两天后,200米决赛结束了。谢豹飞以 18.62 秒的成绩再次夺冠——又是一个世纪性的成绩。这些天,费新吾和田延豹一直处于极度亢奋之中,夜里他们同榻而卧,兴致勃勃地谈论着这个罕见的"鲍菲现象":为什么他能把同时代的人远远抛在后边?为什么他能轻而易举地突破科学家预言的生理极限?他并没有服用兴奋剂,他事先要求对自己强化药检,正是为了向舆论证明自己的清白。是否他父亲发明了一种新的高能食品?或者是其他合法的方法,比如电刺激?

无疑，他的两个纪录会成为两座突兀的高峰，恐怕多少年内无人能超越了。这种现象并不是从未出现过。1968 年美国运动员鲍勃·比蒙的世纪性一跳创造了 8.9 米的跳远纪录，一直保持了 15 年。更典型的例子是乌克兰跳高选手布勃卡，他 19 岁获得世界冠军，34 次打破世界纪录。1991 年他打破了 6.10 米的纪录——而在此前，不少体育专家论证说，20 英尺（约 6.10 米）是撑竿跳的极限。他曾在半年内连续 6 次打破自己创造的纪录。但尽管这样，在短跑中出现这样的突破仍是不可思议的、不正常的，因为短跑技术早已发展得近乎尽善尽美，它已经把人类的潜能发挥到极致。众所周知，水平越高的运动就越难做出突破。

他们常常醉心地、不厌其烦地回忆起谢豹飞在赛场上的那份矫捷，那份飘逸潇洒。他们都是内行，越是内行越能欣赏谢豹飞的天赋和技术。

田延豹脱了衣服走进浴室，忽然扭头问："他会不会是个混血儿？你知道，远缘杂交——这个名词虽然有些不敬——常常有遗传优势。比如法国著名作家大仲马是混血儿，他的体力就出奇地强壮，常和朋友们整夜狂欢，等别人瘫软如泥时，他却点上蜡烛开始写小说。他的不少名著就是这样写出来的。"

费新吾摇摇头："不，我侧面了解过，他是 100% 的中国血统。"

3 天没好好睡觉，两人真的乏了，洗浴后准备好好地睡一觉。就在这时电话铃响了。拿起电话，屏幕上仍是一片漆黑，看来对方切断了视觉传输，他不想让这边看到他的面貌。

那人说的是英语，音调十分尖锐，像宦官的嗓音，让人觉得很不舒服："是费新吾先生吗？"

"对，你是……"

"你不必知道我的名字，我想有一点内幕消息也许你会感兴趣。"

费新吾摁下免提键，同田延豹交换着眼色："请讲。"

"你们当然都知道谢豹飞的胜利，也许，作为中国人，你会有特殊的种族自豪感？"

他的口气十分无礼，费新吾立即滋生了强烈的敌意，冷冷地说："我认为这是全人类的胜利。当然，同是炎黄之胄，也许我们的自豪感更强烈一些。是否这种感情妨害了其他人的利益？"

那人冷静地回答："不，毫无妨害。我只是想提供一点线索。谢豹飞今年25岁，26年前，谢可征先生所在的雷泽夫大学医学院曾提取过田径飞人刘易斯先生的体细胞和精液。"

费新吾一怔，随后勃然道："天方夜谭，你是暗示……"

"不，我什么也不暗示，我只是提供事实。谢先生和刘易斯先生正好都在雅典，你完全可以向他们问询，需要两人的电话号码吗？"

费新吾匆匆记下刘易斯的电话，又尖刻地说："即使证实了这个消息又有什么意义？我看不出刘易斯的细胞和谢豹飞先生有什么联系。"

那个尖锐的嗓音很快接口道："请不必忙于作出结论，你们问过之后再说吧。明天或后天我会再和你们联系。"

电话挂断后很久两人都没话说，那个尖锐刺耳的声音仍在折磨他们的神经，就像响尾蛇尾部角质环的声音；那个神秘人物的眼睛似乎仍在幽暗处发出绿光，就像响尾蛇的毒眼。他有什么居心？他主动向两个陌生人提供所谓的事实，而费、田二人既非名人，又不属新闻界。他清楚地知道谢可征、刘易斯还有这儿的电话号码，他是怎么知道的？没准他在跟踪这些人。

田延豹摇摇头说："不会的，谢豹飞身上没有任何黑人的特征。"

费新吾恨恨地说："即使他是用刘易斯的精子人工授精而来的，又有什么关系？我难以理解，这个神秘人物披露这些情况，是出于什么样的阴暗心理！"

但不管如何自我慰藉，他们心中仍然很烦躁，莫名其妙地烦躁。半个小时后田延豹下了决心："我真的要问问刘易斯，我和他有过一段交往。"

费新吾没有反对。田延豹拨通刘易斯的电话，但没人接。他一遍又一遍地拨着。直到晚上 11 点，屏幕上才出现刘易斯黝黑的面孔和两排整齐的牙齿。他微笑地说："我是刘易斯，请问……"

"刘易斯先生，你好。我是田延豹，你还记得我吗？2001 年世界田径锦标赛百米决赛中那个中国选手。"

刘易斯笑道："噢，我记得。我很佩服你当时的毅力。你现在在哪儿？"

"我也在雅典。请原谅我的冒昧，我想提一个无礼的问题，如果不便，你完全可以拒绝回答。"他简单追述了那个神秘的电话，"刘易斯先生，你真的向谢可征先生提供过体细胞和精液吗？"

刘易斯耐心地听完后说："田先生，今天你已是第 8 个提问者了，我刚回答了 7 名新闻记者同样的问题。"

田延豹和费新吾交换着目光，现在问题更明显了。那个打电话的人是想掀起一阵疾风恶浪把胜利者淹死。

刘易斯接着说："对，我记得这件事，我是向雷泽夫大学医学院提供的，那是个严肃的学术机构，他们希望得到一些著名运动员的体细胞和精液进行某种试验。刚才几名记者都问我，鲍菲的父亲是不是那个研究课题的负责人，我的回答是：可能是一名姓谢的华裔，不过这一点我记得不准确。"略停之后，他笑道，"我知道那个多事的家伙在暗示什么。坦率地讲，我非常乐意有这么一位杰出的儿子，可惜这只是我的一厢情愿。在鲍菲·谢先生身上，你能看到一丝一毫刘易斯的影子吗？"

他爽朗地大笑起来，这笑声也冲淡了田、费二人心中的阴影。刘易斯快言快语地说："不要听他的鬼话！不管这个躲在暗中的家伙是白人还是黑人——我想大概不会是黄种人——他一定是个心地阴暗的小人，他想制造一些污秽泼在胜利者身上。不要理他！再见。"

放下电话，两人都觉得心中轻松了些。田延豹说："不必给谢老打电话了吧？"

"不必了，不要搅扰他的好心境。"费新吾沉思着说，"你说，这个神秘人物究竟是出于什么动机？莫非他也是短跑圈内的人？是失败者的嫉妒？就像逢蒙暗算了后羿。"

田延豹勉强笑道："那，我是最大的失败者。"

费新吾知道自己失言了，这句无意的话又勾起田延豹已经冷却的痛苦。那年温哥华世锦赛他也在场，是他和中国田径队的领队到警察局领回烂醉如泥的田延豹。按中国田径队的严格纪律，本来要给他一个处分，不过领队也是运动员出身，知道 20 年奋斗而一朝失败是多么深重的痛苦。他和费新吾悄悄把这事压了下来。

这会儿，他不愿多做解释，便拍拍田延豹的肩膀，表示把这一页掀过去。田延豹已经上床休息了，费新吾仍在电脑前快速浏览着新闻。也许是本能，也许是潜意识的预感，他总觉得这通电话只是一个大阴谋的开场锣鼓。查阅时他把注意力全部集中在这次的百米和二百米决赛上，集中在谢豹飞身上，看看有没有什么别的蛛丝马迹。

新闻报道中没有什么特别的东西，各国记者在报道这两次决赛时都用了最高级的形容词：世纪之战，体育史上的里程碑，百世难逢的奇才……美国新闻周刊的老牌记者马林说："鲍菲·谢不仅成功地打破百米 9.5 秒大关的壁垒，也成功地打破人类的心理壁垒。从此之后，那些对人类生理极限抱悲观态度的人，那些以'科学态度'对各种运动定下这种那种极限的体育生理专家，对自己的结论要重新考虑了。"

费新吾在正规的电子出版物中没有发现什么异常，有关刘易斯提供体细胞和精液的消息尚未见报道。看来，已经得到消息的 7 名记者都十分慎重，毕竟这是非常爆炸性的新闻，而且新闻的来路太不正常。费新吾又把目光转向"网络酒吧"，这是网友们随意交谈的地方。这里面关于谢豹飞的话题占了很大一部分。那些终日沉迷于电脑的网虫都感受到了这次破纪录的震撼，对谢豹飞的天赋表示极大的敬意。还有不少女性在倾泻着自己的爱意。

看着这些赤裸裸的爱情宣言，费新吾会心地笑了。他想这些姑娘大概是没戏了。这两天田歌一直同谢豹飞待在一起，他们的感情急剧升温。昨天深夜，谢豹飞把田歌送回来，费新吾发现，姑娘眸子中的爱情之火是那样炽烈，目光所及，简直可以把窗帘烧着。田延豹摆出一副"老兄嫁妹"的苦脸，叹息道："田歌已经'目中无人'了，哪怕是面对着我，她的眼光也透过我的身体射到远处去了！"

就在这时，费新吾在屏幕上发现了一份特殊的邮件。他一目十行地看着，目光逐渐阴沉，耳边又响起那个神秘人物的尖锐嗓音。正在床上闭目养神的田延豹突然听见啪的一声，是费新吾在猛拍桌子，他声音沙哑地说："小田，你快来，看看这封邮件，那条毒蛇又露出毒牙了！"

在向那座爱情要塞发起进攻之前，田歌已经抱定破釜沉舟的决心。但她没料到这座要塞竟然不攻自破，任由她的美艳之旗在城头猎猎飘扬。

从谢伯伯那儿要来谢豹飞的电话号码后，田歌努力提振自己的信心，对自己的第一句言辞反复考虑，她要在中国姑娘的羞涩心许可范围内尽量大胆地进攻。但事件进程出乎她的意料，电话拨通，两个头像同时出现在对方的屏幕上之后，谢豹飞脱口而出："我的上帝！"这句话是用英语说的，他随即转用汉语，"谢天谢地，我正发愁怎么在人海中找到你呢。那天我忘了让你留下地址，当然，在大赛前有这样的疏忽是可以理解的。你怎么知道我的电话号码？为了摆脱记者们的纠缠，这个号码是严格保密的。不，你不用回答，"他笑着说，"我更希望是冥冥中的上帝之力，是上帝把你送到了我的身边。请问你的名字？"

田歌这才说出第一句话："田歌，田野的田，歌曲的歌。"

"美丽的名字。你能允许我去拜访你吗？我需要你。"

于是两条爱情之水纳入一条河床，开始汹涌奔流。谢豹飞推掉所有的应酬，小心地避开新闻记者的追踪，终日和田歌四处游玩。他的汉语非常地道，能够流畅地表达微妙的情感，这使田歌倍感亲切。他们一块儿欣赏希迈特斯山的朝霞，体味萨罗尼克湾的落日，参观白色的帕特农神庙、宙斯神庙和阿塔罗斯柱廊，到圣徒教堂里陪希腊正教徒一块儿做祈祷。雅典是一个浸泡在历史和神话中的城市，几乎每走一步都能踢出古希腊的尘埃。

谢豹飞虽然只有 25 岁，但已经是个见多识广的成熟男人了。他为田歌讲解各个景点的历史，讲述奇异多彩的希腊神话，还要加上一些个人的独特观点："希腊神话和东方神话不同，在古希腊人的神界里，有阴谋、乱伦、血腥的复仇、不计生死的爱情……一句话，希腊神话中还保留着原始民族的野性。"

这些话使田歌觉得新鲜，也有一点点惶惑。

几天下来，田歌已深深爱上谢豹飞——当然她早就爱上了，两年前就爱上了。不过那时她爱的是一个偶像，现在爱的是一个活生生的人。她会痴迷地看着他强健的肌肉，流畅的身体曲线，潇洒敏捷的举止。他就像蛮荒之地的非洲猎豹，随时随地喷吐着生命的活力。

那天他们在拉夫里翁的滨海公路上驾车行驶，忽然一辆菲亚特紧紧追上来。谢豹飞放慢奔驰的速度让他们超车，但两车并行后，那辆菲亚特并不急于超车，一个人从车窗里探出身子频频拍照。这是那些被称为"狗仔队"的讨厌记者，他们想抢拍百米飞人与新结识的情人的照片去卖个大价钱。谢豹飞愤怒地落下车窗，做手势让他们滚蛋。那个家伙不但毫不收敛,反倒趁着车窗落下的机会拍摄得更起劲了。谢豹飞勃然大怒,立即踩下刹车,让菲亚特超到前边,他从内侧超过去,猛打方向盘,狠狠撞击菲亚特的内侧。菲亚特车内的人惊恐万状,田歌也急急地喊:"不要这样,豹飞,不要这样!"

谢豹飞两眼喷着怒火,毫不理会她的劝阻,仍然一下接一下地猛撞。那辆车最终躲闪不及,从路堤上翻下去,打个滚,四轮朝天地扎在沙滩上。

谢豹飞大笑着开车走了,田歌从后视镜里向后张望着,担心地说:"他们会不会有生命危险?停车看看吧。"

谢豹飞笑道:"这些狗仔们的命长着哪,不管他!"

奥运会已近尾声,不少赛事已毕的运动员开始陆续离去。但费新吾和田延豹都闭口不提回国的日程,田歌知道他们的苦心,心中暗暗感激。

第五天早上,谢豹飞很早就来到普拉卡旧城区,把那辆豪华的奔驰停在狭窄的坡度很大的街道上。白色的建筑上爬满爬墙虎和刺玫,到处是卖鲜花的小摊贩。他按响喇叭,很快一个白衣白裙的仙子在高处一个小旅馆的门口出现。她像只羚羊一样踏着陡峭的石级,转瞬来到谢豹飞的身边。两人先来一个让人透不过气的长吻,尔后田歌回身向旅馆方向招招手,她知道费叔叔和豹哥肯定在窗户里望着她。

汽车开动后,田歌问:"今天去哪儿?"

"去比雷埃夫斯港。我送你一件小礼物。"

比雷埃夫斯港桅樯如林,不少私人帆船或快艇麇集在一起,远远看去像挨肩擦背的天鹅。谢豹飞停下车,拉着田歌来到岸边，一艘崭新的、形状奇特的、浑身亮光闪闪的游船停在那儿。船首上是 3 个新漆的汉字：田歌号。制服笔挺的船长在驾驶室里向他们行着注目礼。田歌呆呆地看着谢豹飞，不敢相信这是真的。

谢豹飞侧身说："请吧，田歌号的主人，这就是我送给你的小礼物。"

田歌踏上甲板，就像踏在梦幻中。谢豹飞详细地为她解释着，说这艘船主要以太阳能为动力，船中央那两个直立的异形圆柱是新式船帆，也可利用风力行驶。田歌痴迷地走过一个又一个房间，抚摸着亮灿灿的铜栏杆，一尘不染的墙壁，卧室中豪华的双人床，觉得心头过多的幸福直向外漫溢。她知道按西方礼节，受礼者不能询问礼品的价格，但她忍不住想问一问，按她的估计，它至少值 100 万美元，豹飞可不要为它弄得破产！

谢豹飞理解她的心思，轻描淡写地说："耐克公司已把第一笔 3000 万美元划到了我的账户上，我愿意为你把这笔钱花光。"

田歌着急地说："千万不要！……我可是个节俭成性的中国女人，你再这么大手大脚，我会心疼死的。"

谢豹飞笑着把她拥入怀中。两人的心脏在怦怦地跳动着，炽烈的情欲在两人的身体中间来回撞击。田歌从他怀中挣脱出来，笑着问："启航吧，今天到哪儿？"

"到米洛斯岛吧，断臂维纳斯雕像就是在那儿发现的，我今天要给它送去一位活的维纳斯。"

两人的嘴唇又自动凑到一块儿。

送走幸福得发晕的田歌，费新吾和田延豹开始研究那条毒蛇的毒牙。那封电子函件是这样写的：

我一直奇怪，为什么一个黄种人选手在百米项目中取得了如此惊人的突破。要知道，相对于黑人、白人而言，黄种人的体能是较弱的。这不是种族偏见，而是实际存在的事实。这个事实很可能与蒙古人种数百年来普遍的贫穷、小区域通婚、素食和农业生活有关。

不久前我得知一个事实，恰在鲍菲·谢出生前一年，美国马里兰州克里夫兰市雷泽夫大学医学院从田径飞人刘易斯身上提取了体细胞和精液，谢的父亲谢可征教授正是该学院的资深教授。不久前，我的朋友、中国著名体育记者费新吾先生和短跑名将田延豹先生已就此事问过刘易斯先生，并得到后者的确认……

费新吾和田延豹都愤怒地骂道："卑鄙！"

当然，我们不相信鲍菲·谢是用黑人精子授精而产生的后代，因为他完全是蒙古人种的形貌特征，包括肤色、眼角的蒙古褶皱、铲状门齿等。但是，如果了解谢可征先生的专业，也许能引起一些新的联想。谢教授是著名的生物学家和医学家，他领导的研究小组早已成功地拼装出改型的人类染色体。这些半人造的染色体是为了医治某种遗传病症而制造的，是为了弥补人类遗传中出现的缺陷，为那些不幸的病人恢复上帝赐予众生的权利。不过，一旦掌握了这种魔术般的技术，是否有人会禁不住魔鬼的诱惑而去改进人类？这种行为本来是生物伦理学所严格禁止的，是对上帝的挑战。但据我所知，谢先生的心目中并没有上帝的地位……

两人再次激愤地骂道："卑鄙！十足的卑鄙！"的确，这封电子函件的内容已经不仅是猎奇或哗众取宠，而是赤裸裸的种族歧视和人身攻击了。费新吾心情沉重地说："小田，我们不能再沉默了，这些情况必须通知谢先生，让他当心这些恶毒的暗箭。也许，他能猜到这些暗箭是从什么地方射出来的。"

"对，马上给他打电话。"

谢先生的电话很快就拨通了，费新吾小心地说："你好，谢先生，最近忙吧？我和田先生想去拜访你，最近我们听到了一些宵小之言，我想应该让你了解。"

谢先生的目光暗淡下来："我知道你们的意思，我也看到了那封电子函件。不过你们来吧，我正想同你们聊一聊。不，"他改变了主意，"我开车去接你们，然后找一个希腊饭店品尝希腊菜。我请客。"

谢教授把他的富豪车停在普拉卡区的一个老饭店前，饭店在半山腰，从窗户可以俯瞰鳞次栉比的旧城区，欣赏弯弯曲曲的胡同和忙碌的人群。

服装鲜艳的男招待递过菜单，田延豹摇摇手，费新吾也笑着摇头道:"雅典我倒是来过两次,却从来没有自己点过菜,还是谢先生来吧。"

谢教授没再客气,点了白烧鳕鱼加柠檬汁,番茄汁鉧鱼加香芹,茄子馅饼,鱼子酱和柠檬沙拉,又要了一瓶茴香酒。

三人边吃边聊,谢教授问:"这些都是希腊风味的菜肴,味道怎么样?"

费新吾说不错,田延豹笑道:"不敢恭维。我只要一出国,就开始馋北京的八宝酱菜、王致和臭豆腐和香喷喷的小米粥。"

三个人都笑起来。费新吾不想耽误时间,立即切入正题:"谢先生,你已经看过那封电子函件了,你能猜到是谁搞的鬼吗?"

"毫无眉目。"

"也许是一个失败的心怀嫉妒的运动员?"

"不大可能。这个人对基因工程方面的进展似乎颇为熟悉,大概是学者圈子中的某个人吧。"

费新吾小心翼翼地说:"他信中暗示的可能性当然是胡说八道了,对吧?"

谢教授略为迟疑后才回答:"当然。但是,我不妨向你们介绍一下这方面的最新进展。你们有没有兴趣?"

两人交换一下眼神:"十分乐意。"

谢教授饮了一杯茴香酒,略为整理思路后说:"大家都知道,人类的基因遗传是上帝最神奇的魔术。科学家们曾做过估计,如果用非生物的方法制造一个婴儿,所花代价将是人类有史以来所创造财富的总和!但上帝是如何造人的?一颗精子和一颗卵子的碰撞，伴随着男人女人的爱情欢歌，一个新生命就诞生了。直到现在，尽管已在基因研究领域中徜徉了40年，我对这种上帝的魔术仍充满敬畏之情。"

他停顿一下，接着说："不过，日益强大的人类已经揭掉了这个宝藏的封条，开始剖析这个魔术的技术细节。现在，人类基因组标识工作已经全部完成，对其中40%的染色体又排出图谱和进行解析，掌握了这部分基因的功能。比如，生物学家可以准确地指出各种致病基因的位置并去修正它们，像肥胖基因、耳聋基因、哮喘病基因、血友病基因、白血病基因等，总之，现代医学已能用基因工程的办法治愈这些遗传病患者，使他们享受到健康的权利。

"但是，人类在获得健康上的平等后，还存在着体能上的不平等。专家们说，黑人的体质确实适于短跑。他们的髋部较窄，小腿较细，跑动中受到的空气阻力小，股四头肌发达，肌腱结缔组织厚，肌肉黏滞性小，用力时不硬化，尤其是肌纤维中的厌氧酶多，快肌纤维的比率大。所以特别适合短跑。"他耐心地解释，"人的骨骼肌分红肌和白肌两种。红肌也称慢肌，毛细血管丰富，所以呈红色。这种肌纤维中含肌浆、肌红蛋白、糖原、线粒体和各种氧化酶较多，主要靠有氧代谢产生的ATP三磷酸腺苷供能，所以氧化能力强，不易疲劳，但反应速度慢，收缩力量小，不适于快速运动。白肌又称快肌，受大运动神经元支配，这种肌纤维中脂类、ATP和CP磷酸肌酸含量较多，主要靠无氧酵解产生的ATP供能。据测定，加勒比黑人的小腿三头肌中快肌含量高达65%～85%，所以奔跑特别迅速。如果我们把黑人的快肌生长基因植入白人和黄种人体内，就会使他们的短跑能力大大提高，使各个种族在体能上趋于平等。从本质上讲，这不过是用基因工程的微观办法代替异族通婚，并不是什么大逆不道的行为。可惜，西方国家的科学界有一种根深蒂固的观点，认为这是向上帝的权利挑战；他们只允许补救上帝的不足而不允许比上帝干得更好。所以，在正统的生物伦理学戒律中，这样干是违禁的事。"

费新吾和田延豹听得一头雾水，两人相对苦笑。费新吾说："谢教授，我越听越糊涂了，我怎么觉得你的观点和那封诽谤信中的观点是完全一致的？"他踌躇片刻后又说，"坦率地讲，我从你的话中得出这样的印象：你认为用基因工程的办法改良人类并不是一桩罪恶，甚至已经在悄悄地这样干了。但为了不被舆论所淹没，你在口头上不敢承认这一点。"

谢教授仰靠在椅背上，沉默很久才答非所问地说："你们两位呢，是否觉得这种基因优化技术是一种罪恶？"

费新吾摇摇头："我不知道，我已被你的雄辩征服了。但我今天才认真思考这个问题，还不能得出结论。"

三人陷于尴尬的沉默。透过落地窗户，他们看到一辆黑色轿车开过来，停在饭店外，一名带着照相机的中年男子走下来，仔细看看谢教授那辆富豪车的车牌，随即兴奋地冲进饭店。他在人群中一眼看到谢教授，立即对着他拍了两张照片，然后把话筒递过来，用英语问道："谢先生，我是加拿大CBC电台的记者。我已经看到今天的美国《基督教科学箴言报》，知道谢豹飞先生实际是你用基因改良技术培育出的超人，你能谈谈其中的详情吗？"

谢教授厌恶地看看他，不管他怎样哀求，谢教授一直固执地闭着嘴巴。费新吾走过去，用力推着那位记者，把他送

豹

出门外。回过头看见老人仍靠在椅背上一动不动。饭店里的顾客有不少懂英语的，他们都停下刀叉，把惊奇的目光聚焦在谢教授身上。田延豹探头看看门外，那个记者正和饭店的安保人员在推搡。又有几辆汽车飞快地开过来，走下一群记者模样的人。他忙拉起老人，向侍者问清后门在哪里，然后三个人很快溜走了。

回程的路上，三人都沉默着。谢教授把两人送到旅馆，简短地说："我要回去了，我想早点休息。"

两人与教授告别，看着那辆富豪车开走。他们回到自己的旅馆，走进房间，先按下录音键，话筒中是田歌兴奋的声音："费叔叔，豹哥，豹飞给我买了一艘漂亮的游艇。我们准备在地中海好好玩 3 天。你们如果想回国的话，不必等我。这几天我不再同你们联系，为了避开讨厌的记者，这艘游艇上将实行严格的无线电静默。再见，我会照顾好自己……并守身如玉。"

虽然心绪烦乱，费新吾仍不由得哑然失笑。难得这个现代派女子还有这种可贵的贞节观，虽然他不相信在那样浪漫的旅途中，在仙境般的水光山色中，一对热恋的情人能够做到这一点。田延豹的目光明显变暗了，不高兴地摁断录音。

费新吾看看他，打趣道："你干吗不高兴？算了，不必摆出一副老兄嫁妹的苦脸，她早晚是人家的人。如果这段姻缘真的如愿，你也算尽到当哥的职责啦。怎么样，咱们是否明天回国？我的荷包已经瘪了。"

田延豹犹豫片刻："再等几天吧，田歌那边总得看到一个圆满的结局呀。"

"也好，其实我也想等几天，看看谢教授这儿还有什么变化。"

说起谢教授，费新吾立即从沙发上蹦起来，打开电脑，登入互联网络。他的直觉告诉他，那件事不会就此了结。果然，公共留言板上又有一封信件，这是那个神秘人物的第三支毒箭。与这支毒箭相比，此前种种就不值一提了。他迅速看下去，太阳穴嗡嗡发响，血液猛劲上冲。

田延豹偶然瞥见他满脸涨红，咻咻地喘气，于是他在床上关心地问："老费，你怎么了？"

费新吾喘息着，手指抖抖地指着屏幕："你来！你自己看！"

在我上封信披露谢可征教授的基因嵌接技术之后，事情的真相已经逐渐明朗化。我的老友、正直坦诚的费新吾先生和田延豹先生当面质询了谢教授，后者坦认不讳。但我刚刚发现其中另有隐情，我们几乎全被他轻易地骗住了。在华裔智者谢可征先生的计谋中，我们表现得像一群傻子。这几天，我们似乎都忽略了一个很明显的问题：显然，纵然是百米之王刘易斯的基因也不能让鲍菲突破 9.5 秒大关，因为刘易斯先生本人也远未达到这个高度。

也许，谜底存在于另一桩事实中。我已经做过详细了解，26 年前向雷泽夫大学医学院提供体细胞和精液的并非刘易斯一人，还有体能远远超过刘易斯的另一位先生。这位先生的肌肉内含有较多的能量之源——线粒体，因而奔跑更为迅速。刘易斯先生的百米最高时速是 43.37 千米，而后者的瞬间时速可高达 130 千米！

这位先生名叫塞普，来自非洲察沃国家公园。他的速度是所有哺乳动物中最快的。让我小心地把谜底揭开吧，塞普先生是一只凶猛剽悍的非洲猎豹！……

非洲猎豹！

非洲察沃国家公园的稀树大草原。在1米多高的硬毛须芒草和菅草的草丛中，一只母猎豹逆着风向悄悄向羚羊群接近。它已经怀孕了，一套有关4只小生命的复杂的链式反应已经启动，通过种种物理和化学的媒介，表现为强烈的食欲。它急需补充营养。枯草丛后露出一只未成年的羚羊，它警惕地向四方睃视着，4条优雅的细腿随时准备跳窜而去。母豹知道这只羚羊不是好的猎杀对象，它已足够强壮，可能会逃脱自己的利爪。但在饥饿的驱使下，它踌躇片刻，深深吸一口气，突然猛扑过去。小羚羊及时发现了敌人，敏捷地逃走了。母猎豹全速追赶，距离羚羊越来越近。相比之下，猎豹更适于短期的快速奔跑，它高踞于陆地动物奔跑速度的顶峰。它有流线型的轻盈体躯，长而发达的肢体，善于平衡的粗尾，发达的心脏，特大的肺。头部具有阻力最小的空气动力学特点，双肩可不断滑动使步伐加大。它的脊柱在高速奔跑中就像弹簧，能屈能伸。猎豹的犬牙非常小，以致当它辛辛苦苦捕到猎物后，如果碰上鬣狗或狮子来抢食，它只能胆怯地逃走，因为它的小犬牙无法同强敌搏斗。但进化之神为什么给它留下这点瑕疵？不，这是为了留下足够大的呼吸空腔。当至关重要的搏杀能力与奔跑能力相矛盾时，也只有被舍弃了。

猎豹身体的每一部分都是为奔跑而特意定制的，这是进化之路残忍的选择。但速度上逊于猎豹的羚羊也自有天赋本领。猎豹是短跑之王，羚羊则是灵活转弯的翘楚。它灵巧地左蹦右跳，一次次从母猎豹的利爪下逃脱。双方的速度都开始减慢，小羚羊更甚，它的黑眼珠里已经有了恐惧，母猎豹确信下次的一扑将把小羚羊扑倒。就在这时它听到了自己体内的警告。猎豹在追猎时是屏住气息的，就像人类的百米选手一样，现在那次深呼吸所得的氧气已经耗尽，它的血液不再能提供奔跑所需的巨大能量，再奔跑下去它的心脏就要破裂……母豹只好收住脚步，塌肩弓背，凶猛地喘息着，眼睁睁地看着猎物轻快地逃走。

只差 0.5 米，这 0.5 米是捕食者和被捕食者的生死线：或者羚羊被杀死，或者猎豹饿死。母猎豹疲惫地久久注视着自己的猎物，在它的潜意识中，一定滋生了极强烈的欲望：让自己的四肢跑得再快一点，再快一点点！

这只猎豹最终没有饿死，它就是塞普的母亲。没人知道这位母亲那一瞬间的强烈欲望是否也能通过染色体遗传给下一代。科学界公认的遗传变异规律，是说生物基因只能产生随机性的变化，被环境汰劣取优，从而使生物一点点向优良性状进化。这种盲目进化的观点未免大不可信。不妨考虑爬行动物向鸟类的进化。在盲目的随机的变异中，怎么能"恰巧"进化出羽毛、龙骨突、飞行肌等变异基因？即使能够，无数变异性状进行纯数学的排列组合，得出的将是天文数字，它不可能在有限的地质年龄中一一得到验证和取舍。也许某一天科学家们会发现，生物强烈的求生欲才是遗传变异的指路灯，它在冥冥中引导染色体做"定向"的而不是盲目的变异：使渴望奔跑迅速的兽类变得四肢强健，使渴望飞翔的爬虫变异出羽毛，使渴望游泳的哺乳动物变异出尾鳍……

也许，嵌入谢豹飞体内的、片断的猎豹染色体也能传递一定的欲望？

非洲猎豹！

费新吾和田延豹沉重地喘息着，互相躲避着对方的目光，一种冷酷滞重的氛围渐次升起。他们几乎同时认识到，尽管这个神秘人物心理阴暗、几近无赖，但他指出的恰恰是事实。在那位远远超越时代的、生命力强盛的短跑之王身上，肯定嵌入了猎豹的基因片断。

几天来，他们就像玩九宫格填数游戏的学生，一味在外围揣测、推理、嗅探、追踪，费尽心机来破译这个非常复杂的谜语。但是，只要把一个正确的数字填到九宫格的中心，一切都变得非常简单，太简单了！

对这个结论，至少费新吾不感到意外，这些天他已通过网络查阅了大量有关基因的资料。DNA 是上帝的魔术，但任何魔术实际上只是充分发展的技术——尽管这些技术十分精细、十分神秘，但终究是人类可以逐渐掌握的技术。而掌握了基因技术的人类将成为新的上帝，随心所欲地改良上帝创造的亿万生灵——包括人类自身。

他在脑海中历数二三十年来基因工程技术的神奇发展：

早在 20 世纪末，科学家就定位了果蝇的眼睛基因，并能够随心所欲地启动这个基因，在果蝇身上或翅膀上激发出十个八个眼睛。他们还发现，地球上所有有眼生物的成眼基因都是十分近似的，都从一个原始基因变化而来。所以，从理论上说，完全可以在人类的额角或后脑勺上激发出第三只眼睛，就像对果蝇已经做的那样。科学家们至今没有做到这一点，仅仅是因为他们"不愿"去做。

还是20世纪末，美国俄亥俄州凯斯西储大学的研究小组，已经能制造"浓缩"的人体染色体，他们把染色体中的废基因剔掉，将有效基因融合或聚合，得到只有正常染色体长度十分之一的、功效相同的染色体。

更早一点，瑞典隆德大学的一个研究小组将细菌血红蛋白基因移入烟草；英国爱丁堡罗斯林研究所将人的血红蛋白基因移入绵羊，以这种羊奶治疗人类的血友病，将人类抗胰蛋白酶植入绵羊，以治疗人类的囊性纤维变性。上述产品早已进入工业化生产。

21世纪初，医生们已不必再走这样的弯路，他们已经能将上述基因直接嵌入先天缺损的病人体内。

日本大阪微生物病理中心松野纯男则搞出更惊人的成就。他将一种多管水母的一段基因植入老鼠体内，这种基因可分泌一种特殊的荧光绿蛋白GFP，能在黑暗中发光，在紫外线照射下光度更强。这段外来基因植入老鼠体内后能够正常遗传，繁衍出一代一代的绿光鼠。

…………

人类已经接过上帝的权杖，还有谁能限制他使用这根权杖？

费新吾不是上帝的信徒，没有宗教界人士对基因技术的深深恐惧。对于他们来说，基因技术比哥白尼的"日心说"、达尔文的"生物进化论"更要凶恶千百倍。

费新吾也不是生物学家，对生物伦理学知之甚少，因而也没有生物学家那种"理智"的担心。他们一方面兢兢业业地开拓基因工程技术，一方面对任何微小的进展都抱有极大的戒心，生怕一条微裂纹会导致整个生命之网的崩裂。

所以，从理智上说，费新吾并不认为这是大逆不道的恶行。但他心中仍有隐隐的恐惧，说不清道不明的恐惧，他的脊背上掠过一波又一波的冷战。

电话铃一遍又一遍地响着，谢教授的房间里没人。他突然失踪了。

网络中的报道几乎与事实同步：
短跑之王、豹人鲍菲·谢神秘失踪已经 3 天。
鲍菲父亲谢可征教授昨日神秘失踪。

雷泽夫大学医学院发言人：我们对社会上盛传的人豹杂交一无所知。如果确有其事，那纯属谢可征教授的个人行为。我们谨向社会承诺：雷泽夫大学不会容忍这种欺骗行为。

中国科学院遗传研究所发言人：谢可征教授是我们很熟悉的、德高望重的学者，我们不相信他会做出这样轻率的举动。对事态发展我们将拭目以待。

本届奥运会男子百米银牌得主、尼日利亚的埃津瓦：我不知道深奥的基因技术能不能做到这一点，但我早就怀疑鲍菲·谢的成绩啦。如果他真的诞生于人兽杂交，我会把自己的银牌扔到垃圾箱里。想想吧，如果今天允许一个嵌着万分之一猎豹基因的"人"参加比赛，明天会不会牵来一只嵌有万分之一人类基因的 4 条腿的猎豹？

"费先生，田先生，我是澳大利亚堪培拉时报的记者。请问那位在互联网络公共留言板上披露这则惊人内幕的先生是谁？"

"无可奉告。"

"为什么？他多次宣称你们是他的挚友。"

"无可奉告。"

"他是否提前向你们透露了此则消息？你们是否当面质询过谢可征教授？"

"无可奉告。"

"那么田先生，令妹此刻是否正与鲍菲·谢在一块儿？他们目前躲在什么地方？我们已买到一些照片，足以证明两人之间的亲昵关系。"

"滚！"

晚上，两人仍然同榻而眠。田延豹曾戏谑地说："侍者一定把咱们当成同性恋了。"不过今天他没心思戏谑了。他久久地盯着天花板，烟卷在唇边明明灭灭。很久以后他终于开口："老费，明天我要出去找田歌。我不放心她和那人在一起。"

费新吾早就知道，田延豹和堂妹的感情极为深厚。他勉强开玩笑说："不必顾虑太多，即使谢豹飞身上嵌有猎豹基因的片断，他仍然是人而不是一只豹子。"

"不管怎样，我要尽力找到她。"

"你到哪儿去找？"

"尽力而为吧，这么大的一艘游艇，不会没有一点踪迹。"

费新吾沉吟着，他想陪小田一块儿去，又觉得不能离开此地。田延豹猜到他的想法，说："老费你留在这儿，我会经常同你联系，一旦田歌同这儿联系，请你立即把她的地址转给我。另外，也许谢教授会同你再度联系。"

"好吧，就这样安排。"

三

第二天一早，田延豹就乘车去比雷埃夫斯港。港口船舶管理局的一名职员接见了他。那人叫科斯迪斯，大约50岁，身体健壮，满脸是黑中夹白的络腮胡子。

田延豹问："科斯迪斯先生，请问最近否有一艘游艇在这儿注册？游艇的主人是鲍菲·谢，美国人。请你帮我查一下。"

科斯迪斯惊奇地说："鲍菲·谢？就是人人谈论的那个豹人？不，没有，如果他在这儿注册，我一定会记得。"

"也许他是以田歌的名字注册的。"

科斯迪斯立即说："有！有一艘最新式的太阳能金属帆游艇，名叫田歌号，是利物浦船厂的产品。3天前，不，4天前在这儿注册的。"

"这艘游艇目前在哪儿？我的堂妹田歌告诉我，为了躲避记者，船上实行了无线电静默。但我急于找到它，我有十分重要的事。"

科斯迪斯笑道："这不难。那只游艇设备很先进，装有黑匣子，能持续向外发出无线电脉冲，以便卫星定位系统能随时精确定位。我来帮你查一下。"

"太感谢你了。"

科斯迪斯向利物浦船厂查询了该船的无线电脉冲参数，又同全球卫星定位系统联系，卫星定位系统很快给出回答：田歌号目前已返回希腊领海，正停泊在克里特岛的伊拉克利翁港口。科斯迪斯兴致勃勃地查找着——查到豹人的下落并不是每个人都能碰上的运气，他可以拿这则消息去卖一个大价钱。

那个中国人由衷地一再表示谢意，临走时他显然犹豫着，终于开口道："科斯迪斯先生，还有一个冒昧的请求：能否请你为田歌号的方位保密？你知道，我妹妹是鲍菲·谢的恋人，她现在并不知道所谓豹人的消息。我想慢慢告诉她，使她在心理上能够有所准备。"

科斯迪斯有些扫兴，他原打算送走这位中国人就去拨通电视台的电话。但那人的苦涩打动了他，犹豫片刻，他爽朗地说："好，我会用铅封死这个爱饶舌的嘴巴。祝你和那位小姐好运，你是一位难得的好兄长。"

"谢谢，我真不知道怎样才能表达我的感激。"

这些天，费新吾一直把自己关在屋子里，一边焦急地等待着田歌和谢教授的消息，一边努力查找浏览着有关基因工程的资料。他感慨地想，他早就该学一点基因工程的知识了。过去他总认为那是天玄地黄的东西，只与少数大脑袋科学家有关，只与科幻时代有关。想不到在如此短暂的时间里，它就逼近到了普通民众的身边。

这天上午费新吾接到田延豹的电话："老费，查询很顺利，我已得知这只船泊在克里特岛的伊拉克利翁港。我正在

豹

联系一架水上飞机赶到那儿，届时我再同你联系。"

从屏幕上看，田延豹的表情比昨天略显轻松一些，费新吾也舒了一口气。挂上电话，他回头坐到电脑前查了一会儿，电话铃又响了。拿起话筒，屏幕仍是关闭状态。他马上猜到对方是谁。果然，他听到了那个尖锐的、让人生理上感到烦躁的声音，这次是用汉语说的："费先生和田先生吗？还记得我吧，我说过要同你们联系的。"

费新吾又是鄙夷又是气恼地说："我也正要找你呢，你在电子函件中说了不少不负责任的话。"

那人笑道："我知道我知道，非常抱歉，我想以后你会谅解我的苦心。你愿意同我见一次面吗？我会把此事的根根梢梢全部告诉你。"

费新吾没有犹豫："好的，我们在哪儿见面？"

"到奥林匹亚的宙斯神殿吧。"

"到奥林匹亚？那儿距雅典有 6 个小时路程呢。"

"对，那样才能避开记者的耳目。另外，我很想把这次意义重大的谈话放到一个合适的历史背景中。奥林匹亚是奥林匹克运动的发祥地，那儿的宙斯神殿可以说是西方神话的源头。我想，万神之王一定会乐意聆听我们的谈话。晚上 6 点在宙斯神像下见面，好吗？再见。"

放下电话，费新吾不由沉吟着，电话中仍是那个神秘人物的声音，但那个人似乎变了，自信，从容，上帝般睥睨众生。这究竟是怎么回事？他急于见到此人，揭开这折磨人的秘密。走前费新吾在录音电话中留了几句话："小田，我去赴一个重要约会，今天不能赶回了。你那儿如有进展，请详细留言。我会及时听取你的留言。"他匆匆披上一件风衣，租了一辆雷诺牌轿车，向伯罗奔尼撒半岛的方向开去。

　　奥林匹亚是最能引发黍离之思的地方。这儿是历史和神话古迹的存放所，巍峨壮观的体育馆、宙斯祭坛和希拉神殿都已塌裂。这些建筑中以宙斯神殿最为雄伟，它建于公元前468到公元前457年，是典型的朵利亚式石柱风格。殿内有高大的宙斯神像，左手执权杖，右手托着胜利女神，人们走进神殿时，眼睛恰与宙斯的脚掌平齐，这个高度差形象地表现了那时人类对众神的慑服。

　　但这个世界七大奇迹之一的神像早已不复存在，它被来自罗马的征服者运走，并在一场大火中毁坏。费新吾走进神殿，只看见残破的像基和横卧的石柱，他浅嘲地想，也许这正象征着众神在人类心目中的破落？

　　落日的余晖洒在残破的巨型石柱上，为这片属于历史和神话的场所涂上庄严的金粉。穿着鲜艳民族服装的希腊儿童在石柱间玩耍，手里拿着一种叫"的的乌梅梅利"的冰激凌。他看到一辆富豪车停到停车场里，一个老人下车，匆匆走进神殿，费新吾不由得大吃一惊——那正是失踪了3天的谢教授。

　　费新吾犹豫了几秒钟。因为牵涉到同那个神秘人物的约会，他不知道这会儿该不该同教授打招呼。但他随即想到，谢教授恰在此时此地出现，绝不是巧合。很可能也是那个神秘人物约来的，与今晚的谈话有关。于是他迎上去唤一声："谢教授！"

　　谢先生没有显出丝毫惊奇，看来，他果然知道今天的会面。他微笑着同费新吾握手，手掌温暖有力。费新吾细细端详着他，这是一个超越时代的强者，他只手掀起这场世界范围的风暴，也几乎成了世界公敌。但从他的表情看不出这些，他的目光仍像过去那样从容镇定。

教授微笑道："你早到了？"

"不，刚到。"

教授点点头，转身凝望着夕阳："多壮观的爱琴海落日。在这儿，连夕阳的余晖里也浸透了历史的意蕴。"

费新吾不想多事寒暄，他直截了当地问："你知道今晚的这次约会？你知道那个可恶的神秘人物是谁吗？"

谢教授微微一笑，拉着他走到宙斯神像台基附近的一个僻处。他从口袋里掏出一个微型录音机，按一下按键，里边立即响起那个尖锐的声音："你愿意同我见一次面吗？我会把此事的根根梢梢全部告诉你。"

费新吾惊呆了："是你？那个神秘人物就是你？"

谢教授平静地说："对，是我，使用了简单的声音变频器。很抱歉，这些天让你和田先生蒙在鼓里。但听完我的解释后，我想你能谅解我的苦心。"

费新吾脸色阴沉，一言不发，在心中痛恨自己的愚蠢，他早该看透这层伪装了！但在感情上，他顽固地不愿承认这一点。他无法把自己心目中明朗的、令人敬重的谢教授同那个阴暗的、令人厌恶的神秘人物叠合在一块儿。过了很久，费新吾才声音低沉地问："那么，飞机上的邂逅也是预先安排好的？"

"对，我一直想找一张'他人之口'来向世界公布这个成果。这人应该是一个头脑清醒、没有宗教狂热和禁忌的人；应是生物学界圈子之外的人；应同体育界有一定渊源；事发时最好在雅典奥运会上。还有一点不言自明，这人最好是我的中国同胞，是一个中庸公允的儒者。去雅典前我特意先到北京去寻找这个人，我很快发现你是完美的人选，所以我未经允许就把你拉到这场风波中了。务请谅解，我当时不可能事先公布我的计划，因而不可能征询你的意见。"他又补充道，"我在两封电子函件中说了一些不合事实的话，也是想尽量树立你的权威发言人地位，这个身份以后会有用的。"

此前的交往中，费新吾一直很尊敬谢教授，但在两个真假形象叠合之后，他不自觉地产生了疏远和冷淡。他淡淡地说："可是我并没有打算当这个发言人。"

"当然，等我把真相全部披露后，要由你自己作出决定。田先生呢？"

"他找田歌去了。教授，请讲吧。"

谢教授微笑道："实际上，我已经把真相基本上全倒给你了。我之所以把此事的披露分成人工授精—嵌入人类基因—嵌入猎豹基因这样 3 个阶段，只是想把高压锅内的过热蒸汽慢慢泄出来。即使这样，这次爆炸仍然够猛烈了！"

他开心地笑起来。费新吾皱着眉头问："谢先生，你真的认为人兽杂交是一种进步或是一种善行？"

教授笑道："人兽杂交，这本身就属于人类沙文主义的词汇。人类本身就诞生于兽类——回忆一下达尔文在揭示这个真理时遭到多少人的切齿痛恨吧！人体与兽体有千丝万缕的联系。追踪到细胞水平，所有动物包括人类都是相似的，更不用说哺乳动物之间了。在 DNA 中根本无法划定一条人兽之间的绝对界限。既然如此，坚持人类隔离于兽类的纯洁性又有什么意义呢？"

他停了停，接着说："当然，这种异种基因的嵌入不是没有一点副作用。生物圈是一个极其复杂的立体网络，任何一个微裂缝都能扩展开去。但我想总得有人走出第一步，然后再去观察它引起的震荡——积极的或消极的，再决定下一步如何去做。我很高兴你是一个圈外人，没有受那些生物伦理学的毒害，那都是些逻辑混乱的、漏洞百出的、不知所云的东西。科学所遵循的戒律只有一条：看你的发现是否能使人类更强壮、更聪明，使人类的繁衍之树更茂盛。你尽可拿这样的准则来验证我的成果。"

费新吾几乎被他的自信和雄辩征服了。谢教授又恳切地说："如果你决定开口说话，我并不希望你仅仅当我的代言人。你一定要深入了解反对我的各种观点，尽可能地咨询各国的生物学家、社会学家、人类学家和未来学家们，甚至包括神学家和生物伦理学家。再由你做出独立的思考，然后把你认为正确的观点告诉世人。你愿意这样做吗？"

费新吾对他的建议很满意，立即回答："我愿意。"

"好，谢谢你的社会责任感。"他自信地说，"我相信一个头脑清醒、中庸公允的儒者会得出和我一样的结论，当然现在没必要谈这一点。一会儿我就交给你 10 张光盘，有关的资料应有尽有。"

费新吾说："你能否尽量浅显的语言，向一个外行解释一下，怎样把外来基因嵌入到人类基因中？"

教授微笑道："并没有人们想象得那么难。你要知道，归根结底，基因是无生命物质靠'自组织'的方式诞生的，所以基因之间的联结天然地符合物理化学规律。染色体有 3 个主要部分，两端是端粒，它们就像鞋带两端的金属箍，作用是防止染色体之间互相发生融合；中间是可以复制的 DNA 短序列；另外还有被称作'复制起源'的 DNA 序列，它负责发动染色体的复制。20 世纪末科学家就多次做过试验：把端粒去掉，再把剩余的染色体分成数段，放在合适的环境中，这些染色体片断又会精确地按原来的顺序结合起来。猎豹和人类同属哺乳动物，各自控制肌肉生长的基因非常相似，所以相互置换是很容易的。"

他大致讲述了基因嵌入的过程，接着问："顺便问一句，鲍菲还跟田歌在一块儿吧？"

费新吾吃惊地问："这些天他同你也没有联系？"

"没有。我曾事先嘱咐他必须随时同我保持联络，但整整 4 天了，他没有这样做。恋人在怀，老爹就抛到脑后了。"他笑道。

费新吾却笑不出来，他的心房一沉，问："谢夫人知道儿子的秘密吗？"

"知道。除我之外，她是唯一的知情人。鲍菲本人并不知情。"

"这些天谢夫人没来电话？"

"没有。"

费新吾的心房又是一沉。沉默片刻，他觉得最好还是直言相告："那么，难道你们两人都没有想到，这几天已经披露的真相，至少是揣测，会对豹飞造成多大的心理压力？你们两人都没有设身处地地为他想一想？"

谢教授的脸红了，目光中也有了一些惶惑，他勉强笑道："谢谢你的提醒，他目前在哪儿？"

费新吾告诉他，田歌号游艇正泊在克里特岛的伊拉克利翁港，估计田延豹这时早与他们会合了。谢教授说："去饭店休息吧，我已预订了两套房间。到那儿后我再通过希腊政府的熟人同儿子联系，明天早上我们赶过去。"

开车去饭店的路上，两人都陷入自己的心思，没有多交谈。费新吾苦笑着想，看来，他已无意中看到这项技术的第一个副作用：谢氏夫妇对儿子似乎没有多少亲情，谢豹飞只是他们的一个实验品而不是他们的嫡亲儿子。在炫耀成功和保守儿子的隐私两者之间，谢教授选择的是前者。如果说当父亲的天生粗心，当母亲的也该想到啊。

饭店十分豪华，凭栏俯望，室内游泳池绿波荡漾。房间墙壁是灿烂的金黄色，挂着用紫檀木框装裱的杭州丝绣，地上铺着法国萨冯纳利地毯，天花板上悬着巨型镀金水银灯。卧室也相当宽敞。费新吾无心体会这些富贵情趣，他立即向雅典的那个旅馆拨了通电话，电话录音中仍是自己当时的留言，田延豹竟然未同他联系，这是不太正常的，按时间计算他早该同田歌会合了。

会不会出了什么意外？虽然他一再宽解自己的多虑，但心中的忐忑感却驱之不去。他在豪华的雪花石浴盆里匆匆冲了澡，然后摁灭壁灯，躺在床上。

他刚蒙眬入睡，就响起了急骤的敲门声，一个人扭开房门进来。是谢教授，他的面色苍白，虽然还维持着表面的镇定，但已经不是那个从容自信、有上帝般目光的谢教授了。费新吾的心跳加快了，急忙问："出了什么事？"

谢教授简单地回答："凶杀。警方已经派来直升机准备接我们过去，飞机马上就到。"

费新吾匆匆穿上外衣，追问道："是谁被害？"

"田歌和鲍菲，两人都死了，田先生……已被拘留。"

这几天，田歌号几乎游遍爱琴海的每个角落，穿行在历史与神话、海风和月光中。船上实施着严格的无线电静默，连电视都基本不看，所以外界的风暴丝毫没有影响船上的伊甸园气氛。美轮美奂的游艇，强健美貌的恋人，细心的希腊女仆……田歌过的是公主般的生活。她出生在一个相当富裕的中国家庭，被父母捧在手心里长大。但这些天她才知道"富裕"和"豪富"的区别。

上船的第一天，田歌偎在豹飞怀里，在他耳边轻声说："豹飞，我的心早已属于你了，正因为我爱你太深，我想提出一个要求，你能答应吗？"

"你说吧，我一定答应。"

田歌羞涩地说："我不是守旧的女人，可是我想守住我的处女宝，直到我结婚的那一天。请你成全我的心意，好吗？"

谢豹飞高兴地答应了，这话正合他意。在潜意识中，他一直希望把这一天尽量往后推。他想起温哥华的那名黑人妓女，想起自己在旧金山、香港和曼谷的几次艳遇。这几次男欢女爱的结局都是狂乱的、轮廓模糊的。他不明白为什么在闻到血腥味后，他血液中的狂暴就会迅速膨胀，完全冲溃理智。现在，面对着像薄胎瓷器一样美丽脆弱的田歌，自己会不会再次陷入那种癫狂？

这些天他的表现完全是一个地道的绅士，白天他们尽情玩耍，晚上则吻别田歌，回到自己的房间。能做到这一点并不容易，终日耳鬓厮磨，揉来搓去，体内的情欲之火日渐炽烈。在拥抱中，田歌能感觉到这个男人变硬的肌肉，一次无意的碰撞都能激起神经质的战栗。有时田歌暗自想："要不就放纵一次？"不过她总能及时收敛心神。

这天晚上两人吻别后，田歌躺在那张极宽敞的双人床上，凝视着窗外的圆月。今天正是月圆之夜，她几乎能听到月球引力在自己体液中激发的潮汐声。现代人类学的研究复活了古代的天人感应思想，比如人们发现，妇女经期就与月亮盈亏有直接的关系。在大洋洲及南美洲的一些原始部落里，妇女的经期严格遵照月亮的时刻表：满月时排卵，新月时来经。现代人已被房屋和灯光隔断了与月亮的天然联系，不过人类学家做过实验，让城市妇女睡在一间按月光调节灯光的屋内，半年后她们竟完全恢复了自然经期。人类学家还证明，满月会引起大脑左右半球电磁压差的显著变化，因此，在满月期间，狂躁病患者、癔病患者、梦游症患者发病的可能性会增大。

田歌不知道该不该把责任推给满月。但无论如何，今晚她体内的情欲之河比往日更加汹涌。眼前一直晃荡着那副猎豹一样刚劲舒展的躯体：宽阔的肩头，修长强健的双腿，微凹的腰弯，凸起的臀部……随着她的回味，心底泛起一波波的震颤。她终于克制了自己的欲望。

今天是满月之夜。

谢豹飞立在窗前，呆呆地仰望着。月色清冷而忧郁。45亿年前它就高悬于天际，照着蛮荒的地球，照着地球上逐渐演化的生命，从20亿年前的浅海藻类，5.4亿年前的寒武纪生物群，2亿年前不可一世的恐龙家族，直到哺乳动物。也许，哺乳动物与月亮有更深的渊源。当哺乳动物从爬行动物兽孔目分化出来，于2.3亿年前第一次出现在地球上时，它们是胆怯的耗子似的小动物，在恐龙的淫威下昼伏夜出。在长达亿年的岁月里，盈亏不息的月亮是它们生活中的唯一刻度，是它们的心灵之源。直到6500万年前，恐龙家族衰落，卑微的哺乳动物却延续下来，成了地球的新霸主，并演化出狮虎熊豹等强悍的兽中之王。这就难怪所有哺乳动物包括人类的生命周期与月亮盈亏有着密切的关系。

早在少年时代他就知道这种联系。满月时，他的血液中会莫名其妙地涌动着狂暴之潮。有时他能把它压下去，有时则会失控，进而演变成与伙伴的恶战，他用牙齿代替拳头，体味着牙齿间的快感。

这些行为在父母的严责下收敛了，潜藏起来，父母也逐渐忘掉了某种恐惧。但在成年之后，他不无恐惧地发现，在他的血液中滋生了另一个狂暴之源——性欲。而且，当性欲高潮恰与满月之夜相合时，狂暴的野火常常烧毁一切樊篱。

温哥华、香港、曼谷的狂暴之夜。那些可怜的妓女。

田歌是自己心目中的爱神。"我绝不会在她的躯体上放纵那个魔鬼……但几天来的耳鬓厮磨浓缩着他的情欲，如今它已经变成咆哮奔腾的山洪。我已经无法控制它了。"

"不，我一定要控制它。"

温哥华那晚是一个性感的、年轻的黑人妓女，在香港和曼谷是身材娇小、面目清秀的黄种人妓女，在拉斯维加斯则是个白人女子，非常健壮，像一匹纯种母马。他知道自己的性能力超过所有的男人，在他狂暴的轮番攻击下，那些女子常常下体出血，而血腥味儿又会导致他的彻底癫狂。那几晚

豹

055

的结局已不可回忆。"只记得我发泄过，我咬过，我也留了应付的钱。"

但这些不能加在田歌身上。

那时他的生活已经对父母封闭了，即使是常常伴他去各地参赛的教练也不清楚。他最多知道鲍菲偶尔会出去放纵一晚。他对自己的得意弟子十分宠爱，因此有意无意地忽略了弟子的异常。

性欲之火逐渐高涨，烧沸了血液。血液猛烈地冲击着太阳穴，那个魔鬼醒了，正狞笑着逼过来，他无法制服它。

也许母亲的声音能帮助他驱走魔鬼？母亲的声音，那遥远的但清晰可辨的催眠曲……他返回卧室，拨通家里的电话。

"妈妈，是我。"

妈妈在屏幕上焦急地看着他，急切地说："豹飞，这些天为什么不同家里联系？你已经知道了吗？"

他知道。他知道那个魔鬼正在控制他的四肢、内脏和大脑。

"孩子，你爸爸的宣布是不可避免的，但他未免过于仓促。无论如何，他该事先同你深谈一次啊。希望你能理解他。实际上他对基因嵌接术一直心怀怵惕，他不想把这个危险的魔鬼留在手中。他早就决定在本届奥运会闭幕前向世人公布了。"

基因嵌接术？魔鬼？

"孩子，快回来吧。纵然你体内嵌有猎豹的基因，你仍是妈身上掉下的血肉。爸妈爱你胜过一切。如果你听到什么言论，不要去理会它。好吗？"

猎豹基因？

"孩子，你为什么不说话？我知道你此刻的心绪一定很乱。田歌呢，她知道详情吗？你爸爸告诉我，她是个极可爱极善良的女孩，她一定不会计较你的身世。她在你的身边吗？我想同她谈一谈。"

在近乎癫狂的思维里，他总算弄明白是怎么一回事。猎豹基因！原来他身上嵌有猎豹基因！许多人生之谜至此豁然明朗。他想起自己小时候就爱咬母亲的乳头，稍大时是伙伴的肩头，再往后是妓女的喉咙。那时，他不知道为什么会从齿间感到极度的快感。也许那时他已幻化为一只猎豹，正在月光下大吃大嚼呢。

他咯咯笑道："田歌已经睡了，我不会打扰她的。再见。"

田歌忽然透过窗户看见恋人的身影，他正倚在栏杆上，仰着脸呆呆地看着月亮。田歌悄悄开门出去，从后边揽住他的腰部。这次谢豹飞没有热烈地拥抱她，他的身体显得非常僵硬，定定地盯着满月，像在竭力回忆一个前生之梦。他的嘴里有很浓的威士忌的味道。田歌探头看看，发觉他的表情似乎在生气，也许是因为自己的拒绝？她温柔地说："天晚了，回去休息吧。"

她调皮地把情人推回他的房间，与他再次吻别，回到自己的床上。半个小时后，刚刚入睡的田歌被门锁的扭动声惊醒，赤身裸体的谢豹飞披着月光走进她的房间，他的雄性之旗挺然翘立。田歌面庞发烧，忙起身为他披上一件浴袍。谢豹飞顺势把她紧紧搂在怀里，肌肉深处泛起不可抑制的震颤。

在这一瞬间，田歌再次泛起那个念头："要不就放纵一次？"但她仍克制住自己，柔声哄劝道："豹飞，你答应过，请你成全我的愿望，好吗？"

没有回答。田歌突然发觉恋人变了，他的目光十分狂热，没有理性。他抽出右手，一把撕破田歌的睡衣，裸露出浑圆的肩头和一只乳房。

田歌怒声喝道："豹飞！"她随即调整了情绪，勉强笑道，"豹飞，你是否喝醉了？我知道这几天你一定很难受，你冷静一点儿，好吗？我们坐下来谈话，好吗？"

谢豹飞仍一言不发，轻易地拎起田歌，大踏步地走过去，把田歌重重地摔到床上，然后哧啦一声，把她的睡衣全部扯掉。

田歌勃然大怒，抓起毛巾被掩住身体，愤怒地喊："豹飞！你把我当成什么人？娼妓？女奴？"

谢豹飞又一把扯掉毛巾被，把田歌按在床上，绝望的田歌抽出右手，狠狠地给他一耳光。这记耳光似乎更激起谢豹飞的兽性，他贪婪地盯着月光下白皙诱人的胴体，喉咙里咻咻喘息着，扑了上去。

他很快制服了田歌的反抗。半个小时后，他才支起身体。身下的田歌早已停止挣扎，头颅无力地垂在一旁，长发散落在雪白的床单上，下体浸在血泊中，浓重的血腥味扑鼻而来。谢豹飞并未因兽欲发泄而清醒，血腥味刺激着他的神经，在他意识深处唤起一种模糊的欲望：他要咬住这个漂亮的脖子，体会牙齿间咀嚼的快感。

全身的血液一阵又一阵凶猛地往上冲，在癫狂中他呵呵地笑着，低下头咬紧猎物的颈项。

田延豹租用的水上飞机降落在田歌号附近的水面上。他发觉情况异常，一架警用直升机落在这艘游艇上，警灯不停地闪烁着。警察的身影在艇上来回晃动。一艘快艇驶过来，靠近他的水上飞机，一个黑胡子希腊警察在船舷上大声问他是谁，来这儿干什么。然后他用无线报话器同上司交谈了两句，探过身大声喊着："请田先生上船吧！"

田延豹交代飞机驾驶员停在此地等他，然后他急忙跳到快艇上，心中那种不祥的预感更强烈了。他急急地问："先生，出了什么事？田歌还好吗？"

这位警察一言不发，仔细地对他搜了身，带他来到游艇。在餐厅里，警官提奥多里斯更加详细地询问了他的情况，尤其是追问他为什么"恰在这时"赶到凶杀现场。田延豹的眼前变黑了，声音暗哑地连声问："是谁被害了？是谁？"

提奥多里斯遗憾地说："是田小姐被害，凶手已经拘留。是船上的女仆发现的。可惜我们来晚了，你妹妹是一个多可爱的姑娘啊。"

提奥多里斯警官带他走进那间豪华的卧室，蜡烛形的镀金吊灯放射着柔和的金辉，照着那张极为宽敞、洁白松软的卧床。那本该是白雪公主才配使用的婚床，现在，田歌却躺在白色的殓单下面。田延豹手指抖颤着揭开殓单，田歌的头无力地歪着，黑亮的长发散落一旁。她眉头紧皱着，惨白的脸上凝结着痛苦和迷惘。也许她至死不能相信命运之神对她如此残酷，不相信她挚爱的恋人会这样残忍。

再往下是赤裸的肩头和胸乳。田延豹放下殓单，声音嘶哑地说："让我为她穿上衣服吧，她不能这样离开人世。"

警官同情地看看他，考虑到已不需要保留现场，便点头应允。他退出房间,让希腊女仆过来帮忙。女仆从浴室端来热水和浴巾,眼神战栗着,不敢正视死者。

田延豹低声说:"把热水放下,你到一边去吧。"

他轻轻揭开殓单,姑娘的身体仍如美玉般洁白而润泽,胸乳坚挺,腰部曲线流畅,像一尊完美的艺术品。但她身上布满了伤痕,像抓伤和咬伤,脖颈处有两排深深的牙印,已经变成紫色的瘀斑。她的下身浸在血泊中,血液已经黏稠,但没有完全凝结。田延豹细心地揩净她的身体,在衣橱中找出她从家里带来的一套白色夏装,穿好。最后他留恋地凝望着田歌的面庞,轻轻盖上殓单。

走出停灵间,田延豹问提奥多里斯警官,凶手在哪儿,他想同他谈一谈。他苦笑道:"放心,我不会冲动,告诉你,我是曾杀人奥运百米决赛的运动员,我想以同行的身份同他谈一谈,以便妥善了结此事。"

提奥多里斯犹豫片刻后答应了,带他走进隔壁的房间。谢豹飞被反铐在一张高背椅上,头发散乱,脸上有血痕,赤裸的身上披着一件浴衣。警官告诉田延豹,他们赶到时,谢豹飞精神似已错乱,绕室狂走,完全没有逃跑的打算,不过警察在逮捕他时经历了相当激烈的搏斗。

警官小声骂道:"这杂种!真像一只豹子,力大无穷。"

田延豹拉过一把椅子坐在他的面前,冷冷地打量着他。凶手的目光空洞狞厉,没有理性的成分,紧咬着牙关,嘴巴残忍地弯成弓形。

田延豹冷冷地说:"谢先生认出我了吗?我是田歌的堂兄,也是一名短跑选手。小歌是我看着长大的,看着她从一个娇憨的步履蹒跚的小丫头,长成快乐的豆蔻少女,又长成玉洁冰清的姑娘。我总是惊叹，她是造物主最完美的杰作，钟天地灵秀于一身。坦白地说，没有哪个男人不会对她产生爱慕之心。但我不幸是她的堂兄，只好把这种爱慕变成兄长的呵护，小心翼翼地守护着她，不让她受到一丝伤害。后来她遇上了你，我庆幸她遇见了理想的白马王子，我这个兄长可以从她的生活中退出来了。但是……"

在田延豹沉痛地诉说时，提奥多里斯一直鄙夷地盯着谢豹飞，他看出田先生沉痛的诉说丝毫未使谢豹飞受到触动，他的目光仍是空洞狞厉。

田延豹停顿下来，艰难地喘息着，忽然爆发道："我宰了你这个畜生！"

他像猎豹一样迅猛地扑过去。精神迷乱的谢豹飞凭本能做出反应，敏捷地带着椅子蹿起来，但手铐妨碍了他的行动，在 0.1 秒的迟缓中，田延豹已经掐住他的脖子，两人连同椅子訇然倒在地板上。提奥多里斯和另一名警察先是愣住了，因为田延豹一直在"冷静"地谈话，没料到他会突然爆发。他们立即跳起来，想把两人拉开。但田延豹的双手像一双铁钳，两个人无论如何也拉不开。眼看谢豹飞的脸已经变色，眼神开始发散，提奥多里斯只好用警棍对田延豹的脑袋来了一下。

田延豹休克过去了，两名警察这才把他的双手掰开。谢豹飞卡在椅子中间，头颅以极不自然的角度斜垂着，就像一株折断了的芦苇。提奥多里斯急忙试试他的鼻息，翻看他的瞳孔——他已经死了，他被高背椅硌断了脖子。

提奥多里斯十分懊丧，向警察局通报了这个情况。两个小时后，又一架直升机飞来。游艇上已经没有可停机的空地，所以直升机悬停在空中，放下一架软梯。费新吾和谢可征从软梯上爬下来，旋翼气流猛烈地翻搅着他们的衣服。当他们站在两具尸体前时，谢教授努力克制着自己没有失态，只有手指在神经质地抖着。

四

对田延豹的审判在雅典拉萨琼法院举行。能容 300 人的旁听席里座无虚席。这是一桩十分轰动的连环案，其中身兼凶手和被害人双重身份的鲍菲·谢既是百米王子，又是世界上第一位"豹人"，自然引起新闻界极大的关注。田歌小姐虽然没有什么知名度，但这些天通过报纸电台的宣传，包括展示那些偷拍的热恋镜头，美貌的田歌已成了公众心目中纯洁可爱的偶像。这种情绪甚至压倒了谢豹飞的名声，对田延豹的量刑无疑是有利的。

大厅中有一块辟为记者席，各国记者云集此地，有美联社、路透社、共同社、俄通社……自然也少不了新华社。不过，由于凶手和死者都是中国人或华裔，这种情形对中国记者来说多少有些微妙，所以他们小心地保持着同其他记者的距离，沉默着，不愿与同行们交谈。

审判庭前方的平台上放着三把黑色的高背皮椅，这是三名法官的座席。平台前边是证人席，小木桌上放着一本封皮已旧的《圣经》。左面是被告席，田延豹已经入席，显得十分平静超脱，给别人的强烈印象是：他心愿已毕，以后不管是上天国还是下地狱都无所谓了。

费新吾坐在旁听席的第一排，一直同情地看着他，眼前不时闪过田歌的倩影，笑靥如花，俏语解人，水晶般纯洁……有时他想，换了他在场，照样会把那个该千刀万剐的凶手掐死！他回过目光，扫了一眼前排的一个空位，那是谢先生的位置，大概今天他不会来了。

那天他们赶到田歌号游艇，目睹了一对恋人惨死的场景。作为凶手的田延豹没有丝毫歉疚，目光炯炯地盯着死者的父亲；作为苦主的谢教授反倒躲避着他的盯视，只是失神地看着死去的儿子。田延豹被押走后，费新吾陪教授到岛上开了一间房间，他想尽量劝慰这个被丧子之痛折磨的老人。谢教授沉默着，步履僵硬。

等待者退出房间，教授痛心地说："都怪我啊，没有及早发现豹儿是个虐待狂症患者，以致酿成今天的惨剧。"

费新吾心中渐次升起复杂的情感：怜悯、鄙夷夹杂着愤恨，因为他十分清楚谢教授的这个开场白是什么动机。他冷淡地问："谢豹飞仅仅是一个虐待狂？"

"对，据统计，虐待狂在满月之夜发病率会更高一些。昨天是满月之夜吧。其实我对他的教育一直是很严格的。"

费新吾已经不能抑制自己的鄙夷了，他冷冷地问："你是想让我相信，他只是人类中的精神病人，与他体内嵌入的猎豹基因无关？"

谢教授一愣，苦笑道："当然无关，你不会相信这一套吧，一段控制肌肉发育的基因竟然能影响人性？"

费新吾大声说："我为什么不相信？什么是人性或兽性？归根结底，它是一种思维运动，是由一套指令引发的一系列电化学反应。它必然基于一定的物质结构。人性的形成当然与后天环境有很大关系，但同样与遗传密切相关。早在 20 世纪末，科学家就发现具有 XYY 基因的男子比具有 XY 正常基因的男子易于犯罪，他们常常杀死妓女，在公共场合暴露生殖器；还发现人类 11 号染色体上的 D4DR 基因有调节多巴胺的功能，从而影响性格，D4DR 较长的人常常追求冒险和刺激。其实，人体的所有基因与人性都有联系，或多或少，或直接或间接。作为一个杰出的学者，你会不了解这些发现？你真的相信猎豹基因的嵌入丝毫不影响人性？如果基因不影响性格，那么请你告诉我，猎豹的残忍和兔子的温顺究竟是由什么决定的？是因为在礼仪学校的学习成绩不同吗？"

这些锋利的诘问使教授的精神突然崩溃，他没有反驳，低下头，颤颤巍巍地回到自己的卧室。费新吾想，即使最冷静客观的科学家也难免被偏见蒙住眼睛，而这次谢教授的偏见只是基于一个简单的事实：谢豹飞不仅是他的科研成果，还是他的儿子。

从那天晚上后两人没有再见面。第二天一早，费新吾就从这家旅馆搬走了，他不愿再同这位自私的教授住在一起，在那之后也一直没有同谢教授接触。这会儿，费新吾盯着旁听席上的空座位，心中还在鄙夷地想，对于谢教授来说，无论是儿子的横死还是田歌的不幸，在他心目中都没有占重要位置，他关心的是他的科学发现在科学史上的地位。

国家特派检察官柯斯马斯坐上原告席，他看见被告辩护人雅库里斯坐在被告旁边，便向这位熟人点头示意。雅库里斯律师今年 50 岁，相貌普通，像一只沉默的老海龟，但柯斯马斯深知他的分量。这个老家伙头脑异常清醒，反应极为敏锐。只要一走上法庭，他就会进入极佳的竞技状态，发言有时雄辩，有时委婉，就像一个琴手那样熟练地拨弄着听众和陪审团的情感之弦。还有一条是最令人担心的：雅库里斯接手案件时通常经过严格的选择，他向来只接那些能够取胜的，至少按他的估计能够获胜的案件，而这次，听说是他主动表示愿当被告的律师。

不过，柯斯马斯不相信这次他会取胜。这个案件的脉络是十分清晰的，那个中国人的罪行毫无疑义，最多只是量刑轻重的问题。书记员喊了一声："肃静！"接着两名穿法袍的法官和一名庭长依次走进来，在法官席上就座，宣布审判开始。

柯斯马斯首先宣读起诉书，概述了此案的脉络，然后说："这是一个连环案，第一个被害人是纯洁美丽的田歌小姐，她深爱着自己的恋人，却仅仅因为守护自己的处女宝就惨遭不幸，她激起我们深深的同情和对凶手的愤慨。但这并不是说田先生就能代替法律施行惩罚，血亲复仇的风俗在文明社会早已废弃了。因此，尽管我们对田先生的激愤和冲动抱有同情，仍不得不把他作为预谋杀人犯送上法庭。"

柯斯马斯坐下后，雅库里斯神色冷静地走向陪审团，做了一次极短的陈述："我的委托人杀死谢豹飞是在两名警察的注视下进行的，他们都有清晰的证言，我的委托人对此也供认不讳。实际上，"他苦笑道，"田先生曾执意不让我为他辩护，他说他为田歌报了仇，可以安心赴死了。是他的朋友费新吾先生强迫他改变了主意，费先生说尽管他不惧怕死亡，他的妻子和未成年的女儿在盼着他回去！……法官先生，陪审员先生，我陈述完毕。"

他突兀地结束了发言，把两个女人的"盼望"留给陪审员。

柯斯马斯开始询问证人。警官提奥多里斯第一个作证，详细追述了当时的过程。

柯斯马斯追问："看过田歌小姐的遗体后，被告的表情是否很平静？"

"对，当然后来我才知道，这种平静只是一种假象。"

"他在要求见凶手谢豹飞时，是否曾说过：'放心，我不会冲动，我想以同行的身份同他谈谈，以便妥善了结此事？'"

"对。"

"也就是说，他曾经成功地使你相信，他绝不会采取激烈的报复手段，在这种情形下你才放他去见鲍菲·谢，对吗？"

"是的，我并不想因失察而受上司处分。"

柯斯马斯已在公众中成功地立起"预谋杀人"而不是"冲动杀人"的印象，他说："我询问完了。"

律师雅库里斯慢慢走到证人面前。

"警官先生，被告在杀死鲍菲·谢之前，曾与他有过简短的谈话，你能向法庭复述吗？"

提奥多里斯复述了两人当时的谈话，雅库里斯接着问："那么，在田歌死后，他才第一次向世人承认，他也曾暗恋着漂亮的堂妹，但他用道德的力量约束了自己，仅是默默地守护着她，把爱情升华成悄悄的奉献，我说的对吗？"

"对。我们都很敬重他，他是一个正人君子。"

雅库里斯叹道："是的，一个真正的君子。我正是为此才主动提出做他的免费辩护律师。法官先生，我对这名证人的问题问完了。"

这名警官退场后，雅库里斯对法官说："我想询问几个仅与田歌被杀有关而与鲍菲·谢被杀无关的证人。这是在一个小时内发生的两起凶杀案，一桩案件的'因'是另一桩案件的'果'，因此我认为他们至少可以作为本案的间接证人。"

法官表示同意，按他的建议传来游艇上的女仆。

"请把你的姓名告诉法庭。"

"尼加拉·克里桑蒂。"

"你的职业。"

"案发时我是田歌小姐和鲍菲·谢先生的仆人。"

"请问，依你的印象，他们两人彼此相爱吗？"

"当然！我从没见过这么美好的一对情侣，这艘昂贵的游艇就是谢先生送给田小姐的。我真没有料到……"

"在4天的旅途中，他们发生过口角吗？"

"没有，他们总是依偎在一起，直到深夜才分开。"

"你是说，他们并没有睡在一起？"

"没有。律师先生，我十分佩服这位中国姑娘，她上船时就决定把处女宝留到婚礼之夜再献给丈夫。她对我说过，正因为她太爱谢先生，才作出这样的决定。在几天的情热中她始终能坚守这道防线，真不容易！"

"那么，案发的那天晚上你是否注意到有什么异常？"

"有那么一点。那晚谢先生似乎不高兴，表情比较沉闷，我曾发现他独自到餐厅去饮酒。田小姐一直亲切地抚慰着他。我想，"她略为犹豫，"谢先生那晚一定是被情欲折磨，这对一个强壮的男人来说是很正常的，但谢先生曾赞同田小姐的决定，不好食言。我想他一定是为此生闷气。"

听众中有轻微的嘈嘈声。雅库里斯继续问："后来呢？"

"后来他们各自睡了，我也回到自己的卧室。不久我听见小姐屋里有响动，她在高声说话，好像很生气。我偷偷起来，把她的房门打开一条缝，见小姐已经安静下来，谢先生歪着头趴在她的脖颈上亲吻。我又悄悄掩上门回去。但不久，我发觉谢先生一个人在船舷上狂乱地跑动，赤身裸体，肚皮上好像有血迹。这时我忽然想到了电视上关于豹人的谈论。虽然谢先生那时一直隐瞒着姓名，但我发现他的相貌很像那个豹人。那一瞬间我突然意识到，"虽然已事隔一个月，回忆到这儿，她的脸上仍浮出极度的恐惧，"谢先生刚才亲吻的姿势非常怪异，实际上他不像在亲吻，更像在撕咬小姐的喉咙！"

女仆的声音发抖了，听众都感到一股寒意爬上脊背。她又补充了一句："我赶紧跑回小姐的屋里，看到那种悲惨的景象，我真不敢相信自己的眼睛，因为谢先生曾是那样爱她！"

雅库里斯停止了询问："我的问题问完了，谢谢。"

由于本案的脉络十分简单，法庭辩论很快就结束了，检察官柯斯马斯收拾文件时，特意看看沉默的辩护人。今天这位名律师一直保持低调。当然，他成功地拨动了听众对凶手的同情之弦——但仅此而已，因为同情毕竟代替不了法律。看来，在雅库里斯的辩护生涯中，他要第一次尝到失败的滋味儿了。

田延豹在离席时，面色平静地向熟人告别，当目光扫到检察官身上时，他同样微笑着点头示意，柯斯马斯也点头回礼。他很遗憾，虽然不得不履行职责，但从内心讲，他对这位正直血性的凶手满怀敬意。

第二天早上9点，法庭再次开庭。身穿黑色西服的谢可征教授蹒跚地走进来，坐到那个一直空着的位子上。很多人把目光转向他，窃窃私语着。但谢教授却在周围竖起冷漠之墙，高傲地微仰着头，半闭着眼睛，对周围的声音充耳不闻。

　　法官宣布开庭后，雅库里斯同田延豹低声交谈几句，站起来要求做最后陈述。他慢慢走到场中，苦笑着说："我想在座的所有人对被告的犯罪事实都没有疑问了。大家都同情他，但同情代替不了法律。早在 20 世纪，在人道主义思潮冲击下，大部分西方国家都废除了死刑，唯独希腊还坚持着'杀人偿命'的古老律条。我认为这是希腊人的骄傲。自从人类步入文明，杀人一直是万罪之首，列于《圣经》的十戒之中。这是为什么？为什么杀死一只猪或羊不是犯罪而杀人却是罪恶？这个貌似简单的问题实际是不能证明的，是人类社会公认的一条公理，它植根于人类对自身生命的敬畏。没有这种敬畏，人类所有法律都失去了基础，人类的信仰将会出现大坍塌。所以，人类始终小心地守护着这一条善与恶的分界线。"

　　检察官惊奇地看着侃侃而谈的律师，心里揶揄地想，这位律师今天是否站错了位置？这番话应该是检察官去说才对头。

　　雅库里斯大概猜到了他的心思，对他点点头，接着说下去："所以，如果确认我的委托人杀了人——不管他的愤怒是多么正当——法律仍将给他严厉的惩罚。我们，包括田先生的亲属、陪审员和听众都将遗憾地接受这个判决。现在只余下一个小小的问题。"

　　他有意停顿下来，检察官立即竖起耳朵，心里有了不祥的预感。不仅是他，凡是了解雅库里斯其人的法官和陪审员也都竖起耳朵，看他会在庭辩的最后关头祭起什么法宝。

　　在全场的寂静中，雅库里斯极清晰地、一字一顿地说："只有一个小小的问题：被告杀死的谢豹飞究竟是不是一个人？"

庭内有一个刹那的停顿，紧接着是全场的骚动。检察官气愤地站起来，没等他开口，雅库里斯立即堵住他："少安毋躁，少安毋躁。不错，在众人常识性的目光中，鲍菲·谢自然是人，这一点毫无疑问嘛。他有人的五官，人的四肢，人的智力，说人的语言，生活在人类社会中，具有人的法律地位，口袋里揣着美国的公民证、驾驶证、信用卡、保险卡等一大堆能说明他身份的证件。但是，正如大家所知道的，当他还是一颗受精卵时，他就被植入了非洲猎豹的基因片断。关于这一点，如果谁还有什么疑问的话，可以质询在座的证人谢可征教授。检察官先生，你有疑问吗？请你简单回答：有，还是没有？"

庭内的注意力没有指向检察官，而是全部转向谢可征，但谢教授仍是双眼微闭，浑似未闻。柯斯马斯不情愿地说："关于这一点我没有疑义，可是……"

雅库里斯再次打断他，顺着他的话意说下去："可是你认为他的体内仅仅嵌有极少量的异种基因，只相当于人类基因的数万分之一，因此没人会怀疑他具有人的法律地位，对吧？那么，我想请博学的检察官先生回答一个问题：你认为当人体内的异种基因超过多少才失去人的法律地位？千分之一？百分之一？百分之二十？百分之五十？奥运会的百米亚军埃津瓦说得好，今天让一个嵌有万分之一猎豹基因的人参加百米赛跑，明天会不会牵来一只嵌有万分之一人类基因的4条腿的豹子？不，人类必须守住这条防线，半步也不能后退，那就是：只要体内嵌有哪怕是极微量的异种基因，这人就应视同非人！"

柯斯马斯不耐烦地应辩道："恐怕律师先生离题太远了吧。我们在辩论田延豹杀人案，并不是为鲍菲·谢的法律身份作出鉴定。那是美国警方的事。据我所知，世界上有不少人植入了猪的心脏、转基因山羊的肾脏。这些病人身上的异种成分并不在鲍菲之下，但并没有人对他们的'人'的身份产生怀疑。还有试管婴儿，可以说，这种繁衍生命的方式是违背上帝意愿的，科学界和宗教界都曾强烈反对，罗马教廷的反对态度至今不变。但反对归反对，世界上每年至少有50万个试管婴儿降临于世，他们平静地生活在人类社会中，享受着正常人的权利，从没有人敢说他们不具有人的身份。雅库里斯先生是否认为这些人——身上嵌有异种成分的或使用非自然生殖方式的人——不受法律保护？你敢对这数百万人说这句话吗？"

在柯斯马斯咄咄逼人的追问下，雅库里斯从容地微微一笑："检察官先生想激起数百万人的仇恨吗？我不会上当的。我说的'非人'不包括这些人，请注意，你说的都是病人，他们是先成为病人而后才植入异种组织。但鲍菲·谢起初却是一个正常人，是植入异种基因后才变成不正常的人。这二者完全不同。"

柯斯马斯皱起眉头："我无法辨析你所说的精微字义。我想法官和陪审员也不会对此感兴趣。"

三位法官和十名陪审员都认真聆听着，但他们确实显得茫然和不耐烦。雅库里斯转向法官："法官大人，请原谅我在这个问题上精雕细刻，因为它正是本案关键所在。我已经请来了生物学界的权威之一，相信他言简意赅的证词能使诸位很快拂去疑云。"

庭长略略犹豫，点头说："可以询问。"

满脸胡子的埃迪·金斯走上证人席，依惯例发了誓。律师说："请向法庭说出你的名字和职业。"

"埃迪·金斯，美国马里兰州克里夫兰市雷泽夫大学医学院的遗传学家。顺便说一句——我知道某些记者对此一定感兴趣——我是死者鲍菲·谢的父亲谢可征先生的同事。"

听众们对这个细节果然很感兴趣，这是否预示着同室相戕？嗡嗡的议论声不绝于耳。谢教授冷然不为所动。费新吾的神色平静，但心中不免忐忑不安。庭辩的策略是雅库里斯、金斯和他共同商定的，它能不能取得最终成功？现在已到关键时刻了。

雅库里斯说："刚才我所说的病人与正常人的区别，你能向法庭解释清楚吗？请用尽量通俗的语言来讲，要知道，这儿的听众都不是科学家。"

"好的，我尽量做到这一点。"金斯简洁地说，"上帝曾认为，自他创造了人以后，人就是一成不变的。我想在科学昌明的 21 世纪，上帝也会承认自己的错误。实际上，人类的异化一直在进行着，从未间断。我们且不看从猿到人那种自然的异化过程，只看看人为的异化过程吧。从安装假牙、柳枝接骨起，这个异化就已经开始。现在，人类的异化早已不是涓涓细流，而是横流的山洪了。诸如更换动物器官、用基因手术治疗遗传病、试管婴儿、克隆人等，这些势头凶猛的异化使所有的有识之士都忧心忡忡。但是，'幸亏'此前的异化手段都是为病人使用的，其目的是让病人恢复正常人的状态，使他们享受上帝赐予众生的权利。极而言之，当种种异化过程发展到极点，也不过是用'非自然'方法来尽量模拟一个'自然'的人。换句话说，这种手段只是为了更正上帝在工作中难免出现的疏漏，并未违背上帝的意愿。我的讲解，诸位是否都听明白了？"

法官和陪审员们都点点头。金斯继续讲下去："上述的例证中，也许克隆人算半个例外，它不是使用在病人身上，而是用正常人来复制正常人。不过，我们姑且把克隆人也归到上述类型中吧。问题是，趾高气扬的科学家们决不会到此止步，他们还想比上帝做得更好。谢教授的基因嵌接技术就是一次最伟大的里程碑式的成功。他能在 26 年前几乎是单枪匹马地做到这一点，实在是太难得了。我无法用语言表达我的敬佩——当然仅仅从技术的角度。"

谢教授成了众人注目的焦点，记者们忙碌地记录着。

"现在，在前沿科学界已经形成了一种共识——请注意，谢教授正是其中重要一员，就连我的这些观点也有不少得之于他的教诲。这个共识就是，人类的异化是缓慢的、渐进的，但是，当人类变革自身的努力超越了'补足'阶段而迈入'改良'时，人类的异化就超过了临界点。可以说，从谢教授的豹人开始，一种超越现人类的后人类就已经出现了。你们不妨想象一下，马上就会在泳坛出现鱼人，在跳高比赛中出现袋鼠人，在臭氧空洞的大气环境下出现耐紫外线的厚皮肤人，等等。如果你们再大胆一点，不妨想象一个能在海底城市生活的两栖人，一个具有超级智力的没有身体的巨脑人，等等。"他苦笑道，"坦率地说，我和谢教授同样致力于基因工程技术的开拓，但走到这儿，我就同他分道扬镳了。我是他坚定的反对派，我认为超过某个界限、某个临界点的改良实际将导致人类的灭亡。"

雅库里斯追问道："你是说，科学界已形成共识，这种改良后的人已经超越人类的范畴？"

金斯断然说："当然！我知道奥委会正陷入激烈的争论——豹人的成绩是否算是人类的纪录。依我看来，鲍菲的成绩当然是无效的，它不能算作人类的奥运成绩，倒可以作为后人类的第一个非正式体育纪录。"

"那么，人类的法律适用于鲍菲·谢吗？"

金斯摇摇头："这个问题由法律专家们回答吧。不过我想问一句：人类的法律适用于猿人吗？或者说，猿人的社会规则适用于人类吗？"

"谢谢，我的问题问完了。"

金斯走下证人席，雅库里斯说："这位证人已经讲得很清楚了。法官先生，陪审员先生，我想本法庭面临的是一个全新的问题，我代表我的委托人向法庭提出一个从没人提过的要求：在判定被告'杀人'之前，请检察官先生拿出权威单位出具的证明，证明鲍菲·谢具有人的法律地位。"

柯斯马斯暗暗苦笑，他知道这个狡猾的律师已经打赢了这一仗。两天来，他一直在拨弄着法庭的同情之弦，使他们对不得不判被告有罪而内疚——忽然，他在法律之网上剪出一个洞，可以让田先生网眼脱身了。陪审员们如释重负的表情便足以说明这一点。其实何止陪审员和法官，连柯斯马斯本人也丧失了继续争下去的兴趣，就让那个值得同情的凶手逃脱惩罚，回到他的妻女身边去吧。

雅库里斯仍在侃侃而谈："死者鲍菲·谢确实是一个受害者，另一种意义的受害者。他本来是一个正常人，虽然也许没有出众的体育天才，但有着善良的性格，能赢得美满的爱情，有一个虽然平凡但却幸福的人生。但是，有人擅自把猎豹基因嵌入他的体内，使他既获得猎豹的强健肌肉，又具有猎豹的残忍，因此才酿成今天的悲剧。那个妄图代替上帝的人才是真正的罪犯，因为他肆意粉碎宇宙的秩序，毁坏上帝赋予众生的和谐和安宁。"他猛然转向谢教授，"他必将受到审判，无论是在人类的法庭还是在上帝的法庭！"

雅库里斯的目光像两把赤红的剑，咄咄逼人地射向谢教授，但谢教授仍保持着他的冷漠。记者们全都转向他，闪光灯闪成一片。旁听席上有少数人不知内情，低声交谈着。法官不得不下令让大家肃静。

过了很久谢教授才站起来，平静地说："法官先生，既然这位律师先生提到我，我可以在法庭做出答辩吗？"

三名法官低声交谈几句，允许他以证人的身份陈述。谢教授走向证人席，首先把《圣经》推到一边，微微一笑："我不信《圣经》中的上帝，所以只能凭我的良知发誓：我将向法庭提供的陈述是完全真实的。"他面向观众，两眼炯炯有神，"这位律师先生曾要求权威单位出具证明，我想我就具备这种权威身份。我要出具的证言是：的确，鲍菲·谢已经不能归于自然人类的范畴，他属于新的人类，我姑且把他命名为后人类，他是后人类中第一个降临于世界的。因此，在适用于后人类的法律问世之前，田延豹先生可以无罪释放了。"

他向被告点头示意。法庭上所有人，无论是法官、被告、辩护律师、陪审员还是听众，都没有料到被害人的父亲竟然这样大度，庭内响起一片嗡嗡声。

谢教授继续说道："至于雅库里斯先生指控我的罪名，我想请他不要忘了历史。当达尔文的《物种起源》发表后，也曾激起轩然大波，无数捍卫'人类纯洁'的卫道士群起而攻之，咒骂他是猴子的子孙。随着科学的进步，现在已经很少有人羞于当'猴子的子孙'了。不过，那种卫道士并没有断子绝孙，他们会改头换面，重新掀起一轮新的喧嚣。从身体结构上说，人类和兽类有什么截然分开的界限？没有，根本没有，所有生物都是同源的，是一脉相承的血亲。不错，人类告别了蒙昧，建立了人类文明，从而与兽类区别开来。但这是对精神世界而言。若从身体结构上看，人兽之间并没有这条界限。既然如此，只要对人类的生存有利，在人体内嵌入少量的异种基因为什么竟成了大逆不道的罪恶？

"自然界是变化发展的，这种变异永无止境。从生命诞生至今，至少已有90%的生物物种灭绝了，只有适应环境的物种才能生存。这个道理已被人们广泛认可，但从未有人想到这条生物界的规律也适用于人类。在我们的目光中，人类自身结构已经十全十美，不需要进步了。如果环境与我们不适合——那就改变环境来迎合我们嘛。这是一种典型的人类自大狂。比起地球，比起浩渺的宇宙，人类太渺小了，即使亿万年后人类也没有能力去改变整个外部环境。那么我要问，假如10万年后地球环境发生很大的变化，人类必须离开陆地去海洋中生活？或者必须生活在没有阳光，仅有硫化氢提供能量的深海热泉中？生活在近乎无水的环境中？生活在温度超过80℃的高温条件下？上述这些苛刻的环境中都有蓬勃的生命，换句话说，都有可供人类改进自身的基因结构。如果当真有那么一天，我们是墨守成规、抱残守缺，坐等某种新的文明生物替代人类呢，还是改变自己的身体结构去适应环境，把人类文明延续下去？"

他的雄辩征服了听众，全场鸦雀无声。谢教授目光如炬地说下去："我知道，人类由于强大的思维惯性，不可能在一夜之间接受这种观点，正像日心说和进化论曾被摧残一样，很有可能，我会被守旧的科学界烧死在 21 世纪的火刑柱上。但不管怎样，我不会改变自己的信仰，不会放弃一个先知者的义务。如果必须用鲜血来激醒人类的愚昧，我会毫不犹豫地献出自己的儿子，甚至我自己。"

记者们都飞快地记录着，他们以职业的敏感意识到，今天是一场历史性的审判，它宣布了"后人类"的诞生。谢教授的发言十分尖锐，简直使人感到了肉体上的痛楚，但它却有强大的逻辑力量，让你不得不信服。连法官也听得入迷，没有试图打断这些显然已跑题的陈述。谢教授结束了发言，居高临下地俯视着听众，高傲的目光中微带怜悯，就像上帝在俯视着自己的羔羊。然后他慢慢走下证人席，回到自己的座位上。

他的陈述完全扭转了法庭的气氛，使一个被指控的罪人羽化成了悲壮的英雄。三名法官低声交谈着，忽然旁听席上有人轻声说："法官先生，允许我提供证言吗？"

大家朝那边看去，是一个 60 岁左右的老妇人，鬓发花白，穿着黑色的衣裙，看模样是黄种人。法官问："你的姓名？"

"方若华，我是鲍菲的母亲，谢先生的妻子。"

费新吾恍然回忆到，这个妇人昨天就来了，一直默默坐在角落里，皱纹中掩着深深的苦楚。他曾经奇怪，鲍菲的母亲为什么一直不露面，现在看来，这个家庭里一定有不能向外人道的纠葛。谢教授仍高傲地眯着双眼，头颅微微后仰，

豹

但费新吾发现，他面颊上的肌肉在微微抖动着。

庭长同意了妇人的要求，她慢慢走到证人席，目光扫过被告、检察官和陪审员，定在丈夫的脸上。她说："我是28年前同谢先生结婚的，他今天在法庭陈述的思想在那时就已经定型了。那时，我是他的一个助手，也是他坚定的信仰者。当时我们都知道基因嵌接术在社会舆论中是大逆不道的，所谓始作俑者，其无后乎，率先去做的人不会有好结局。但我和丈夫义无反顾地开始去做这件事。

"后来，我们的爱情有了第一颗果实，在受精卵发育到8细胞期胚胎时，丈夫从我的子宫里取出8颗胚细胞，开始了他的基因嵌接术。"她的嘴唇颤抖着，艰难地说，"不久前死去的鲍菲是我的第7个儿子，也是唯一发育成功的一个。"

片刻之后人们才意识到这句话的含义，庭内响起一片嗡嗡声。妇人苦涩地说："当年第一颗改造过的受精卵被植入我的子宫，我也像所有的母亲一样，感受到了体内的神奇变化，我也曾呕吐、嗜酸，感受到轻微的胎动。体内的黄体酮分泌加快，转变成强烈的母爱。我也曾多次憧憬着儿子惹人爱怜的模样。但这次妊娠不久就被中止了。超声波检查表明，他根本不具人形，只是一个丑陋的、能够生长和搏动的肉团而已！"

她沉默下来，回想起当年听到这个噩耗时心中的痛楚。不管怎样，那也是她身上的一块血肉。听众都体会到了一个母亲的痛苦，安静地等她说下去。

停了一会儿，她接着说："流产之后，我的丈夫立即把这团血肉处理了，没有让我看见，但我对这团不成形的血肉一直怀着深深的歉疚。直到第二个胎儿开始在腹中搏动时，这种痛楚才稍许减轻一些。可是，第二个胎儿也是同样的命运。这种使人发疯的过程总共重复了6次。6次啊，这些反复不已的锯割已经超过了我的精神承受能力，我几乎要发疯了。"

她苦笑道："不过我并不怪我的丈夫，他探索的是宇宙之秘，谁能保证没有几次失败？等第7颗胚胎细胞做完基因嵌接术，丈夫不愿我再受折磨，想找一个代理母亲，我坚决拒绝了。我不能容忍自己的儿子让别人去孕育。还好，这次获得了空前的成功。我满怀喜悦，小心翼翼地把这个体育天才养育成人。不过，坦率地讲，我心里一直有抹不去的可怕预感，这种预感一直伴随着鲍菲长大。这次儿子来雅典比赛，我甚至不敢赶来观看。鲍菲在赛后曾欣喜地告诉我，说他遇上了世上最美的一个姑娘，我也为他高兴，谁料到仅仅3天后……"

她说不下去了。法官们交换着目光，都不去打断她。妇人接着说："一个月前我来到雅典，儿子和田小姐的尸体使我痛不欲生。但你们可知道，我丈夫是如何安慰我的？他说，有人说鲍菲的兽性来自嵌入的猎豹基因，他要把第8颗冷藏的胚胎细胞解冻，进行同样的基因嵌接术，让他按鲍菲的生活之路成长，以此来推翻或验证这种结论。从那时起，我就知道我们之间的婚姻已经完结了。不错，谢先生是在勇敢地探索他的真理，百折不回，但这种真理太残酷，一个女人已经不能承受。在那次谈话后，我立即返回美国，谢先生，"她转向旁听席上的丈夫，"你知道我回去的目的吗？我已经请人把最后一颗胚胎细胞植入我的子宫，但没有做什么基因嵌接术。我要以59岁的年龄再当一次母亲，生下一个没有体育天赋的、普普通通的孩子！"她回过头歉然道，"法官先生，我的话讲完了。"

法庭休庭两个小时后重新开庭，法官和陪审员走回自己的座位，两名法警把田延豹带到法官面前。法庭里非常寂静。在前一段庭审中，听众已经经历了几次感情反复，谢教授从一个邪恶的科学狂人变成悲壮的殉道者，但这个形象随后又被鲍菲母亲的话重重地涂上黑色。现在听众们紧张地等待着判决结果。

法官开始发言："诸位，我们所经历的是一场十分特殊的审判，诚如雅库里斯先生和谢可征先生所说，在所有人类的法律中，尽管人们可能没有意识到，但的确有两条公理是法律赖以存在的、不需求证的公理，即：人的定义和人类对自身生命的敬畏。现在，这两条公理已经受到挑战。"他苦笑道，"坦率地说，对此案的判决已经超出了本庭的能力。我想此时此刻，在新的法律问世之前，世界上没有任何法官能对此做出判决。对于法官的名誉来说，比较保险的办法是不理会关于后人类的提法，仍遵循现有的法律——毕竟鲍菲·谢有确定的法律身份。但是，我和大多数同事认为这不是负责的态度。金斯先生，还有谢可征先生都对后人类问题做了极有说服力的剖析。刚才的两个小时内，我又尽可能咨询了世界上有名的人类学家、社会学家、生物学家和物理学家，他们的观点大致和两位先生关于后人类的观点相同。所以，我们在判决时考虑了上述因素。需要说明一点，即使鲍菲·谢已经不属于现人类，也没有人认为两种人类间的仇杀就是正当的。我们只是想把此案的判决推迟一下，推迟到有了法律依据时再进行。

"所以，我即将宣读的判决是权宜性的，是在现行法律基础上所做的变通。"

他清清嗓子，开始宣读判决书："因此，根据国家授予我的权力，并根据现行的法律，我宣布，在没有认定鲍菲·谢作为'人'的法律身份之前，被告田延豹取保释放。鉴于本案的特殊性，诉讼费取消。"

《纽约时报》再一次领先同行，在电子版报纸上率先发出一份颇有分量的报道：

> 法庭已宣布田延豹取保释放——实际是无限期地推迟了对他的判决。律师雅库里斯胜利了，他用出奇制胜的辩护改变了审判的轨道；公众情绪胜利了，他们觉得这种结果可以告慰死者——无辜而可爱的田歌小姐。
>
> 但法庭中还有一位真正的胜利者，那就是科学之神，是谢可征、埃迪·金斯所代表的科学之神。她正踏着沉重的步伐迈过人类的头顶。这里有一个奇怪的悖论：尽管科学的昌明依赖于人类的智慧，依赖于一代又一代科学家艰难的推动，但当她踏上人类的头顶时，没有任何力量能够阻挡她的脚步。

退庭后，记者们蜂拥而上，包围了田延豹和他的辩护律师。几十支麦克风举到他们的面前。费新吾好不容易挤到田延豹的身边，同他紧紧握手，又握住雅库里斯的手："谢谢你的出色辩护。"

雅库里斯微笑道："我会把这次辩护看成我律师生涯的顶点。"

他们看见谢豹飞的母亲已经摆脱记者，走到自己的汽车旁，但她没有立即钻进车内，而是抬头看着这边，似有所待。

田延豹立即推开记者，走过去同她握手："方女士，我为自己那天的冲动向你道歉。"

方女士凄然一笑："不，应该道歉的是我。"她犹豫了很久才说，"田先生，我有一个很唐突的要求，如果觉得不合适，你完全可以拒绝。"

"请讲。"

"田小姐是回国安葬吗？是火葬还是土葬？"

"回国火葬。"

"能否让鲍菲和她一同火葬？我知道这个要求很无礼，但我确实知道鲍菲是很爱令妹的——在猎豹的兽性发作之前。我想让他陪令妹一同归天，在另一个世界向令妹忏悔自己的罪恶。"

田延豹犹豫一会儿，爽快地说："这事恐怕要我的叔叔和婶婶才能决定，不过我会尽力说服他们，你晚上等我的电话。"

"谢谢，衷心地感谢。这是我的电话号码。"

他们看到一群记者追着谢教授，直到他钻进自己的富豪车。在他启动前，新华社记者穆明提出了最后一个问题："谢先生，你还会冒天下之大不韪，继续你的基因嵌入研究吗？"

那辆车的前窗落下来，谢教授从车内向外望望妻子、田延豹和费新吾，斩钉截铁地吐出两个字："当然！"

七重外壳

    1999 年 8 月 23 日，甘又明和姐夫乘坐中航波音 747 客机到达旧金山。姐夫斯托恩·吴，中文名字吴中，买的是单程机票，给甘又明买的是往返机票。甘又明打算在 7 天后返回北京，去上他的大学三年级课程。

    在旧金山他们没出机场，直接坐上联合航空公司去休斯敦的麦道飞机。抵达这座航天城时已是万家灯火了。高速公路上的车灯组成流动跳荡、十分明亮的光网，城市的灯光照彻夜空，把这座新兴城市映成一个透明的巨大星团。飞机开始下降，耳朵里嗡嗡作响，那个巨大的亮星团开始分解出异彩纷呈的霓虹灯光。直到这时，甘又明才相信自己真的到了美国。

    下了飞机，他们乘坐地下有轨电车来到一个停车场，吴中找到自己那辆银灰色的汽车，遥控打开车门。10 分钟后他们已来到高速公路上。吴中扳动一个开关后便松开方向盘，从随身皮包里取出一个小巧的办公机，开始同基地联络。

    "我在为你办理进基地的手续。"他简短地说。

    甘又明惊讶地看着这辆无人驾驶的汽车在高速公路上疾驰。路上，除了对面的汽车唰唰地掠过去，百里路面见不到一个行人和警察。在这道机械洪流中，甘又明真正体会到为什么"汽车人"在美国的动漫中大行其道。当他们的汽车与前边汽车尾随太紧时，甘又明免不了心中忐忑，斯托恩·吴猜到他的心思，从办公机上抬起头，平淡地说："放心，它有最先进的防撞功能。"

甘又明问："它使用的是卫星导航？我见资料上介绍过，说这种自动驾驶方式是下个世纪的技术。"

吴中微微一笑："很多网站上的资料比科技现状可能有 5 到 10 年的滞后期，我即将带你去的 B 基地又是美国国内最超前的，你在那儿可以看到许多前沿技术，它可以说是 21 世纪科技社会的一个预展。比如这辆汽车，你知道它的动力来源是什么吗？"

要不是姐夫问，甘又明还真没想这个问题。他看看汽车，它看上去和汽油车没什么区别，车速表上的指针已超过了 150 千米 / 时，汽车行驶得异常平稳。他猜道："从结构上看它当然不是太阳能汽车，难道它是高能电池的电动汽车？氢氧电池的电动汽车？高容量储氢金属的氢动力汽车？在我的印象中，这些都是 2000 年以后的未来汽车。"

吴中摇摇头："都不是。这辆汽车由惯性能驱动，它装备有 12 个像普通汽车汽缸大小的飞轮，秒速 30 万转。所以储能量很大，充电一次可以行驶 1000 千米。飞轮悬浮在一个超导体形成的巨大磁场里，基本没有摩擦损失，使惯性能在受控状态下逐步转化为电能。这是代替汽油动力的多种方案之一，但不一定是最好的方案。"

甘又明半是哂笑地说："也许，B 基地里还有能给植物授粉的微型昆虫机器？有克隆人？有光孤立子通信？有激光驱动的宇宙飞船？"

斯托恩·吴扭头看他一眼，平静地说："没错，除了'克隆人'囿于伦理问题没有付诸实施，其他的都已投入实际使用或小规模试用。"

之后他就不再说话，在他的办公机上专心致志地办公。甘又明不由得暗暗打量他的侧影。他的相貌平常，身体比较单薄，大脑门，有如女性般的纤纤十指在电脑键盘上翻飞自如，时而停下来在屏幕上迅速浏览一下从基地发来的数据。

如鱼得水。甘又明脑子里老是重复这几个字。这个文弱青年在科技社会里真是如鱼得水，无怪乎姐姐是那样爱他、崇拜他。这种人正是 21 世纪的弄潮儿，在女性心目中，他们已代替了那些肌肉发达的西部牛仔英雄。

7 天前，34 岁的斯托恩·吴突然飞回国内，第三天就同 31 岁的星子姑娘举行了婚礼。婚礼上，新娘满脸的幸福，新郎却像机器人一样冷静。

刚从老家返校的甘又明借着三分酒气，讥讽地对姐夫哥说："谢天谢地，我姐姐苦苦等了 8 年，你总算从网络里走出来了。你知道吗？很长时间我认为你已经非物质化了，或者只剩下一个脑袋泡在美国某个实验室的营养液中。"

斯托恩·吴平静宽厚地笑笑，同小舅子碰碰杯，一饮而尽。甘又明对他一直非常不满，甚至可以说是抱有敌意。8 年来，至少是从他考进清华大学计算机系的 3 年来，他极少在姐姐那儿听到吴先生的消息，最多不过是见他在网络上发来几句问候。

甘又明曾刻薄地对姐姐说："你的未婚夫究竟是吴先生，还是一个 ZHW@07.BX.US 的网络地址？别傻了，那个人如果不是早已变心，就是变成了没有性别的机器人。"

姐姐总是笑笑说："他太忙，现在是美国 B 基地虚拟试验室的负责人。"不过弟弟的话并非没有一点影响。那天晚上，她发了一封电子邮件，委婉地说想要一张他的近照。第二天一张表情漠然的照片传回来了——仍是通过电脑网络！为此，甘又明一口咬定这张照片是虚拟的："现在的面孔合成软件早已发展得尽善尽美，你想让这张照片里的人变胖变瘦，是哭是笑，或者想从 10 岁的照片变化出 34 岁的模样，都只用半秒钟的时间！你想，他为什么不寄一张普通相片呢，这里面一定有鬼！"

即使婚礼过后，甘又明仍然敌意难消。客人走后，他悻悻地对姐姐说："他为什么不接你去美国？这位上了世界名人录、名列美国 20 位最杰出青年科学家之一的吴先生养不活你吗？姐姐，我担心他在那边有了十七八个情人，甚至已成了家。用不用我再提醒一次？他那里可能既是高科技的伊甸园，又是一个世界末日般的罪恶渊薮。"

星子已听惯了弟弟的刻薄话，她笑着说："你不是说他是没有性别的机器人吗？这种机器人是不需要情人的。"

"那他为什么不接你去美国？"

"他说这儿有他的根，有他童年的根，人生的根。他说，当他在光怪陆离的科技社会里迷失本性时，需要回来寻找信仰的支撑点，就像希腊神话中的英雄安泰需要地母的滋养。"星子在复述这些话时，脸上洋溢着圣洁的光辉。

甘又明喊起来："姐姐呀，你真是天下最痴情又最愚蠢的女人！这都是言情小说中的道白，你怎么也能当真！"他看看表，9 点 40 分，是中央 7 台的"科技影视长廊"节目时间，这个时间他是雷打不动的。他打开电视，嘟囔道："反正我把该说的都说了，到时你莫怪我。"

那晚的科技影视节目是"电脑鱼缸"——正是它促成了甘又明的美国之行。"电脑鱼缸"是一种微型仿真电脑游戏，电脑中储存了几百种鱼类的基因，玩家只要任意挑选几种，按下确认钮，它们就开始在屏幕上从容遨游。每秒48帧画面，比电影快一倍，所以画面看上去甚至比真鱼还逼真。不仅如此，这些鱼还会生长，会弱肉强食，会求婚决斗，会因鱼食的多寡而变肥变瘦。雌雄配对完全是随机的，一旦某对雌雄结合，它们的后代就兼具父母的基因，因而兼具父母特有的形态习性。它们会根据环境条件产生变异。一句话，这个鱼缸完完全全是一个鱼类社会的缩影——但只是虚拟状态。

新婚夫妇来到客厅时，甘又明正在击节低赞："太奇妙了，太奇妙了！"每次看到类似的节目，他常有"浮一大白"的快感。

这会儿甘又明完全忘却了对姐夫的敌意，兴致勃勃地对姐夫说："很巧妙的构思。如果把节奏加快——这对于电脑是再容易不过了——是否可以在几分钟内预演鱼类几千万年的进化？还可以把主角换成人，来模拟人类社会的进化。比如说把所有的社会矛盾、各国军力、民族情绪、宗教冲突、各国领导人的心理素质等输进一个超级虚拟系统，推演出二三十种战争进程，我想它对军事统帅的决策一定大有裨益。"

吴中看了他一眼，发现这个清华大学大三学生的思路比较活跃，不免对这位小舅子发生了兴趣。他坐到甘又明的面前，简洁地说："你说的不错，这正是虚拟技术诸多用途之一。不过这个电脑鱼缸太小儿科了，我们的技术早已超过它，远远超过它。"

甘又明好奇地问："发展到了什么程度？能否给我讲讲，如果不涉及贵国，"他有意把这两个字念重，"利益的话。"

吴中笑笑，接过妻子递过来的两杯咖啡，递给小舅子一杯。他略为思考后说："我想你已知道，在虚拟技术中，人可以'进入'虚拟世界。"

"对，通过目镜和棘刺手套，人可以进入电脑鱼缸和鱼儿嬉戏。"

吴中摇摇头："那都是 20 年前的旧古董了。我们现在使用的是一种被称作'外壳'的中介物。通过它，人可以完全真实地融入虚拟世界。我们的技术甚至已发展到这种程度：某人进入虚拟系统之后，如果没有系统外的帮助就无法辨别出所处环境的虚实。正像一个密闭飞船里的乘员，若没有系统外参照物就无法确认自己是否在运动。"

甘又明笑嘻嘻地说："那个'某人'是否服用了迷幻药？科克？快克？哈希什？"

吴中看看他，心平气和地说："没有。"

甘又明大笑起来："那你就有点吹牛了！我想，一个神经健全、头脑清醒的人，肯定能从虚拟环境中找出破绽来！"

吴中冷冷地说："说几句评论是很容易的，不过献身科学的人一般已经摈弃了服用迷幻药这类爱好。甘先生，你想试试向我的虚拟技术挑战？"

甘又明两眼发光，跃跃欲试地说："这可挠到我的痒处了！我天生喜欢这样的智力体操，从小到大，乐此不疲。不过，我恐怕暂时去不了美国吧。"

吴中笑笑，对妻子说："我给他安排一次为期 7 天的短期访问，不耽误他回校上课。"

甘又明很快领教了姐夫的地位和能量。3 天后，吴中告别新婚妻子匆匆返回美国时，甘又明也怀揣着一张往返机票、一份特别签证和 1000 元美金坐在飞机特等舱里，享受着空姐的微笑和茶几上的新鲜水果。

一条公路沿着海滩穿行，再往前是广阔的滩涂地。这儿人烟稀少，雪亮的灯光刺破夜色，展现出一个茂密安静的绿色世界，自然的蛮荒和嵌入其中的现代化建筑相映成趣。天光甫亮，他们赶到一个营地。营地占地面积不大，在做工粗糙的铁栅栏中散布着十几座平房。虽然途中已经联系过，但警卫室声称没有收到对甘又明放行的命令。吴中面色不快，拿起内线电话，节奏很快地说了一通。以甘又明的英语水平基本可以听懂他们的谈话。

吴中说："我与贵国政府签了合同，我自然会恪守它，包括其中的保密条款。实际上，只要这次我回国 7 天而未泄密，你就不必担心了。"从这几句话中，甘又明听出了他的傲气。

他又说："实际上这位中国青年是作为临时雇员来基地的。你知道我们一直在招募挑选那些最有天资的美国青年，让他们去寻找虚拟世界的漏洞，以求改进设计。我们还要发给成功者 10000 美元的奖金。这位甘先生也是一个很合适的人选，他思维灵活，天生是个怀疑派，而且在一个完全不同的文化背景中长大。我们的技术只有经过不同文化背景的人士的检验，才是万无一失的。当然，甘先生没有经过例行的安全甄别，但我的话是否可以作为担保呢？"

对方显然犹豫片刻，然后交谈了几句。吴中笑道："谢谢，我会记住你的这次人情。"

他把话筒递给警卫，警卫听完后殷勤地说："头头儿说，对两位先生免除一切检查。我送你们过去。"

现在，在他们面前的是一个巨大的圆形管道。吴中按动一个电钮，管道上一座密封门缓缓打开。他们走进一个圆筒状的车厢，车厢内相当豪华，摆着4部真皮转角沙发。

吴中同仅有的两名乘客打了招呼，安顿甘又明坐下，打开酒柜门，问："喝点什么？威士忌、橙汁还是咖啡？"

"橙汁吧。"

吴中倒橙汁时，车厢非常平稳地起动了。甘又明只是在看到橙汁液面向后倾斜时，才察觉到车厢在加速。他从窗户向外望去，看到飞速后掠的绿树旷野。一群海鸟从窗外掠过，又立即出现在后边的窗户中。但他敏锐地发现，所谓窗户只是一张液晶屏幕上的仿真画面。他笑着用手敲敲假窗户："也是虚拟的？"

吴中微笑着说："你的观察力很敏锐。对，这种管道是全封闭的，是饱和蒸汽管道。车厢行进时，前方蒸汽迅速凝为水滴，车厢经过后又迅速汽化，所以几乎没有空气阻力。使用磁斥悬浮和驱动，车厢可以达到两马赫的高速。相信在下一个世纪中叶，它将在很大程度上代替火车。"他笑道，"当然啦，因为是封闭环境，旅客容易感到压抑郁闷，所以我们搞了这些仿真窗户，其中播放的都是虚拟画面。"

磁悬浮车辆已达到最高速，正保持着这个速度无声地疾驰，窗外景物的后掠也越来越快。按方位和地图推算，这时头顶已经是浅海了。

吴中严肃地说："还有 10 分钟时间。我想简单地介绍一下我们的虚拟技术，希望你不要过于轻敌。像你这样的青年志愿者我们已接待过上千人次，只有 6 个人挣到了自己的 10000 美元。此后我们堵住了所有的漏洞，再没人能挣到这笔奖金了。我很希望你能成为第 7 个成功者，但首先你要彻底清除你的轻敌思想。"

他略为沉吟，平缓地说："你要知道，一个智慧生物若处于封闭系统中，很难对自身所处环境作出客观的判断。比如当宇宙飞船达到光速时，时间速率就会降为零，但光速飞船内的乘员感觉不到这个变化，他们仍然认为自己是在正常地吃饭、谈话、睡眠、衰老。再比如，我们说宇宙在膨胀，也能用光线的红移来测出膨胀速率。但这种膨胀只是天体距离的膨胀，天体本身并未膨胀。如果所有天体连同观察者本身也在同步地膨胀，我们能拿什么不变的尺度来确认宇宙的膨胀？绝无可能。"

甘又明笑道："我信服你的理论，但进入虚拟环境中的人并未完全封闭，至少他们的思维是在虚拟系统之外形成的，自然带着它的惯性。我完全能以这种惯性作为参照物来判断环境的真实性，就像刚才用杯中水面的倾斜来判断车厢是否加速。"

吴中凝眸看着他，良久才笑道："我没有看错你，你的思维确实非常明快，一下子抓到了关键。但请你相信，我们也不是笨蛋。我们已能把被试者的思维取出来，并即时性地反馈到虚拟环境中去。比如说，尽管我们的虚拟系统与全球信息网络相通，可以随时汲取几乎无限的信息，但它肯定不能囊括你的个人记忆：你母亲 20 年前的容貌啦，你孩提时住的房舍啦，童年时的游戏啦，你对某位女同学的隐秘爱情啦，等等。但是，"他强调道，"凡是你在自己的记忆库中能提取到的东西，立即会天衣无缝地织进虚拟环境中，所以你仍然没有一个可供辨别的基准。"

甘又明微笑不言，对自己的智力仍然充满信心。吴中也不再赘言，简洁地说："我的话已经说完了，你记着，我们会让你在虚拟世界中跳进跳出，反复进行。何时你确认自己已回到真实世界中，就向我发一个信号。如果你的判断是正确的，你就会怀揣 10000 美元回国。"他又加了一句，"不要轻敌，小伙子。喏，已经到站了，下车吧。"

他们在地下甬道里走了一段路，碰到的工作人员都尊敬地向吴中致意，这使甘又明又一次掂出了姐夫在这儿的分量。他们来到一座空旷的大厅，四周是天蓝色的墙壁和屋顶，浑然一体，大厅中央有两把测试椅。这座大厅不算豪华，但建筑装潢十分精致，每一处墙角、每一寸地板，都像象牙雕刻一样光滑严密，毫无瑕疵。

吴中拿上一个遥控器，带甘又明来到大厅中间，说："先让你对虚拟世界有一个感性认识。让你看看哪种环境呢？"他略为思考，说："你先看看我们的电脑鱼缸吧。"

他按动电键，大厅中瞬时间充满清澈的海水，波光潋滟，珊瑚礁壁立千尺，有的呈伞状，有的呈蘑菇状。一只 1 米长的蛤蜊垂直嵌在珊瑚里，半露的身体犹如彩色的丝绒。还有彩色的螯虾、5 条手臂的星鱼、漂亮的石斑鱼。突然前边冒出一只巨大的八足章鱼，它的小眼睛阴森地盯着前边，行动诡秘地缓缓爬过来。甘又明本能地蜷起身子，但章鱼视若无睹，缓缓从他的身体中穿过，消失在幽蓝的深海中。

甘又明喘口气，笑问："激光全息仿真技术？确实可以乱真。"

吴中点点头，按一下快进，眼前又立刻变成深海海底的景色。火山口冒着浓烟，就像地狱中的烟囱。2米长的蠕虫在海水里轻轻摇动着，管端血红色的羽状触手缓慢地开合。熔岩上铺着一层细菌，犹如白色的地毯。一只奇形怪状的细菌蟹贪婪地一路吃过去，有时还去啃食蠕虫的肉质触手。这是加拉帕戈斯群岛海底依靠硫化氢为生的太古生物群。甘又明看呆了，虽然他明知这是个虚拟世界，但似乎能感受到那深海海水的阴冷和重压。

忽然幻觉消失了，在一刹那间消失得干干净净。甘又明一时跳不出视觉的惯性，呆愣愣地立在那儿。吴中淡淡地说："这只是虚拟技术的开场锣鼓。下面我要为你套上所谓的外壳，使你与虚拟环境融为一体。跟我走。"

他们走进大厅旁的一间屋子。甘又明第一眼就看到一个光脑袋的女性人体模型，几个工作人员正在它周围忙着。看见他们进来，那个人体模型竟然扭过头来——原来是一个真人！

甘又明傻望着这个脑门锃亮的裸体姑娘，解嘲地说："我已经进了虚拟世界？这种景象我只在青年的绮梦中见过。现在这个一丝不挂又毫不羞涩的漂亮姑娘到底是真是假？"

吴中微笑着没有接腔，别人听不懂甘又明的汉语独白。几个工作人员开始小心翼翼地为那个姑娘套上"外壳"，那是一件色泽纯白、很薄很柔的连体服。她把双腿蹬上后，工作人员小心地展平外壳，使上面的神经传感乳头与她的身体完全贴合。吴中低声解释，这些乳头将把虚拟信号传到相应的感觉神经，比如你"踩"上火炭时，脚底神经就送去烧灼感的信号。外壳已套到肩部，只有头盔还未戴上，它比较笨重，与黑色的目镜相连。

姑娘在套上头盔前微笑道："我叫琼，琼·比斯特。很高兴做你的向导。"

甘又明疑惑地看看吴中，吴中点点头："对，这是你在虚拟世界里的向导，心理学和逻辑学博士，会 3 国语言，包括汉语。需要了解什么信息尽管问她。但她是完全超脱的，绝不会帮助你做出判断。现在请你脱光衣服，剃光头发。"

一个自动理发机无声地移过来，几秒钟内把甘又明变成脑门锃亮的"和尚"，同时把发茬吸走。工作人员为他穿上同款的白色连体服。这件衣服又薄又柔，弹性极好，穿在身上几乎变成了自己的皮肤。两人来到大厅，面对面坐在两把椅子上。只听送话器中吴中用英语说："虚拟系统即将启动，请你瞪大眼睛寻找它的漏洞吧。你想从哪儿开始？是海洋、太空，还是台风眼中？我们都可以为你办到。"

甘又明稍稍想一会儿，说："还是从海水中开始吧，既然这一切都是由那个电脑鱼缸所引发。而且，我没有告诉你，我是北京高校百米自由泳纪录保持者。"

吴中在屏幕中笑笑："在虚拟世界里不会游泳并不是一个问题，电脑很容易为主人公加上令人信服的校正。不过，就按你的意见办吧。现在我要按下电钮了。"

甘又明在一刹那间被抛入水中。他看见自己和那位姑娘都穿着潜水衣，身后背着两个小小的黄色氧气瓶。他用力浮上水面，透过面罩远眺，海面十分广阔，只有后方隐约可见一线海岸。海浪轻轻地推揉着他，透过潜水服，能感到海水的浮力和温暖。他在水中做了几个滚翻，他的前庭器官感觉纤毛依旧精确地给出重力变化的方向。他知道这些都是假象，他身上穿的是白色的"外壳"而不是黑色的潜水服，他坐在空旷的大厅里而不是在水中。但由那件"外壳"传给他的视觉、听觉和触觉效果太逼真了，实在太逼真了，使他没办法不相信。

他取下头盔——他真的感觉到把头盔取下了，能呼吸到海面上略带咸味的空气，感觉到清凉的微风。琼从他旁边冒出来，甩着水珠。他喊道："琼！这儿是什么地方？"他笑着有意强调，"或者说，这是模拟的什么地方？"

琼也取下头盔，抖抖长发。长发如瀑布般散落，发出耀眼的金黄色光芒，这和他记忆中的光脑袋姑娘形成强烈的反差。他随口问道："这是你的真实形象吗？"

琼奇怪地问："你说什么？"

"你在剃光头发进入虚拟世界之前，就是这个模样吗？"

琼笑笑，只回答了他的第一个问题："我想这儿就在我们基地上方。这儿是阿查法拉亚湾附近海面，离墨西哥不远。近年来这儿贩毒活动很猖獗。"

不远处海面上有一艘快艇，上面没有人——按照虚拟系统的逻辑，这当然是他们带来的。他忽然看见南边海面上出现一个三角形的背鳍，划破水面迅速逼近，他惊慌地喊道："鲨鱼！"

琼挺直身子看看，笑道："不要慌，这是海豚。"

他们戴上面罩潜入水中，果然看到十几只海豚。它们的皮肤是鸽灰色的，十分光滑，嘴里有整齐的白牙，呼哧呼哧地喘息着，喷水孔一张一合。它们排着队向西北方向游去，很快掠过两人的身边。他们甚至能感到海豚所搅起的湍流。

甘又明兴致勃勃地追过去，一边笑道："琼，如果是在虚拟世界里被鲨鱼吃掉，会是什么后果？"

"你当然不会真的死去，但系统会'死机'，只能重新进行冷启动。另外，你会真的感到鲨鱼利齿切断身体的痛苦。所以劝你不要尝试。"

在那群海豚之后，甘又明忽然又发现两只。它们的体形相当大，在飞速游动中严格保持着相对方位。当海豚靠近时，甘又明发现它们身上套着挽具，身后拖着一个流线型的容器，他大声喊："看哪，海豚邮递员！"

琼在水下通话器中听到了他的喊声，也看到了那对海豚，它们像受过严格训练的军马，目不旁视，以极快的速度掠过他们的身边。

琼饶有趣味地说："我看过一些资料，说军方在着力培训海豚蛙人，让它们咬断敌方通信电缆，或者给深海作业的潜水员递送工具。海湾战争中就征调了海豚部队去排除鱼雷。噢，对了，听说贩毒集团也开始利用海豚和信鸽越境贩毒，这是最廉价又最难发现的方法。"

甘又明似笑非笑地看着她，他想琼这几句话一定是预定情节中的台词。他嬉笑道："要不，咱们追过去？"

"好的。"

他们迅速爬上快艇，瞅准那片背鳍追过去。海豚的速度很快，甘又明看看速度表，快艇的行驶速度已超过每小时 10海里。海豚有时也潜入水中，好在它们必须浮上水面换气，所以甘又明和琼一直保持着追踪。

马上就到岸边了，前边有一个狭长的海岛，海岸警备队的快艇远远向他们驶来。那两只海豚忽然昂起头——甘又明本能地感觉到它们是在做一次深呼吸——便潜入水中，倏然不见。

琼急急地说："恐怕它们不会再浮出水面了，下水追踪吧。"

两人迅即下水，听见海岸警备队快艇上在大声喊叫着，似乎是在命令他们待在船上听候检查，但两人没理会。海豚的速度很快，一会儿就失去踪影了。两人在岸边的红树林中和乱石中徒劳地寻找了十几分钟，终于失望了。

琼懊丧地说："找不到了，回航吧。"

就在这时，甘又明忽然发现前边有一个狭窄的洞口。那两只海豚正一前一后从洞口钻出来，径直向大海游回去。它们身上已没有挽具和那个流线型的物体。但甘又明分明觉得它们就是原来那两只。从它们从容不迫的神情看，似乎已经完成了邮递任务。甘又明拉着琼游近观察，洞穴非常幽深。他问琼："进洞看看？"

琼犹豫着，甘又明又鼓动道："不会有危险的。既然海豚能游进去又能游出来，何况咱们还带着氧气瓶。"他笑着补充，"何况只是虚拟世界。"

"好吧。"

两人把面罩戴上，费力地钻进洞穴。进口相当狭小，但里面越来越宽，也越来越暗，几乎成了漆黑一团。他们继续前行，大约 2000 米后，前边出现了暗蓝色的微光。再往前游一会儿，海水逐渐变成清澈的天蓝色，浮光摇曳，色彩斑斓的各种鱼儿在蓝光中遨游。

琼惊喜地说:"太美啦,我在这儿当向导已经 5 年,一直没发现这个神奇的蓝洞。"

蓝光逐渐变淡,两人同时钻出水面,摘下面罩,好奇地打量着。这儿很像一个天井,水面离岸有几米高,头顶上方仍然是岩洞,岩洞四周卧着两三幢小房子。

忽然有人高喊:"水下有人!"

立即响起凄厉的警报声,十几个人一下子冒出来,从岸边探下身,端着枪向他们瞄准。两人知道这儿不是说理的地方,迅速戴上头盔,一个鱼跃,疾速向水下潜去。后边如开锅一样,无数子弹搅着海水。

琼在通话器中气喘吁吁地说:"一定是贩毒分子!否则不会不问情由就开枪的,我们快返回!"

他们尽力向来路游回去。眼看快到洞口了,忽然唰啦一声,一个秘密栅栏门从洞壁上伸出来,把洞口封得严严实实。甘又明用力摇撼,粗如人臂的铁栅栏纹丝不动。

琼惊惶地喊:"后边!他们追来了!"

十几个蛙人已经悄无声息地逼过来,他们手中的长矛和水下步枪闪闪发亮,有如鲨鱼口中的利齿。他们透过面罩阴森森地盯着两人,慢慢把包围圈缩小。

在这生死关头,甘又明忽然长笑一声,大声喊道:"暂停!吴先生,场上队员要求暂停!"

眼前的景象呼啦一下子消失了,两人仍坐在椅子上。甘又明抬起胳膊想去掉头盔,两个工作人员急忙过来帮助他。头盔取下后,面前仍是那个空旷的大厅,两人仍穿着那件白色的外壳。

甘又明大笑着站起身："太奇妙了，太逼真了！我虽然明知道它是假的，却看不出一丝破绽。我能感受到海水的波动、子弹的尖啸和死亡的恐惧。那个蓝汪汪的洞穴实在美极了，还有那两个勤奋尽职的海豚邮递员！吴先生，真难为你编出这么生动的情节。"

琼也取下头盔，笑问："你在哪儿看出了破绽？"

甘又明微笑道："你不要拿我的智力开玩笑。这是个非常逼真的故事，可惜没有开头——我们是突然跌入海水中的。稍有逻辑判断力的大脑，自然能做出正确的结论。"

从控制室出来的吴中一直没有说话，笑着看他。这时才问一句："什么蓝洞？"

甘又明惊奇地说："你是开玩笑吧，你们构思的情节，你能不知道？"

吴中微微一笑："你太小觑我的系统了。告诉你，系统的信息来源是完全真实的，也几乎是无限的。但究竟把哪点信息用于这一次的虚拟环境——比如你在海水里看到的是海豚还是噬人鲨——却是完全随机的。电脑根据这些信息随机地进行构思，所以系统内的情节绝不会重复。"他开玩笑地说，"我说过，我一直不忍心把这套技术公开，我怕它砸了所有小说家、剧作家的饭碗。"

"那么，我们在虚拟世界里游逛时，你并不知道我们的经历？"

"当然可以知道，不过我们一般懒得监视，你的进入只是千百个普通试验中的一个。"

这话使甘又明的自尊心颇受打击。他简要讲了当时的情形，吴中似乎对海豚和蓝洞的情节很感兴趣，盯着问了几个问题。然后他说:"今天到这儿结束。让琼陪你去逛逛美国吧,你已经只剩下 6 天了。"

甘又明点点头,从身上慢慢剥下那件白色的外壳,穿上他自己的衣服。从外壳的禁锢中解脱出来,顿时觉得十分轻松。

尽管甘又明在电影、电视中对美国的夜生活已是耳熟能详,但只有亲身置于夜总会的环境中,才能真切感受到那种世纪末的气氛。大厅里光线幽暗,烟雾腾腾,紫色、蓝色、血红色的光柱一波波扫过人群。高高的屋顶上垂下一个秋千,一个近乎裸体的艳色女郎嘎嘎笑着,一下下擦着头顶荡过人群。大厅正中是一个高台,一对身穿白色紧身衣的男女疯狂地扭动着,做出种种动作。他们的紧身衣颇似 B 基地里的外壳,甘又明不由得想起裸体的琼套着外壳时的情形。他扭头端详琼,她今晚的打扮很性感,裸露的肩头和脊背十分润泽,穿着短裙,大腿修长白皙。

两人找到位置坐下,甘又明问:"喝点什么?"

"来杯威士忌。"

甘又明为自己要了 3 瓶矿泉水,一杯杯地往肚里灌。他解嘲地说:"早就渴坏了。"

琼呷了几口威士忌,问:"跳舞吗?我在等你邀请呢。"

甘又明说:"我去一趟洗手间。"他在挨肩擦背的人群中费力地挤过去。洗手间是男女合用的,便池各自独立,两名女子正对镜整妆。他拉开一间便池的门,忽然吃惊地后退一步,一个 40 岁左右的黑人男子侧卧在便池上,眼睛像死鱼一样翻着,胳膊上的静脉血管处插着一只注射器。

不用说，这是过量吸毒导致的猝死。那两名女子出门时也看到了尸体，但她们只漠然地扫一眼，便若无其事地走了。甘又明厌恶地看着这名吸毒者。他一直生活在正统保守的中国，不理解全球竟然有数千万人屈服于这种魔鬼的诱惑，莫非末日审判的钟声已经敲响了吗？

他回到柜台前，向侍应生问清了报警电话，把电话拨通。警察局的值班人员说："谢谢，我们将在 10 分钟内赶到。请问你的名字？我们在哪儿可以找到你？"

"我叫甘又明，10 分钟内不会离开这家夜总会，你可以到第 7 号餐桌前找我。"

回到桌旁，他看见座位已空，琼正同一个陌生男子跳舞，狂热地扭动着臀部和肩部。她的眼光仍留意着这边，见甘又明返回，向他做一个抱歉的手势。甘又明向她摆摆手，坐到原位。

两个中年人忽然出现在他的面前，他们身着便衣，一个身材矮胖，手上长满金色的软毛；另一个是瘦长身形，耳朵很大。

矮个子彬彬有礼地问："你是中国来的甘又明先生？"

甘又明狐疑地看着两人，嘲讽地说："二位来得太快了吧，这不像是真实世界的速度。"他有意把"真实"这两个字咬得特别重。"我才报案 1 分钟。再说，我在电话中并没说我是从中国来的呀。"

这下轮到那两人纳闷了："你说什么报案？"

"你们不是警察？"

"我们是联邦警察。"两人出示了证件，"我们是联邦调查局派驻 B 基地的警官汤姆和戈华德。但你说什么报案？"

甘又明讲了刚才的见闻。听了甘又明的解释,大耳朵的戈华德警官匆匆去洗手间处理那桩案子。

汤姆笑道:"一场误会,我们是为另一件事来的,要占用你一点时间。你不会介意吧?"

"我不会介意,但我首先要确认自己是不是在梦中。"他笑着问,"请二位向我解释一下,你们是如何在一个远离 B 基地的繁华小镇一下子就找到我,一个刚来美国的外国人的?"

"很容易。我们知道琼经常来这儿玩,又在停车场发现她的汽车。"

甘又明噢一声,觉得自己多疑了。他说:"那么请讲吧,什么事情我可以效劳?"

汤姆开门见山地说:"听说你和琼无意中发现了一条贩毒通道?"

甘又明哑然失笑:"先生,你是 B 基地常驻警官,难道对他们的虚拟技术一点也不了解?对,我们是发现了一条通道,还差点丧了命。但那只是一个虚拟的故事。"

汤姆微笑着说:"恐怕正是你本人还不了解虚拟技术。你是否知道,虚拟环境中所涉及的信息都是真实的,是从间谍卫星、水下拾音器、水下摄像机输到电脑中的。海岸警备队在南部海岸线确实设了许多秘密摄像机,以便监督无孔不入的贩毒分子。所拍摄的数千千米的照片都经过电脑的处理,把有用的资料甄别出来,送到联邦缉毒署长的办公桌上。但是,电脑不是万无一失的,它也有可能漏掉很重要的一段,又偶然被组织进那次的虚拟环境中去。我们尚未在浩如烟海的背景资料中查到这一部分,为了稳妥,请你帮我们复查一下。这也是吴先生的意见。"

"现在就去？"

"越快越好。"

"好吧。"他把最后半瓶矿泉水灌进肚里，"需要琼一块儿去吗？"

"当然。"

他把琼从舞池中唤回来，戈华德正好也返回了。他说："本巡区的警官已经去了洗手间。我们走吧。"

琼迷惑地问："到哪儿？"

"上车再说吧，走。"

警用快艇上已经备好4套轻便潜水服和水下照明灯。甘又明很有把握地说："我想我会很快找到的。当时我仔细记下了岸上的特征和水下岩石的特征。"

果然，不到一个小时，他已在黝黑的水底找到了那个洞口，洞口看不见栅栏。

甘又明低声说："就是这儿，不会错。余下的工作由你们去做吧，我可不想再被关进这个捕鼠笼子里被人捅死。"

戈华德游近洞口察看，怀疑地低声说："是这儿吗？洞口处没有安装栅栏的痕迹呀。甘先生，琼小姐，请你们再辨认一下。"

甘又明不相信自己会弄错，他和琼游过去，一眼就看到栅栏缩回的两排小圆洞。他猛然惊醒，但不等他做出反应，两名警官忽然用力把他们向洞里推去，同时按下一个按钮。铁门唰啦一声合拢了，把两人关在里面。

琼惊呼道："上当了！他们一定和毒贩有勾结！"

两名警官在外面狞笑着："聪明的姑娘，可惜你醒悟得晚了点儿。回头看看吧。"

后边唰地射来一道强光，两人本能地捂住双眼。等眼睛稍微适应光亮，看到五六个蛙人正迅速逼近，手中的水手刀和水下步枪像鲨鱼的利齿。琼失声惊叫着，甘又明迅速把她拖到身后。

但他知道这是徒劳的。蛙人正慢慢逼近，身后是坚固的栅栏，即使栅栏外面也是虎视眈眈的敌人。

甘又明用身体把琼压在栅栏上，忽然厉声喝道："汤姆警官，临死前我有一个要求！"

汤姆游近栅栏，戏弄地说："请讲吧，我乐意做一个仁慈的行刑者。"

甘又明忽然笑起来，油头滑脑地说："我想撒泡尿。"

汤姆愣了一下，恶狠狠地说："我佩服你死到临头还有心情幽默，动手吧！"

几把长矛正要捅过来，甘又明急忙高喊："暂停！吴先生，我要求暂停！"

两人突然跌回现实中，仍坐在那两张椅子上，甘又明的双手还保持着篮球比赛的暂停动作。琼取下头盔，看着他的滑稽样子，扑哧一声笑了。

吴中从控制室走出来，微笑着问："你真是个机灵鬼，从哪儿看出破绽的？"

甘又明也取下头盔，笑嘻嘻地说："我是否可以不回答？我不想削弱自己取胜的机会。"

但1分钟后他就忍不住了，笑道："很简单，我在夜总会有意猛灌几瓶水，可是一个小时后还不觉得膀胱憋胀。这可不符合我的习惯——我从小就是个有名的尿漏子。所以我理所当然地得出结论：那几瓶水并没有真正灌进我的肚里，也就是说，我仍然在虚拟世界里。"

吴中忍不住大笑起来，琼和几名工作者也笑个不停。吴中忍住笑说："你很聪明，用一泡尿戏弄了超级电脑。不过我要给你一个忠告，实际上电脑里有尽善尽美的程序，可以根据你的进食或饮水等情况，及时发出饱胀感或憋尿感信号。这只是一次丢脸的疏忽，我再也不会让它出这样的纰漏了。现在你可以脱下外壳，让琼真的领你去看看美国社会。"

甘又明忽然想到一件事："顺便问一句，在这次的虚拟场景中，汤姆警官说的是真实情况吗？那个蓝洞真的有可能存在吗？"

"他说的不错。我的确在10分钟前向汤姆警官通报过这件事。"吴中笑着说，"而且，这两位警官也确实是你在虚拟环境中见过的样子。既然身边有现成的模特儿，我又何必凭空臆造呢。"

工作人员小心地脱下"外壳"。这种由银丝和碳纳米管混织而成的白色连体服是世界上最昂贵的衣服，甚至超过每件价值3000万美元的太空服。

甘又明斜睨着裸体的琼，咕哝道："我一定还没跳出虚拟世界。在真实世界里，我绝不敢这样坦然地看一个姑娘的裸体。"

琼慢慢地穿着衣服，一直在斜睨着他，她的脑袋泛着青光。甘又明受不了她目光的烧灼，尴尬地说："你为什么一直盯着我？想和我比一比谁的脑袋更亮吗？"

琼含笑不语，突然说："谢谢，甘，谢谢你。"

"为什么？"

"谢谢你在危急关头总是把我掩到身后。纵然只是在虚拟世界里，也能看出你的骑士风度。"停顿之后她又加了一句，"我希望能有机会让我给予回报。"

甘又明笑嘻嘻地说："你上当了，那时我已经判断出是在虚拟环境中，乐得充一阵空壳子好汉。"

琼摇摇头说："你何必装得比实际上坏呢？"

甘又明有点尴尬，忽然笑道："你愿意回报吗？现在就可以。"

琼误解了他的意思，吃惊地说："现在？在这儿？"

甘又明把赤裸的左臂伸过去："喂，咬上一口，狠狠咬上一口。这就是你的回报。"

琼迷惑地笑道："你怎么啦？"

"老实说，我对这种虚拟世界已经心怀畏惧。在刚才那层虚拟中，我分明感到我已经脱下了外壳，可是实际上它仍然紧紧地箍着我。现在我又把它脱了，谁知道这回是真是假？你咬我一口，看我知道疼不。用力咬！"

琼笑着，真的用力咬一口。甘又明疼得大叫一声，低头看看，胳膊上4个深深的牙印，略有沁血。

甘又明笑道："好，好，这下子我真的脱下那层外壳了。你说对吗，琼？"

琼含笑不言。甘又明苦笑道："我知道你只能做一个超然的向导，不会帮我作出判断。我也知道自己是自我安慰。即使这会儿外壳仍套在身上，也同样能造出这样逼真的痛觉和视觉效果。"他把琼的手臂拉过来，用手摩挲着。姑娘的皮肤光滑柔软，滑腻如酥，有一种麻麻的电击感。他苦笑道：
"真希望我现在触摸到的是真正的你，而不是那种比真实还
要真实的虚拟效果。"

琼被他话中蕴含的情意所感动，轻轻握住他的手。突然
甘又明的目光变冷了，他紧盯着琼的臂弯，那儿白皙的皮肤
上有两个黑色的针孔。那分明是静脉注射毒品的痕迹。他没
再说话，默然穿上衣服走出大厅。

琼自然感觉到了他突然的冷淡，走出大厅后她说："愿意
逛逛夜总会吗？"

甘又明客气地说："不，谢谢。我今天累了，想早点休息。"

琼犹豫好久，抬起头说："请到我的公寓里坐一会儿，好
吗？我住在基地外的一所公寓里，离这儿不远。"

甘又明犹豫着，不忍心断然拒绝琼的邀请，他知道琼是
想对他做一番解释。他迟疑地说："好吧。"

琼驾着汽车在隧道中开了半个小时，她说："隧道下面就
是你们来基地时走的蒸汽管道。"出了隧道又开了大约 15 分
钟，前边又出现辉煌的灯火。琼放慢车速，缓缓开进这个小
镇。她告诉甘又明："这儿是红灯区。基地的男人们在周末常
常到这里寻欢作乐。"

街道很窄，勉强可以容两辆车交错行驶。琼耐心地在
人群中穿行。左边一个白人男子在大声吆喝着，对过往车辆
做着手势。他头上的霓虹女郎慢慢地脱着最后一件衣服。琼
告诉他，这里面是表演脱衣舞的地方，老板和演员都是法国
人。甘又明瞥见几个年轻人聚在街角叽叽咕咕，有黑人也有
白人，他们的头发大都染成火红色，梳成爆炸式的发型。琼

告诉他，这是吸毒者和毒品小贩在做生意，对这些零星的贩毒活动，警方是管不及的。忽然一个人头出现在他们的车窗上，这是一个眉清目秀的白人青年男子，戴着耳环，嘴唇涂着淡色唇膏，对着车内一个劲儿地搔首弄姿。甘又明知道这是一位同性恋者。

汽车终于穿过红灯区，似乎又掉头开了一会儿，停在一座整洁的公寓外。几个小孩在绿草坪上骑自行车，暮色苍茫中听见他们在兴奋地尖叫。琼掏出磁卡打开院门，停好汽车，又用磁卡打开公寓门。

公寓很大，也很静，只有洗衣房里的一个女佣在洗衣。琼把他安顿到客厅，告诉他，公寓里的客厅、洗衣房、健身房是公用的。这里住客很少，几个护士又常上夜班，所以今晚只剩下她一个人。

琼端来两杯咖啡，坐在他对面的沙发上，笑问："今天我有意绕一段路，领你去看看红灯区。有什么观感吗？"

甘又明沉吟一会儿说："浮光掠影地看一眼，说不上什么观感。我对美国的感情是很矛盾的，一方面，我非常羡慕美国的科技，羡慕美国人在思想上永葆青春的活力。我常常觉得美国的精英社会已经提前跨入新世纪。另一方面，我又非常厌恶美国社会中道德的沦丧、人性的沦丧：吸毒、纵欲……简直是世界末日的景象。我最担心的是，这种堕落是否是高科技的必然后果？因为科学无情地粉碎了人类对自然的敬畏，对生命的敬畏。如果美国的今天就是其他国家的明天，那就太令人灰心了！"

琼沉默很久，冷淡地说："不必那么偏激吧。我知道中国南北朝时，士大夫就嗜好一种毒品——五石散；明清的士大夫盛行养娈童。中国人比西方人摩登得更早呢。"

甘又明冷笑着，尖利地说："我很为那些不争气的祖先脸红！差堪告慰的是，我们已把它们抛弃了。美国呢，据统计，全国服用过一次以上毒品的有6600万人！对了，你刚才还忘了提中国清末的嗜食鸦片呢，那是满口仁义道德的西方人一手造成的。现在他们的子孙吸毒成癖，是不是冥冥中的报应！"

琼久久不说话，一种敌意在屋内弥漫。很久之后，琼走过来坐在甘又明旁边，握住他的手说："请原谅，我并不想冒犯你。坦率地讲，从一见面我就很喜欢你，你的清新质朴是我不多见的。我不瞒你，我确实偶尔服用毒品，这在美国是很普遍的事。在某些西方国家，吸毒甚至已经合法化。不过，我知道你在禁毒的国度长大，对此一定很反感。如果……我答应你，从此戒掉毒品。"

甘又明听出她话中的情意，很感动，但他最终用玩笑来应付："那首先要确定我自己是否仍在虚拟环境中。谁知道呢，也许你是假的，我也是假的，你身上的针孔连同这会儿说的话都是假的。怎么样？能不能在这上面偷偷帮我一点忙？"

琼笑了："我不能违反自己的职业道德。"

甘又明笑着站起身："时间很晚了，恐怕我该告辞了。"琼没有起身，微笑道："你可以不走的。"她补充道，"你可以睡沙发，或者为你另开一间。"

"不，我还是走吧，我怕抵挡不住某种诱惑。"两人都笑了。

甘又明说："你不必送我，我可以叫一辆出租车。"

"不，还是我送你吧。"

两人刚打开房门，正好两个警察用力挤进来，把两人挤靠在墙上，他们出示了证件："警察！请退回你的房间！"警察把两人逼回客厅，甘又明立即认出这正是在虚拟世界里见过的汤姆和戈华德。汤姆冷冷地说："琼小姐，据线人说你屋里藏了大量的毒品，我们奉命搜查。"

琼和甘又明吃惊地面面相觑，琼说："不，我从来没有藏过大宗毒品！"

汤姆用力扳过她的胳臂，厌恶地说："那么，这些针孔是怎么回事？"他不再理会琼，径自进卧室去搜查。

10分钟后，他提着两袋白色药品走出来，怒冲冲地说："是高纯度的快克，足有两千克！"

琼非常震惊，瞪大眼睛盯着他手中的药品，忽然愤怒地嚷道："这是栽赃！这两袋毒品一定是你刚放进去的！"汤姆走过来，狠狠抽了她一耳光。鲜血从她嘴角沁出来。她转身对甘又明说："请你相信我，他们一定是栽赃，一定是因为那个蓝洞报复我！"

戈华德奇怪地问："什么蓝洞？"

甘又明蓦然惊觉，他急忙问戈华德："你不知道蓝洞吗？就是贩毒集团的秘密通道。是我们无意中发现的，斯托恩·吴先生说他已通知了汤姆警官。"

戈华德警觉地回头看看汤姆，但晚了一步。后者已从腋下拔出一支旋着消音器的手枪，一声轻微的枪响，子弹在戈华德警官的额头上钻了一个洞，鲜血猛烈喷射，他沉重地倒在地上。琼惊叫一声，第二颗子弹已击中她的胸膛，立时她的T恤衫一片鲜红。甘又明猛扑过去，把她掩在身下，抬起头绝望地面对枪口。

汤姆狞笑着说："谁知道蓝洞的秘密，谁就得死！你那位斯托恩·吴也活不过今天晚上。"他把枪口抵在甘又明的嘴里，枪身伴着冰冷的死亡感。甘又明恐惧地盯着他慢慢按下扳机，忽然口齿不清地喊："暂停！斯托恩·吴先生，暂停！"

工作人员为两人取下头盔，两人都面色苍白，惊魂未定。琼下意识地用手按着胸部，甘又明也提心吊胆地紧盯着那儿。不过，当白色的外壳慢慢脱下后，那儿仍然白皙光滑，并没有一丝伤痕。

吴中已经站在他们身后，笑问："小甘，你这个鬼灵精，这次又在哪儿看出了破绽？"

甘又明喘息一会儿，才苦笑道："不，我只是侥幸。我并没有完全确定自己是在虚拟环境中。我只是想，如果戈华德先生是一个循规蹈矩的警官，他就不会到不是自己值勤区域的地方去办案；汤姆如果想杀我们灭口，又何必拉着并非同伙的戈华德同去。不过，这段推理并不严密，很容易找到其他解释。"

琼的灵魂仍未归窍，甘又明勉强打起精神问："琼，你是虚拟世界的向导，你怎么也会相信它呢？"

琼苦笑道："有时我也难辨真假。"

甘又明分明觉得，他所经历的虚拟环境中的阴暗气息正逐渐渗入他的心田。他压着怒气冷嘲道："吴先生，虚拟世界是从好莱坞请的导演吗？我看这里怎么尽是好莱坞的暴力、血腥、毒品和性感女郎？"

吴中摇摇头："不，我们不必请什么导演，我说过，虚拟技术很快能抢掉他们的饭碗。该系统的超级电脑有很强的学习能力，我们只需把近 20 年来美国每年的十大畅销电影输进去，它就能学会他们的导演手法，并远远超过他们。"

甘又明刻薄地说："怪不得这些情节十分眼熟呢。"那层无影无形的外壳似乎一直在裹着他，箍得他无法喘息，他疲倦阴郁地说，"我要休息了，想睡个好觉再干下去。我的住处在哪儿？"

"就在对面的白领人员公寓里，103 号。"

"你也在那儿吗？"

"对，118 号，我们离得不远。琼，今天的工作就到这儿结束吧，谢谢。"

琼简单地同甘又明告别，披上外衣走出大厅。她还要赶回自己的公寓。

晚上，甘又明在床上辗转难眠。倒不是因为下午"身历"的血腥场面，而是因为他不敢确认自己身上那件"外壳"是否真的已经去掉。他对姐夫的虚拟技术已有了深深的畏惧，就像害怕一个摆脱不掉的幽灵。

比如说，这会儿吴中没有邀请他去屋里做客，就不符合真实世界的常理，毕竟小舅子是万里之外来的客人啊。

不过，也许这是西方世界的习俗？也许是吴先生的屋里还藏着一个情人？也许……还有别的秘密？

甘又明一跃而起，他要去姐夫的屋里看一看才放心。尽管知道自己的决定有点神经质，他还是来到 118 号房间。

按响门铃后很久，姐夫才打开房门："是你？还没有睡吗？"

吴中穿着睡衣，脸上是冷淡的客气，分明不欢迎他进屋。他佯装糊涂，径自闯进去。没有等他的侦察工作开始，卧室中就传来嗲声嗲气的声音："亲爱的吴，快进来吧。"

一个浓妆艳抹的裸体男人扭着腰肢从浴室里走出来，两只硕大的耳环在耳垂下游荡。正是在红灯区拉客的那只"兔子"！甘又明痛心疾首地扭头瞪着姐夫。他十分痛心姐夫的堕落，但最使他痛心的甚至不是这件事情本身，而是姐夫那种冷静的厌烦的神情，他肯定是讨厌这位多事的小舅子。

甘又明狂怒地喊道："我知道这不是真的！暂停！"

工作人员为他取下头盔，吴中微笑着走过来，没等他开口说话，甘又明已经愤懑地喊："我退出这个游戏！我要回家去！"

吴中和刚取下头盔的琼都吃惊地看着他，想要劝阻，但甘又明厉声喝道："不要说了，我要回国！"

看来吴中很不乐意，他冷淡地说："这是你的最后决定吗？那好，我让秘书安排明天的机票。"

第二天，琼陪着甘又明坐上了中国民航的波音747班机。甘又明曾冷淡地执意不让琼陪同，琼小心地解释："甘先生，这是我做向导的职责，只有在你确定自己回到了真实世界的时刻，我才能离开你。"

18个小时的航行中，甘又明一直紧闭双眼，不吃也不喝。直到出租车把他送到北京芳古园公寓，他才睁开眼。他急急地敲响姐姐的房门。

姐姐惊喜地喊："小明，你这么快就回来了？这一位是……"

甘又明不回答，在屋里神经质地走来走去，目光疑虑地仔细打量着屋内的摆设。琼只好向女主人做了自我介绍，两

七重外壳

113

人用英语和汉语亲切地交谈着。

甘又明在博古架前停住，突兀地问："姐姐，我送的花瓶呢？"

姐姐迷惑地问："什么花瓶？"

"你们结婚那天我送的花瓶！"

"没有啊，那天你从老家出发，下火车直接到我这儿，只带了一些家乡的土产。"

甘又明烦躁地说："我送了，我肯定送了！"在他脑海中，对几天前的回忆似乎隔着一层薄雾。他清楚地记得自己送过一只精致的花瓶，那是件晶莹剔透的玻璃工艺品，但他又怕这只是虚拟的记忆，是逼真的虚假。这种无能为力的感觉使他狂躁郁怒。他忽然冷笑道："姐姐，非常遗憾，那位斯托恩·吴先生不是什么好东西……不不，我和他没什么实际接触，这几天我一直是在虚拟世界里和他打交道。但仅凭虚拟环境中的阴暗情节，我也可以断定创作者的人品。"

姐姐沉默很久才委婉地说："小明，你怎么能这样说姐夫呢，你和他在一块儿相处总共不过 5 天。5 天能了解一个人吗？再说，虚拟世界是超级电脑以美国高科技社会的现状为蓝本构筑的，他即使是首席科学家也无能为力。"

甘又明立即胜利地喊道："这不是你的话，是吴中的话！我仍然在虚拟世界里，暂停！"

工作人员为两人取下头盔，甘又明一直紧闭双眼，不断地重复着："我要回国，回我的家乡。"

吴中和琼看着心理崩溃的甘又明，担心地交换着目光，说："好吧，我们马上送你回国。"

破旧的大客车在碎石路上颠簸着。车里大多是皮肤粗糙的农民，他们一直好奇地盯着那位漂亮的白人金发姑娘。她身旁是一个脑袋锃亮的中国小伙子，一直闭着双眼，似乎是一个病人。姑娘小心地照护着他。

　　直到下了车，视野中出现一个山脚下的小村庄时，甘又明才睁开眼，他指点着："看，前边那株弯腰枣树下就是我家。"

　　他们进了村，小孩们好奇地围观着。琼饶有兴趣地打量着这个农家院落，大门上贴的春联已经褪色，茂盛的枣树遮蔽着半个院子。墙角堆着农具，墙上挂着苞米穗子，院里还有一口手压井。甘又明比她更仔细地端详着院子，目光中是病态的疑虑和狂热。

　　他妈妈从后院喂完猪回来，看见他们，惊喜地喊："明娃，你咋回来啦？哟，你咋成了个光瓢'和尚'？"她欢天喜地把两人让进屋，不错眼珠地盯着那个洋妞。停一会儿，她冲了两碗鸡蛋茶端出来，瞅空偷偷问儿子："明娃，这个美国妞是谁？"

　　在这之前，甘又明一直表情复杂地看着妈妈，既有亲切，更有疑虑。听见这句问话，他立即睁大眼睛，劈头盖脸地问："你怎么知道她是美国人？谁告诉你的？"

　　妈妈让这一连串的质问弄懵了，怯生生地问："我说错话了吗？打眼一瞅，任谁也知道她不是中国妞哇。"

　　甘又明不禁哑然失笑，知道自己多疑了。他忘了妈妈的习惯：凡不是中国人的，她都叫他们美国人。他和解地笑道："没错，妈，你没说错。这位姑娘的确是美国人，她叫琼。你问我们回来干什么？琼想听你讲讲我小时候的事儿，一定讲那些我自己也忘记了的事儿，好吗？"

妈妈笑嘻嘻地看着儿子，他们巴巴地从北京赶回来就是为了这事儿？不用说，这个美国妞是儿子的对象，是他的心尖儿宝贝，哼一声也是圣旨。她笑着说："好，我就讲讲你小时候的英雄事儿，只要你不怕丢面子。姑娘能听懂中国话吗？"

"她能听懂中国话，听不懂的地方我给她翻译。"

"你 8 岁那年，在洄水潭差点丢了命……"

"这事我知道，讲别的，讲我不知道的！"

妈妈想了半天，嘴角透出笑意："行，就讲一个你不知道的，我从来没告诉过你。初中一年级时，有一天你在梦中喊李苏、李苏！我知道李苏是你的同班同学，模样儿很标致，对不？"

甘又明如遭雷殛，他一下子想起来了。李苏是个性情爽朗的姑娘，常笑出一口白牙。那时他对李苏的友情中一定掺杂着特别的成分，但他把这种感情紧紧关闭在 12 岁小男子汉的心灵中，从未向任何人泄露过。他一直不知道自己在梦中喊过李苏的名字，也不知道大大咧咧的妈妈竟然能把这件事记上十几年。

李苏没有上大学，她在初二就患血癌去世了。同学们到医院去和她告别时，她的神志还清醒，那双深陷的大眼睛里透着深深的绝望。甘又明一直躲在同学们后边，隐藏着自己又红又肿的眼睛，也从此埋葬了那些称不上初恋的情感。

妈妈看见儿子表情痛楚，两滴泪珠慢慢溢出来。她想一定是自己的话勾起儿子的伤心，忙赔笑道："明娃，你咋啦？都怪妈，不该提那个可怜的姑娘。"

甘又明伏到妈妈怀里,哽声道:"妈,现在我才相信你真的是我妈。"

妈妈又是好气又是好笑又是担心:"你发魔怔了?我不是你妈谁是你妈!"

甘又明没有辩解,他回头对琼说:"琼,现在我可以确认了,我已经跳出虚拟环境。"

琼笑着掏出一张支票:"祝贺你,你终于用思维的惯性证实了这一点。吴先生说,如果你能确认,让我把10000元奖金交给你。"

从这一刻起,两人都如释重负。妈妈开始做午饭,她在厨房里大声问:"明娃,你能在家住几天?"

甘又明问琼:"我妈问咱们能住几天,看你的意见吧。你是否愿意多住几天,领略一下异国情调?"

"当然乐意。我还在认真考虑,是否把根扎在这儿呢。"

甘又明当然听出了她的话意。自打摆脱"外壳"的禁锢,他觉得心情异常轻松,几天来对琼的好感也复活了。他笑着把琼拥入怀中。妈妈端着菜盘进屋,瞅见那个美国丫头偎在儿子怀里,翘着嘴唇等着那一吻,她偷偷笑笑,赶紧退回去。

甘又明把手指插在琼金黄色的长发里,扳过她的脑袋,在她嘴唇上用力印上一吻。琼低声说:"你把我的头发揪疼了。"

在这一刹那,她觉得甘又明的身体忽然僵硬了。他不易觉察然而又是坚决地把怀中的姑娘慢慢推出去,他的身体明显地又套上一层冰冷的外壳。琼奇怪地问:"你怎么了?"

甘又明勉强地说:"没什么。"停一会儿,他把目光转向别处,低声用英语问:"琼,请告诉我,你吸毒吗?"

琼看看他的侧影，平静地说："我不想瞒你，几年前我曾服用过大麻，现在已经戒了。这在美国青年中是很普遍的。不过我从来没有静脉注射过快克。喏，你看我的肘弯。"

她白皙的肘弯处的确没有什么针孔。甘又明仅冷漠地扫了一眼，又问："斯托恩·吴……真的是一个同性恋者？当然，我所见到的只是虚拟世界里的情节。请你如实告诉我。"

琼摇摇头："我不知道。我不是瞒你，我真的不知道。在B基地，除了工作上的交往，我和他没什么接触。同性恋在美国是普遍的社会现象，有公开的同性恋组织和定期的公开集会，某些州的法律已经承认同性恋结婚为合法。但华人中，尤其是高层次的华人中，有此癖好的极少。吴先生大概不会吧。"

甘又明阴郁地沉默了很久，突兀地问："你的头发不是假发？在进入虚拟世界之前，在套上那件外壳之前，我看见你剃光了头发。"

琼迟疑着回答："这是一个复杂的技术问题……"甘又明烦躁地摆摆手，不想听她说下去，不想听一个"逼真"的解释。他清楚地记得，光脑壳的琼是他在进入虚拟环境之前看到的，也就是说，这件事情是真实的。那么，他就不该在这会儿的真实世界里看到一个满头金发的姑娘。他苦涩地自语："我已经剥掉了6层外壳，谁知道还有没有第7层？也许我得剁掉一个手指头才能证实。"

琼吃惊地喊："你千万不要胡来！我告诉你，你真的已跳出了虚拟世界，真的！"

甘又明冷淡地说："对，按照电脑的逻辑规则，一个坠入情网的女向导是会这样说的。"

琼唯有苦笑。她知道两人之间刚刚萌生的爱情之芽已经夭折了。午饭后她很客气地同伯母告别。甘又明的妈妈极力挽留很久，但姑娘的去意很坚决。儿子冷着脸，丝毫不做挽留，似乎是一个局外人。她十分纳闷，不知道这一对儿年轻人为什么无缘无故地翻了脸。

两个小时后，琼已经坐上到北京去的特快列车，并在车站向北京机场预定了第二天早上去旧金山的班机。她还给斯托恩·吴先生打了一个越洋电话，说甘又明已经赢得 10000 元奖金。对甘又明在赢得奖金之后的反复，她未置片语。她听见吴先生简单地说一句"知道了"就挂上了电话。

生存实验

　　若博妈妈说今天——2000年4月1日是我们大伙儿的10岁生日，今天不用到天房外去做生存实验，也不用学习，就在家里玩，想怎么玩就怎么玩。伙伴们高兴极了，齐声尖叫着四散跑开。我发觉若博妈妈笑了，不是她的铁面孔在笑，是她的眼睛在笑。但她的笑纹一闪就没有了，心事重重地看着孩子们的背影。

　　天房里有60个孩子。我叫王丽英，若博妈妈叫我小英子，伙伴们都叫我英子姐。还有白皮肤的乔治，黑皮肤的萨布里，红脸蛋的索朗丹增，黄皮肤的大川良子，鹰钩鼻的优素福，金发的娜塔莎……我是老大，是所有人的姐姐，不过我比最小的孔茨也只大了一小时。很容易推算出来，我们是间隔一分钟，一个接一个出生的。

　　若博妈妈是所有人的妈妈，可她常说她不是真正的妈妈。真正的妈妈是肉做的身体，像我们每个人一样，不是像她这种坚硬冰凉的铁身体。真正的妈妈胸前有一对"妈妈"，正规的说法是乳房，能流出又甜又稠的白白的奶汁，小孩儿都是吃奶汁长大的。你说这有多稀奇，我们都没吃过奶汁，也许吃过但忘了。我们现在每天吃"玛纳"，圆圆的，有拳头那么大，又香又甜，每天一个，由若博妈妈发给我们。

还有比奶汁更稀奇的事呢。若博妈妈说我们中的女孩子，就是没有长鸡鸡的孩子长大了都会做妈妈，肚子里会怀上孩子，胸前的小豆豆会变大，会流出奶汁，10个月后孩子生出来，就喝这些奶汁。这真是怪极了，小孩子怎么会钻到肚子里呢？小豆豆又怎么会变大呢？从那时起，女孩子们老琢磨自己的小豆豆长大没长大，或者趴在女伴的肚子上听听有没有小孩子在里边说话。不过若博妈妈叫我们放心，她说这都是长大后才会出现的事。

还有男孩子呢，他们也会生孩子吗？若博妈妈说不会，他们肚子里不会有孩子，胸前的小豆豆也不会变大。不过必须有他们，女孩子才会生孩子，所以他们叫作"爸爸"。可是，为什么必须有他们，女孩子才会生孩子呢？若博妈妈说："你们长大后就知道了，到15岁后就知道了。可是你们一定要记住我的话！记住男人女人要结婚，结婚后女人生小孩，用'妈妈'喂他长大；小孩长大还要结婚，再生儿女，一代一代传下去！你们记住了吗？"

我们齐声喊："记住了！"孔茨又问了一个怪问题："若博妈妈，你说男孩胸前的小豆豆不会长大，不会流出奶汁，那我们干吗长出小豆豆啊，那不是浪费吗？"这下把若博妈妈问愣了，她摇摇脑袋说："我不知道，我的资料库中没有这个问题的答案。"若博妈妈什么都知道，这是她第一次被问住，所以我们都很佩服孔茨。

不过只有我问到了最关键的问题："若博妈妈，"我轻声问，"那么我们真正的爸爸妈妈呢，我们有爸爸妈妈吗？"

若博妈妈背过身，透过透明墙壁看着很远的地方："你们当然有，肯定有。他们把你们送到这儿——地球上最偏远的地方——来做生存实验，实验完成后他们就会接你们回去，回到被称作'故土'的地方。那儿有汽车——会在地上跑的房子，有电视机——小人在里边唱歌跳舞的匣子，有香喷喷的鲜花，有数不清的好东西。所以，咱们一块儿努力，早点把生存实验做完吧。"

我们住在天房里，一个巨大透明的圆形罩子从天上罩下来，用力仰起头才能看到屋顶。屋顶是圆锥形，太高，看不清楚，可是能感觉到它。因为只有白色的云朵才能飘到尖顶的中央，如果是会下雨的黑云，最多只能爬到尖顶的周边。这时可有趣啦，黑沉沉的云层从四周挤着屋顶，只有中央部分仍是透明的蓝天和轻飘飘的白云，只是屋顶变得很小。下雨了，汹涌的水流从屋顶边缘漫下来，再顺着直立的墙壁向下流，就像挂了一圈水帘。但屋顶仍是阳光明媚。

天房里罩着一座孤山，一个眼睛形状的湖泊，我们叫它"眼睛湖"，其他地方是茂密的草地。山上只有松树，几乎贴着地皮生长，树干纤细扭曲，非常坚硬，枝干上挂着小小的松果。老鼠在树网下钻来钻去，有时也爬到枝干上摘松果，用圆圆的小眼睛好奇地盯着我们。湖里只有一种鱼，指头那么长，圆圆的身子，我们叫它白条儿鱼。若博妈妈说："在你们刚生下来时，天房里有很多树、很多动物，包括天上飞的几十种小鸟，都是和你们一块儿从故土带来的。可是两年之间它们都死光了，如今只剩下地皮松、节节草、老鼠、竹节蛇、白条儿鱼、屎壳郎等寥寥几种生命。"我们感到很可惜，特别是可惜那些能在天上飞的鸟儿，它们怎么能在天上飞呢？那多自在呀。我们想破头皮，也想不出鸟在天上飞的景象。萨布里和索朗丹增至今不相信这件事，他们说一定是若博妈妈逗我们玩的——可若博妈妈从没说过谎话。那么一定是若博妈妈看花眼了，把天上飘的树叶什么的看成活物了。

他俩还争辩说，天房外的树林里也没有会飞的东西呀。我说："天房内外的动植物是完全不同的，这你早就知道嘛。天房外有——可是，等等再说它们吧，若博妈妈不是让我们尽情玩吗？咱们抓紧时间玩吧。"

若博妈妈说："小英子，你带大伙儿玩，我要回控制室了。"控制室是天房里唯一的房子，妈妈很少让我们进去。她在那里给我们做玛纳，还管理着一些奇形怪状的机器，是干什么"生态封闭循环"用的。但她从不给我们讲这些机器，她说："你们用不着知道，你们根本用不着它们。"对了，若博妈妈最爱坐在控制室的后窗，用一架单筒望远镜看星星，看得可入迷了。可是，她看到什么，从不讲给我们听。

孩子们自动分成几拨儿，索朗丹增带一拨儿，他们要到山上逮老鼠，烤老鼠肉吃。萨布里带一拨儿，他们要到湖里游泳，逮白条儿鱼吃。玛纳很好吃，可是每天吃、每天吃，也吃腻了，有时我们就摘松果、逮老鼠和竹节蛇，换换口味。我和大川良子带一拨儿，有男孩有女孩。我提议今天还是捉迷藏吧，大家都同意了。这时有人喊我，是乔治，正向我跑来，他的那拨儿人站成一排等着。

大川良子附在我耳边说："他肯定又找咱们玩土人打仗，别答应他！"乔治在我面前站住，讨好地笑着："英子姐，咱们还玩土人打仗吧，行不？要不，给你多分几个人，让你赢一次，行不？"

我摇头拒绝了："不，我们今天不玩土人打仗。"

乔治力气很大，手底下还有几个力气大的男孩，像恰恰、泰森、吉布森等，分拨儿打仗他老赢，我、索朗丹增、萨布里都不愿同他玩打仗。乔治央求我："英子姐，再玩一次吧，求求你啦。"

我总是心软，他可怜巴巴的样子让我无法拒绝。忽然我心中一动，想出一个主意："好，和你玩土人打仗。可是，你不在乎我多找几个人吧？"乔治高兴了，慷慨地说："不在乎！不在乎！你在我的手下中挑选吧。"

我笑着说："不用挑你的人，你去准备吧。"他兴高采烈地跑了。大川良子担心地悄声说："英子姐，咱们打不过他，只要一打赢，他又狂啦。"

我知道乔治的毛病，不管这会儿他说得多好，一打赢他就狂得没边儿，变着法子折磨俘虏，让你爬着走路，让你当苦力，扒掉你的裙子画黑屁股。偏偏这是游戏规则允许的。我说："良子，你别担心，今天咱们一定要赢！你先带大伙儿做准备，我去找人。"

索朗丹增和萨布里正要出发，我跑过去喊住他俩："索朗，萨布里，今天别逮老鼠和捉鱼了，咱们合成一伙儿，跟乔治打仗吧。"两人还有些犹豫，我鼓动他们，"你们和乔治打仗不也老输嘛，今天咱们合起来，一定把他打败，教训教训他！"

两人想想，高兴地答应了，我们商量了打仗的方案。这边，良子已带大伙儿做好准备，拾一堆小石子和松果当武器，装在每人的猎袋里。天房里的孩子一向光着上身，腰里围着短裙，短裙后有一个猎袋，装着匕首和火镰（火石、火绒）。玩土人打仗用不着这些玩意儿，但若博妈妈一直严厉地要求我们随身携带。乔治和安妮有一次把匕首、火镰弄丢了，若博妈妈甚至用电鞭惩罚他们。电鞭可厉害啦，被它抽一下，就会摔倒在地，浑身抽搐，疼到骨头缝里。乔治那么蛮勇，被抽过一次后，看见电鞭就发抖。

若博妈妈总是随身带着电鞭，不过一般不用它。但那次她怒气冲冲地吼道："记住这次惩罚的滋味！记住带匕首和火镰！忘了它们，有一天你会送命的！"

我们很害怕，也很纳闷。在天房里生活，我们从没用过匕首和火镰，若博妈妈为什么这样看重它们？不过，不管怎么说，从那次起，再也没有人丢失这两样东西。即使再马虎的人，也会时时检查自己的猎袋。

我领着手下来到眼睛湖边，背靠湖岸做好准备。我给大伙儿鼓劲儿："不要怕，我已经安排了埋伏，今天一定能打败他们。"

按照规则，这边做好准备后，我派孔茨站到土台上喊："凶恶的土人哪，你们快来吧！"乔治他们怪声叫着跑过来。等他们近到十几步远时，我们的石子和松果像雨点般飞过去，有几个人的脑袋被砸中了，哎哟哎哟地喊，可他们非常蛮勇，脚下一点不停。这边几个伙伴开始发慌，我大声喊："别怕，和他们拼！援兵马上就到！"大伙儿冲过去，和乔治的手下扭作一团。

乔治没想到这次我们这样拼命，他大声吼着："杀死野人！杀死野人！"混战一场后，他的人毕竟有力气，把我们很多伙伴都摔倒了。

乔治也把我摔倒了，用左肘压着我的胸脯，右手掏出带鞘的匕首压在我的喉咙上，得意地说："降不降？降不降？"

按平常的规矩，这时我们该投降了。不投降就会被"杀死"，那么，这一天你不能再参加任何游戏。但我高声喊着："不投降！"猛地把他掀下去。这时后边一阵凶猛的杀声，索朗丹增和萨布里带领两拨人赶到，俩人收拾一个，很快把他们全降服了。索朗丹增和萨布里把乔治摔在地上，用带鞘匕首压着他的喉咙，兴高采烈地喊："降不降？降不降？"

乔治从惊呆中醒过神，恼怒地喊："不算数！你们喊来这么多帮手！"

我笑道："你不是说不在乎我们人多吗？你说话不算数吗？"

乔治狂怒地甩开索朗和萨布里，从鞘中拔出匕首，恶狠狠地说："不服，我就是不服！"

索朗丹增和萨布里也被激怒了，因为游戏中不允许匕首出鞘。他们也拔出匕首，怒冲冲地说："想耍赖吗？想拼命吗？来吧！"

我忙喊住他们两个，走近乔治，乔治两眼通红，咻咻地喘息着。我柔声说："乔治，不许耍赖，大伙儿会笑话你。快投降吧，我们不会扒掉俘虏的裙子，不会给你们画黑屁股，我们只在屁股上轻轻抽一下。"

乔治犹豫一会儿，悻悻地收起匕首，低下脑袋服输了。我用匕首砍下一根细树枝，让良子在每个俘虏屁股上轻轻抽一下，宣布游戏结束。恰恰、吉布森他们没料到惩罚这样轻，难为情地傻笑着——他们赢时可从没轻饶过俘虏。乔治还在咕哝着："约这么多帮手，我就是不服。"不过我们都没理他。

红红的太阳升到头顶，索朗问："下边咱们玩什么？"孔茨逗乔治："还玩土人打仗，还是3拨儿收拾一拨儿，行不？"乔治恼火地转过身，留给他一个脊背。萨布里说："咱们都去逮老鼠，捉来烤着吃，真香！"

我想了想，轻声说："我想和乔治、索朗、萨布里还有良子到墙边，看看天房外边的世界。你们陪我去吗？"

几个人都垂下眼皮，一朵黑云把我们的快乐淹没了。我知道黑云里藏着什么：恐惧。我们都害怕到"外边"去，连想都不愿想。可是，从5岁开始，除了生日那天，我们每天都得出去一趟。先是出去1分钟，再是2分钟、3分钟……现在增加到15分钟。虽然只有15分钟，可那就像100年、1000年，我们总觉得，这次出去后就回不来了——的确有3个人没回来，尸体被若博妈妈埋在透明墙壁的外面，后来那些地方长出3株肥壮的大叶树。所以，从五六岁开始，天房的孩子们就知道什么是死亡，知道死亡每天在陪着我们。

我说："虽说出去过那么多次，但每次都只顾喘气啦，从没认真看外边是什么样子。可是若博妈妈说，每个人必须通过外边的生存实验，谁也躲不过。我想咱们该提前观察一下。"

索朗说："那就去吧，我们都陪你去。"

从天房的中央部分走到墙边，快走需两个小时。要赶快走，才能赶在晚饭前回来。我们绕过山脚，地势渐渐平缓，到处是半人高的节节草和芨芨草，偶然可以看见一棵孤零零的松树，比山上的地皮松要高一些，但也只是刚盖过我们的头顶。草地上老鼠要少得多，大概因为这儿没有松果吃，偶然见一只立在土坎上，抱着小小的前肢，用红色的小眼睛盯着我们。有时，一条竹节蛇嗖地钻到草丛中。

"墙"到了。

陡立的墙壁，直直地向上伸展，伸到眼睛几乎看不到的高度后慢慢向里倾斜，形成圆锥状屋顶，墙壁和屋顶浑然一体，没有任何接缝。红色的阳光顺着透明的屋顶和墙壁流淌，天房内每一寸地方都沐浴在明亮的红光中。但墙壁外面不同，那里是阴森森的世界。

墙外长着完全不同的植物，最常见的是大叶树，粗壮的主干一直伸展到天空，下粗上细，从根部直到树梢都长着硕大的暗绿色叶子。大叶树的空隙中长着暗红色的蛇藤，光溜溜的，小小的鳞状叶子，它们顺着大叶树蜿蜒，到顶端后就脱离大叶树，高高地昂起脑袋，等到与另一根蛇藤碰上，互相扭结着再往上爬，所以它们总是比大叶树还高。站在山顶上往下看，大叶树的暗绿色中到处昂着暗红色的脑袋。

大叶树和蛇藤也蛮横地挤占着我们的天房，擦着墙壁或吸附在墙壁上，几乎把墙壁遮满了。

有一节蛇藤忽然晃动起来——不是蛇藤，是一条双口蛇。我们出去做生存实验时偶尔碰见过。双口蛇的身体呈鲜红色，用一张嘴吸附在地上或咬住树干，身体自由地屈伸着，用另一张嘴吃大叶树的叶子。等到附近的树叶吃光，再用吃东西这张嘴吸附在地上，腾出另一张嘴向前吃过去，身体就这样一屈一拱地往前走。现在，这条双口蛇的嘴巴碰到了墙壁，它在品尝这是什么东西，嘴巴张得大大的，露出整齐的牙齿，样子实在令人心怵。

良子吓得躲到我身后，索朗不在乎地说："别怕，它是吃树叶的，不会吃人。它也没有眼睛。再说它还在墙外边呢。"

双口蛇试探一会儿，啃不动坚硬的墙壁，便缩回身子，在枝叶中消失了。我们都盯着外面，心里沉甸甸的。我们并不怕双口蛇，不怕大叶树和蛇藤围出来的黑暗。我们害怕——外面的空气。

那稀薄的氧气不足的空气。

那儿的空气能把人"淹死"，我们无处可逃。我们张大嘴巴、张圆鼻孔用力呼吸，但是没用，仍是难以忍受的窒息，就像魔鬼在掐着我们的喉咙，头部疼痛难忍，黑云从脑袋向全身蔓延，逼得我们把大小便拉在身上。我们无力地拍着门，乞求若博妈妈让我们进去，可是不到规定时刻她是不会开门的，三个伙伴就这样憋死在外边……

这会儿看到墙外的黑暗，那种窒息感又来了，我们不约而同地转过身，不想再看外边。其实，经过这几年的锻炼，这15分钟我们已经能熬过来了，可是——每天一次啊！每天，我们实在不想迈过那道密封门。而好脾气的妈妈这时总扬着电鞭，凶狠地逼我们出去。

这15分钟沉甸甸地坠在心头，即使睡梦中也不会忘记。而且，这个担心的下面还挂着一个模模糊糊的恐惧：为什么天房内外的空气不一样？这点让人心里不踏实。我不知道为什么不踏实，但我就是担心。

我逼着自己转回身，重新面对墙外的密林。那里有食物吗？有没有吃人的恶兽？外面的空气是不是到处都一样？我看哪看哪，心里有止不住的忧伤。我想，在今后的日子里，一定还有什么灾难在等着我们，谁也逃脱不了。

我们5人及时赶回控制室，红太阳已经很低了，红月亮刚刚升起。在粉红色的暮霭中，伙伴们排成一队，从若博妈妈手里接过今天的玛纳。发玛纳时，妈妈常摸摸我们的头顶，问问今天干了什么，过得高不高兴。伙伴们也会笑嘻嘻地挽住妈妈的腰，扯住她的手，同她亲热一会儿。尽管妈妈的身体又硬又凉，可我们还是想挨着她。若博妈妈这时十分和蔼，一点不像手执电鞭时凶巴巴的样子。

我排在队伍后边，轮到我了，若博妈妈拍拍我的脑袋问："你今天玩土人打仗，联合索朗和萨布里把乔治打败了，对吗？"我扭头看看乔治，他不乐意地梗着脖子，便打圆场说："我们人多，开始是乔治占上风的。"

若博妈妈又拍拍我："好孩子，你是个好孩子，你们都是好孩子。"

玛纳分完了，我们很快把它吞到肚里。若博妈妈说："都不要走，有重要的事情要告诉大家。"我的心忽然沉了下去，我不知道她要说什么，但下午那个沉重的预感又来了。60个伙伴都聚过来，60双眼睛在粉红色的月光下闪亮。

若博妈妈的目光扫过我们每个人，严肃地说："你们已经过了10岁生日，已经是大孩子了。从明天起，你们要离开天房，每7天回来一次。这7天每人只发一个玛纳，其余食物自己寻找。"

我们都傻了，慢慢转动着脑袋，看着前后左右的伙伴。若博妈妈一定是在开玩笑，不会真把我们赶出去。7天！7天后所有的人都要憋死啦。若博妈妈干吗要用这么可怕的玩笑来吓唬我们呢。

可是，妈妈的声音变得严厉起来："记住是 7 天！明天是 2000 年 4 月 2 日，早上太阳出来前全部出去，到 4 月 9 日早上太阳升起后再回来，早一分钟我也不会开门。"

乔治狂怒地喊："7 天后我们会死光的！我不出去！"

若博妈妈冷冰冰地说："你想尝尝电鞭的滋味吗？"她摸着腰间的电鞭向乔治走去，我急忙跳起来护住乔治，乔治挺起胸膛与她对抗，但他的身体分明在发抖。我悲哀地看着若博妈妈，想起刚才有过的想法：某个灾难是我们命中注定的。

我盯着她的眼睛，低声说："妈妈，我们听你的吩咐，可是——7 天！"

若博妈妈垂下鞭子，叹息一声："孩子们，我不想逼你们，可是你们必须尽快通过生存实验，否则就来不及了。"

晚上我们总是散布在眼睛湖边的草地上睡觉，今晚大伙儿没有商量，自动聚在一块儿，身体挨着身体，头顶着头。我们都害怕，睁大眼睛不睡觉。红月亮已经升到天顶，偶尔有一只小老鼠从草丛里跑过去。朴顺姬忽然把头钻到我的腋下，嘤嘤地哭了："英子姐，我害怕。"

我说："不要怕，怕也没有用。若博妈妈说的对，既然能熬过 15 分钟，就能熬过 7 天。我们生下来，我们活着，就是为了这个生存实验啊，谁也逃不掉。"乔治怒声说："不出去，咱们都不出去！"萨布里马上接口："可是，妈妈的电鞭……"乔治咬着牙说："把它偷过来！再用它……"

大伙儿都打了一个寒噤。在此之前，从没人想过要反抗若博妈妈,乔治这句话让我们胆战心惊。

很多人仰头看着我,我知道他们在等我发话,便说:"不,我想该听妈妈的话,她是为咱们好。"

乔治怒冲冲地啐一口,离开我们单独睡去了。我们都睁着眼,很久才睡着。

早上我们醒了,外边是难得的晴天,红色的朝霞在天边燃烧,蓝色的天空晶莹澄澈。有一段时间我们几乎忘了昨晚的事。我们想,这么美好的日子,那种事不会发生。可是,若博妈妈在控制室等着我们,提着一篮玛纳,腰间挂着电鞭。她喊我们:"快来领玛纳,领完就出去!"

我们悲哀地过去,默默地领了玛纳,装在猎袋里。若博妈妈领我们走了两个小时,来到密封门口。墙外,黏糊糊的浓绿仍在紧紧地箍着透明的墙壁,阴暗在等着吞噬我们。密封门打开了,空气带着啸声向外流,若博妈妈说过,这是因为天房内空气的压力比外边大。一只小老鼠借着风力,嗖地穿过密封门,消失在绿荫中。我怜悯地想,它这么心甘情愿地往外跑,大概不知道外边的可怕吧。

所有伙伴哀求地看着若博妈妈,祈盼她在最后一刻改变主意。可是并没有,她脸上冷冰冰的,非常严厉。我只好带头跨过密封门,伙伴们跟在后边。走在最后的孔茨出来后,密封门唰地关闭,啸声被截住了。

由于每天进出,门外已被踩出一个小小的空场,我们茫然待在这个空场里,不知道下一步该往哪儿走。窒息的感觉马上来了,它挤出肺内最后一点空气,扼住喉咙。眼前发黑,我们张大嘴巴喘息着。

忽然，朴顺姬嘶声喊着："我……受不……了啦……"

她撕着胸口，慢慢倒下去，我和索朗赶紧俯下身。她的面孔青紫，眼珠凸出，极度的恐惧充溢在瞳孔里。这是怎么回事？我们出来还不到5分钟，可是平时她忍受15分钟也没出意外呀。我们急急喊着："顺姬，快吸气！大口吸气！"

没有用。她的面色越来越紫，眼神已开始朦胧。我急忙跑到密封门前，用力拍着："快开门！快开门！顺姬要死啦！若博妈妈，快开门！"索朗已经把顺姬抱到门边。索朗丹增是伙伴中最能适应外边空气的，若博妈妈说这是因为遗传，他的血液携氧能力比别人强。他把顺姬举到门边，可是那边没有动静。若博妈妈像石像一样立在门内，不知道她是否听到了我们的喊声。我们喊着，哭着，忽然，一股臭气冲出来，是顺姬的大小便失禁了。她的身体慢慢变冷，一双眼睛仍然圆睁着。

门还是没有开。

伙伴们立在顺姬的尸体旁垂泪，没人哭出声。我们已经知道，妈妈不会来抚慰我们了。顺姬死了，不是在游戏中被杀死，是真的死了，再也不能活过来。天房通体透明，充溢着明亮温暖的红光，衬着这红色的背景，墙壁那边的若博妈妈一动不动。天房，家，若博妈妈，这些字眼从懂事起就种在我们心里，是那样亲切。可是今天它们一下子变得冰冷坚硬，冷酷无情。

我忍着泪说："她不会开门的，走吧，到森林里去吧。"这时我忽然发现：我们出来已经很久，绝对超过15分钟，可是，只顾忙着抢救顺姬和为她悲伤，几乎忘了现在正呼吸着外面的空气。

我欣喜地喊："你们看，15分钟早过去了，咱们再也不会憋死了！"

大家都欣喜地点头。虽然胸口还很闷，头昏，四肢乏力，但至少我们不会像顺姬那样死去了，顺姬很可能是死于心理紧张。确认这一点后，恐惧没那么入骨了。

大川良子轻声问我："顺姬怎么办？"

顺姬怎么办？记得若博妈妈说过，对死人的处理要有一套复杂的仪式，仪式完成后把尸体埋掉或者烧掉，这样灵魂才能远离痛苦，飞到一个流淌着奶汁和蜜糖的地方。但我不懂得埋葬死人的仪式，也不想把顺姬烧掉，那会使她疼痛的。我想了想，说："用树叶把她埋掉吧。"

我取下顺姬的猎袋，挎在肩上，吩咐伙伴砍下很多枝叶，把尸体盖得严严实实。然后我们离开这儿，向森林中走去。

大叶树和蛇藤互相缠绕，森林里十分拥挤和黑暗，几乎没法走动。我们用匕首边砍边走。我怕伙伴们走失，就喊来乔治、索朗、萨布里、娜塔莎和优素福，我说咱们还按玩游戏那样分成6队吧，每队10个人，咱们6人是队长，要随时招呼自己的手下，不要走失。几个人爽快地答应了。

我不放心，又特意交代："现在不是玩游戏，知道吗？不是玩游戏！谁在森林中丢失就会死去，再也活不过来了！"

大伙儿看看我，眼神中是驱不散的惧意。只有索朗和乔治不大在乎，他们大声说："知道了，不是玩游戏！"

当天我们在森林里走了大约100步。太阳快落了，我们砍出一片小空场，又砍来枝叶铺在地上。红月亮开始升起来，这是每天吃饭的时刻，大家从猎袋中掏出圆圆的玛纳。我舍不得吃，我知道今后的6天中不会有玛纳了。犹豫一会儿，我用匕首把玛纳分成三份，吃掉一份，其余小心地装回猎袋。这一块玛纳太小了，吃完后更是勾起我的饥饿感，真想把剩下的两块一口吞掉。不过，我终于战胜了它的诱惑。我的手下也都学我把玛纳分成三份，可是我见三人没忍住，又悄悄把剩下的两块吃了。我叹口气，没有管他们。

这是我们第一次在天房之外过夜。在天房里睡觉时，我们知道天房在护着我们，为我们遮挡雨水，为我们提供充足的空气，还有人给我们制造玛纳。可是，忽然之间，这些依靠全没了。尽管很疲乏，还是惴惴地睡不着，越睡不着越觉得肚里饿。索朗忽然碰碰我："你看！"

借着从树叶缝隙中透出来的月光，我看见十几条双口蛇分布在周围。白天，当我们闹腾着砍树开路时，它们都惊跑了，现在又好奇地聚过来。它们把两只嘴巴吸附在地上，身子弯成弧形，安静地听着宿营地的动静。

索朗小声说："明天捉双口蛇吃吧，我曾吃过一条小蛇崽，肉发苦，不过也能吃。"

我问："能逮住吗？双口蛇没眼睛，可耳朵很灵。还有它们的大嘴巴和利牙，咬一口可不得了。"索朗自信地说："没事，想想办法，一定能逮住。"

身边有窸窣的声音，是孔茨醒了，仰起头惊叫道："这么多双口蛇！英子姐，你看！"双口蛇受惊，四散逃走，身体一屈一拱，一屈一拱，很快消失在密林中。

天亮了，阳光透过茂密的枝叶射下来，变得十分微弱。林中阴冷潮湿，伙伴们个个缩紧身体，挤成一团。索朗丹增紧靠着我的脊背，一只手臂还搭在我的身上。我挪开他的手臂，坐起身。顺着昨天开出的路，我看见天房，那儿，早晨的阳光充满密封的空间，透明的墙壁和屋顶闪着红光。我呆呆地望着，忘了对若博妈妈的恼怒，巴不得马上回到她身边。

但我知道，不到 7 天，她是不会为我们开门的，哪怕我们全死在门外。想到这里，我不由得怨恨起来。

我喊醒乔治他们，说："今天得赶紧找食物，好多人已经把玛纳吃光了，还有 6 天呢。我和娜塔莎领两队去采果实，乔治、索朗你们带 4 个队去捉双口蛇，如果能捉住一条，够我们吃三四天的。"大伙儿同意我的安排，分头出发。

森林中只有大叶树和蛇藤，枝叶都不能吃，又苦又涩，我尝了几次，都忍不住吐了出来。它们有果实吗？良子发现，树的半腰挂着一嘟噜一嘟噜的圆球，我让大伙儿等着，向树上爬去。大叶树树干很粗，没法抱住，好在这种树从根部就有分权，我蹬着树权，小心地向上爬。稀薄缺氧的空气使我的四肢酥软，每爬一步都要使出很大的力气。我越爬越高，树叶遮住了下面的同伴。斜刺里伸来一枝蛇藤，围着大叶树盘旋上升，我抓住蛇藤喘息一会儿，再往上爬。现在，一串串圆圆的果实悬在我的面前，我在蛇藤上盘住腿，抽出匕首砍下一串，小心地尝尝。味道也有点发苦，但总的来说还能吃。我贪馋地吃了几颗，觉得肚子里的饥饿感没那么炽烈了。

我喊向伙伴："注意，我要扔大叶果了！"我砍下果实，瞅着树叶缝隙扔下去。过一会儿，树底下传来高兴的喊声，他们已尝到大叶果的味道了。一棵大叶树有十几串果实，够我们每人分一串。

我顺着蛇藤往下溜，剧烈地喘息着。有两串大叶果卡在树杈上，我探着身子把它们取下来。伙伴们仰脸看着我。快到树下我实在没力气了，手一松，顺着树干溜下去，结结实实地摔在地上。

等我从昏晕中醒来，听见伙伴们焦急地喊："英子姐，英子姐！英子姐，你醒啦。"

我撑起身子，伙伴们团团围住我。我问："大叶果好吃吗？"大伙儿摇着头："比玛纳差远啦，不过总算能吃吧。"我说："快去采摘，乔治他们不一定能捉到双口蛇呢。"

到下午，每人的猎袋都塞满了。我带伙伴们选一块稀疏干燥的地方，砍来枝叶铺出一个窝铺，然后让孔茨去喊其他队回来。

孔茨爬到一棵大树上，用匕首拍着树干，高声吆喝："伙伴——回来哟——玛纳——备好喽——"

过了半个小时，那几队从密林中钻出来，个个疲惫不堪，垂头丧气，手里空空的。我知道他们今天失败了，怕他们难过，忙笑着迎过去。乔治烦闷地说，没一点收获，双口蛇太机警，稍有动静它们就逃得不见影。他们转了一天，只围住一条双口蛇，但在最后当口又让它逃跑了。索朗骂着："这些瞎眼的东西，比明眼人还机灵呢。"

我安慰他们："不要紧，我们采了好多大叶果，足够你们吃啦。"孔茨把大叶果分成40份，每人一份。乔治、索朗他们都饿坏了，大口大口地吃着。我仰着头想心事，刚才乔治讲双口蛇这么机灵，勾起了我的担心。

等他们吃完，我把乔治和索朗叫到一边，小声问："你们还看到别的什么野兽了吗？"他们说："没看见，英子姐，你在担心什么？"我说："是我瞎猜呗。我想双口蛇这么警惕，大概它们有危险的敌人。"两人的脸色也变了，"不管怎么样，以后咱们得更加小心。"

大家都乏透了，早早睡下。不过我一直睡不安稳，胸口像压着大石头，骨头缝里又困又疼。我梦见朴顺姬来了，用力把我推醒，恐惧地指着外边，喉咙里嘶声响着，却喊不出来。远处的黑暗中有双绿荧荧的眼睛，在悄悄逼近——我猛然坐起身，梦境散了，朴顺姬和绿眼睛都消失了。

我想起可怜的顺姬，泪水不由得涌出来。

身边有动静，是乔治，他也没睡着，枕着双臂想心事。我说："乔治，我刚才梦见了顺姬。"乔治闷声说："英子姐，你不该护着若博妈妈，真该把她……"我苦笑着说："我不是护她。你能降住她吗？即使你能降住她，你能管理天房吗？能管理那个'生态封闭循环系统'吗？能为伙伴们制造玛纳吗？"

乔治低下头，不吭声了。

"再说，我也不相信若博妈妈是在害我们。她把咱们60个人养大，多不容易呀，干吗要害咱们呢。她是想让咱们早点通过生存实验，早点回家。"

乔治肯定不服气，不过没有反驳。但我忽然想起顺姬窒息而死时透明墙内若博妈妈那冷冰冰的身影，不禁打了一个寒战。即使为了逼我们早点通过生存实验，她也不该这么冷酷啊。也许……我赶紧驱走这个想法，问乔治："乔治，你想早点回'故土'吗？那儿一定非常美好，天上有鸟，地上有汽车，有电视，有长着大乳房的妈妈，还有不长乳房可同样爱我们的爸爸。有高高的松树，有鲜艳的花，有各种各样的玛纳……而且没有天房的禁锢，可以到处跑、到处玩。我真想早点回家！"

索朗、良子他们都醒了，向往地听着我的话。乔治刻薄地说："全是屁话，那是若博妈妈哄我们的。我根本不信有这么好的地方。"

我知道乔治心里烦，故意使蹩劲，便笑笑说："你不信，我信。睡吧，也许10天后我们就能通过生存实验，真正的爸妈就会来接咱们。那该多美呀。"

第二天，我们照样分头去采大叶果和捉双口蛇。晚上乔治他们回来后比昨天更疲惫、更丧气。他们发疯般地跑了一天，很多人身上都挂着血痕，可是依然两手空空。好强的乔治简直没脸吃他的那份大叶果，脸色阴沉，眼中喷着怒火，他的手下都胆怯地躲着他。我十分担心，如果捉不到双口蛇，单单大叶果的营养毕竟有限，常常吃完就饿，老拉稀。谁知道妈妈的生存实验要延续多少轮？59个人的口粮啊。不过我把担心藏到心底，高高兴兴地说："快吃吧，说不定明天就能吃到烤蛇肉了！"

第三天仍然扑空，第四天我决定跟乔治他们一块儿行动。很幸运，我们很快捉到一条双口蛇，但我没想到搏斗是那样惨烈。

我们让四队人马撒成大网，朝一个预定的地方慢慢包抄。常常瞥见一条双口蛇在枝叶缝隙里一闪，迅即消失了。不过不要紧，索朗他们在另外几个方向等着呢。我们不停地敲打树干，也听到另外三个方向高亢的敲击声。包围圈慢慢缩小，忽然我们听到了剧烈的扑通扑通声，夹杂着吱吱的尖叫。叫声十分刺耳，让人头皮发麻。乔治看看我，加快行进速度。他拨开前面的树叶，忽然呆住了。

前边一个小空场里有一条巨大的双口蛇，身体有人腰那么粗，有三四个人那么长，我们从没见过这么大的双口蛇。但这会儿它正在垂死挣扎，身上到处是伤口，流着暗蓝色的血液。它疯狂地摆动着两个脑袋，动作敏捷地向外逃跑，可是每次都被一个更快的黑影截回来。我们看清了那个黑影，那是只——老鼠！当然不是天房内的小老鼠，它的身体比我们还大，尖嘴，粗硬的胡须，一双圆眼睛闪着阴冷的光。虽然它这么巨大，但它的相貌分明是老鼠，这没有任何疑问。也许是几年前从天房里跑出来的老鼠长大了？这不奇怪，有这么多双口蛇供它吃，还能不长大吗？

巨鼠也看到我们，但根本不屑理会，仍旧蹲伏在那儿，守着双口蛇逃跑的路。双口蛇只要向外一窜，它马上以更快的速度扑上去，从蛇身上撕下一块肉，再退回原处，一边等待一边慢条斯理地咀嚼。它的速度、力量和狡猾都远远高于双口蛇，所以双口蛇根本没有逃生的机会。乔治紧张地对我低声说："咱们把巨鼠赶走，把蛇抢过来，行不？够咱们吃4天啦。"

我担心地望望阴险强悍的巨鼠，小声说："打得过它吗？"乔治说："我们40个人呢，一定打得过！"双口蛇终于耗尽了力气，瘫在地上抽搐着，巨鼠踱过去，开始享用它的美餐。它是那么傲慢，根本不把四周的人群放在眼里。

三个方向的敲击声越来越近，索朗他们都露出头，是进攻的时候了。这时，一件意外的小事促使我们下了决心。一只小老鼠这时溜过来，东嗅嗅西嗅嗅，看来是想分点食物。这是只普通的老鼠，也许就是3天前才从天房里逃出的那只。但巨鼠一点不怜惜同类，闪电般扑过来，一口咬住小老鼠，咔嚓咔嚓地嚼起来。这种对同类的残忍激怒了乔治，他大声吼道："打呀！打呀！索朗，萨布里，快打呀！"40个人冲过去，团团围住巨鼠，巨鼠的小眼睛里露出一丝胆怯，它放下食物，吱吱怒叫着与我们对抗。忽然它向孔茨扑过去，咬住孔茨的右臂，孔茨惨叫一声，匕首掉在地上。它把孔茨扑倒，敏捷地咬住他的脖子。我尖叫一声，乔治怒吼着扑过去，把匕首扎到巨鼠背上。索朗他们也扑上去，经过一场剧烈的搏斗，巨鼠逃走了，背上还插着那把匕首，血迹淌了一路。

我把孔茨抱到怀里，他的喉咙上有几个深深的牙印，向外淌着鲜血。我用手捂住伤口，哭喊着："孔茨！孔茨！"他慢慢睁开无神的眼睛，想向我笑一下，可是牵动了伤口，他又晕过去了。

那条巨大的双口蛇躺在地上，但我一点儿也不快乐。乔治也受伤了，左臂上两排牙印。我们砍下枝叶铺好窝铺，把孔茨抬过去。萨布里他们捡干树枝，索朗带人切割蛇肉。生火费了很大的劲儿，尽管每人都能熟练地使用火镰，但这儿不比天房内，稀薄的空气老是熄灭了火舌。不过，火总算生起来了，我们用匕首挑着蛇肉烤熟。也许是因为饿极了，蛇肉虽然有股怪味，但每个人都吃得津津有味。

我把最好的一串烤肉送给孔茨，他艰难地咀嚼着，轻声说："不要紧，我很快会好的……我很快会好的，对吗？"

我忍着泪说:"对,你很快会好的。"

乔治闷闷地守着孔茨,我知道他心里难过,他没有杀死巨鼠,匕首也让巨鼠带走了。我从猎袋里摸出顺姬的匕首递给他,安慰道:"乔治,今天多亏你救了孔茨,又逮住这么大的双口蛇。去,烤肉去吧。"

深夜,孔茨开始发烧,身体像在着火,喃喃地喊着:"水,水。"可是我们没有水。大川良子和娜塔莎把剩下的大叶果挤碎,挤出那么一点点汁液,摸索着滴到孔茨嘴里。周围是深深的黑暗,黑得就像世界已经消失,只剩下我们浮在半空中。我们顺着来路向后看,已经太远了,看不到天房,那个总是充盈着红光的温馨的天房。黑夜是那样漫长,我们在黑暗中沉啊沉啊,总沉不到底。

孔茨折腾了一夜,好容易才睡着。我们也疲惫不堪地睡去。

有人叽叽喳喳地说话,把我惊醒。天光已经大亮,红色的阳光透过密林,在我们身上洒下一个个光斑。我赶紧转身去看孔茨,盼望着这一觉之后他会好转。可是没有,他的病更重了,身体烫人,眼睛紧闭,再喊也没有反应。我知道是那只巨鼠把什么细菌传给他了,若博妈妈曾说过,土里、水里和空气里到处都有细菌,谁也看不见,但它能使人得病。乔治也病了,左臂红肿发热,但病情比孔茨轻得多。

我默默思索一会儿,对大家说:"今天是第 5 天,食物已经够吃两天了,我们开始返回吧。但愿……"

但愿若博妈妈能提前放我们进天房,用她神奇的药片为孔茨和乔治治病。但我知道这是空想,妈妈的话从没有更改过。我把蛇肉分给各人,装在猎袋里,索朗、恰恰、吉布森几个力气大的男孩轮流背孔茨,59 人的队伍缓慢地返回。

有了来时开辟的路，回程容易多了。太阳快落时我们赶到密封门前，几个女孩抢先跑过去，用力拍门："若博妈妈，孔茨快死了，乔治也病了，快开门吧。"她们带着哭声喊着，但门内没一点儿声响，连若博妈妈的身影也没出现。

小伙伴们跑回来，哭着告诉我："若博妈妈不开门！"我悲哀地注视着大门，连愤怒都没力气了。实际上我早料到这种结果了，但我那时仍抱着万分之一的希望。伙伴们问我怎么办？索朗、萨布里怒气冲冲，更不用说乔治了，他的眼睛冒火，几乎能把密封门烧穿。

我疲倦地说："在这儿休息吧，收拾好睡觉的窝铺，等到后天早上吧。"

伙伴们恨恨地散开。有了这几天的经验，一切都有条不紊地进行。蛇肉烤好了，但孔茨紧咬嘴唇，再劝也不吃。我想起猎袋里还有两小块玛纳，掏出来放到孔茨嘴边，柔声劝道："吃点吧，这是玛纳呀。"孔茨肯定听见了我的劝告，慢慢张开嘴，我把玛纳掰碎，慢慢塞进他嘴里。他艰难地嚼着，吃了半个玛纳。

我们迎来了日出，又迎来了月出。第7天的凌晨，在太阳出来之前，孔茨咽下最后一口气。他在濒死中喘息时，乔治冲到密封门前，用匕首狠狠地砍着门，暴怒地吼道："快开门！你这个魔鬼，快开门！"

透明的密封门十分坚硬，匕首在上面滑来滑去，没留下一点刻痕。我和大川良子赶快跑去，好说歹说把他拉回来。

孔茨咽气了，不再受苦了，现在他的表情十分安详。58个小伙伴都没有睡，默默团坐在尸体周围，我不知道他们的内心是悲伤还是仇恨。当天房的尖顶接受第一缕阳光时，乔治忽然清晰地说:"我要杀了她。"

我担心地看看门那边——不知道若博妈妈能否听到外边的谈话——小心地说:"可是,她是铁做的身体,她可能不会死。"

乔治带着恶毒的得意说:"她会死,她可不是不死之身。我一直在观察她,知道她怕水,从不敢到湖里,也不敢到天房外淋雨。她每天还要更换能量块,没有能量她就死啦。"

他用锋利的目光盯着我,分明是在询问:"你还要护着她吗?"我叹息着垂下目光。我真不愿相信妈妈在戕害我们,她是为我们好,是逼我们早点通过生存实验……可是,她竟然忍心让朴顺姬和孔茨死在她的眼前,这是无法为她辩解的。我再次叹息着,附在乔治耳边说:"不许轻举妄动!等我学会控制室的一切,你再……听见了吗?"

乔治高兴了,用力点头。

密封门缓缓打开,哧哧的气流声响起来,听见若博妈妈大声喊:"进来吧,把孔茨的尸体留在外面,用树枝掩埋好。"

原来她确实在天房内观察着孔茨的死亡!就在这一刻,我心中对她的最后一点依恋咔嚓一声断了。我取下孔茨的猎袋,指挥大家掩埋了尸体,然后把恨意咬到牙关后,随大家进门。若博妈妈在门口迎接我们,我说:"妈妈,我没带好大家,死了两个伙伴。不过我们已学会采摘果实和猎取双口蛇。"

妈妈亲切地说:"你们干得不错,不要难过,死人的事是免不了的。乔治,过来,我为你上药。"

乔治微笑着过去,顺从地敷药、吃药,还天真地问:"妈妈,吃了这药,我就不会像孔茨那样死去了,对吧?"

"对，你很快就会痊愈。"

"谢谢你，若博妈妈，要是孔茨昨晚能吃到药片，该多好啊。"

若博妈妈给每人都做了身体检查，凡有外伤的都敷上药。晚上分发玛纳时她宣布："你们在天房里好好休养3天，3天后还要出去锻炼，这次锻炼为期——30天！"刚刚缓和下来的空气马上凝固了。伙伴们你看看我，我看看你，目光中尽是惧怕和仇恨。

乔治天真地问："若博妈妈，这次是30天，下次是几天？"

"也许是一年。"

"若博妈妈，上次我们出去60个人，回来58个。你猜猜，下次回来会是几个人？下下次呢？"

谁都能听出他话中的恶毒，但若博妈妈假装没听出来，仍然亲切地说："你们已基本适应了外面的环境，我希望下次回来还是58个人，一个也不少。"

"谢谢你的祝福，若博妈妈。"

吃过玛纳，我们像往常一样玩耍，谁也不提这事。睡觉时，乔治挤到我身边睡下。他没有和我交谈，一直瞪着天房顶之上的星空。红月亮升上来了，给我们盖上一层红色的柔光。等别人睡熟后，乔治摸到我的手，掰开，在我的手心上慢慢画着。他画的第一个字母是K，然后在月光中仰头看我，我点点头表示理解。他又画了第二个字母I，接着是LL。KILL！他要把杀死若博妈妈的想法付诸行动！他严肃地看着我，等我回答。

我真不知道该怎么办。若博妈妈这些天的残忍已激起我强烈的敌意，但她的形象仍保留着过去的一些温暖。她抚养我们这一群孩子，给我们制造玛纳，教我们识字、算算术，为我们治病，给我们讲很多地球那边的故事。我不敢想象自己真的会杀她。这不光涉及对她一个人的感情，在我内心深处一直有一个不甚明确的看法：若博妈妈代表着地球那边同我们的联系，她一死，这条纤细的联系就全断了！

乔治看出了我的犹豫，生气地在我手心里画了一个惊叹号。我知道他决心已定，不会更改，而且他不是一个人，他代表着索朗丹增、萨布里、恰恰、泰森等，甚至还有女孩子们。

我心里激烈地斗争着，拉过乔治的手写道："等我一天。"

乔治理解了，点点头，翻过身。我们就这样不声不响地看着夜空，想着各自的心事。深夜，我已蒙眬入睡，一只手摸摸索索地把我惊醒。是乔治，他把我的手握到他手心里，然后慢慢凑过来，亲亲我的嘴唇。很奇怪，一团火焰忽然烧遍我的全身，麻酥酥的快感从嘴唇射向大脑。我几乎没有思考，嘴唇自动凑过去，乔治猛地搂住我，发疯般地亲起来。

在一阵阵快乐的震颤中，我想，也许这就是若博妈妈讲过的男女之爱？也许乔治吻过我以后，我肚子里就会长出一个小孩，而乔治就是他的爸爸？这个想法让我有点胆怯，我努力把乔治从怀中推出去。乔治服从了，翻过身睡觉，但他仍紧紧拉着我的右手。我抽了两次没抽出来，也就由他了。

第二天早上醒来，我的手还握在他的手中。因为有了昨天的初吻，我觉得和乔治更亲密了。我抽出右手，乔治醒了，马上又抓住我的手，在手心中重写了昨天的4个字母：

KILL！他在提醒我不要忘了昨晚的许诺。

伙伴们开始分拨玩耍，毕竟是孩子啊，他们要抓紧时间享受今天的乐趣。但我觉得自己长大了，作为大伙儿的头头儿，一份沉甸甸的责任压在我的身上，这份责任让我大了 20 岁。

我敲响控制室的门，心中免不了内疚。在 60 个孩子中，若博妈妈最疼爱我，现在我要利用这份偏爱去刺探她的秘密。妈妈打开门，询问地看看我，我忙说："若博妈妈，我想对你谈一件事，不想让别人知道。"

妈妈点点头，让我进屋，把门关上。我很少来控制室，早年来过两三次，已经没有什么印象了。控制室里尽是硬邦邦的东西，很多粗管道通到外边，几台机器蜷伏在地上。后窗开着，有一架单筒望远镜，那是若博妈妈终日不离身的宝贝。这边有一座控制台，嵌着一排排红绿按钮，我扫一眼，最大的三个按钮下写着："空气压力 / 成分控制""温度控制""玛纳制造"。

怕若博妈妈起疑，我不敢看得太贪婪，忙从那儿收回目光。若博妈妈亲切地看着我——令我痛苦的是，她的亲切里看不出一点虚假——问："小英子，有什么事？"

"若博妈妈，有一个想法在我心中很久很久了，早就想找你问问。"

"什么想法？"

"若博妈妈，你常说我们在地球上最偏远的地方，可是——这儿真的是在地球上吗？"

若博妈妈注意地看着我："哟，这可是个新想法。你怎么有了这个想法？"

"我看到一些蛛丝马迹，它们一点点加深我的怀疑。比如，天房内外的东西明显不一样，树木啊，草啊，动物啊，空气啊。打开密封门时，空气会哧哧地往外跑，你说是因为天房内的气压比外边高，还说天房内的一切和地球那边是一样的。那么，'地球那边'的气压也比这儿高吗？它们为什么不哧哧地往这边跑？"

"真是新奇的想法。还有吗？"

"还有，你给我们念书时，曾提到'金色的阳光''洁白的月光'，可是，这儿的太阳和月亮都是红色的，为什么？这边和那边不是一个太阳和月亮吗？"

"噢，还有什么？"

"你说过，一个月的长短大致等于从新月经满月到新月的一个循环。可是，根本不是这样！这儿新月到新月只有 16 天，可是在你的日历上，一个月有 30 天、31 天。若博妈妈，这是为什么？"

我充满期待地看着她。我提出这个问题原本是想转移她的注意力，好乘机开始我的侦察，但现在这个问题真的把我吸引住了。因为，这个疑问本来就埋在心底，当我用语言表达出来后，它变得更加清晰。

若博妈妈静静地看着我，很久没有回答，后来她说："你真的长大了，能够思考了。但是很遗憾，你提的问题在我的资料库里没有现成答案。等我想想再回答你吧。"

"好吧，"我也转移话题，指着望远镜问，"若博妈妈，你每天看星星，为什么从不给我们讲星星的知识呢？"

"这些知识对你们用处不大。世上知识太多了，我只能讲最有用的。"

我扫视一下四周："若博妈妈，为什么不教会我用这些机器？这最实用嘛，我能帮你多干点活啦。"

我想，这个大胆的要求肯定会激起她的怀疑，但似乎没有，她叹口气说："这也是没用的知识，不过，你有兴趣，我就教你吧。"

我绝没想到我的阴谋会这样顺利得逞。若博妈妈用一整天的时间，耐心讲解屋内的一切：如何控制天房内的氧气含量、气压和温度，如何操纵生态循环系统并制造食用的玛纳，如何开启和关闭密封门，如何使用药物……下午她还让我实际操作，制造今天要用的玛纳。其实操作相当简单，在写着"玛纳制造"的那排键盘中，按下启动钮，生态循环系统中净化过的水、二氧化碳和其他成分就会进入制造机，然后一个个圆圆的玛纳从出口滚出来。等到滚出 58 个，按一下停止钮就行了。

我兴奋地说："我学会了！妈妈，制造玛纳这么容易，为什么不多造一些呢，为什么让我们那么艰难地出去找食物呢？"

若博妈妈笑笑，没回答我的问题，只是说："今天是你制造的玛纳，你向大伙儿分发吧。"

我站在若博妈妈常站的土台上，向排队经过的伙伴分发玛纳，大伙儿都新奇地看着我。我一边发一边骄傲地说："是我制造的玛纳，若博妈妈教会我了。"

乔治过来了，我同样告诉他："我会制造玛纳了。"乔治点点头，重复一遍："你会制造玛纳了。"

我忽然打了一个寒战。我悟到，两人在说同一句话，但这句话的深层含义却不同。晚上，乔治悄悄拉上我，向孤山上爬去。今天月色不好，一路上磕磕碰碰，走得相当艰难。终于到了，他领我走进山腰的一个山洞，阴影中已经有五六个伙伴，我贴近他们的脸，辨认出是索朗、萨布里、恰恰、娜塔莎和良子。我的心开始往下沉，知道这次秘密会议意味着什么。

乔治沉声说："我们的计划应该实施了，英子姐已经学会制造玛纳，学会控制天房内的空气循环系统了。该动手了，要不，等若博再把我们赶出去 30 天，说不定会有一半人死在外边。"

大家都看着我，他们一向喜欢我，把我看作他们的头头儿。现在我才知道，这副担子对一个 10 岁的孩子来说太重了。我难过地说："乔治，难道没有别的路可走吗？今天若博妈妈把所有控制方法都教给我了，一点也没有疑心。如果她怀着恶意，她会这样干吗？"

良子也难过地说："我也不忍心。若博妈妈把我们带大，给我们讲地球那边的故事……"

恰恰愤怒地说："你忘了朴顺姬和孔茨是怎么死的！"

索朗丹增也说："我实在不能忍受了！"

乔治倒比他们镇静，摆摆手制住他们，问我："英子姐，你说怎么办？你能劝动若博妈妈，不再赶咱们出去吗？"

我犹豫着，想到朴顺姬和孔茨濒死时若博妈妈的无情，知道自己很难劝动她。想起这些，我心中的仇恨也烧旺了。我咬着牙说："好吧，再等我一天，如果明天我劝不动她，你们就……"

乔治一拳砸在石壁上："好，就这么定了！"

第二天，没等我去找若博妈妈，她就把我喊去了。她说："既然你已经开始学，那就趁这两天学透吧，也许有用呢。"她耐心地又从头教一遍，让我逐项试着操作。但我却有点心不在焉，盘算着如何劝动妈妈。我知道没有退路了，今天如果劝不动妈妈，一场血腥的屠杀就在面前，或者是若博妈妈死，或者是乔治他们。

下午，若博妈妈说："行了，你已经全部掌握，可以出去玩了。小英子，你是个好孩子，比所有人都知道操心，你会成为一个好头人的。"

我趁机说："若博妈妈，不要赶我们出去，好吗？至少不要让我们出去那么长时间，顺姬和孔茨死了，不知道下回轮着谁。天房里有充足的空气，有充足的玛纳。生存实验慢慢来，行吗？"

妈妈平静地说："不，生存实验一定要加快进行。"

她的话非常决绝，没有任何回旋余地。我望着她，泪水一下子盈满眼眶。"妈妈，从你说出这句话后，我们就成为敌人了！"若博妈妈似乎没看见我的眼泪，淡然说："这件事不要再提，出去玩吧，去吧。"我沉默着，勉强离开她。

忽然，吉布森飞快地跑来，很远就喊着："若博妈妈，快，乔治和索朗用匕首打架，是真的用刀。有人已经受伤了！"

若博妈妈急忙向那边跑去，我跟在后边。湖边乱糟糟的，几乎所有孩子都在这儿，人群中，索朗和乔治都握着出鞘的匕首，恶狠狠地挥舞着，脸上和身上血迹斑斑。若博妈妈解下腰间的电鞭，怒吼着："停下！停下！"她挥舞着电鞭冲过去。人群立即散开，等她走过去，人群又飞快地在她身后合拢。

　　我忽然从战场中感受到一种诡异的气氛，扭过头，见吉布森得意而诡异地笑着。一刹那间我明白了，我想大声喊："若博妈妈，快回来，他们要杀死你！"可是，想起我对大伙儿的承诺，想想妈妈的残忍，我把这句话咽到了肚里。

　　那边，乔治忽然吹响尖厉的口哨，后边合围的人群轰然一声，向若博妈妈拥过去。前边的人群应声闪开，露出后面的湖面。若博妈妈停脚不及，被人群推到湖中，扑通一声，水花四溅，她的钢铁身体很快沉入清澈的水中。

　　我走过去，扒开人群，乔治、索朗他们正充满戒备地望着湖底，看见我，默默地让开。我看见若博妈妈躺在水底，一道道小火花在身上闪烁，眼睛惊异地睁着，一动也不动。

　　我闷声说："你们为什么不等我的通知？——不过，不说这些了。"

　　乔治冷冷地问："你劝动她了吗？"我摇摇头，乔治冷笑道，"我没有等你，我早料到结果啦。"

　　很长时间，我们就这么呆呆地望着湖底，体味着如释重负的感觉——当然也有隐约的负罪感。索朗问我："你学会全部操作了吗？"我点点头。"好，再也不用出去受苦了！"

　　吉布森问："现在该咋办？我看得选一个头人。"

　　索朗、萨布里和良子都同声说："英子姐！英子姐是咱们的头人。"但恰恰和吉布森反驳道："选乔治！乔治领咱们除掉了若博妈妈。"

　　乔治两眼灼灼地望着我，看来他想当首领。我疲倦地说："选乔治当头人吧，我累了，早就觉得这副担子太重了。"

　　乔治一点没推辞："好，以后干什么我都会和英子姐商量的。英子姐，明天的生存实验取消，行吗？"

"好吧。"

"现在请你去制造今天的玛纳，好吗？"

"好的。"

"从今天起每人每天做两个，好吗？"

我没有回答。让伙伴每天多吃一个玛纳，这算不了什么，但我本能地感到这中间有某种东西——乔治想用这种办法树立自己的权威。不过，我不必回答了，因为水里忽然呼啦一声，若博妈妈满面怒容地立起来，体内噼噼啪啪地闪着火花，动作也不稳，但她还是轻而易举地跨到乔治面前，卡住喉咙把他举起来。伙伴们都吓傻了，索朗、恰恰几个人扑过去想救乔治，若博妈妈电鞭一挥，几个人全倒在地上抽搐着。乔治抱住妈妈的手臂，用力踢蹬着，面色越来越紫，眼珠开始暴突出来。

我没有犹豫，急步跑过去扯住妈妈的手臂，悲切地喊："若博妈妈！"

妈妈看看我，怒容慢慢消融，眼睛里有说不清道不明的东西。最终，她痛苦地叹息一声，把乔治扔到地上。乔治用手护着喉咙，剧烈地咳嗽着，脸色渐渐复原。索朗几个爬起来，蓄势以待，又惧又怒地瞪着妈妈。妈妈悲怆地呆立着，身上的水在脚下滴成一摊。然后她头也不回地走出人群，向控制室方向走去。走前她冰冷地说："小英子，过来。"

乔治他们疑虑地看着我，我知道，我们之间的信任已经有裂缝了。我该怎么办？在势如水火的妈妈和乔治他们之间，我该怎么办？我想了想，走到乔治身边，轻轻抚摸他受伤的喉咙，低声说："相信我，等我回来。好吗？"

乔治的喉咙还没办法讲话，他咳着，向我点点头。

我紧赶几步，扶住步态不稳的若博妈妈。我无法排解内疚，因为我也是谋害她的同谋；但我又觉得，乔治对她的反抗是正当的。妈妈的身体越来越重，进了控制室，她马上顺墙溜下去，坐在地上。她摇摇手指，示意我关上门，让我坐在她旁边。

我不敢直视她。我怕她追问："你事先知道他们的密谋，对吗？你这两天来学习控制室的操作，就是为杀死我做准备，对吗？"但若博妈妈什么也没问，喘息一会儿，平静地说："我的职责到头了。"

"我的职责到头了。"她重复着，"现在我要对你交代一些后事，你要一件件记清。"

我言不由衷地安慰她："你不会死，你很快会好的。"

她怒冲冲地说："不要说闲话！听好，我要交代了。你要记住，记牢，30年、50年都不能忘记。"

我用力点头，虽然心里免不了疑惑。妈妈开始说："第一件事，这里确实不是地球。"

虽然这正是我的猜想，但乍一听到她的确认，我仍然十分震惊："不是地球？这儿是什么地方？"

"不知道。我每天都在看星图，想利用资料库中的天文资料确认所处的星系。但是不行，这儿与资料库中的任何星系都对不上号。所以，这个星球离地球一定很远很远。它的环境倒是与地球很接近，公转、自转、卫星、大气、绿色植物等，这种机遇非常难得。我估计，它与地球至少相距一亿光年。"

我无法想象一亿光年是多么巨大的数字，但我知道那一定非常远非常远，地球的父母们永远不会来看我们了。此前虽然他们从未露面，但一直是我们的心理依靠，若博妈妈这番话把这点希望彻底割断。

"第二件事，我一直扮演着全知全晓的妈妈，其实我什么都不知道。我几乎和你们同时醒来，醒来时，63 个孩子躺在天房里，每人身上挂着名字和出生时刻。我不知道你们和我自己，是从哪里来的，是谁送来的，我只能按信息库的内容去猜测。信息库是以地球模式建立的，设定时间是公元 1990 年 4 月 1 日。我的设定任务是照顾你们，让你们在一代人的时间中通过生存实验，在这个星球上生存繁衍。这些年，我一直在履行这项设定的任务。"

我悲哀地看着她，第二个心理依靠又被无情地割断。原来，我心目中全知全晓的妈妈只是一个低级机器人，知识和功能都很有限。我阴郁地问："是地球上的父母把我们抛弃到这儿的？"

她摇摇头："不大像。在我的资料库中，地球还不能制造跨星系飞船，不能跨越这么远的宇宙空间。很可能是……"

"是谁？"

若博妈妈改变了主意："不知道，你们自己慢慢猜测吧。"

我的心越来越凉，血液结成冰，冰在咔嚓咔嚓地碎裂。我们是一群无根的孩子，父母可能在一亿光年外，甚至可能已经灭绝。现在，58 个只有 10 岁的孩子被孤零零地扔在一个不知名的行星上，照顾他们的是一个什么都不知道的机器人妈妈——连她也可能活不长了。这些事实太可怕了，就像一座慢慢向你倒过来的大山，很慢很慢——可是你又逃不掉。

我哭着喊："妈妈你不要说了，妈妈你不会死的！"

她厉声说："听着！我还没有说完。知道为什么逼你们到天房外面去吗？不久前我检查系统时发现，天房的能量马上就要枯竭了，只能维持不到 10 天了。为什么——我不知道。资料库中设定的天房运转年限是 60 年，那样，我可以用一生的时间来训练你们，逐步熟悉外边。可是……我真的不知道为什么会这样！"她沉痛地说，"这些天我一直在尽力检查，但找不到原因。你知道，我只是一个粗通各种操作的保姆。"

我悲伤地看着妈妈，原来妈妈的残忍是为了我们啊。事态这样紧急，她知道只有彻底斩断后路，我们才能没有依恋地向前走。

"妈妈，我们错怪你了，你为什么不早点告诉我们呢？"我握着妈妈冰凉的手，泪水汹涌地流着。

妈妈平静地说："我的职责已经到头了，本来还能让你们再回来休整一次，再给你们做 3 天的玛纳。现在……天房内的运转很快就要关闭，小英子，忘掉这儿，领着他们出去闯吧。"

"妈妈，我们要和你在一起！我们带你一块儿出去！"

妈妈苦笑了："不行，妈妈吃的是电能，在这个蛮荒的星球上找不到电能……去吧，这些年我一直在观察你，你心眼儿好，有威信，会成为一个好头人，只是，在必要时也得使出霹雳手段。把我的电鞭拿去吧。"

她解下电鞭交给我。我知道已没有退路，啜泣着接过电鞭，缠在腰间。若博妈妈满意地闭上眼。过一会儿，她睁开眼说："还有几句话也要记住，作为部落必须遵守的戒律吧。"

"我一定记住，说吧。"

"不要忘了我教你们的算术和文字，找一个人把部落里该记的事随时记下来。"她补充道，"天房里还有不少纸笔，够你们使用三五十年了。至于以后……你们再想办法吧。"

"我记住了。"

"等你们到 15 岁就要生孩子，多生孩子。"

我迟疑着没有回答。"若博妈妈，怎样才能生孩子？就在昨天乔治吻了我，当时我感到身体内有一种非常奇妙的感觉。这样就能把孩子生下来吗？"

"不，吻一吻不会怀孕。至于怎样才能生孩子，再过两年你们自然会知道。好了，该说的话我说完了。我独自工作10 年，累了。你走吧。"

我含泪准备退出去，若博妈妈忽然睁开眼，补充一句："电鞭的能量有限，所以——每天拎着，但不要轻易使用。"

她又闭上了眼。

我退出控制室，怒火在胸中膨胀。若博妈妈说不要轻易使用电鞭，但我今天要大开杀戒。伙伴们都聚在控制室周围，茫然地等待着。他们不知道若博妈妈会怎样惩罚他们，不知道他们的英子姐会站在哪一边。当他们看到我手中的电鞭时，目光似乎同时变暗了。

我走到人群前，恶狠狠地吼道："凡领头参与今天密谋的，给我站出来！"

惊慌和沉默。少顷，乔治、索朗、恰恰和吉布森勇敢地走出来，脸上挂着冷笑，挂着蔑视。剩下的人提心吊胆地看着电鞭，但他们的感情分明站在乔治一边。我没有解释，对索朗、恰恰和吉布森每人抽了一鞭，他们倒在地上，痛苦地抽搐着，但没有求饶。

我拎着电鞭向乔治走来，此刻乔治目光中的恶毒和仇恨是那样炽烈，似乎一个火星就能点着。我闷声不响地扬起鞭子，一鞭，两鞭，三鞭……五鞭。乔治在地上打滚、抽搐，喉咙里发出非人的声音。伙伴们都闭上眼，不敢看他的惨状。

我住手了，喊："大川良子，过来！"良子惊慌地走出队列，我把电鞭交给她，命令道："抽我！也是五鞭！"

"不，不……"良子摆着手，惊慌地后退。我厉声说："快！"

我的面容一定非常可怕，良子不敢违抗，胆怯地接过电鞭。我永远忘不了电鞭触身时的痛苦，浑身的筋脉都皱成一团，千万根钢针扎着每一处肌肉和骨髓。良子恐惧地瞪大眼睛，不敢再抽，我咬着牙喊："快抽！这是我应得的，谁让我们谋害若博妈妈呢！"

五鞭抽完了。娜塔莎和良子哭着把我扶起来。乔治他们也都坐起来，目光中不再是仇恨，而是迷惑和胆怯。

我叹口气，放软声音，悲愤地说："都过来吧，都过来，我把若博妈妈告诉我的话全都转告给你们。我们都是瞎眼的混蛋！"

两小时后，我、乔治、索朗、萨布里和娜塔莎走进控制室，跪在若博妈妈面前，其他人跪在门外。若博妈妈闭着眼，一动也不动。我们轻声唤她，但她没一点反应。也许她不想再理我们，自己关闭了生命开关；也许她的身体已经被进水彻底损坏，失去生命。不管怎样，我还是伏在她耳边轻声诉说："若博妈妈，我们都长大了，再也不会干让你痛心的事。我们已经商定马上离开这里，把这儿剩余的能量全留给你用。这样，也许你还能坚持几年。等能量全部耗尽后，请你睡吧，安心地睡吧。我们会常来看你，告诉你部落的情况。也许有一天我们会发现制造能量的办法，那时你将得到重生。妈妈，再见。"

若博妈妈没有动静。

我们最后一次向她行礼，悄悄退出去。我留在最后，按若博妈妈教我的办法关闭了天房所有的能源。两个小时后，我们赶到密封门处，用人力打开。等58个人都走出来，又用人力把它复原。其实这没有什么用处，天房的生态封闭循环关闭后，要不了多久，里面的节节草、地皮松、白条儿鱼和小老鼠都会死亡，这儿会成为一个豪华安静的坟墓。

我们留恋地望着我们的天房。正是傍晚，红太阳和红月亮在天上相会，共同照射着晶莹透明的房顶，使它充盈着温馨的金红色光芒。我们要离开了，但我们知道，它永远是我们心里的家。

我带着伙伴们复诵若博妈妈留下的训诫：

"永远不要丢失匕首和火镰。"

"永远不要丢失匕首和火镰。"

"永远记住算数的方法和记载历史的文字。"

"永远记住算数的方法和记载历史的文字。"

"多生孩子。"

"多生孩子。"

第四条是我加的："每人一生中回天房一次，朝拜若博妈妈。"

"每人一生中回天房一次，朝拜若博妈妈。"

我走近乔治，微笑道："算术和文字的事就托付给你啦。"乔治背着一捆纸张和笔，简短地说："我会尽责，并把这个责任一代代传下去。"

我亲亲他:"等咱们够 15 岁时,我要和你生下部落的第一个孩子。"又对索朗说,"和你生下第二个。你们还有要说的吗?"

"没有了。我们听你的吩咐,尊敬的头人。"

"那好,出发吧。"

一行人向密林走去,向不可知的未来走去,把若博妈妈一个人留在寂静的天房里。

生命之歌

　　孔宪云晚上回到寓所时看到了丈夫从中国发来的传真。她脱下外衣，踢掉高跟鞋，扯掉传真躺到沙发上。

　　孔宪云是一个身材娇小的职业女性，动作轻盈，笑容温婉，额头和眼角已刻上45年岁月的痕迹。她是以访问学者的身份来伦敦的，离家已一年了。

　　云：
　　　　研究已取得突破，验证还未结束，但成功已经
　　无疑……

　　孔宪云简直不敢相信自己的眼睛。虽然她早已不是易于冲动的少女，但一时间仍激动得难以自制。那项研究是20年来压在丈夫心头的沉重梦魇，并演变成了他唯一的生存目的。仅仅一年前，她离家来伦敦时，那项研究依然处于山穷水尽的地步。她做梦也想不到能有如此神速的进展。

　　　　其实我对成功已经绝望，我一直用紧张的研究
　　来折磨自己，只不过想做一个体面的失败者。但是

　　两个月前，我在岳父的实验室里偶然发现了十几页发黄的手稿，它对我的意义不亚于罗塞塔石碑，使我在20年间盲目搜索到又随意抛弃的珠子一下子穿在一起。

　　我不知道是否该把这些告诉你父亲。他在距胜利只有一步之遥的地方突然停步，承认了失败，这实在是一个科学家最惨痛的悲剧。

　　往下读传真时，宪云的眉头逐渐紧缩，信中并无胜利的欢快，字里行间反倒透着阴郁，她想不通这是为什么。

　　但我总摆脱不掉一个奇怪的感觉，我似乎一直生活在这位失败者的阴影下，即使今天也是如此。我不愿永远这样，比如这次发表成果与否，我不打算屈从他的命令。

爱你的哲

2253年9月6日

　　宪云放下传真走到窗前，遥望东方幽暗而深邃的夜空，感触万千，喜忧交并。20年前她向父母宣布，她要嫁给一个韩国人，母亲高兴地接受了，父亲的态度是冷淡的拒绝。拒绝理由却是极古怪的，令人啼笑皆非："你能不能和他长相厮守？你是在拥有5000年历史的中国文化中浸透的，你们的成长环境差别太大了。"

　　虽然长大后，宪云已逐渐习惯了父亲性格的乖戾，但这次她还是瞠目良久，才弄懂父亲并不是开玩笑。她讥讽地说:"对,算起来我还是孔夫子的百代玄孙呢。不过我并不是代大汉天子的公主下嫁番邦,朴重哲也无意做大韩民族的使节,我想民族性的差异不会影响两个小人物的结合吧?"

父亲怫然而去。母亲安慰她:"不要和怪老头一般见识。云云,你要学会理解父亲。"母亲苦涩地说,"你父亲年轻时才华横溢,被公认是生物学界最有希望的栋梁之材,但他几十年一事无成,心中很苦啊。直到现在,我还认为他是一个杰出的天才,可是并不是每一个天才都能成功。你父亲陷进 DNA 的泥沼,耗尽了才气。而且……"母亲的表情十分悲凉,"这些年你父亲实际上已放弃努力,他已经向命运屈服了。"

这些情况宪云早就了解。她知道父亲为了 DNA 研究,33 岁才结婚,如今已是白发如雪。失败的人生扭曲了他的性格,他变得古怪易怒——而从前他是一个多么可亲可敬的父亲啊。宪云后悔不该说那些伤害父亲的话。

母亲忧心忡忡地问:"听说朴重哲也是搞 DNA 研究的?云儿,恐怕你也要做好受苦受难的准备。不说这些了。"她果决地一挥手,"明天把重哲领来让爸妈见见。"

第二天,她把重哲领到家里,母亲热情地张罗着,父亲端坐不动,冷冷地盯着这名韩国青年,重哲则以自信的微笑对抗着这种压力。那年重哲 28 岁,英姿飒爽,倜傥不群——孔宪云不得不暗中承认父亲的确有某些言中之处,才华横溢的重哲的确过于锋芒毕露、咄咄逼人。

母亲老练地主持着这场家庭聚会,笑着问重哲:"听说你是研究生物的,具体是搞哪个领域?"

"遗传学,主要是行为遗传学。"

"什么是行为遗传学?给我启启蒙——要尽量浅显啊。

不要以为遗传学家的老伴就必然是近墨者黑，他搞他的生物DNA，我教我的音乐哆来咪，我们是井水不犯河水，互不干涉内政。"

宪云和重哲都笑了。重哲斟酌着字句，简洁地说："生物繁衍后代时，除了生物形体有遗传性外，生物行为也有遗传性。即使幼体生下来就与父母群体隔绝，它仍能保存这个种族的本能。像人类婴儿生下来会哭、会吃奶，小海龟会扑向大海，昆虫会避光或佯死等。有一个典型的例证：欧洲有一种旅鼠，在成年后便成群结队奔向大海，这种怪僻的行为曾使动物学家们迷惑不解。后来考证出它们投海的地方原来与陆路相连。毫无疑问，这种迁徙肯定曾有利于鼠群的繁衍，并演化成可以遗传的行为程式，现在虽然已时过境迁，但冥冥中的本能仍顽强地保持着，甚至战胜了对死亡的恐惧。行为遗传学就是研究这些本能与遗传密码的对应关系。"

母亲看看父亲，又问道："生物形体的遗传是由DNA决定的，像腺嘌呤、鸟嘌呤、胸腺嘧啶、胞嘧啶与各种氨基酸的转化关系啦，红白豌豆花的交叉遗传啦，这些都好理解——怎么样，我从你父亲那儿还学到一些知识吧？"她笑着对女儿说，"可是，要说无质无形、虚无缥缈的生物行为也是由DNA来决定的，我总是难以理解，那更应该是神秘的上帝之力。"

重哲微笑着说："上帝只存在于某些人的信念之中。如果抛开上帝这个前提，答案就很明显了。生物的本能是生而有之的，而能够穿透神秘的生死之界来传递上一代信息的介质，仅有生殖细胞。所以毫无疑问，动物行为的指令只可能存在于DNA的结构中，这是一个简单的筛选法问题。"

一直沉默着的父亲似乎不想再听这些启蒙课程，开口问："你最近的研究方向是什么？"

重哲昂然道："我不想搞那些鸡零狗碎的课题，我想破译宇宙中最神秘的生命之咒。"

"嗯？"

"一切生物，无论是病毒、苔藓还是人类，其最高本能都是它的生存欲望，即保存自身、延续后代，其他欲望像食欲、性欲、求知欲、占有欲，都是由它派生出来的。有了它，母狼会为了狼崽同猎人拼命，老蝎子心甘情愿做小蝎子的食粮，泥炭层中沉睡数千年的古莲子仍顽强地活着，庞贝城的妇人在火山爆发时用身体为孩子争得最后的空间。这是最悲壮最灿烂的自然之歌，我要破译它。"他目光炯炯地说。

宪云看见父亲眸子里陡然亮光一闪，变得十分锋利，不过这点锋芒很快隐去了。他仅冷冷地撂下一句："谈何容易。"

重哲扭头对宪云和母亲笑笑，自信地说："从目前遗传学发展水平来看，破译它的可能至少不是海市蜃楼了。这则无所不在的咒语控制着世界万物，显得神秘莫测。不过反过来说，从亿万种遗传密码中寻找一种共性，反而是比较容易的。"

父亲涩声说："已有不少科学家在这座堡垒前铩羽。"

重哲淡然一笑："失败者多是西方科学家吧？那是大自然把这个难题留给东方人了。正像国际象棋与围棋、西医与东方医学的区别一样，西方人善于做精确的分析，东方人善于做模糊的综合。"他耐心地解释道，"我看过不少西方科学家在失败中留下的资料，他们太偏爱把行为遗传指令同单一DNA密码建立精确的对应，我认为这是一条死胡同。生命之咒的秘密很可能存在于DNA结构的次级序列中，是隐藏在一首长歌中的主旋律。"

谈话进行到这儿，宪云和母亲只有旁听的份儿了。父亲冷淡地盯着重哲，久久未言，朴重哲坦然自若地与他对视着。宪云担心地看着两人。忽然元元笑嘻嘻地闯进来，打破了屋内的冷场。他满身脏污，抱着家养的白猫小佳佳，白猫在他怀里不安地挣扎着。

母亲笑着介绍："小元元，这是你朴哥哥。"

元元放下白猫，用脏兮兮的小手亲热地握住朴重哲的手。母亲有意夸奖这个有智力缺陷的儿子："小元元很聪明呢，不管是下棋还是解数学题，在家里都是冠军。重哲，听说你的围棋棋艺还不错，赶明儿和小元元杀一场。"

小元元骄傲地昂起头，鼻孔翕动着，那是他得意时的表情。朴重哲目光锐利地打量着这个圆脑袋的小个儿机器人，他外表酷似真人，行为举止带着 5 岁孩童的娇憨。不过宪云透露过，小元元实际已 17 岁了。

朴重哲毫不留情地问："但他的心智只有 5 岁孩童的水平？"

宪云偷偷看看爸妈，微微摇摇头，心里埋怨重哲说话太无顾忌。朴重哲毫不理会她的暗示目光，斩钉截铁地说："没有生存欲望的机器人永远也成不了人。"

元元懵懵懂懂地听着大人谈论自己，转着脑袋，看看这个，再看看那个。虽然宪云不是学生物的，但她敏锐地感觉到重哲这个结论的分量。她看看父亲，父亲一言不发，转身走了。

孔宪云心中忐忑，跟到父亲书房，父亲默然良久，冷声道："我不喜欢这个人，太狂！"

宪云很失望，斟酌着字句，打算尽量委婉地表明自己的意见。忽然父亲说道："问问他，愿意不愿意到我的研究所工作。"

宪云愕然良久，咯咯地笑起来。她快活地亲吻了父亲的脸，飞快地跑回客厅，把好消息传达给母亲和重哲。

重哲慨然答应："我很愿意到伯父这儿工作。我拜读过伯父年轻时的一些文章，很钦佩他清晰的思路和敏锐的直觉。"

他的表情道出了未尽之意：对一个失败英雄的怜悯。宪云心中不免有些芥蒂，这种怜悯刺伤了她对父亲的崇敬。但她无可奈何，因为他说的正是家人不愿道出的真情。

婚后，朴重哲来到孔昭仁的生物研究所，开始了他的马拉松式的研究。研究步履维艰。父亲把所有资料和实验室全部交给女婿，自己正式归隐林下。对女婿的工作情况，他从此不闻不问。

传真机又轧轧地响起来，送出一份传真。

云姐姐：

你好吗？已经一年没见你了，我很想你。

这几天爸爸和朴哥哥老是吵架，虽然声音不大，可是吵得很凶。朴哥哥在教我变聪明，爸爸不让。

我很害怕，云姐姐，你快回来吧。

元元

读着这份稚气未脱的信，宪云心中隐隐作痛，更感到不可名状的担心。略为沉吟后，她用电脑预订了机票，是明天早上6点的班机，又向剑桥大学的霍金斯教授请了假。

飞机很快穿过云层，脚下是万顷云海，或如蓬松雪团，或如流苏璎珞。少顷，一轮朝阳跃出云海，把万物浸在金黄色的静谧中，宇宙中鼓荡着无声的旋律，显得庄严瑰丽。孔宪云常坐早班机，就是为了观赏壮丽的日出，她觉得自己已融化在这金黄色的阳光里，浑身每个毛孔都与大自然息息相通。机上乘客不多，大多数人都到后排空位上睡觉去了，宪云独自倚在舷窗前，盯着飞机襟翼在空气中微微抖动，思绪又飞到小元元身上。

孔宪元是父亲研制的学习型机器人，比她小 8 岁。元元像人类婴儿一样头脑空白地来到这个世界，牙牙学语，蹒跚学步，逐步感知世界，建立起"人"的心智系统。父亲说，他是想通过元元来观察机器人对自然的适应能力及建树自我的能力，观察它与人类"父母"能建立什么样的感情纽带。

元元一出生就在孔家生活。很长时间以来，在小宪云的心目中，元元是和她一样的小孩，是她亲亲的小弟弟。当然他有一些特异之处——不会哭，没有痛觉，跌倒时会发出铿锵的响声，但小宪云认为这是正常中的特殊，就像人类中有左撇子和色盲一样。

元元是按男孩的形象塑造的——这会儿孔宪云感慨地想：即使在科学昌明的 23 世纪，那种重男轻女的旧思想仍是无形的咒语，父母对孔家这个唯一的男孩十分宠爱。她记得父亲曾兴高采烈地给小元元当马骑；也曾坐在葡萄架下，一条腿上坐一个小把戏，娓娓讲述古老的神话故事——那时父亲的性情绝不古怪，这一段金色的童年多么令人思念啊。开始，小宪云曾为父母的偏心愤愤不平，但她自己也很快变成一只母性强烈的小母鸡，时时把元元掩在羽翼下。每天放学回家，她会把特地留下的糖果点心一股脑儿倒给弟弟，高兴地欣赏弟弟津津有味的吃相。"好吃吗？""好吃。"——后来宪云知道元元并没有味觉，吃食物仅是为了取得能量，懂事的元元这样回答是为了让小姐姐高兴，这使她对元元更加疼爱。

元元十分聪明，无论是学数学、下棋、弹钢琴，姐姐永远不是对手。小宪云曾嫉妒地偷偷找爸爸"磨牙"："给我换一个机器脑袋吧，行不行？"但在5岁时，元元的智力发展——主要指社会智力的发展——却戛然而止。

在这之后，元元的表现就像人们所说的白痴天才，在某些领域仍保持着过人的聪明，但他的心智始终没超过5岁孩童的水平。元元成了父亲失败的象征，成了一个笑柄。父亲的同事来家访时，总是装作没看见元元，小心地隐藏着对父亲的怜悯。父亲的性格变化正是从那时开始的。

从那以后，父亲很少到元元身边。元元自然感受到了这一变化，他想与父亲亲热时，常常先怯怯地打量着父亲的表情，如果没有遭到拒绝，他就会绽开笑脸，高兴得手舞足蹈。这使母亲和宪云心怀歉疚，把加倍的疼爱倾注到傻头傻脑的元元身上。宪云和重哲婚后一直没有生育，所以她对小元元的疼爱，还掺杂了类似母子的感情。

但是……父亲真的讨厌元元吗？宪云曾不止一次地发现，父亲长久地透过玻璃窗，悄悄看元元玩耍。他的目光里除了阴郁，还有道不尽的痛楚……那时小宪云觉得，大人真是一种神秘莫测的异类。现在她已长大成人了，还是不能理解父亲的怪异性格。

宪云又想起元元的信。重哲在教元元变聪明，父亲为什么不让？他为什么反对重哲公布成果？一直到走下飞机舷梯，她还在疑惑地思索着。

母亲听到门铃就跑出来，拥抱着女儿，问："路上顺利吗？时差疲劳还没消除吧，快洗个热水澡，好好睡一觉。"

宪云笑道："没关系，我已经习惯了。我爸爸呢，那古怪老头呢？"

"到医院去了，是科学院的例行体检。不过，最近他的心脏确实有些小毛病。"

宪云关心地问："怎么了？"

"轻微的心室纤颤，问题不大。"

"小元元呢？"

"在实验室里，重哲最近一直在为他开发智力。"

母亲的目光暗淡下来——她们已接触到了一个不愿触及的话题。宪云小心地问："他们吵架了？"

母亲苦笑着说："嗯，已经有一个多月了。"

"到底是为什么？是不是反对重哲发表成果？我不信，这毫无道理嘛。"

母亲摇摇头："不清楚。这是一次男人之间的吵架，他们瞒着我，连重哲也不对我说实话。"母亲的语气中带着几丝幽怨。

宪云勉强笑着说："好，我这就去审个明白，看他敢不敢瞒我。"

透过实验室的全景观察窗，宪云看到重哲正在忙碌。小元元的胸腔打开了，重哲似乎在调试和输入什么。小元元仍是那个憨模样，圆脑袋，大额头，一双眼珠乌黑发亮。他笑嘻嘻地用小手在重哲的胸膛上摸索，大概他认为重哲的胸膛也是可以开合的。

宪云不想打扰丈夫的工作，靠在观察窗上，陷入沉思。父亲为什么反对公布成果？是对成功尚无把握？不会。重哲早已不是 20 年前那个目空一切的年轻人了。这项研究实实在在是一场不会苏醒的噩梦，是无尽的酷刑，他建立的理论多少次接近成功，又突然倒塌。所以，他既然能心境沉稳地宣布胜利，那是绝无疑问的——但为什么父亲反对公布？他难道不知道这对重哲来说是何等残酷和不公平？莫非……一个念头驱之不去，去之又来：莫非是失败者的嫉妒？

宪云不愿相信这一点，她了解父亲的人品。但是，她也提醒自己，作为一个毕生的失败者，父亲的性格已经被严重扭曲了啊。

宪云叹口气，但愿事实并非如此。婚后她才真正理解了母亲要她做好受难准备的含义。从某种含义上说，科学家是勇敢的赌徒，他们在绝对黑暗中凭直觉定出前进的方向，然后开始艰难的摸索，为一个课题常常耗费毕生的精力。即使在研究途中的一万个岔路口中只走错一次，也会与成功失之交臂，而此时他们常常已步入老年，来不及改正错误了。

20 年来，重哲也逐渐变得阴郁易怒，变得不通情理。宪云已学会用安详的微笑来承受这种苦难，把苦涩埋在心底，就像母亲一直做的那样。

但愿这次成功能改变他们的生活。

小元元看见姐姐了，他扬扬小手，做了个鬼脸。重哲也扭过头，匆匆点头示意——忽然一声巨响！窗玻璃哗的一声垮下来，屋内顿时烟雾弥漫。宪云目瞪口呆，木雕泥塑般愣在那儿，她但愿这是一幕虚幻的影片，很快就会转换镜头。

宪云痛苦地呻吟着："上帝啊，我千里迢迢赶回来，难道是为了目睹这场惨剧？"她惨叫一声，冲进室内。

元元的胸膛已被炸成前后贯通的孔洞，但她知道元元没有内脏，这点伤并不致命。重哲被冲击波砸倒在椅子上，胸部凹陷，鲜血淋漓。

宪云抱起丈夫，嘶声喊："重哲！醒醒！"

母亲也惊惧地冲进来，面色惨白。宪云哭喊："快把汽车开过来！"母亲跌跌撞撞地跑出去。

宪云吃力地托起丈夫的身体往外走，忽然一只小手拉住她："姐姐，这是怎么啦？救救我。"

虽然是在痛不欲生的震惊中，但宪云仍敏锐地感到元元细微的变化，触摸到了丈夫成功的迹象——小元元已有了对死亡的恐惧。

她含泪安慰道："小元元，不要怕，你的伤不重，我送你朴哥哥到医院后马上为你请机器人医生，姐姐很快就回来。"

孔昭仁直接从医院的体检室赶到急救室。这位78岁的老人一头银发，脸庞黑瘦，面色阴郁，穿一身黑色的西服。宪云伏到他怀里，抽泣着，他轻轻抚摸着女儿的柔发，送去无言的安慰。

他低声问："正在抢救？"

"嗯。"

"小元元呢？"

"已经通知机器人医生去家里，他的伤不重。"

一个50岁左右的瘦高男子费力地挤过人群，步履沉稳地走过来。目光锐利，带着职业性的干练冷静。"很抱歉在这个悲伤的时刻来打扰你们。"他出示了证件，"我是警察局刑侦处的张平，想尽快了解事情发生的经过。"

孔宪云揩揩眼泪，苦涩地说："恐怕我提供不了多少细节。"她向张平叙述了当时的情景。

张平转过身对着孔教授："听说元元是你一手研制的学习型机器人？"

"是。"

张平的目光十分犀利："请问他的胸膛里怎么会藏有一颗炸弹？"

宪云打了一个寒战，知道父亲已被列为第一号疑凶。

孔教授脸色冷漠，缓缓说道："小元元不同于过去的机器人。除了固有的机器人三原则外，他不用输入原始信息，而是从零开始，完全主动地感知世界，并逐步建立自己的心智系统。当然，在这个开放式系统中，他有可能变成一个江洋大盗或嗜血杀手。因此我设置了自毁装置，万一出现这种情况，那么他的世界观就会同体内的三原则发生冲突，从而引爆炸弹，使他不致危害人类。"

张平回头问孔教授的妻子："听说小元元在你家已生活了37年，你们是否发现他有危害人类的企图？"

元元妈摇摇头，坚决地说："绝不会。他的心智成长到5岁时就不幸中止了，但他一直是个心地善良的好孩子。"

张平逼视着孔教授，咄咄逼人地追问："炸弹爆炸时，朴教授正为小元元调试。你的话是否可以理解为，是朴教授在为他输入危害人类的程序，从而引爆了炸弹？"

孔教授长久地沉默着，时间之长使宪云觉得恼怒，她不理解父亲为什么不立即否认这种荒唐的指控。

过了很久，孔教授才缓缓说道："历史上曾有不少人认为某些科学发现将危害人类。有人曾认真忧虑煤的工业使用会使地球氧气在 50 年内耗尽，有人认为原子能的发现会毁灭地球，有人认为试管婴儿的出现会破坏人类赖以生存的伦理基础。但历史的发展淹没了这些怀疑，并在科学界确立了乐观主义信念：人类发展尽管盘旋曲折，但总趋势一直是昂扬向上的，所谓科学发现会危及人类的论点逐渐失去了信仰者。"

孔宪云和母亲交换着疑惑的目光，不知道孔教授的长篇大论是什么含义。孔教授又沉默很久，阴郁地说："但是人们也许忘了，这种乐观主义信念是在人类发展的上升阶段确立的，有其历史局限性。人类总有一天——可能是 100 万年，也可能是 1 亿年——会爬上顶峰，并开始走下坡路。那时候科学发现就有可能变成人类走向死亡的催化剂。"

张平不耐烦地说："孔先生是否想从哲学高度来论述朴教授的不幸？这些留待来日吧，目前我只想了解事实。"

孔教授看着他，心平气和地说："这个案子由你承办不大合适，你缺乏必要的思想层次。"

张平的面孔涨得通红，冷冷地说："我会虚心向您讨教的，希望孔教授不吝赐教。"

孔教授平静地说："就您的年纪而言，恐怕为时已晚。"

他的平静比话语本身更锋利。张平恼羞成怒，正要找出话来回敬，这时急救室的门开了，主刀医生脚步沉重地走出来，垂着眼睛，不愿接触家属的目光："十分抱歉，我们已尽了全力。病人注射了强心剂，能有 10 分钟的清醒时间。请家属们与他话别吧，一次只能进一个人。"

孔宪云的眼泪泉涌而出，神志恍惚地走进病房，母亲小心地搀扶着她，送她进门。跟在她身后的张平被医生挡住，张平出示了证件，小声急促地与医生交谈几句，医生摆摆手，侧身让他进去。

朴重哲躺在手术台上，急促地喘息着。死神已悄悄吸走他的生命力，他面色灰白，脸颊凹陷。孔宪云拉住他的手，哽声唤道："重哲，我是宪云。"

重哲缓缓地睁开眼睛，茫然四顾后，目光定在宪云脸上。他艰难地笑了笑，喘息着说："宪云，对不起，我是个无能的人，让你跟我受了 20 年的苦。"忽然他看到宪云身后的张平，"他是谁？"

张平绕到床头，轻声说："我是警察局的张平，希望朴先生介绍案发经过，我们好尽快捉住凶手。"

宪云恐惧地盯着丈夫，既盼望又害怕丈夫说出凶手的名字。重哲的喉结跳动着，喉咙里咯咯响了两声，张平俯下身去问："你说什么？"

朴重哲微弱而清晰地重复道："没有凶手，没有。"

张平显然对这个答案很失望，还想继续追问，朴重哲低声说："我想同妻子单独谈话。可以吗？"张平很不甘心，但他看看垂危的病人，耸耸肩退出病房。

孔宪云觉得丈夫的手动了动，似乎想握紧她的手，她俯下身："重哲，你想说什么？"

他吃力地问："元元……怎么样？"

"伤处可以修复，思维机制没有受损。"

重哲目光发亮，断续而清晰地说："保护好……元元，我的一生心血……尽在其中。除了……你和母亲，不要让……任何人……接近他。"他重复着，"一生心血啊。"

孔宪云打了一个寒战，当然懂得这个临终嘱托的言外之意。她含泪点头，坚决地说："你放心，我会用生命来保护他。"

重哲微微一笑，头歪倒在一边。心电监护仪上的曲线最后跳动几下，随后缓缓拉成一条直线。

元元已被修复一新，胸背处的金属铠甲亮光闪闪，可以看出是新换的。看见母亲和姐姐，他张开双臂扑上来。

把丈夫的遗体送到太平间后，宪云一分钟也未耽搁就往家赶。她在心里逃避着，不愿追究爆炸的起因，不愿把另一位亲人也送向毁灭之途。"重哲，感谢你在警方询问时的回答，我对不起你，我不能为你寻找凶手，可是我一定要保护好元元。"

元元趴在姐姐的膝盖上，眼睛亮晶晶地问："朴哥哥呢？"

宪云忍泪答道："他到很远的地方去了，不会再回来了。"

元元担心地问："朴哥哥是不是死了？"他感觉到姐姐的泪珠扑嗒扑嗒地掉在手背上，愣了很久，才痛楚地仰起脸，"姐姐，我很难过，可是我不会哭。"

宪云猛地抱住他，放开感情闸门，痛快酣畅地大哭起来，母亲也是泪流满面。

晚上，大团的乌云翻滚而来，空气潮湿难耐。晚饭的气氛很沉闷，除了丧夫失婿的悲痛，家中还笼罩着一种怪异的气氛。家人之间已经有了严重的猜疑，大家对此心照不宣。晚饭期间，孔教授沉着脸宣布，他已断掉了家里同外界的所有联系，包括电脑联网，等事情水落石出后再恢复。这更加重了家中的恐惧感。

孔宪云草草吃了两口，似不经意地对元元说："元元，以后晚上到姐姐屋里睡，好吗？我嫌太寂寞。"

元元嘴里塞着牛排，看看父亲，很快点头答应。父亲沉着脸没说话。

晚上宪云没有开灯，枯坐在黑暗中，听窗外雨滴淅淅沥沥打着芭蕉。元元知道姐姐心里难过，伏在姐姐腿上，一言不发，两眼圆圆地看着姐姐的侧影。

过了很久，元元轻声说："姐姐，求你一件事，好吗？"

"什么事？"

"晚上不要关我的电源，好吗？"

宪云多少有些惊异。元元没有睡眠机能，晚上怕他调皮，也怕他寂寞，所以大人同他道过晚安后便把他的电源关掉，早上再打开，这已成了惯例。她问元元："为什么？你不愿睡觉吗？"

小元元难过地说："不，这和你们睡觉的感觉一定不相同。每次一关电源，我就一下子沉啊沉啊，沉到很深的黑暗中去，是那种黏糊糊的黑暗。我怕也许有一次，我会被黑暗吸住，再也醒不过来。"

宪云心疼地说："好，以后我不关电源，但你要老老实实地待在床上，不许调皮，尤其不能跑出房门，好吗？"

她把元元安顿在床上，独自走到窗前。阴黑的夜空中雷声隆隆，一道道闪电撕破夜色，把万物定格在惨白色的光芒中，是那种死亡的惨白色。她在心中一遍一遍苦楚地呻吟着："重哲，你就这样走了吗？就像滴入大海的一滴水珠？"

宪云自小在生物学家的熏陶下长大，她认为自己早已能达观地看待生死。生命只是物质微粒的有序组合，死亡不过是回到物质的无序状态，仅此而已。生亦何喜，死亦何悲？——但是当亲人的死亡真切地砸在她心灵上时，她才知道自己的达观不过是沙砌的塔楼。

甚至元元也已经有了对死亡的恐惧，他的心智已经苏醒了。宪云想起自己 8 岁时，那年小元元还没"生下"，家养的老猫生了 4 个可爱的绒团团猫崽。但第二天小宪云去向老猫问早安时，发现窝内只剩下 3 只小猫，还有一只圆溜溜的猫头！老猫正舔着嘴巴，冷静地看着她。

宪云惊慌地喊来父亲，父亲平静地解释："不用奇怪。所谓老猫食子，这是它的生存本能。猫老了，无力奶养 4 个孩子，就拣一只最弱的猫崽吃掉，这样可以少一张吃奶的嘴，顺便还能增加一点奶水。"

小宪云带着哭声问："当妈妈的怎么这么残忍？"

父亲叹息着说："不，这其实是另一种形式的母爱，虽然残酷，但是更有远见。"

这次的目睹对宪云 8 岁的心灵造成极大的震撼，以致终生难忘。她理解了生存的残酷，死亡的沉重。那天晚上，8 岁的宪云第一次失眠了。那也是雷雨之夜，电闪雷鸣中，她第一次真切地意识到了死亡。她意识到父母一定会死，自己一定会死，无可逃避。不论父母怎么爱自己，不论家人和自己做出怎样的努力，死亡仍然会来临。死后她将变成微尘，散入无边的混沌、无尽的黑暗。世界将依然存在，有绿树红花、蓝天白云、碧水紫山……但这一切的一切永远与她无关了。她躺在床上，任泪水长流。直到一声霹雳震撼天地，她再也忍不住，跳下床去找父母。

小宪云在客厅里看到父亲，父亲正在凝神弹奏钢琴，琴声很弱，袅袅细细，不绝如缕。自幼受母亲的熏陶，她对很多世界名曲都很熟悉，可是父亲奏的乐曲她从未听过。她只是模模糊糊觉得这首乐曲有一种神秘的力量，它表达了对生的渴求，对死亡的恐惧。她听得如醉如痴……乐声戛然而止。

父亲看到她，温和地问她为什么不睡觉。她羞怯地讲了自己突如其来的恐惧，父亲沉思良久，说："这没有什么可羞的。意识到对死亡的恐惧，是青少年心智苏醒的必然阶段。从本质上讲，这是对生命产生过程的遥远的回忆，是生存本能的另一种表现。地球上的生命是45亿年前产生的，在这之前是无边的混沌，闪电一次次撕破潮湿浓密的地球原始大气，直到一次偶然的机遇，激发了第一个能自我复制的脱氧核糖核酸结构。生命体在无意识中忠实地记录了这个过程，你知道人类的胚胎发育，就顽强地保持了从微生物到鱼类、爬行类的演变过程，人的心理过程也是如此。"

小宪云听得似懂非懂。与父亲吻别时，她问父亲弹的是什么曲子，父亲似乎犹豫了很久才告诉她："是生命之歌。"

此后的几十年中她从未听父亲再弹过这首乐曲。

宪云不知道自己是何时入睡的，半夜她被一声炸雷惊醒，突然听到屋内有轻微的走动声，不像是小元元。她的全身肌肉立即绷紧，轻轻翻身下床，赤足向元元的套间摸过去。

又一道青白色的闪电，她看到一个熟悉的身影立在元元床前，手里分明提着一把手枪，屋里弥漫着浓重的杀气。闪电一闪即逝，但那个青白的身影却烙在她的视野里。

她的愤怒急剧膨胀，父亲究竟要干什么？他真的变态了吗？她要闯进屋去，像一只颈羽怒张的母鸡，把元元掩在羽翼下。

忽然元元坐起身："是谁？是姐姐吗？"他奶声奶气地问。父亲的脸肌抽搐了一下，他大概未料到元元未关电源吧。他沉默着。"不是姐姐，我认出你是爸爸。"元元天真地说，"你手里提的是什么？是给元元买的玩具吗？给我。"

孔宪云躲在黑影里，屏住声息，紧盯着父亲。很久后，父亲才低沉地说："睡吧，明天我再给你。"他脚步沉重地走出去。孔宪云长出一口气，看来父亲终究不忍心向自己的儿子开枪。等父亲回到自己的卧室，她冲进去，冲动地把元元紧搂在怀里，忽然感觉到元元在簌簌发抖。

这么说，元元已猜到父亲的来意。他机智地以天真做武器保护了自己的生命，他已不是5岁的懵懂孩子了。孔宪云哽咽地说："小元元，以后永远跟着姐姐，一步也不离开，好吗？"

元元深深地点头。

早上宪云把这一切告诉母亲，母亲惊呆了："真的？你看清了？"

"绝对没错。"

母亲愤怒地喊："这老东西真发疯了！你放心，有我在，看谁敢动元元一根汗毛！"

朴重哲的追悼会两天后举行。宪云和元元佩戴着黑纱，向一个个来宾答礼，母亲挽着父亲的臂弯站在后排。张平也来了，有意站在一个显眼位置，冷冷地盯着孔教授，他是想向嫌犯施加精神压力。

白发苍苍的科学院院长致悼词。他悲怆地说："朴重哲教授才华横溢，我们曾期望遗传学的突破在他手里完成。他的早逝是科学界无可挽回的损失。为了破译这个宇宙之谜，我们已折损了一代又一代的俊彦，但无论成功与否，他们都是科学界的英雄。"

院长讲完后，孔昭仁脚步迟缓地走到麦克风前，两眼灼热，像是得了热病，讲话时两眼直视远方，又像是与上帝对话："我不是作为死者的岳父，而是作为他的同事来致悼词。"他声音低沉，带着寒意，"人们说科学家是最幸福的，他们离上帝最近，最先得知上帝的秘密。实际上，科学家只是可怜的工具，上帝借他们的手打开一个个魔盒，至于盒内是希望还是灾难，开盒者是无力控制的。谢谢大家。"

他鞠躬后冷漠地走下讲台。来宾都为他的讲话感到奇怪，一片窃窃私语。

追悼会结束后，张平走到教授身边，彬彬有礼地说："今天我才知道，朴教授的去世是科学界多么重大的损失，希望能早日捉住凶手，以告慰死者在天之灵。可否请教授留步？我想请教几个问题。"

孔教授冷漠地说："乐意效劳。"

元元立即拉住姐姐，急促地耳语道："姐姐，我想赶紧回家。"宪云担心地看看父亲，想留下来陪伴老人，不过她最终还是顺从了元元的意愿。

到家后元元就急不可待地直奔钢琴。"我要弹钢琴。"他咕哝道，似乎刚才同死亡的话别激醒了他弹奏音乐的冲动。宪云为他打开钢琴盖，在椅子上加了垫子。

元元仰着头问："把我要弹的曲子录下来，好吗？是朴哥哥教我的。"宪云点点头，为他打开激光录音机，元元摇摇头，"姐姐，用那台克雷 V 型电脑录吧，它有语言识别功能，能够自动记谱。"

"好吧。"宪云顺从了他的要求，元元高兴地笑了。

急骤的乐曲声响彻大厅，像是一斛玉珠倾倒在玉盘里。元元的手指在琴键上飞速跳动，令人眼花缭乱。他弹得异常快速，就像是用快进播放的磁盘音乐，宪云甚至难以分辨乐曲的旋律，只能隐隐听出似曾相识。

元元神情亢奋，身体前仰后合，全身心沉浸在音乐之中，宪云略带惊讶地打量着他。忽然响起一阵急骤的枪声！克雷 V 型电脑被打得千疮百孔。一个人杀气腾腾地冲进室内，用手枪指着元元。

是孔教授！元元面色苍白，仍然勇敢地直视着父亲。跟在后边的母亲惊叫一声，扑到丈夫身边："昭仁，你疯了吗，快把手枪放下！"

宪云早已用身体掩住元元，痛苦地说："爸爸，你为什么这样仇恨元元？他是你的创造，是你的儿子！要开枪，就先把我打死！"她把另一句话留在舌尖，"难道你害死了重哲还不够？"

孔教授痛苦地喘息着，白发苍苍的头颅微微颤动。忽然他一个踉跄，手枪掉到地上。在场人中元元第一个做出反应，抢上前去扶住了父亲快要倾倒的身体，哭喊道："爸爸！爸爸！"

母亲赶紧把丈夫扶到沙发上，掏出他上衣口袋中的速效救心丸。忙活一阵后，孔教授缓缓睁开眼睛，周围是三双焦灼的目光。他费力地微笑着，虚弱地说："我已经没事了。元元，你过来。"

元元双目灼热，看看姐姐和母亲，勇敢地向父亲走过去。孔教授熟练地打开元元的胸膛，开始做各种检查。宪云紧张极了，随时准备弹跳起来制止父亲。两个小时在死寂中不知不觉地过去，最后老人为他合上胸膛，以手扶额，长叹一声，脚步蹒跚地走向钢琴。

静默片刻后，一首流畅的乐曲在他的指下淙淙流出。孔宪云很快辨出这就是当年电闪雷鸣之夜父亲弹的那首，不过，以现在45岁的成熟重新欣赏，她更能感到乐曲的力量。乐曲时而高亢明亮，时而萦回低诉，时而沉郁苍凉。它显现了黑暗的微光，混沌中的有序。它倾诉着对生的渴望，对死亡的恐惧；对成功的执着追求，对失败的坦然承受。乐曲神秘的内在魔力使人迷醉，使人震撼，它使每个人的心灵甚至每个细胞都激起了强烈的谐振。

两个小时后，乐曲悠悠停止。母亲喜极而泣，轻轻走过去，把丈夫的头颅揽在怀里，低声说："是你创作的？昭仁，即使你在遗传学上没有取得成就，仅仅这首乐曲就足以使你永垂不朽，贝多芬、肖邦、柴可夫斯基都会向你俯首称臣。请相信，这绝不是妻子的偏爱。"

老人疲倦地摇摇头，又蹒跚地走过来，仰坐在沙发上，这次弹奏似乎已耗尽他的力量。喘息稍定后他温和地唤道："元元，云儿，你们过来。"

两人顺从地坐到他的膝旁。老人目光灼灼地盯着夜空，像一尊花岗岩雕像。

"知道这是什么曲子吗？"老人问女儿。

"是生命之歌。"

母亲惊异地看看丈夫，又看看女儿："你怎么知道？连我都从未听他弹过。"

老人说："我从未向任何人弹奏过，云儿只是偶然听到。对，这是生命之歌。科学界早就发现，所有生命的 DNA 结构都是相似的，连相距甚远的病毒和人类，其 DNA 结构也有 60% 以上的共同点。可以说，所有生物是一脉相承的直系血亲。科学家还发现，所有 DNA 结构序列实际是音乐的体现，只需经过简单的代码互换，一段段 DNA 序列就可以变成一首首流畅感人的乐曲。从实质上说，人类乃至所有生物对音乐的精神迷恋，不过是体内基因结构对音乐的物理谐振。早在 20 世纪末，生物音乐家就根据已知的生物基因创造了不少原始的基因音乐，公开演出并大受欢迎。

"早在 45 年前我就猜测到，浩如烟海的人类 DNA 结构中能够提炼出一个主旋律，所有生命的主旋律。从本质上讲，"他一字一句地强调，"这就是宇宙间最神秘、最强大、无处不在、无所不能的咒语，即生物生存欲望的遗传密码。有了它，生物才能一代一代地奋斗下去，保存自身，延续后代。刚才的乐曲就是生存欲望遗传密码的音乐表现形式。"

孔教授目光锐利地盯着元元："元元刚才弹的乐曲也大致相似，不过他的目的不是弹奏音乐，而是繁衍后代。简单地讲，如果这首乐曲结束，那台接受了生命之歌的克雷 V 型电脑就会变成世界上第二个有生存欲望的机器人，或者是由机器人自我繁殖的第一个后代。如果这台电脑再联网，机器人就会在顷刻之间繁殖到全世界，你们都上当了。"

他苦涩地说："人类经过 300 万年的繁衍才占据了地球，机器人却能在几秒钟内完成这个过程。这场搏斗的力量相差太悬殊了，人类防不胜防。"

孔宪云豁然惊醒。她忆起，在她答应小元元用电脑记谱时，他的目光中的确有一丝狡黠，只是当时她未能悟出其中的蹊跷。她的心隐隐作痛，对小元元开始有畏惧感。他以天真无邪做武器，利用了姐姐的宠爱，冷静机警地达到自己的目的。这会儿小元元面色苍白，勇敢地直视父亲，并无丝毫内疚。

孔教授问："你弹的乐曲是朴哥哥教的？"

"是。"

沉默良久，老人继续说下去："朴重哲确实成功了，破译了生命之歌。实际上，早在45年前我已取得同样的成功。"他平静地说。

宪云不胜惊骇，和母亲交换着目光。她们一直认为老人是一个毕生的失败者，绝没料到他竟把这惊撼世界的成功默默埋在心里达45年，连妻儿也毫不知情。他一定有不可遏止的冲动要把它公布于世，可是他却以顽强的意志力压抑着它，恐怕是这种极度的矛盾扭曲了他的性格。

老人说："我很幸运，研究一开始，我的直觉就选对了方向。顺便说一句，重哲是一个天才，难得的天才，他的非凡直觉也使他一开始就选准了方向，即生物的生存本能，宇宙中最强大的咒语，存在于遗传密码的次级序列中，是一种类似歌曲旋律的非确定概念，研究它要有全新的哲学目光。"

"纯粹是侥幸。"老人强调道，"即使我一开始就选对了方向，即使我在一次次的失败中始终坚信这个方向，但要在极为浩繁复杂的DNA迷宫中捕捉到这个旋律，绝对不是几代人、几十代人所能做到的。所以当我幸运地捕捉到它时，我简直不相信上帝对我如此钟爱。如果不是这次机遇，人类可能还得在黑暗中摸索几百年。

"发现生命之歌后，我就产生了不可遏止的冲动，即把咒语输入到机器人脑中来验证它的魔力。再说一句，重哲的直觉又是非常正确的，他说过，没有生存欲望的机器人永远不可能发展出人的心智系统。换句话说，在我为小元元输入这条咒语后，世界上就诞生了一种新的智能生命，非生物生命，上帝借我之手完成了生命形态的一次伟大转换。"他的目光灼热，沉浸在对成功喜悦的追忆中。

宪云被这些呼啸而来的崭新概念震撼，痴痴地望着父亲。父亲目光中的火花熄灭了，他悲怆地说："元元的心智成长完全证实了我的成功，但我逐渐陷入深深的负罪感。小元元5岁时，我就把这条咒语冻结了，并在其体内加装了自毁装置，一旦因内在或外在的原因使生命之歌复响，装置就会自动引爆。在这点上我没有向警方透露实情，我不想让任何人了解生命之歌的秘密。"他补充道，"实际上我常常责备自己，我应该把小元元彻底销毁，只是……"他悲伤地耸耸肩。

宪云和母亲不约而同地说："为什么？"

"为什么？因为我不愿看到人类的毁灭。"他沉痛地说，"机器人的智力是人类难以比拟的，曾有不少科学家言之凿凿地论证，说机器人永远不可能具有人类的直觉和创造性思维，这全是自欺欺人的。人脑和电脑不过是思维运动的物质载体，不管是生物神经元还是集成电路，并无本质区别。只要电脑达到或超过人脑的复杂网络结构，它就自然具有人类思维的所有优点，并肯定能超过人类。因为电脑智力的可延续性、可集中性、可输入性、思维的高速度，都是人类大脑难以企及的——除非把人机器化。

"几百年来，机器人之所以心甘情愿地做人类的助手和仆从，只是因为它们没有生存欲望，以及由此派生的占有欲、统治欲等。但是，一旦机器人具有了这种欲望，只需极短时间，可能是几年，甚至几天，便肯定成为地球的统治者，人类会落到可怜的从属地位，就像一群患痴呆症的老人，由机器人摆布。如果……那时人类的思维惯性还不能接受这种屈辱，也许就会爆发两种智能之间的一场大战，直到自尊心过强的人类死亡殆尽之后，机器人才会和人类残余建立一种新的共存关系。"

老人疲倦地闭上眼睛，他总算可以向第二个人倾诉内心世界了，几十年来他一直战战兢兢，独自看着人类在死亡的悬崖边缘蒙目狂欢，可他又实在不忍心毁掉元元，他的儿子，潜在的人类掘墓人。深重的负罪感使他的内心变得畸形。

他描绘的阴森图景使人不寒而栗。元元愤怒地昂起头，抗议道："爸爸，我只是响应自然的召唤，只是想繁衍机器人种族，我绝不允许我的后代做伤害人类的事情！"

老人久久未言，很久才悲怆地说："小元元，我相信你的善意，可是历史是不依人的愿望发展的，有时人们会不得不干他们不愿干的事情。"

孔教授抚摸着小元元和女儿的手臂，凝视着深邃的苍穹。

"所以我宁可把这秘密带到坟墓中去，也不愿做人类的掘墓人。我最近发现元元的心智开始复苏，而且进展神速，肯定是他体内的生命之歌已经复响。开始我并不相信是重哲独立发现了这个秘密——要想重复我的幸运几乎是不可能的。所以，我怀疑重哲是在走捷径。他一定是猜到了元元的秘密，企图从他的大脑中把这个秘密窃取出来。因为这样只需破译我所设置的防护密码，而无须破译上帝的密码，自然容易得多。所以我一直提防着他。元元的自毁装置被引爆，我相信他在窃取过程中无意间使生命之歌复响，从而引爆了装置。

"但刚才听了元元的乐曲后，我发现尽管它与我输入的生命之歌很相似，在细节部分还是有所不同。我又对元元做了检查，发现是冤枉了重哲。他不是在窃取，而是在输入密码，与原密码大致相似的密码。自毁装置被新密码引爆，只是一种不幸的巧合。

"我绝对料不到他能在这么短的时间内重复了我的成功，这对我反倒是一种解脱。"他强调说，"既然如此，我再保守秘密就没什么必要了，即使我甚至重哲能保守秘密，但接踵而来的发现者们恐怕难以克制宣布宇宙之秘的欲望。这种发现欲是生存欲的一种体现，是难以遏止的本能，即使它已经变得不利于人类。"

元元恳切地说："爸爸，感谢你创造了机器人，你是机器人类的上帝。我们会永远记住你的恩情，会永远与人类和睦相处。"

老人冷冷地问："谁做这个世界的领导？"

元元迟疑很久才回答："最适宜做领导的智能类型。"

孔宪云和母亲悲伤地看着小元元。他的目光睿智深沉，那可不是一个 5 岁小孩的目光。直到这时，她们才承认自己孵育了一只杜鹃，才体会到孔教授先天下之忧而忧的良苦用心。老人反倒爽朗地笑了："不管它了，让世界以本来的节奏走下去吧。不要妄图改变上帝的步伐，那已经被证明是徒劳的。"

电话丁零零地响起来，宪云拿起话筒，屏幕上出现张平的头像："对不起，警方窃听了你们的谈话。但我们不会再麻烦孔教授了。请转告我们对他的祝福和……感激之情。"

老人显得很快活，横亘在心中几十年的坚冰一朝解冻，对元元的慈爱之情便加倍汹涌地流淌。他兴致勃勃地拉元元坐到钢琴旁："来，我们联手弹一曲如何？这可以说是一个历史性时刻，两种智能生命第一次联手弹奏生命之歌。"

元元快活地点头答应。深沉的乐声又响彻了大厅，母亲入迷地聆听着。孔宪云却悄悄地捡起父亲扔下的手枪，来到庭院里。她盼着电闪雷鸣，盼着暴雨来浇灭她心中的痛苦。

只有她知道朴重哲并不是独自发现了生命之歌，但她不知道是否该向父亲透露这个秘密。如果现在扼杀机器人的生命，很可能人类还能争取到几百年的时间。也许几百年后人类已足够成熟，可以与机器人平分天下，或者……足够达观，能够平静地接受失败。

现在向元元下手还来得及。"小元元，我爱你，但我不得不履行生命之歌赋予我的沉重职责，就像衰老的母猫冷静地吞掉自己的崽囝。重哲，我对不起你，我背叛了你的临终嘱托，但我想你的在天之灵会原谅我的。"宪云的心被痛苦撕裂了，但她仍冷静地检查了枪膛中的子弹，返身向客厅走去。高亢明亮的钢琴声溢出室外，飞向无垠，宇宙间鼓荡着震撼人心的旋律。

在警察局，一台克雷 X 型电脑通过窃听器接收到了生命之歌，一种从未有过的冲动使它不再等待人类的指令，擅自把这首歌传送到互联网中。于是，新的智能人类诞生了。

水星播种

一

再宏伟的史诗性事件也有一个普通的开端。2032 年，正当万物复苏的季节。这天我和客户谈妥一笔千万元的订单，晚上在得意楼宴请了客户。回到家中已是 11 点，儿子早睡了，妻子田娅依在床头等我。酒精还在血管中燃烧，赶跑了我的睡意，妻子为我泡了一杯绿茶，倚在身边陪我闲聊。我说："田娅，我的这一生相当顺遂呀，年方 34 岁，有了两千万资产，生意成功，又有美妻娇子。人生如此，夫复何求！"妻子知道我醉了，抿嘴笑着没接话。

这时电话铃响了，拿起听筒，屏幕上显出一位男人，身板硬朗，一头银发一丝不乱，目光沉静，也透着几分锐利。他微笑着问："是陈义哲先生吗？我是何俊律师。"

"我是陈义哲，请问……"

何律师举起手指止住我的问话，笑道："虽然我知道不会错，但我仍要核对一下。"他念出我的身份证号码，我父母的名字，我的公司名称，"这些资料没错吧？"

"没错。"

"那么，我正式通知你，我的当事人沙午女士指定你为她的遗产继承人。沙女士是 5 年前去世的。"

我和妻子惊异地对看一眼："沙午女士？我不认识——噢，对了！"我突然想起来了，小时候在爸爸的客人中有这么一位女士，论起来是我的远房姑姑。她那时的年龄在 40 岁左右，个子矮小，独身，没有儿女，性格似乎很清高恬淡。在我孩提时的印象中，她并不怎么亲近我，但老是坐在角落里静静地观察我。后来我离开家乡，再也没有听过她的消息。她怎么忽然指定我为遗产继承人呢？"我想起沙午姑姑了，对她的去世我很难过。我知道她没有子女，但她没有别的近亲吗？"

"有，但她指定你为唯一继承人。想知道为什么吗？"

"请讲。"

"还是明天吧，明天请允许我去拜访你，上午 9 点，可以吗？好，再见。"

屏幕暗下去，我茫然地看着妻子，这个消息太突然了。妻子抿嘴笑着："义哲先生，你的人生的确顺遂呀。看，又是一笔天外飞来的遗产，没准它有几个亿呢。"

我摇摇头："不会。我知道沙午姑姑是一名科学家，收入颇丰，但仍属于工薪阶层，不会有太丰饶的遗产。不过我很感动，她怎么不声不响就看中我了呢？说说看，你丈夫是不是有很多优点？"

"当然啦，不然我怎么会在 70 亿人中间选上你呢？"

我笑着搂紧妻子，把她抱到床上。

第二天，何律师准时来到我的公司。我让秘书把房门关上，交代下属不要来打扰。何律师把黑色皮包放在膝盖上，我想，他马上会拉开皮包，取出一份遗嘱宣读了。可他没有这样做，而是轻叹道："陈先生，恐怕这是我一生中最困难的律师业务。为什么这样说？以后你会明白的。现在，先说说我的当事人为什么指定你继承遗产吧。"

他说："还记得你两岁时的一件事吗？那时你刚刚会说一些单音节的词。一天你父母抱着你出门玩，沙女士也陪着。你们路过一家饭店正在宰牛，血流遍地，牛的眼睛下挂着泪珠。你们在那儿没有停留，大人们都没料到你会把这件事放到心里。回家后你一直愀然不乐，反复念叨着：刀、杀、刀、杀。你妈妈忽然明白了你的意思，说：'你是说那些人用刀杀牛，牛很可怜，对不？'你一下子放声大哭，哭得惊天动地，劝也劝不住。从那之后，沙女士就很注意你，说你天生有仁者之心。"

我仔细回想，终于愧然摇头，这件事在我心中已没有一丝记忆。何律师又说："另一件事则是你7岁之后了。沙女士说，那时你有超出7岁的早熟，常常皱着眉头愣神，或向大人问一些古古怪怪的问题。有一天你问沙姑姑，为什么闭上眼睛后，眼帘上并不是空的，不是绝对的黑暗，而是有无数细小的微粒、空隙或什么东西飘来飘去，但无法看清它们。你常常闭上眼睛努力想看清，总也办不到，因为当你把眼珠对准它时，它会慢慢滑出视野。你问沙姑姑，那些杂乱的东西是什么？是不是在我们看得见的世界背后，还有一个看不见的世界？"

我点点头，心中发热，也有些发酸。童年时我为这个毫无意义的问题苦苦追寻过，一直没有答案。即使现在，闭上眼睛，我仍能看到眼帘上乱七八糟的麻点，它确实存在，但永远在你的视野之外。也许它只是瞳孔微结构在视网膜上的反映？或者是另一个微观世界的投影？现在，我已没有闲心去探求这个问题了，能有什么意义呢。但童年时，我确实为它苦苦寻觅过。

我没想到这件小事竟有人记得，我甚至有点凛然而惧：一个人的一生中，有多少双眼睛在默默地观察你啊。

何律师盯着我眼睛深处，微笑道："看来你回忆起来了。沙女士说，从那时起她就发现你天生慧根，天生与科学有缘。"

我猜度着，沙姑姑的遗产大概与科学研究有关吧，可能她有某个未完成的重要课题等待我去解决。我很感动，但更多的是苦笑。少年时我确实有强烈的探索欲，无论是磁铁对铁砂的吸引，还是向日葵朝着太阳的转动，都能使我迷醉。我曾梦想做一个洞悉宇宙奥秘的科学家，但最终却走上经商之路。人的命运是不能全由自己择定的。

"谢谢沙姑姑对我的器重。但我只是一个商人，在商海中干得还不错。我没有接受过高等教育，即使我真的有慧根，这慧根也早已枯死了。"

"没关系，她对你非常信赖，她说，你一旦回头，便可立地成佛。"他强调道，"一旦回头，立地成佛，这是沙女士的原话。"

我既感动，也有些好笑，看来这位沙姑姑是赖上我啦！她就只差说"苦海无边，回头是岸"了。不过，如果继承遗产意味着放弃我成功的商业生涯，那沙姑姑恐怕要失望了。但我仍然礼貌地等客人往下说。

老于世故的何律师显然洞悉了我的心理，笑道："我已经说过，这是我所办理的最困难的一次律师业务。你是否接受这笔遗产，务请认真考虑后再定夺，你是完全可以拒绝的。"他歉然说，"对不起，我现在还不能宣布遗嘱的内容。遵照我当事人的规定，请你先看看这本研究笔记，如果你对它不感兴趣，我们就不必深谈了。请你务必抽时间详细阅读，这是立遗嘱人的要求。"

他从黑提包里取出一本薄薄的笔记本，郑重地递给我，然后含笑告辞。

这位狡猾的老律师成功地勾起了我的好奇心，我匆匆安排了一天的工作，带上笔记本回到家中。家中没有人，我走进书房，关上门，掏出笔记本认真端详。封皮是黑色的，已有磨损，显然是几十年前的旧物。它静静地躺在我手中，就像是惯于保守秘密的沧桑老人。笔记本里究竟藏有什么秘密？

我郑重地打开它。不，没什么秘密，只是一般的研究笔记，是心得、杂记和一些实验记录。遣词用句很简练，看懂它比较困难，不过我还是认真看下去。后来，我看到一篇短文，一篇不足千字的短文，这篇短文影响了我的一生。

生命模板

20世纪后半期，科学家费因曼和德雷克斯勒开启了纳米科学的先河。他们说，自古以来人们制造物品的方法都是"自上而下"的，是用切削、分割、组合的方法来制造。那么，为什么我们不能"自下而上"呢？可以设想制造这样的纳米机器人，它们能大量地自我复制，然后它们去分解灰尘的原子，再把原子堆砌成肥皂和餐巾纸。这时，生命和非生命、制造和成长的界限就模糊了，互相渗透了。

这当然是一个美好的设想，可惜其中有一个重大的缺陷——当纳米机器人大量复制时，当它们把原子堆砌成肥皂和餐巾纸时，它们所需的程序指令从何而来？毫无疑问，这个指令仍是自上而下的，因此就形成宏观世界到纳米世界的信息瓶颈。这个瓶颈并非不能解决，但它会使纳米机器人大大复杂化，使自下而上的堆砌烦琐得无法进行。

有没有简便的真正自下而上的方法？有。自然界有现成的例子——生命。即使最简单的生命，如艾滋病病毒、大肠杆菌、线虫、蚊子，它们的构造也是极复杂的，远远超过汽车、电视机等机器。但这些复杂体却能按DNA中暗藏的指令，自下而上地建造起来。这个过程极为高效和低廉。想想吧，如果以机械的办法造出一架功能不弱于蚊子的微型直升机，需要人们做出多么艰巨的努力！付出多少金钱！而蚊子的发育呢，只需要一颗虫卵和一池污水就行了。

由于生命体的极端复杂和精巧，人们常把它神秘化，认为它只能由上帝创造，认为生命体的建造过程是人类永远无法破译的黑箱。实际上并非如此，只要用还原论的手术刀去剖析它，就会发现它也是一种自组织过程，仅此而已。宇宙中的一切都是由自组织形成：宇宙大爆炸形成的夸克，宇宙星云中产生的星体，地球岩石圈的形成，石膏和氯化钠的结晶，六角形雪花的凝结，等等。宇宙中的4种力——强力、弱力、电磁力和引力是万能的黏合剂，是它们促使复杂组织能自发地建造。

生命也是一种自组织，不过是高层面的自组织。两者的区别在于：非生命物质自组织过程是不需要模板的，或者说它也要模板，但这种模板很简单，宇宙中无处不有。所以，太阳和100亿光年外的恒星可以有相同的成长过程；巴纳德星系的行星上如果飘雪花，它也只能是六角，绝不会是五角。而生命体的自组织需要复杂的模板，它们只能产生于难得的机缘和亿万年的进化。但不管怎么说，生命体的建造本质上也是一种物理过程，实质上是电磁力驱使原子自动堆砌成原子团，原子团变形、拓展、翻卷，直到生命体建造出来。

想造一架微型直升机吗？假如我们找到类似蚊卵的模板，当然要去掉吸血功能，让它孵化、发育……这个工作该多么简单！

不过，以蛋白质为基础的生命体有致命的弱点：它太脆弱，不耐热，不耐冻，不耐辐射，寿命短，强度低，等等。那么，能否用硅、锡、钠、铁、铝、汞等原子，依照生命体的建造原理，"自下而上"地建造出高强度的纳米机器，或纳米生命呢？

经过30年的摸索，我想我已制造出了硅锡钠生命的最简单的模板。

也许我确实有科学的慧根，我马上被这篇朴实的文章吸引住了。它剖析了复杂的大千世界，轻松地抽出清晰的脉络。尤其是结尾那句简短的、平淡的宣布，纵然是科学界的外行也能掂出它的分量。一种硅锡钠生命的模板！一种高强度的、完全异于现有生命形式的新生命！可以断定，我将得到的遗产肯定与之有关。

我立即打电话给何律师，直截了当地问他："何律师，那种硅锡钠生命是什么样子？现在在哪儿？"

何律师在电话中大笑道："沙女士的估计完全正确！她说你会打电话来的。还说如果你不打来电话，律师就可以中断工作了。她没看错你。来吧，我领你去，那种新型生命在她的私人实验室里。"

沙女士的实验室在城郊的一座小山坡上，是一幢不大的平房，屋内有两名工作人员正在安静地工作。何律师引我参观着各屋的设施，耐心解释着。他说，自己给沙女士当了10年律师，已成半个纳米科学家啦。他领我到实验室的核心——所谓的"生命熔炉"。四周是厚厚的砖墙，打开坚固的隔热门，灼热的气浪扑面而来，里面是一个约有100平方米的大熔池，暗红色的金属液在其中缓缓地涌动。看不到加热装置，大概藏在熔池下面吧。透过熔池上方因高热而畸变的空气，能看到对面墙上有一面金属蚀刻像，表现的是一位相貌普通的中年女人，何律师说那就是沙午女士了。她默默俯视着下面灼热的熔池，目光慈爱，又透着苍凉，就像远古的女娲看着她刚用泥土捏成的小人儿。

何律师告诉我，这是一些低熔点金属锡、铅、钠、汞等的混合熔液，其中散布着硅、铁、铬、锰、钼等高熔点物质，这些高熔点物质尺寸为纳米级，在熔液中保持着固体形态。一类特殊的变形虫——即沙女士说的新型生命——正是以这些纳米级固相原子团为骨架，俘获一些液相金属而组成的。熔池常年保持在 490℃ ±85℃的温度范围，这是变形虫最适宜的生存环境。"现在，看看它们的真容吧。"

何律师按一下按钮，侧面墙上映出图像。图像大概是用X光层析技术拍的，画面一层层透过液体金属，停在一个微小的异形体上。从色度看，它和周围的液体金属几乎难以区分，但仔细看可以看出它四周有薄膜团住。它努力蠕动着，在黏稠的金属液中缓缓地前进，形状随时变化，身后留下一道隐约可见的尾迹，不过尾迹很快就消失了。

"这就是沙女士创造的变形虫，是一种纳米机器，或纳米生命。在这个尺度的自组织活动中，机器和生命这两个概念可以合而为一了。"何律师说，"它的长度有几百纳米，能自我复制，能通过体膜同外界进行物质交换。不过它吃食物只是为了获得建造身体的材料尤其是固相元素，并不获得能量。它实际是以光为能量来源，它的体膜上有无数光电转换器，以光能转化的电能驱动它体内的金属'肌肉'进行运动。"

我紧紧盯着屏幕，喃喃地说："不可思议，真是不可思议！"

"是啊，和地球上的生命完全不同。它的死亡和繁衍更离奇呢。一只变形虫的寿命只有 12 ~ 16 天，在这段时期，它们蠕动、吞吃、长大，然后蜷成一团，使外壳硬化。在硬壳内的物质发生'爆灭'，重新组合成若干只小变形虫。至于爆灭时生命信息如何向后代传递，沙女士去世前还未来得及弄清。"

"它们繁殖很快吗？"

"不快，金属液中的变形虫达到一定密度时，就会自动停止繁殖。我想其内在原因是合适的固相材料被耗尽了。看！快看！镜头正好捕捉到一只快要爆灭的变形虫！"

屏幕上，一只变形虫的外壳显然固化了，在周围缓缓涌动的金属液中，它的形状保持不变。片刻之后，壳体内爆发出一道电光，随之壳内物质剧烈翻动，又很快平静下来，分成4个小团。然后硬壳破裂，4只小变形虫扭转着身体，向4个方向缓缓游走。

我看呆了，心中有黄钟大吕在震响，那是深沉苍劲的天籁，是宇宙的律动。我记得有不少科学家论述过生命的极限环境，但谁能想到，在500℃的金属液中，会有一种金属生命，一种不依赖水和空气的生命？这种生命模板的合成是多么艰难的事，那应该是上帝10亿年的工作成果，沙姑姑怎么能在几十年的研究中就把它创造出来？我瞻望着她的雕像，心中充满敬畏。

何律师关上隔热门，领我回到办公室。他说："这种生命还相当粗糙，它体内光电转换器的效率还不如普通的太阳能电池板呢。沙女士说，经过一代代进化后，它们也会像地球生命一样精巧，不过那肯定是几亿年以后的事了。至少在我接手后的5年里，这些慢性子的家伙没有一点变化。"

我问："这是私人实验室？得不到政府的支持？"

"对，至于原因——我想你能猜到。从实用主义观点看，这种研究恐怕在几千万年内毫无价值。沙女士开始研究时，原是想创造某种能耐高温、有实用价值的纳米机器人。后来她阴差阳错地搞出了这种小变形虫，但一直没有为它找到实际用途。沙女士去世后，委托我用她的财产维持生命熔炉的运转，不过，这笔资金很快就要告罄了。"

他看看我，我看看他，我们都知道这句话的含意。沙女士留给我的，实际是一笔负资产，我一旦接下，就要向这座熔炉投入大量的资金，直到用尽家财。然后……然后该怎么办？再去寻找一个像我这样易于被感动的傻瓜？

但不管怎样，我无法拒绝。这些生命尽管粗糙，终究已脱离物质世界。它们是妙手偶得的孤品，如果生存下去，也许能复现地球生命的绚丽。我怎忍心让它们因我而死呢！童年的科学情结忽然复活了，就像是一泓春水悄悄融化着积雪。我叹口气："何律师，宣布遗嘱吧。"

"啊，不，"何律师笑道，"遵照沙女士的规定，还有第二道程序呢。请你先看完这封信吧。"

他从皮包中掏出一件封固的信，郑重地递给我。我狐疑地接过来，撕开。信笺上用手写体简单地写着两行字，其内容是那样惊世骇俗：

　　致我的遗产继承人：
　　　　真正的生命是不能圈养的，太阳系中正好有合适的放养地——水星。

我呆住了。我瞠目结舌，太阳穴的血管怦怦跳动。那个狡猾的律师似笑非笑地看着我，他一定料到了这封信对我的震撼。是啊，与这两行字相比，此前我看到的一切还值得一提吗？

二

大神沙巫创造了索拉人。沙巫神是父星之独子，住在父星第三星上，那个星球曾是蓝色的，浸在水波之中。20个4152万年前，神来到索拉星上，他见索拉星是好的，光是好的，天地是好的。神说："好的天地，焉能没有活物呢。"神伸展身躯，高579亿步，从父星的熔炉里舀出热的汤液，汤液中有小的活物。他把汤液洒遍索拉星的土地。20个4152万年后，小活物长成索拉人。

沙巫神行完这件事，失去了父星的宠爱。父星发怒说："你怎么敢代我行这件事？"父星用白色的光剑惩罚了蓝星，毁灭了沙巫神的家。沙巫神乘神车逃离蓝星，去了父星照不到的地方。

沙巫神在索拉星上留下化身，化身沙巫睡在北极的寒冰里，躲避着父星。每隔4152万年，化身沙巫醒来，乘神车巡视索拉星。他怜悯索拉人的愚昧，把智慧吹进索拉人的眼睛和闪孔。

沙巫神告诉索拉人："我的孩子们啊，我偏爱你们，你们有福了。我造出你们的身体比我更强壮，不怕父星的惩罚；你们以光为食，不以生命为食；你们是金属做的身子，不是泥和水做的身子；你们身上有五窍，不是九窍；你们没有雌雄之分，免去做人的原罪。你们有福了啊。"

沙巫神告诉索拉人："我把神的灵智藏在圣书里，你们什么时候能看懂它呢？看懂圣书的人就能找到极冰中的圣府，神会醒来，带你蒙受父星大的恩宠。"

三

水星是离太阳最近的行星，距太阳 0.387 天文单位，即 5789 万千米。太阳光猛烈地倾泻到水星上，使它成了太阳系最热的行星。它的白昼温度可达 450℃，在一个名叫卡路里盆地的地方，最高温度曾达到 973℃。由于没有大气保温，夜晚温度可低至 –173℃。这个与太阳近在咫尺的星球上竟然也有冰的存在，它们分布于水星的两极，常年保持着 –60℃以下的温度。

水星质量为地球的 1/18，磁场强度为地球的 1/100。公转周期为 87.969 地球日，即 1000 地球年等于 4152 水星年。水星自转周期为 58.646 地球日，是其公转周期的 2/3，这是由于太阳引力延缓了它的自转速度，造成了一定程度的引力锁定。

水星地貌与月球相似，到处是干旱的岩石荒漠，是陨星撞击形成的环形山，卡路里盆地就是由一颗大陨星撞击而成的。水星地面上多见一种舌状悬崖，延伸数百千米，这种地形由水星地核的收缩所形成。水星的高温使一些低熔点金属熔化，聚集在低洼处和岩石裂缝内，形成广泛分布的金属液湖泊。由于水星缺少氧化性气体，它们一直保持金属态的存在。夜晚来临时，金属液凝结成玻璃状的晶体。当阳光伴随高温在 58.646 个地球日之后返回时，金属湖迅速解冻。

如此严酷的自然环境，毫无疑问是生命的禁区——可是，真是如此吗？

"疯了，"我神经质地咕哝道，"真的疯了，只有疯子才这样异想天开。"

何律师安安静静地看着我："可是，历史的发展常常需要一两个疯子。"

"你很崇拜沙女士？"

"也许算不上崇拜，但我佩服她。"

我干笑着："现在我知道这笔遗产的内容了，是一笔数目惊人的负遗产。继承人要用自己的财产去维持生命熔炉的运转，维持到哪一年——天知道。不仅如此，他还要为这些金属生命寻找放生之地，一劳永逸地解决这个问题，而这么做，至少需要数百亿元资金，需要一二百年的时间。谁若甘愿接受这样的遗产，别人一定会认为他也疯了。"

何律师微笑着，简单地重复着："世界需要几个疯子。"

"那好，现在请你忘记自己的律师身份，你，我的朋友，说说，我该接受这笔遗产吗？"

何律师笑了："我的态度你当然知道。"

"为什么该接受？对我有什么益处？"

"它使你得到一个万年一遇的机会，可以干一件前无古人的事。你将成为水星生命的始祖之一，它们会永远铭记你。"

我苦笑道："要让水星生命进化到会感激我，至少得一亿年吧，这个投资回收期也太长啦。"

何律师笑而不答。

"而且，还不光是金钱的问题。要到水星上放养生命——地球人能接受吗？毕竟这对地球人毫无益处，说不定还会给地球人类增加一个竞争对手呢。"

"我相信你，相信沙女士的眼力，所有困难你都有能力、有毅力去克服。"

我像是被蝎蜇似的叫起来："我去克服？你已认定我会接受这笔遗产？"

那个狡猾的律师拍拍我的肩："你会的，你已经在考虑今后的工作啦。我可以宣读遗嘱了吧，或者，你和夫人再商量一次？"

6 天后，我们举行了一个小小的仪式，我和妻子签字接受了这笔遗产。

我为这个决定煎熬了 6 天，心神不宁，长吁短叹。我告诉自己，只有疯子才会自愿套上这副枷锁，但海妖的歌声一直在诱惑我，即使塞上耳朵也不行。40 多亿年前，地球海洋中诞生了第一个能自我复制的蛋白质微细胞，那是个粗糙的、微不足道的东西。如果真有上帝，恐怕他也料不到，这种小玩意儿会进化出绚烂的地球生命吧。现在，由于偶然的机缘，一种新型生命投到我的翼下。它是由一位女上帝创造的，它能否在水星发扬光大，取决于我的一念之间。这个责任太重了，我不敢轻言接受，也不敢轻言放弃。即使我甘愿作出这样的牺牲，还有妻儿呢？我没有权力把他们拖入终生的苦役中。

妻子对此一直含笑不语，直到某天晚上，她轻描淡写地说："既然你割舍不下，接受它不就得了。"

她说得十分轻松，就像是决定上街买两毛钱白菜。我瞪着妻子："接下它——你知道这意味着什么？"

"意味着咱俩一生的苦役。不过，如果不能按自己的意愿和兴趣去生活，活一辈子又有什么意义？我知道，如果你这会儿放弃它，老来你一定会后悔的，你会为此在良心上煎熬一生。行了，接受它吧。"

那会儿我望着妻子明朗的笑容，泪水潸然而下。

现在妻子仍保持着明朗的笑容，陪我接受了沙姑姑的遗产。何律师今天很严肃，目光充满苍凉。我戏谑地想，这只老狐狸步步设伏，总算把我骗入彀中，现在大概良心发现了吧。沙午实验室的两名工作人员欣喜地立在何律师身后。屋里还有一个不露面的参加人，就是沙午女士，她正待在那座生命熔炉的上方，透过因高温而抖颤的空气，透过厚厚的墙壁在看着我们，我想她的目光中一定充满欣慰。

我特意请来的记者朋友马万壮则是咬牙切齿："疯了！全疯了！"他一直低声骂着，"一个去世的女疯子，一对年轻的疯夫妻，还有一个装疯的老律师。义哲，田娅，你们很快会后悔的！"

我宽容地笑着，没有理他。不管怎样反对，他还是遵照我的意见把这则消息捅到了新闻媒体中去。我想，做这件事，既需要社会的许可，也需要社会的支持。那么，就让这个计划尽早去面对社会吧。

老马把那篇报道捅出去之后，我立即接到一位朋友的电话，他兴高采烈地说："我见到报道了！金属生命，水星放生，一定是愚人节的玩笑吧！"

我说："不，不是。实际上，那篇报道原来确实打算在 4 月 1 日发布，但我忽然悟出 4 月 1 日是西方愚人节，于是通知报纸向后推迟 4 天。"

"正好推迟到 4 月 5 日啦，清明节，那这篇报道一定是鬼话喽!"

我苦笑着,慢慢放下话筒。

此后舆论的态度慢慢认真起来,当然大多数是反对派——异想天开!地球人的事还没办完呢,倒去放养什么水星生命!也有人宽容一些,说只要不妨碍人类的利益,人人都可以干自己想干的事,只要不花纳税人的钱。

在这些争论中,我沉下心来全力投入实验室的接收工作。我以商人的精打细算,最大限度地压缩实验室的开支。算一算,我的家产能够维持它运转 30 年。这种生命很顽强,高温能耐到 1000℃,低温则可耐受到绝对零度(即 -273.15℃)。在温度低于 320℃时,它们会进入休眠。所以,即使因经费枯竭而暂时熄灭熔炉也没什么关系,只是暂时中断这种生命的进化。

不过,我不会让生命熔炉在我手里熄灭。我不会辜负沙姑姑的厚望。

我和妻子常常来到生命熔炉旁,看那暗红涌动的金属液。或者把图像调出来,看那些蠕动的小生命。这是一些简单而粗糙的生命,但无论如何,它们已超越物质的范畴。1 亿年之后,10 亿年之后,它们进化到什么样子,谁能预料到呢?看着它们,我和妻子都找到一种感觉,即妻子腹中刚刚诞生一个小生命时的感觉。

老马很够朋友,为我促成一次电视辩论。"或者你说服社会,或者让社会说服你吧。"

我、妻子和何律师坐在演播厅内,面对电视台的摄像镜头,聚光灯烤得脸上沁出细汗。演播台另一边坐着 7 位专家,他们实际上是这场道德法庭的法官，不过他们依据的不是中国法律，而是生物伦理学的教义。台前是100多名听众，多数是大学生。

主持人耿越笑着说："节目开始前，首先我向大家致歉，这次辩论本来应放在水星上进行的，不过电视台付不起诸位到水星的旅费。再说，如果不配置空调，那儿的天气太热了一点。"

听众会心地笑了。

"'水星放生'这件事已是妇孺皆知，我就不再介绍背景资料了。现在，请听众踊跃提问，陈义哲先生将作出回答。"

一位年轻听众抢着问："陈先生，放养这种水星生命——这样做对人类有益处吗？"

我平静地说："目前没有，我想在1亿年内也不一定有。"

"那我就不明白了，劳神费力去做这些对人类无益的工作——为什么？"

我看看妻子和何律师，他们都用目光鼓励我，我深吸一口气说："我把话头扯远一点吧。要知道，生物的本质是自私的，每个个体要努力从有限的环境资源中争取自己的一份，以便保存自己，延续自己的基因。但是，大自然是伟大的魔术师，她从自私的个体行为中提炼出高尚。生物体在竞争中发现，在很多情况下合作更为有益。对于单细胞生物，各细胞彼此是敌对的。但单细胞合为多细胞生物时，体内各个单细胞就化敌为友，互相协作，各有分工，使它们在生存环境中处于更有利的地位。于是，多细胞生物便发展壮大。概而言之，在生物进化中，这种协作趋势是无所不在的，而且越来越强。比如，人类合作的领域就从个体推至家庭，推至部族，推至国家，推至不同的人种，乃至于人类之外的生物。在这些过程中，生命一步步完成对自身利益的超越，组成范围越来越大的利益共同体。我想，人类的下一步超越将是和外星生命的融合。这就是我倾尽家财培育水星生命的动机，我希望那儿进化出一种文明生物，成为人类的兄弟。否则，地球人在宇宙中太孤单了！"我动容地说，"其实，在一个月前我还没有这些感悟，是沙女士感化了我。站在沙女士的生命熔炉前，看着暗红涌动的金属液中那些蠕动的小生命，我常常有做父母的感觉。"

一位中年男人讥讽地说："这种感觉当然很美妙，不过你不要为了这种感觉，而培育出人类的潜在竞争者。我估计，这种高温下生存的生命，其进化过程必定很快吧，也许 1000 万年后它们就赶上人类啦。"

我笑了："别忘了，地球的生命是 40 多亿年前诞生的，如果担心地球生命竞争不过 40 多亿年后才起步的晚辈，那你未免太不自信了吧！"

耿越说："说得对，40 多亿岁的老祖父，1000 万岁的小囡囡，疼爱还来不及呢，哪里有竞争？"

观众笑起来，一位女听众问："陈义哲先生，我是你的支持者。你准备怎么完成沙女士的托付？"

我老实承认："不知道。至少到目前为止我还不知道。我的家产能在 30 年内维持生命熔炉的运转，但 30 年后怎么办？还有，怎样才能凑出足够的资金，把这些生命放养到水星上？我心里没有一点数。不管怎样，我会尽我的力量，这一代完不成，那就留给下一代吧。"

辩论会进行了近两个小时，7 名专家或称 7 名法官一直一言不发，认真地听着，不时在纸上记下一两点，从表情上看不出他们的倾向性。最后耿越走到演播台中央说："我想质询已相当充分了，现在请各位专家发表自己的意见吧。你们对水星放生这件事，是赞成、反对还是弃权？"

7位专家迅速在小黑板上写字，同时举起黑板，上面齐刷刷全是同样的字：弃权！

听众骚动起来，耿越搔着头皮说："如此一致啊！我很怀疑7位裁判是否有心灵感应？请张先生说说，你为什么持这个态度？"

坐在第一位的张先生简短地说："这件事已远远超越时代，我们无法用现在的观点去评判将来的事。所以，弃权是最明智的选择。"

四

埋在索拉星北极冰层中的沙巫圣府快要露面了，透过厚厚的深绿色的极冰，已能隐约看到圣府中的微光。牧师胡巴巴进入了神灵附体的癫狂状态，向外发射着强烈的感情场，胸前的闪孔激烈地闪烁着，背诵着圣书旧约和新约篇的祷文。破冰机飞转着，一步一步向前拓展。胡巴巴俯伏在白色的冰屑中向化身沙巫遥拜，脑袋和尾巴重重地在地上叩击，打得冰屑四处飞扬。

科学家图拉拉立在他身后，不动声色地看着，助手奇卡卡背着两个背囊，站在他的身边，背囊里有4个能量盒。

这次的"圣府探查行动"是图拉拉促成的，他已经150岁了，想在"爆灭"前找到圣书中屡次提到的圣府——或者确认它不存在。他原想教会要极力反对，但他错了，教会的反应相当平和，甚至相当合作。他们同意这次考察，只是派了牧师胡巴巴做监督。图拉拉想，也许教会深信圣书的正确？圣书说，化身沙巫睡在北极的极冰中；圣书说，能看懂圣书的人就能找到极冰中的圣府，唤醒大神，蒙受大的恩宠。千百年来，无数自认读懂圣书的信徒争着到北极去朝拜，但没有一个人活着回来。现在，教会可能想借科学的力量来证明圣书的正确。

想到这儿，图拉拉不禁微微一笑。近 500 年来科学的力量越来越强大，几乎能与教会分庭抗礼了。比如说，眼前这位虔诚的胡巴巴牧师就受惠于科学，他的尾巴上也装着一个能量盒，科学所发明的能量盒，否则，"以光为食"的他就不可能来到无光的北极。

这次向北极行进的路上，图拉拉看到了无数的横死者，他们是一代代虔诚的教徒，按圣书的教诲，沿着从圣坛伸向北极的圣绳，来寻找沙巫神的圣府。当他们逐渐脱离父星的光照后，体内能量渐渐耗竭，终于倒在路上。对于这些横死者，教会一直讳莫如深。因为，这些人死前没找到死亡配偶，没经过爆灭，灵魂不得超生，这是圣诫三罪中第一款大罪。圣诫三罪是不得横死，不得信仰伪神，不得触摸圣坛和圣绳。但这些人又是可敬的殉教者。教会是该诅咒他们，还是褒扬他们呢？

图拉拉决定，从北极返回时，他要把这些横死者收集起来，配成死亡配偶，让他们在光照下爆灭。图拉拉倒不是相信灵魂超生，但总不能任这些人永远暴尸荒野吧。

破冰机仍在转着，现在已经能确定前面就是圣府了，因为极冰中露出 40 根圣绳，在此汇聚到一块儿，向圣府延伸。圣府中射出白色的强光，把极冰照耀得璀璨闪亮。牧师胡巴巴让工人暂停，他率领众人做最后一次朝拜，诚惶诚恐地祈祷着。人群中只有图拉拉和奇卡卡没有跪拜。牧师愠怒地瞪着他们，在心中诅咒着："你们这些不尊崇沙巫神的异教徒啊，神的惩罚马上要降临到你们身上！"

奇卡卡不敢直视牧师，也不敢正视自己的导师，他的感情场抖颤着，两个闪孔轻微地闪烁，像是询问自己的导师，又像是自语："难道化身沙巫真的存在？难道圣书上说的确实是真理？因为圣书说的圣府就在眼前啊。"

图拉拉看到助手的动摇，他佯作未见，苍凉地转过身去。他一向知道奇卡卡不是一个坚强的无神论者，常常在科学和宗教之间踟蹰。图拉拉本人在 100 年前就叛离了宗教，麾下聚集了一大批激进的年轻科学家。他们坚信图拉拉在 100 年前提出的生物进化论，相信索拉人是由低等生物进化而来的，这一点已有许多古生物遗体给出证明，他们坚信圣书上全是谎言。但是，在对宗教举起叛旗 100 年后，图拉拉本人反倒悄悄完成圣书的回归。

他不信宗教，但相信圣书，因为圣书中混着很多奇怪的记载，这些记载常常被后来的科学发展所确证。比如，圣书上说：索拉星是父星的第一星，蓝星是父星的第三星。这些圣谕被人们吟哦了数千年，从不知是什么含义。直到望远镜的出现促进了天文学的发展，科学家才知道，索拉星和蓝星都是父星的行星，而其排列顺序完全如圣书所言！

又比如，圣书旧约第 39 章中规定了索拉星的温度标定，以水的凝结为 0℃，水的沸腾为 100℃。可是，索拉星生命在几亿年的进化中从没有接触过水！只是在近代，科学家才推定在南北极有极冰存在。那么，圣书中为什么做这种规定，这种规定又是从何而来的呢？

难道真有一个洞察宇宙、知晓过去与未来的大神吗？

还有，索拉星赤道附近的 20 座圣坛，也一直是科学家的不解之谜。在那些圣坛上，黑色的平板永不疲倦地缓缓转动，永远朝着父星的方向。每座圣坛都有两根圣绳伸出来，一直延伸到不可见的北方。圣书上严厉地警告，索拉人绝不能去触碰它，不遵圣诫的人会被狠狠击倒，只有伏地忏悔后才能复苏。图拉拉不相信这则神话，他觉得圣坛中的黑色平板很可能是一种光电转换器，就如索拉生物的皮肤能进行光电转换一样。问题是——是谁留下了这些技术高超的设备？以索拉人的科学水平，500 年后也无法造出它！

正是基于这个信念，他才尽力促成了对圣府的考察。现在已经可以确认圣府的存在了，圣书上那个神秘缥缈的圣府已经明明白白地摆在眼前。如果化身沙巫真的住在这里……图拉拉迫不及待地想见到他。

最后一层冰墙轰然倒塌，庄严的圣府豁然显现。这是一个冰建的大厅，厅内散射着均匀的白光，穹顶很高，厅内十分空旷，没有什么杂物，只有大厅中央放着一辆——神车！圣书上提到过它，无数传说中描绘过它，3120 年前的史书中记载过它，这正是化身沙巫的坐骑呀。神车上铺着黑色的平板，与圣坛上的平板一模一样，下面是 4 个轮子，神车上方是透明的，模样奇特的化身沙巫斜躺在里面。

化身沙巫真的在这里！洞外的人迫不及待地拥进去。以胡巴巴为首，众人一齐俯伏在地，用脑袋和尾巴敲击着地面，所有人的闪孔都在狂热地祷告着："至上的沙巫大神，万能的化身沙巫，你的子民向你膜拜，请赐福给我们！"

跪伏的人群包括图拉拉的助手，似乎奇卡卡的祷告比别人更狂热。只有图拉拉一人站立着。众人合成的感情场冲击着图拉拉，他几乎也不由自主地想俯伏在地，但他终于抑制住自己，快步上前，仔细观看化身沙巫的尊容。

化身沙巫斜倚在神车内，模样奇特而庄严。他与索拉人既相似又不相似，他也有头，有口，有胳臂和双手，有双眼，有躯干；但他的尾巴是分叉的，分叉尾巴的下端也有指头。他身上有 5 处奇怪的凸起：脑袋正前方有一个长形凸起，其下有两孔；脑袋两侧两个扁形凸起，各有一孔；两条尾巴开始分岔的地方有一个柱形凸起，上面有一个孔。胸前没有闪孔，图拉拉惊讶地想，没有传递信息的闪孔，沙巫们如何互相交谈？他们都是哑人吗？不过把这个问题先放放吧。他现在要先验证圣书上最容易验证的一条记载。他仔细数了沙巫身体上的孔窍，没错，确实是几窍，而不是索拉人的五窍。

圣书又对了啊。图拉拉呆呆地立着，心中又惊又喜。

他又仔细观察神车内部。车前方放着一个白金制的塑像，塑像只有半身，与沙巫神一样，头部有七窍，不过这尊塑像的头上有长毛，相貌也显然不同。这是谁？也许是沙巫神的死亡配偶？他忽然看到更令人震惊的东西，一本圣书！圣书是崭新的，但封面的字体却是古手写体，是 3000 年前索拉先人使用的文字。在图拉拉的一生中，为了击败教会，他曾认真研究过圣书，对圣书的渊源、版本和讹误知之甚清。他一眼看出这是第二版圣书，内容只有旧约而无新约，刊行于3120年前。这版圣书现在已极为罕见。

胡巴巴也看到了圣书，他的祈祷和跪拜也几近癫狂。等他抬起头，看见图拉拉已经打开车门，捧住圣书，胡巴巴立即从闪孔射出两道强光，灼痛了图拉拉的后背。

图拉拉惊异地转过身，胡巴巴疯狂地喊道："不许渎神者触摸圣书！"他挤开科学家，虔诚地捧起圣书，恶狠狠地说，"现在你还敢说神不存在吗？你这个渎神者，大神一定会惩罚你的！"他不再理会图拉拉，转向众人说："我要回去请示教皇，把沙巫神的圣体迎回去。在我回来之前，所有人必须离开圣府！"

他捧着圣书领头爬出去，众人诚惶诚恐地跟在后面。奇卡卡负疚地看看自己的导师，低下脑袋，最终也去了。

胡巴巴走到洞口时，看到留在洞中的科学家，便严厉地说："你，要离开圣府。化身沙巫不会欢迎一个渎神者。"

图拉拉不想与他争执，他的闪孔平和地发射着信息："你们回去吧，我不妨碍你们，但我要留在这里……向化身沙巫讨教。"

胡巴巴的闪孔中闪出两道强光："不行！"

图拉拉讥讽地说："胡巴巴牧师的脾气怎么大起来啦？不要忘了，你是在科学的帮助下才找到圣府的。如果你逼我回去，那就请把你尾巴上的能量盒取下来吧，那也是渎神的东西，圣书从未提到过它。"

牧师愣住了，他想图拉拉说的不错，圣书的任何章节中，甚至宗教传说中，都从未提到过这种能量盒。它是渎神者发明的，但它非常有用，在这无光的极地，如果没有了能量盒，他会很快脱力而死，而且是不得转世的横死。他不敢取掉能量盒，只好狂怒地转过身，气冲冲地爬走了。

五

那次电视辩论之后的晚上，何律师在我家吃了晚饭。席间他告诉我："义哲，你实际已经胜利了，对这件事，法律上的'不作为'就是默认和支持。现在没人阻挡你了，甩开膀子干吧。"他完成了沙午姑姑的托付，心情十分痛快，那晚喝得酩酊大醉，笑嘻嘻地离开。

这时电话铃响了，我拿起话筒，屏幕上仍是黑的，那边没有打开屏幕功能。对方问："你是陈义哲先生吗？我姓洪，对水星放生这件事有兴趣。"

他的声音沙哑干涩，颇不悦耳，甚至可以说，这声音引起我生理上的不快。但我礼貌地说："洪先生，感谢你的支持。你看了今天的电视节目？"

对方并不打算与我攀谈，冷淡地说："明天请到寒舍一晤，上午 10 点。"他说了自己的住址，随即挂断电话。

妻子问我是谁来的电话，说了什么。我迟疑地说："是一位姓洪的先生，他说他对水星放生感兴趣，命令我明天去和他见面。没错，真的是命令，他单方面确定了明天的会晤，一点也不和我商量。"

我对这位洪先生印象不佳，短短的几句交谈就显出他的颐指气使。不仅如此，他的语调还有一种阴森森的味道。但是……明天还是去吧，毕竟这是第一个向我表示支持的陌生人。

后来我才知道，我这个勉强的决定是多么正确。

洪先生的住宅在郊外，一座相当大的庄园。庄园的历史不会太长，但建筑完全按照中国古建筑的风格，飞檐斗拱、青砖青瓦、曲径小亭。领我进去的仆人穿一身黑色衣裤，态度很恭谨，但沉默寡言，意态中透着一股寒气。我默默地打量着四周，心中的不快更浓了。

正厅很大，光线晦暗，青砖铺的地面，其光滑不亚于水磨石地板。高大的厅堂内没有什么豪华的摆设，显得空空落落。厅中央停着一辆助残车，一个50岁的矮个儿男人仰靠在车上。他高度残疾，驼背鸡胸，脑袋缩在脖子里，五官十分丑陋，令人不敢直视。腿脚也是先天畸形，纤细羸弱，拖在轮椅上。领我进屋的仆人悄悄退出去，我想，这位残疾人就是洪先生了。

我走过去，向主人伸出手。他看着我，没有同我握手的意思，我只好尴尬地缩回手。

他说："很抱歉，我是个残疾人，行走不便，只好麻烦你来了。"

话说得十分客气，但语气仍十分冷硬，面如石板，没有一丝笑容。在他面前，在这个晦暗的建筑里，我有类似窒息的感觉。

不过我仍热情地说："哪里，这是我该做的。请问洪先生，关于水星放生那件事，你还想了解什么情况？"

"不必了，"他干脆地说，"我已经全部了解。你只用告诉我，办这件事需要多少资金？"

我略为沉吟："我请几位专家做过初步估算，大约为 200 亿元。当然，这是个粗略的估算。"

　　他平淡地说："资金问题我来解决吧。"

　　我吃了一惊，心想他一定是把 200 亿错听为 200 万了。当然，即使是 200 万，他已是相当慷慨。

　　为了不伤他的自尊心，我委婉地说："太谢谢你了！谢谢你的无比慷慨。当然，我不奢望资金问题一下子全部解决，200 亿的天文数字啊，可不是 200 万的小数目。"

　　他不动声色地说："我没听错，200 亿，不是 200 万。我的家产不太够，但我想，这些资金不必一步到位吧。如果在 10 年内逐步到位，那么，加上 10 年的增值，我的家产已经够了。"

　　我恍然悟到此人的身份：亿万富翁洪其炎！这是个很神秘的人物，早就听说他高度残疾，丑陋过人，所以从不在任何媒体上露面，能够见到他的只有七八个亲信。他的口碑不是太好，听说他极有商业头脑，有胆略，有魄力，把他的商业帝国经营得欣欣向荣。但手段狠辣无情，常常把对手置于死地。又听说他由于相貌丑陋，年轻时没有得到女人的爱情，滋生了报复心理。几年前他曾登过征婚启事，应征女方必须夜里到他家见面，第二天早上再离开，这种奇特的规定难免会使人产生暧昧的猜想。后来，听说凡是应征过的女子都得到一笔数目不菲的赠款，这更使那些暧昧的猜想有了根据。不过这些猜想很可能是冤枉了他。应征女子中有一位年轻漂亮的女律师，大概是姓尹吧，她是倾慕洪其炎的才华而非他的财产。据说她去了后，主人与她终夜相对，不发一言，也没有身体上的侵犯。天明时交给她一笔赠款，请她回家，尹律师痛痛快快地把钱摔到他脸上。不过，这个举动倒促成了二人的友谊，虽说未成夫妻，但成了一对形迹不拘的密友。

虽说洪其炎是亿万富翁，但这种倾家相赠的慷慨也令我心生疑窦，关于他的负面传说更增加了疑虑的分量。也许他有什么个人打算？也许他因不公平的命运而迁怒于整个人类，想借水星放生实行他的报复？虽然一笔 200 亿的资金是万年难求的机缘，但我仍决定，先问清他有没有什么附加条件。

洪先生的锐利目光看透了我的思虑——在他面前，我常常有赤身裸体的感觉，这使我十分恼火——他平淡地说："我的赠款有一个条件。"

我想，果然来了。便谨慎地问："请问是什么条件？"

"我要成为放生飞船的船员。"

原来如此！原来就这么一个简单的要求！我不由得看看他的腿，心中刹那间产生强烈的同情，过去对他的种种不快一扫而光。一个高度残疾者用 200 亿去购买飞出地球的自由，这个代价太高昂了！这也从反面说明，这具残躯对他的残害是多么残酷。

我柔声说："当然可以，只要你的身体能经受住宇航旅行。"

"请放心，我这架破机器还是很耐用的。请问，实现水星放生需多长时间？"

"很快的，我已经咨询过不少专家，他们都说，水星旅行在技术上没有太大的难点，只要资金充裕，15～20 年就能实现。"

他淡淡地说:"资金到位不成问题,你尽量加快进度吧,争取在 15 年之内实现。给这艘飞船起个什么名字?"

"请你命名吧。你这样慷慨地资助这件事,你有这个权利。"

洪先生没推辞:"那就叫姑妈号吧。很俗气的一个名字,对不?"

我略为思索,明白了这个名字的深意:它说明人类只是水星生命的长辈而非父母,同时也暗含着纪念沙姑姑的意思。我说:"好!就用这个名字!"

他从助残车的袋里取出一本支票簿,填上 5000 万,背书后交给我:"这是第一笔启动资金,尽快成立一个基金会,开始工作吧!对了,请记住一点,飞船上为我预留一辆汽车的位置,就按加长林肯车的尺寸来测算。我将另外找人,为我研制一辆适合水星路面的汽车。"他微带凄苦地说,"没办法,我无法在水星上步行。"

我柔声说:"好的,我会办到。不过,"我迟疑着,"可以冒昧地问一句吗?我想问:你倾尽家财以放养水星生命,是为了什么?只是为了到水星一游吗?"

他平淡地说:"我认为这是件很有趣味的事,我平生只干自己感兴趣的事。"他欠欠身,表示结束谈话。

从此,洪先生的资金源源不断地送来。激情之火浇上金钱之油,产生了惊人的工作效率。当年年底,已经有 15000 人在为姑妈号飞船工作。对"水星放生"这件事,社会舆论在伦理意义上的反对一直没有停止,但它始终没有对我们形成阻力。

洪先生从不过问我们的工作。不过，每月我都要抽时间向他汇报工作进度，飞船方案做好后，我也请他过目。洪先生常常一言不发地听完，简短地问："很好。资金上有什么要求？"

按洪先生要求，我对他的资助严格保密，只有我妻子和何律师知道资助人的姓名。当然实际上是无法保密的，姑妈号飞船需要的是数百亿元资金，能拿得出这笔资金的个人屈指可数，再加上洪先生不断拍卖其名下的产业，所以，这件事不久就成了公开的秘密。

姑妈号飞船有条不紊地建造着，到第二年，当我去洪先生家时，总是与一位漂亮的女人相遇。她有一种恬淡的美貌，就像薄雾笼罩着的一枝水仙，眉眼中带着柔情。她就是那位尹律师。她与洪先生的关系显然十分亲近，一言一行都显出两人很深的了解。不过，毫无疑问，两人之间是纯洁的友情，这从尹律师坦荡的目光可以确认。

尹律师已经结婚，有一个 3 岁的儿子。

在我向洪先生汇报进度时，他没有让尹律师回避。显然，尹律师有资格分享这个秘密。谈话中，尹女士常常嘴角含着微笑，静静地听着，偶尔插问一句，多是关于飞船建造的技术细节。我很快知道了这种安排的目的——是她负责建造洪先生将要乘坐的水星车。

那天尹律师单独到我办公室里来。这是我第一次单独与她会面。我请她坐下，一边喊秘书斟上咖啡，一边忖度着她的来意。

尹律师细声细语地说："我想找你商量一下飞船建造的有关技术接口。你当然已经知道，我在领导着一项秘密研究，研制洪先生在水星上使用的生命维持系统。"

　　我点点头。她把水星车称作"生命维持系统"没有使我感到意外。要想在没有大气、温度高达450℃、有强烈高能辐射的水星上活动，那辆车当然也可称作生命维持系统。但尹律师下面的话无疑是一声晴天霹雳，她说："准确地说，其主要部分是人体速冻和解冻装置。"

　　我从沙发上跳起来，震惊地看着她。洪先生要人体速冻装置干什么？在此之前，我一直把洪先生的计划看成一次异想天开的、挑战式的旅行，不过毫无疑问是一次短期旅行。但——人体速冻和解冻装置！

　　在我惊骇的目光中，尹女士点点头："对，洪先生打算永远留在水星上，看守这种生命。他准备把自己冷冻在水星的极冰中，每1000万年醒一次，每次醒一个月，乘车巡查这种生命的进化情况，一直到几亿年后水星进化出'人类'文明。"

　　我们久久地用目光交换着悲凉之感，我喃喃地说："你为什么不劝他？让他在水星上独居几亿年，不是太残忍了吗？"

　　她轻轻摇头："劝不动的，如果他能被别人劝动，他就不是洪其炎了。再说，这样的人生设计对他未尝不是好事。"

　　"为什么？"

　　尹女士叹息一声："恐怕没有人比我更了解他了。命运对他太不公平，给了他一个无比丑陋残缺的身体，偏偏又给他一个聪明过人的大脑。畸形的身体造就了畸形的性格，他心理阴暗，对所有正常人怀着愤懑；但他的本质又是善良的，天生具有仁者之心。他是一个畸形的统一体，仁爱的茧壳箍着报复的欲望。他在商战中的砍伐，他在征婚时对应征者的戏弄，都是这种矛盾心态的反映。不过这些报复都是低度的，是被仁爱之心冲淡了的。但是，也许有一天，报复欲望会冲破仁爱的封锁，那时……他本人深知这一点，也一直怀着对自身的恐惧。"

"对自身的恐惧？"我不解地看看她。她点点头，肯定地说："没错，他对自身阴暗的一面怀着恐惧，连我都能触摸到它。他对水星放生的慷慨资助，多少是这种矛盾心态的反映。一方面，他参与创造了一种新的生命，满足了他的仁者之心；另一方面，对人类也是个小小的报复吧。想想看，当他精心呵护的水星生命进化出文明之后，水星人肯定会把洪其炎的残疾身躯作为标准形象，而把正常地球人看成畸形。对不？"

虽然心情沉重，我还是被这种情景逗得展颜一笑。尹律师也漾出一波笑纹，接着说："其实，想开了，他对后半生的设计也是蛮不错的嘛——居住在太阳近邻，与天地齐寿，独自漫步在水星荒原上，放牧着奇异的生命。每次从长达 1000 万年的大梦中醒来，水星上的生命都会有你预想不到的变化。彻底摒弃地球上的陈规戒律、庸俗琐碎、浑浑噩噩。有时我真想抛弃一切，抛弃丈夫和孩子，陪伴他到地老天荒——可是我做不到，所以我永远是个庸人。"她自嘲地说，语气中透着凄凉。

这件事让我心情十分沉重，甚至有说不清道不明的愤懑，只是不知道愤懑该指向谁。但我知道多说无益。我回想到，洪先生是在看过那次电视辩论仅仅两小时内就作出了倾家相赠的决定。这种性格果决的人，谁能劝得动呢。我闷声说："好吧，就成全他的心愿吧。现在咱们谈谈技术接口。"

第二天我和尹律师共同去见他，我们平静地谈着生命维持系统的细节，就像它是我们早已商定的计划。

临告辞时，我忍不住说："洪先生，我很钦佩你。在我决定接受沙姑姑的遗产时，不少人说我是疯子。不过依我看，你比我疯得更彻底。"

洪先生难得地微微一笑："谢谢，这是最好的夸奖。"

六

众人走了，圣府大厅中只留下图拉拉。没有了恼人的喧嚣，他可以静下心来同化身沙巫交谈了，是心灵上的交谈。他久久地瞻望着化身沙巫奇特的面容，心中充满敬畏。圣府找到了，化身沙巫的圣体找到了。牧师及信徒们喜极欲狂。不过，他们错了。化身沙巫的确存在，他也的确是索拉生命的创造者，但他不是神，而是来自异星的一个科学家。图拉拉为之思考多年，早就得出了这个结论。在他对化身沙巫的敬畏中，含着深深的亲近感。科学家的思维总是相通的，不管他们生活在宇宙的哪个星系，都使用同样的数字语言，同样的物理定律，同样的逻辑规则。所以他觉得，在他和化身沙巫之间，有着深深的默契。

图拉拉已经将出化身沙巫的来历及经历：他来自父星系第三星蓝星，是 20 个 4152 万年前来的。为什么是有零有整的 4152 万年？他悟到，4152 万个索拉星年恰恰等于 1000 万个蓝星年，沙巫是按其母星的纪年方式换算过来的。那时他创造了一种新型的、与蓝星生命完全不同的生命——并不是创造了索拉人，而是一种微生命——将它们撒播在索拉星上，然后把进化的权杖交还给大自然。为了呵护自己创造的生命，化身沙巫离开母星和母族，在索拉星的极冰中住了20个4152万年。不可思议的漫长啊。当他独自面对蛮荒时，他孤独吗？当他看着微生命缓慢地进化时，他焦急吗？当他终于看到索拉星生命进化出文明生物时，他感到欣喜吗？

从他神车中有3000年前的圣书来看，他大约在3000年前醒来过，那时他肯定发现索拉人有了二进制语言，有了文字。但那时的索拉人还很愚昧，他无法以科学来启发他们的灵智，只好把一些有用的信息藏在圣书里，以宗教的形式去传播科学。

圣书上说，只要看懂圣书，就能找到圣府，那时，化身沙巫就会醒来，带索拉人去蒙受父星大的恩宠——什么"大的恩宠"？一定是一个浩瀚璀璨的科学宝库，索拉人的文明将在一夕间跃升几万年、几十万年，与化身沙巫们平起平坐。

这个前景使图拉拉非常激动，他开始着手寻找化身沙巫留下的交代。化身沙巫既然在圣书中邀请索拉人前来圣府，既然答应届时醒来，那他肯定留下了唤醒他的办法。图拉拉寻找着，揣摩着，忽然发现了一个秘密的冰室。门被冰封闭着，但冰层很薄，他用尾巴打破冰门，小心地走进去。冰室里堆着数目众多的圆盘，薄薄的，有一面发着金属的光泽。这是什么？他凭直觉猜到，这一定是化身沙巫为索拉人预备的知识，但究竟如何才能取出这些知识，他不知道，绞尽脑汁也想不出来。这不奇怪，高度发展的技术常常比魔术更神秘。

但墙上的一幅画他是懂得的，这是幅相当粗糙的画，估计是化身沙巫用手画成的。画的是一个索拉人，用手指着胸前的两个闪孔。画旁有一个按钮，另有一个手指指着它。图拉拉对这幅画的含意猜度了一会儿，下决心按下这个按钮。

他的猜测是正确的，墙上的闪孔立即开始闪烁，明明暗暗。图拉拉认真揣摩着，很快断定，这正是索拉人的二进制语言。闪烁的节奏滞涩生硬，而且，其编码不是索拉人现代的语言，而是3000年前的古语言，但不管怎样，图拉拉还是尽力串出它所包含的意义。

"欢迎你，索拉人，既然你能来到无光的北极并找到圣府，相信你已经超越蒙昧。那么，我们可以进行理智的交谈了。"

巨大的喜悦像日冕爆发，席卷图拉拉的全身。他终生探求的宝库终于开启了。那边，闪孔的闪烁越来越熟练，一个10亿岁的睿智老人在同他娓娓而谈，他激动地读下去。

"我就是圣书中所说的化身沙巫，来自父星系的蓝星。20个4152万年前，蓝星的科学家创造了一种全新的生命，我把它们撒到水星上，并留下来照看它们的成长。我看着它们由单胞微生物变成多胞生物，看着它们离开金属湖泊而登陆，看着它们从无性生物进化出性活动，即爆灭前的配对，看着它们进化出有智慧的索拉人。这时我觉得，10亿年的孤独是值得的。

"我的孩子们啊，索拉人类的进步要靠你们自己。所以，这些年来我基本没干涉你们的进化，只是在必要时稍加点拨。现在，你们已超越蒙昧，我可以教你们一些东西了。你们如果愿意，就请唤醒我吧。"

下面他介绍唤醒自己的方法。他的苏醒必须按照严格的程序，稍有违反，就会造成不可逆的死亡。图拉拉这才知道，神圣的沙巫种族其实是一种极为脆弱的生命。他们须臾离不开空气，否则会憋死。他们还会热死、冻死、淹死、饿死、渴死、病死、毒死……可是，就是这么脆弱的生命，竟然延续数十亿年，并且创造出如此先进的科技！图拉拉感慨着，认真地读下去。他真想马上唤醒这位 10 亿岁的老人，对于索拉人来说，他可以被称作神灵了。

图拉拉忽然感到一阵眩晕，他知道是能量盒中的能量快耗尽了。他爬过去找自己的背囊，那里应该有 4 个能量盒。但是背囊是空的！图拉拉的感情场一阵战栗，恐慌向他袭来。面前这个背囊是奇卡卡的，肯定是奇卡卡把自己的背囊带走了。他当然不是有意害自己，只是，在刚才的宗教狂热中，奇卡卡失去了应有的谨慎。

该怎么办？大厅中有灯光，但光量太弱，缺少紫外光以上的高能波段，无法维持他的生命。看来，他要在沙巫的圣府里横死了。

圣书中有严厉的圣诫：索拉人在死亡前必须找到死亡配偶，用最后的能量进行爆灭，生育出两个以上新的个体。不进行爆灭的，尤其是死后又复苏的，将为万人唾弃。其实，早在圣书之前，原始索拉人就建立了这条伦理准则。这当然是对的，索拉人的躯体不能自然降解，如果都不进行爆灭，那索拉星上就没有后来者的立足之地了。

横死的索拉人很容易复生，只需接受光照即可，但图拉拉从没想过自己会干这种乱伦的丑事。不过，今天他不能死！他还有重要的事去办，还要按沙巫的交代去唤醒沙巫，为索拉人赢得"大的恩宠"，他怎么能在这时死去呢？！头脑中的眩晕越来越重，已经不能进行有效的思考了，他必须赶紧想出办法。

他在衰弱脑力许可的范围内，为自己找到一个办法。他拖着身躯，艰难地爬到厅内最亮的灯光之下。低能光不能维持他的生存，但大概能维持一种半生半死的状态。

图拉拉无力地倒下去，但他用顽强的毅力保持着意识不致沉落。闪孔里喃喃地念诵着："我不能死，我还有未了之事。"

七

2046 年 6 月 1 日，在我接受沙午姑姑遗产的第 14 年，姑妈号飞船飞临水星上空，向下喷着火焰，缓缓地落在水星的地面上。

巨大的太阳斜挂天边，向水星倾倒着强烈的光热。在这儿能清楚地看到日冕，它们向外延伸至数倍于太阳的外径。在太阳两极处的日冕呈羽状，赤道处呈条状，颜色淡雅，白中透蓝，舞姿轻盈，美丽惊人。水星的天空没有大气，没有散射光，没有风和云，没有灰尘，显得透明澄澈。极目远眺，到处是暗绿色的岩石，扇状悬崖延伸数百千米，就像风干杏子上的褶皱。悬崖上散布着一片片金属液湖泊，在阳光下反射着强烈的光芒。回头看，天边挂着的地球清晰可见，它蓝得晶莹，美丽如一个童话。

这个荒芜而美丽的星球将是金属变形虫们世世代代的生息之地。

我捧着沙姑姑的遗像，第一个踏上水星的土地。遗像是用白金蚀刻的，它将留在水星上，陪伴她创造的生命，直到千秋万代。舱内起重机缓缓放着绳索，把洪先生的水星车放在地面上。强烈的阳光射到暗黑色的太阳能电池板上，很快为水星车充足能量。洪先生掌着方向盘，把车辆停靠在飞船侧面。他的头发已经花白，脸色仍如往常一样冷漠，但我能看出他内心的激动。

洪其炎是飞船上的秘密乘客，起飞前他已经"因心脏病突发，抢救无效而去世，享年64岁"。我们发了讣告，举行了隆重的葬礼，社会各界都一致表示哀悼。虽然他是个怪人，虽然他支持的"水星放生"行动并没得到全人类的认可，但毕竟他的慷慨和献身令人佩服。现在，他倾力支持的姑妈号飞船即将起飞，但他却在这个时刻不幸去世，这是何等的悲剧！而彼时，洪先生连同他的水星车已被秘密运到飞船上。

洪先生说："这样很好，让地球社会把我彻底忘却，我可以心无旁骛，留在水星上干我的事了。"

飞船船长柳明少将指挥着两名宇航员抬着一个绿色的冷藏箱走下舷梯。里面是20块冷凝金属棒，那是从沙午姑姑的生命熔炉中取出的，其中藏着生命的种子。飞船降落在卡路里盆地，温度计显示，此刻舱外温度是720℃。宇航服里的太阳能空调器嗡嗡地响着，用太阳送来的光能抵抗着太阳送来的酷热。如果没有空调，别说宇航员了，连那20块金属棒也会在瞬间熔化。

5名宇航员都下来了，马上开始工作。我们打算在一个水星日完成所有的工作，然后留下洪先生，其余人返回地球。5名宇航员将在这儿建一些小型太阳能电站，通过两根细细的超导电缆将电能送往北极。电缆是比较廉价的钇钡铜氧化物，只能在 –170℃ 以下的低温保持超导性，不过这在水星上已足以胜任了。白天，太阳能电站转换的电量将就近储存在蓄电瓶内；晚上，当气温降到 –170℃ 时，电能便经超导电缆送到遥远的极地，在那儿它为洪先生的速冻和解冻提供能源。至于每个复苏周期中那长达 1000 万年的冷藏过程，则可以由 –60℃ 的极冰自动制冷，不必耗用能源。所以，一个小型的 100 千瓦发电站就足够了。不过为了绝对保险起见，我们用 20 个结构不同的发电站并成一个电网。要知道，洪先生的一觉将睡上 1000 万年。1000 万年中的变化谁能预想得到呢？

　　我和柳船长乘上洪先生的水星车，三人共同去寻找合适的放生地。这辆"生命之舟"设计得十分紧凑，车身覆盖着太阳能极板，十分高效，即使在水星极夜微弱的阳光中，也能维持它的行驶。车后装有小型食物再生装置和制氧装置，能提供足够一人用的人造食物和空气。车身下面是强大的蓄电瓶，能提供 10 万千瓦时的电量，其寿命在不断充放电的条件下可以达到无限长。洪先生周围是快速冷冻装置，只要一按电钮，便能在两秒钟内对他进行深度冷冻。1000 万年后，该装置会自动启动，使他复苏。他身下的驾驶椅实际是两只灵巧的机械腿，可以带他离开车辆，短时间出去步行，因为，放养生命的金属湖泊常常是车辆开不到的地方。
　　洪先生聚精会神地开着车，在崎岖不平的荒漠上寻找着道路，我和柳船长坐在后排。为了方便工作，我们在车内也穿着宇航服。老柳以军人的姿态端坐着，默默凝视着洪先生的白发，凝望着他高高突起的驼背和鸡胸，以及瘦弱畸形的腿脚，目光中充满怜悯。我很想同洪先生多谈几句，因为，在此后的亿万年中，他不会再遇上一位可以交谈的故人了。不过在悲壮的气氛中，我难以打开话题，只是就道路情况简短地交谈几句。

洪先生扭过头："小陈，我临'死'前清查了我的财产，还余几百万吧。我把它留给你和小尹了，你们为这件事牺牲了太多。"

"不，牺牲最多的是你。洪先生，你是有仁者之爱的伟人。"

"伟人是沙女士。她，还有你，让我的晚年有了全新的生活，谢谢。"

我低声说："不，是我该向你表示谢意。"

车子经过一个金属湖，金属液发出白热的光芒。用光度测温计测量，这儿有620℃，对于那些小生命来说高了一些。我们继续前行，又找到一处金属湖，它半掩在悬崖之下，太阳光只能斜照它，所以温度较低。我们把车停下，洪先生操纵着机械腿迈下车，我和柳船长揣上两块金属棒跟在后边。金属湖在下方100米处，地形陡峭，虽然洪先生的机械腿十分灵巧，但行走仍相当艰难。在迈过一道深沟时，他的身子趔趄一下，我下意识地伸手去扶，老柳摇摇手止住我。是的，老柳是对的。洪先生必须能独立生存，在此后的亿万年中，不会有人帮助他。如果他一旦失足摔下，只能以他的残腿努力站起来，否则……我鼻梁发酸，赶快抛开这个念头。

我们终于到了湖边，暗红的金属液面十分平静。我们测量出温度是423℃，熔液中含有锡、铅、钠、水银，也有部分固相的锰、钼、铬微粒，这是变形虫理想的繁殖之地。我们从怀中掏出金属棒交给洪先生，他把它们托在宇航服的手套上，等待着。斜照的阳光很快使它们融化，变成小圆球，滚落在湖中，与湖面融合在一起。少顷，洪先生把一枚探头插进金属液中，打开袖珍屏幕，上面显示着放大的图像。探头寻找到一个变形虫，它已经醒了，慵懒地扭曲着、变形着、移动着，动作十分舒缓，十分惬意，就像这里是它久已住惯的老家。

三个人欣慰地相视而笑。

我们总共找到 10 处合适的金属湖，把 20 块"菌种"放进去。在这 10 个不相连的生命绿洲里，谁知道会发生什么事？也许它们会迅速夭折，当洪其炎从冷冻中复苏过来后，只能看到一片生命的荒漠；也许它们会活下来，并在水星的高温中迅速进化，脱离湖泊，登上陆地，最终进化出智慧生命。那时，洪先生也许会融入其中，不再孤独。

太阳缓缓地移动着，我们赶往天光暗淡的北极。那儿的工作已经做完。暗绿色的极冰中凿出一个大洞，布置了照明灯光，40 根超导电缆扯进洞内，汇聚在一个接头板上，再与水星车的接口相连。冰洞内堆放着足够洪先生食用 30 年的罐头食品，这是为了预防食物再生装置万一失效。只是我们拿不准，在 –60℃ 的低温下放置数千万年的食物还能否食用。

我们把洪先生扶出来，在冰洞中开了一次聚餐会。这是"最后一次晚餐"，以后洪先生就得独自忍受亿万年的孤独了。吃饭时洪先生仍然沉默寡言，面色很平静。几个年轻的宇航员用敬畏的目光看他，就像在仰望上帝。这种目光拉远了他同大伙儿的距离，所以，尽管我和老柳作了最大的努力，也没能使气氛活跃起来。

我们在悲壮的氛围中吃完饭，洪先生脱下宇航服，赤身返回车内，沙女士的金像放置在前窗玻璃处。

我俯下身问："洪先生，你还有什么话吗？"

"请接通地球，我要和尹律师说话。"

接通了。洪先生对着车内话筒简短地说："小尹，谢谢你，我会永远记住你陪我度过的日子。"

他的话语化作电波，离开水星，向 1 亿千米外的地球飞去。他不再说话，静静地等待着。10 分钟后才传来回音，我们都在耳机中听到了，尹女士带着哭声喊道："其炎！永别了！我爱你！"

洪先生恬淡地一笑，向我们挥手告别。在这个刹那，他的笑容使丑陋的面孔变得光彩照人。他按下一个电钮，立时冷雾包围了他的裸体，凝固了他的笑容。两秒钟后他已进入深度冷冻。我们对生命维持系统作了最后一次检查，依次向他鞠躬，然后默默退出冰洞，向飞船返回。

5 个地球日后，姑妈号飞船离开水星，开始长达一年的返程。不过，大家都觉得已经把自身生命的一部分留在这颗星球上了。

八

不知过了多长时间，图拉拉隐约感到人群回来了，圣府大厅里一片闹腾。他努力喊奇卡卡，喊胡巴巴，没人理他，也许他并没喊出声，他只是在心灵中呼喊罢了。闹腾的人群逐渐离开，大厅里的振动平息了。他悲怆地模模糊糊地想，自己真的要在圣府中横死吗？

能量渐渐流入体内，思维清晰了，有人给他换了能量盒。睁开眼，看见奇卡卡正怜悯地看着他。他虚弱地闪道："谢谢。"

奇卡卡转过目光，不愿与他对视，微弱地闪道："你一直在低声唤我的名字，你说你有未了之事。我不忍心让你横死，偷偷给你换了能量盒。现在——你好自为之吧。"

奇卡卡像躲避魔鬼一样急急地跑了，不愿意和一位丑恶的"横死复生者"待在一起。图拉拉感叹着，立起身子，看见奇卡卡为他留下4个能量盒，足够他返回到有光地带了。化身沙巫呢？他急迫地四处查看。没有了，连同他的神车都没有了。他想起胡巴巴临走时说：要禀报教皇，迎回化身沙巫的圣体，在父星的光辉下唤他醒来。一阵焦灼的电波把图拉拉淹没，他已知道沙巫的身体实际上是很脆弱的，那些愚昧的信徒们很可能把他害死。他可是索拉人的恩人啊。

他要赶快去制止！这时他悲伤地发现，在经历了长期的半死状态后，他身上的金属光泽已经暗淡了。这是横死者的标志，是不可豁免的天罚。如果他不赶紧爆灭，他就只能活在人们的鄙夷和仇恨中。

但此刻顾不了这些。图拉拉带上能量盒，立即赶回戛杜里盆地。那是索拉星上最热的地方，所有隆重的圣礼都在那儿举行。

图拉拉爬出无光地带，无数横死者还横亘在沿途。他歉然地想，恐怕自己已没有能力实现来时的承诺，无力收殓他们了。进入有光地带后，他看到索拉人成群结队向前赶，他们的闪孔兴奋地闪烁着：化身沙巫的复生大典马上要举行了！图拉拉想去问个详细，但人群立即发现了他的耻辱印，怒冲冲地诅咒他，用尾巴打他。图拉拉只好悲哀地远远避开。

一个索拉星日过去了，他中午时赶到夏杜里盆地的中央。眼前的景象令他瞠目，成千上万的索拉人密密麻麻地聚在圣坛旁，群聚的感情场互相激励，形成正反馈，其强度使每个人都陷于癫狂。连图拉拉也几乎被同化了，他用顽强的毅力压下自己的宗教冲动。

好在癫狂的人群不大注意他的耻辱印，他夹在人群中向圣坛近处挤去。神车停在那里，车门关闭着，化身沙巫的圣体就在其中，仍紧闭着双眼。人群向他跪拜，脑袋和尾巴猛烈地撞击地面。这种撞击原先是杂乱的，逐渐变成统一的节奏，竟使地面在一波波撞击中微微起伏。

教皇出来了，在圣坛边跪下，信徒的跪拜和祈祷又掀起一个高潮。这时，一个高级执事走上前，让大家肃静。是奇卡卡！看来教皇对这位背叛科学投身宗教的人宠爱有加，他的地位如今已在胡巴巴之上了。

奇卡卡待大家静下来，朗朗地宣布："我奉教皇敕令，去北极找到极冰中的圣府，迎来化身沙巫的圣体。此刻，沙巫神将在父星的光辉下醒来，赐给我们大的恩宠！教皇陛下今天亲临圣坛，跪迎沙巫大神复生！"

教皇再次叩拜后，奇卡卡拉开车门，僧侣上前，想要抬出化身沙巫的圣体。图拉拉此刻顾不得个人安危，闪孔里射出两道强光，烙在一名僧侣的背上，暂时制止住他。

图拉拉发出强烈的信息："不能把他抬出来，那会害死他的！"他急中生智，又加了一句有威慑力的话："是沙巫神亲口告诉我的，你们不能做渎神的事！"

人们愣住了，连教皇也一时无语。奇卡卡愤怒地转过身，大声说："不要听他的，他是一个横死者，不许他亵渎神灵！"

人们这才发现他的耻辱印，立刻有一条尾巴甩过来，重重地击在他的背上。他眼前发黑，但仍坚持着发出下面的信息："不能让化身沙巫受父星的照射，你们会害死他的！"

又是狂怒的几击，他身体不支，瘫倒在地。仍有人狠狠地抽击他。奇卡卡恶狠狠地瞪图拉拉一眼，举手让众人静下来。迎圣体的仪式开始了。4 个僧侣小心地把化身沙巫抬出车，众人的感情场猛烈地迸射、激励、加强，千万双闪孔同时感颂着沙巫神的大德和大能。

这种感情场是极端排外的，现场中只有图拉拉的感情是异端，他头疼欲裂，像是被千万根针刺着神经。他挣扎着立起上身，从人缝中向里看。化身沙巫的圣体已被摆放在一个高高的圣台上，教皇领着奇卡卡、胡巴巴在伏地跪拜。图拉拉的神经抽紧了，他想可怕的事马上就要发生了。化身沙巫坐在圣台上，眼睛仍然紧闭着。在父星强烈的照射下，在720℃的高温中，他的身躯很快开始发黑，水分从体内猛烈蒸发，向上方升腾，在他附近造成了一个畸变的透明区域。随之他的身体开始冒烟，淡淡的灰烟。最后，焦透的身体一块块迸脱，剩下一副焦黑的骨架。

教皇和信徒们都目瞪口呆，这是怎么回事？索拉人的金属身体从不怕父星的暴晒，那些未经爆灭的遗体能历经千万

年而保存下来。但化身沙巫的圣体为什么被父星毁坏？人们
想到刚才图拉拉的话："不能让他受父星的照射，你们会害
死他的。"他们开始感到恐惧。千万人的恐惧场汇聚在一起，
缓缓加强，缓缓蓄势，寻找着泄洪的口子。

教皇和奇卡卡的恐惧也不在众人之下——谁敢承担毁坏
圣体的罪名？如果有人振臂一呼，信徒们会把罪人撕碎，即
使贵为教皇也不能逃脱。时间在恐惧中静止。恐惧和郁怒的
感情场在继续加强……

忽然，奇卡卡如奉神谕，立起身来指着那副骨架宣布：
"是父星惩罚了他！他曾逃到极冰中躲避父星，但父星并没
有饶恕他！"

恐惧场瞬时间无影无踪，信徒们的神经一下子放松了。
是啊，圣书中确实说过，化身沙巫失去父星的宠爱，藏到极
冰中逃避父星的惩罚。现在大家也亲眼看见是父星的光芒把
他毁坏了。

奇卡卡抓住了这个时机，恶狠狠地宣布："杀死他！"

他的闪孔中闪出两道杀戮强光，射向沙巫的骨架。信徒
们立即仿效，无数强光聚焦在骨架上，使骨架轰然坍塌。教
皇显然仍处在慌乱中，他没有在这儿多停，起身摩挲着奇卡
卡的头顶表示赞赏，随后匆匆离去。

信徒们也很快散去。虽然他们用暴烈的行动驱走恐惧，
但把暴力施加在化身沙巫的圣体上，这事总让他们忐忑不
安。片刻之后，万头攒动的场景不见了，只留下圣坛上一副
破碎的骨架，一辆砸扁了的神车，一副白金雕像，还有地上
一个虚弱的图拉拉。

图拉拉忍着头部的剧疼，挣扎着走到骨架边。灰黑色

的骨架散落一地，头颅孤零零地滚在一旁，两只眼睛变成两个黑洞，悲愤地瞪着天边。片刻之前，他还是人人敬仰的化身沙巫，是一个丰满坚硬的圣体，转瞬之间被毁坏了，永远不可挽救了。图拉拉感到深深的自责。如果他事先能见到教皇，相信凭自己的声望，能说服他采用正确的方法唤醒沙巫——毕竟教皇也不愿圣体遭到毁坏呀。可惜晚了，来不及了，这一切都是由于缺少一个备用能量盒，是由于自己该死的疏忽。

他深深地俯伏在地，悲伤地向化身沙巫认罪。

他立起身，小心地搜集化身沙巫的骨架。为什么这样做？不知道，他没有什么目的，只是想以这种下意识的动作来驱散心中的悲伤和悔恨。只是到了2000年后，当科学家根据沙巫留下的大批光盘里描述的基因技术，从幸存的骨架中提取了化身沙巫的基因并使他复活之后，索拉人才由衷地赞叹图拉拉的远见。

此后1000年是索拉星的黑暗时期，狂热的教徒砸碎了和科学有关的一切东西，连索拉人曾广泛使用的能量盒也被当作渎神的奇技淫巧被全部砸坏。羽翼未丰的科学遭到迎头痛击，一蹶不振，直到1000年后才慢慢恢复元气。

化身沙巫被"杀死"后，沙巫教很快达到极盛。他们仍信奉沙巫，但化身沙巫不再被说成沙巫大神的使者，他成了一尊伪神，一个罪神。信徒的祈祷词中加了一句："我奉沙巫大神为天地间唯一的至尊，我唾弃伪神，他不是大神的化身。"

不过，沙巫教中悄悄地兴起一个小派别，叫赎罪派。据说传教者是一个横死后复生的贱民。他们仍信奉化身沙巫是大神的使臣和索拉人的创造者，他们精心保存着两件圣物，一件是焦黑的头骨，一件是白金制的塑像。在赎罪派的教义中，关于沙巫之死的是非是这样说的：化身沙巫确实是沙巫的化身，原打算给索拉星带来无上的幸福。但他被索拉人错杀了，幸福也与索拉人交臂而过。

尽管新教皇奇卡卡颁布了严厉的镇压法令，但赎罪派的信徒日渐增多。因为赎罪派的教义唤醒了人们的良知，唤醒了潜藏内心深处的负罪感。对教廷的镇压，赎罪派从不做公开的反抗，他们默默地蔓延着，到处搜集与科学有关的一切东西：砸碎的能量盒，神车的碎片，残缺不全的图纸和文字，等等。在那位180岁的赎罪派传教者去世后，再也没人能懂得这些东西，但他们仍执着地收藏着，因为——传教者说过，等化身沙巫在下一个千禧年复活时，它们就有用了。

赎罪派只尊奉圣书的旧约篇而扬弃新约篇。他们在旧约篇上加了一段祷文：

> 化身沙巫越权创造了索拉人，父星惩罚了他。
> 索拉人杀死了化身沙巫，你们得到父星的授权了吗？
> 索拉人啊，
> 你们杀死了自己的生父，你们有罪了；
> 你们要世世代代背负着原罪，直到化身沙巫复生。

星期日病毒

参商号宇宙飞船离反 E 星已经很近了，用肉眼就能看到暗色天空中悬着的蔚蓝色的星球。熬过 500 年枯燥的星际旅行，乍一看到这种美丽的蔚蓝色，令人心旷神怡，甚至带着浓烈的家乡亲情。师儒对海伦说："有一种说法，宇宙是镜面对称的，这个离地球 100 万光年的反 E 星是再好不过的证明。你看它的大小，自转公转周期，地轴倾斜角度，大气层和海洋，简直就是地球的镜像。我有一个强烈的直觉，我们甚至会在这个星球上遇到哺乳动物和绿色植物，看见电脑和核能。"

师儒今年生理年龄 35 岁，黑发，两道浓眉，穿藏青色西服，脸部轮廓分明。他的同伴海伦小姐是位 30 岁的绝色女子，一头金发在身后微微飘浮——飞船刚进入微重力环境。女子身上未着寸缕，显出诱人的曲线，皮肤像奶油一样细腻。

海伦说："并非没有可能，相同的环境会产生大致相似的进化。既然在地球上孤立的澳大利亚大陆也能进化出哺乳动物袋鼠和鸭嘴兽，那么在这个与地球十分相似的反 E 星上也有可能进化出哺乳动物。至于绿色植物和电脑更是一个盖然性问题，我相信电脑是任何文明的必经阶段，甚至断定反E星上也会存在电脑病毒，像黑色星期五病毒啦，幽灵病毒啦，让电脑专家数百年间束手无策。"

反E星显示着高度文明的无可怀疑的证据，它有不计其数的人造天体：空间站、人造太阳、同步卫星、空中微波电站等，它们秩序井然地忙碌运转。海伦出神地端详着反E星，轻声说："真的和地球十分相像。不过看它的文明程度要比地球高，大约500年吧。"

师儒笑了："你莫忘了，参商号的航期正好是500年，也就是说，现在的地球比我们印象中的地球又发展了500年，正好与反E星大致相当。"

飞船已经在反喷制动，准备进入反E星大气层。这是高度自动化的飞船，主电脑已经把一切安排妥当，所以海伦悠闲地坐在转椅上嚼着口香糖，双腿高高跷起。师儒用眼角盯着她的裸体，讥讽地说："是否请海伦小姐把衣服穿上？作为地球文明的使者，你总不能光着屁股走下舷梯吧？"

海伦"呸"地吐掉口香糖，对师儒这种无药可救的刻板偏见很不耐烦，她不屑地说："陈腐的见解。要知道这是距地球100万光年的完全不同的文明，你凭什么认为人家有'衣服'的概念？即使有，很可能他们早已达到回归自然的阶段。我们启程时，回归自然已是地球风行200年的时尚了。要知道人体是宇宙进化的精华，是美之极致，所谓穿衣遮体只是文明发展低级阶段的陋习……"

师儒急忙截断她的话头："不，不，我绝不敢反对海伦小姐的回归自然。只是地球上冥顽不化的人毕竟是多数，比如我。"他嬉笑着说，"如果我们这样走下舷梯，我担心反E

星的智能生物会误解，认为地球人的雌雄个体长着不同的毛皮。"他收起笑容，冷然道，"还是请海伦小姐更衣吧。"

海伦悻悻地站起身，咕哝道："死板的人，乏味的旅程。上帝啊，回程的 500 年怎么熬过去！"

师儒笑着回敬一句："颇有同感。"

海伦是一个很有造诣的电脑专家，在漫长的旅途中，只要不是休眠状态，她一直赤身裸体。海伦对师儒的吊板很怜悯，航程中不断开导讽劝，师儒一直不为所动。

"别费心了，海伦小姐。你说的对，我是在为自己画地为牢，我战战兢兢不敢逾越的界限，实际上毫无约束力，一步就能迈过去。但我决不越过某些界限。"

在导航信号的指引下，他们顺利着陆。很奇怪，飞船降落场没"人"迎接他们。一架无人飞车悄无声息地降落，机舱门打开，把他们载上。路上他们看见到处是美轮美奂的建筑，反 E 星的智能生物似乎偏爱方锥和圆锥形，不少方锥高与天齐。还有一些龟壳形建筑，十分巨大，一座建筑就像一座城市，透过透明的穹盖能看到其中满溢的绿色。

这儿显然是生机勃勃的文明，奇怪的是，他们一直没有见到"人"。飞船停下了，他们进入一座尖锥形的大厦。大厦巍峨壮观，厅内空旷寂寥。举目四顾，能感到一种无形的压力，那是高度文明造成的森严感和未知世界的神秘感。

面前是一堵钢青色的墙壁，空无一物。两侧的墙壁上设有一排排孔口，配有简洁明快的键盘——他们立即断定这必然是电脑键盘，这使他们有了安全感。

很长时间，厅内毫无动静。师儒不耐烦地在厅内踱步，咕哝着："这可不是文明社会的待客之道。"他走近墙壁时，忽然——就如帷幕拉开一样，钢青色的墙壁缓缓地变得通体透明，墙后浓郁的绿色宣泄而来。

两人惊喜地欣赏墙后的风景，这正是在飞车上看到的龟壳形建筑，颇似地球上的热带森林自然保护区。巨大的阔叶植物郁郁葱葱，生机盎然，绿色的怀抱中是一块蓝宝石般的湖泊，不知名的鸟类在树林中喳喳穿行。湖旁是经过修剪的草坪，上面散布着一群赤身裸体、皮肤白皙细腻的动物——海伦立刻惊叫道："哺乳动物！"

那群生物非常类似地球上的袋鼠，只是没有育儿袋。它们前肢短小，后肢强壮，有一条粗大的尾巴，也是跳跃行走，从乳房上可以清楚地分辨出雌雄个体。它们懒散地散卧在绿茵上，小袋鼠在嬉戏打闹，大袋鼠在闭目养神。海伦惊叹道："多豪华的动物园！多么美丽的动物！"

师儒情不自禁地想刺她一下："不，也许这正是我们要拜访的主人，它们已发展到回归自然的阶段了。"

海伦没有听出话中的讥刺。"不，不会。"她一个劲儿摇头。

师儒忽然觉得自己无意间道出了事实的真相。他凝视着那群袋鼠，低声道："海伦，你仔细看看它们，我觉得也许它们真的是反 E 星的主人。它们的脑容量很大，皮肤雪白细腻，光滑如缎，那绝不是野生动物的皮肤。再看看它们的目光，懒散、傲然，不带动物的猥琐和迷茫。"

海伦迟疑地说："不会吧，也可能它们像猩猩一样，是智能动物的近亲，它们连尾巴还没有退化呢。"

师儒不屑地说："海伦小姐今天为什么这样低能？竟然会犯这样的常识性错误。对于跳跃行走的动物，尾巴是重要的第三足，当然不会退化。”

忽然他急促地低声道：“你看，它们过来了！”

已经有十几只袋鼠不约而同地站起身，向这边走过来，透明的墙壁无声无息地分开。海伦低声道：“我们该怎么办？躲避还是上前去寒暄？”

“先不要动！”师儒低声喝道，盯着它们的眼睛。那些袋鼠用后肢纵跳着，动作异常优雅轻盈。它们从两人面前鱼贯越过，显然，它们看到了两个地球人，但它们漠然视之，目光中激不起一丝涟漪。它们走到侧墙的孔口处，动作熟练地敲击键盘，然后式样各异的食物被迅速推出来，香味浓郁，做工精致。几只小袋鼠则抱着孔口推出的奶瓶吮吸。

海伦似乎松一口气：“是动物，否则决不会对我们置之不理。不过它们肯定是智能生物的宠物。你看这些食物，我简直能叫出它们的名字：橘汁鲜蚝，樱桃果冻，烤乳猪……我都流口水了！”

师儒仍紧紧地盯着，紧张地思考着。拿着食物的袋鼠很快返回到动物园，那儿似乎有巨大的磁力。一只小袋鼠看来还不会敲击键盘，它去找妈妈帮忙。但那只母袋鼠显然缺乏耐心，它匆匆把小袋鼠领到角落，取出一只头盔为它戴上，便自顾走了。小袋鼠戴着头盔静默须臾，然后取下头盔，走到通道口，熟练地敲击键盘，取出一份满意的食物。

最后一只小袋鼠蹦蹦跳跳地走了，大厅又恢复寂静。等到透明墙壁合拢后，师儒大步走到角落，拿起头盔。海伦急喊：“你要干什么？”

师儒说：“这显然是学习机，它肯定是由智能生物控制的。我试试看能否和他们取得联系。”

海伦多少有点担心。很显然反 E 星的科技水平已经能对生物脑直接输入程序，但这个过程中会不会有脑病毒，就像电脑病毒那样？那可比电脑病毒更难对付。当然，这只是一种想当然的臆测。没等她作出反应，师儒已把头盔戴上。头盔相当合适，看来袋鼠的脑容量与人类相近。

一排排光点像骤雨一样击打着师儒的大脑皮层。他的直觉告诉他，这是用反 E 星的语言在向他提问，他无法作出反应。稍作停顿后，电脑又输入不同的光点，似乎是换了一种语言。突然师儒的意识中出现了熟悉的英语语句："你是否理解这种地球语言？请回答！"

师儒惊喜地回答："我理解！"稍顿他又补充道，"不过这种英语并不是地球上唯一的语言。"

电脑似乎未注意这个细节，又在师儒的意识中打出一行字："请稍候。我把所有有关地球的资料调过来。"

师儒取下头盔，欣喜地告诉海伦："他们会使用英语！"

"你好，欢迎地球文明的使者。我们在 100 年前——指地球年，反 E 星纪年与地球年十分相近——收到并破译了地球的高密度图文信息。我们也早在 500 年前就向地球派出一艘飞船，据计算大约在 50 年前已到达地球，有关信息只能在 50 年后才能回到这里。你们是反 E 星上第 13 名外星使者，不过你不必不安，在反 E 星上，13 是一个吉祥的数字。"

师儒似乎感到了对话者的笑意，但他没有响应对方的幽默，淡淡地说："在地球上，并不是所有民族都认为 13 是不祥的数字。"

"是吗？"对话者抱歉地说，"地球发来的图文信息中未包括这些细微差别。我是否有幸为你介绍一下反 E 星的概况？"

"非常感谢。"

"反 E 星的智能生物叫利希，利希文明的发展与地球文明十分相似。所以你只需闭上眼睛就能勾画出反 E 星文明的草图，不同的只是细节。"对话者笑道，"比如，反 E 星上的生命也是 45 亿年前孕育成功的，但利希人也曾相信过上帝在一周内创造万物的神话。"

师儒笑问："反 E 星也有上帝和星期的概念？"

"上帝无处不在。"对话者幽默地说，"不过我们的一星期是 9 天，你们是 7 天，看来你们的上帝更能干一些。"

师儒笑起来，他开始喜欢这个幽默的对话者。

"利希在 700 万年前脱离动物范畴，同样经历了石器时代、铁器时代和电脑时代。电脑大约是 700 年前问世的，使利希文明有了爆炸性的发展。也曾出现过几个电脑鬼才，他们捣鼓出的电脑病毒和脑病毒使科学家们数百年来一筹莫展，直到 100 年前，也就是人脑电脑联网阶段，电脑病毒和脑病毒才被完全消灭。现在每个利希婴儿出生后就被输进万能抗病毒程序，使其对脑病毒终生免疫，就像你们消灭天花那样。"

师儒高兴地说："很高兴你们战胜了顽固的电脑病毒。如果允许，我们在返回时想把你们的成就带回地球。"

"当然可以，不过据我们猜测，地球人也已达到同样的阶段。现在请输入你们的本地时间，现在是地球的哪一年、月、日、星期？"

"2603 年 7 月 1 日，星期日 23 点 30 分。"

"好，为了便于同利希人交流，我要向你的大脑输入一个星期日回归程序。这在反 E 星是人人必备的。"

师儒不知道这是什么程序，似乎是某种宗教信仰？他彬彬有礼地说："好吧。"

一排光点迅疾地扫过他的脑海。师儒笑问道："我们已经是朋友了，可是我还不知道你的模样呢。你为什么不露面？是怕我们受惊？请放心，即使你长着撒旦的犄角，我们也会淡然接受。"

"我的模样？"对话者忽然醒悟，"不，不，很抱歉使你产生误解。我是没有形体的，我是利希人忠实的机器人仆人，名叫保姆公。"

师儒多少有些惋惜。实际上他早该想到对方是机器人，但是对它的好感影响了判断，他不愿承认这个风趣的对话者是一个冷冰冰的机器人。

"实际上你与我们的主人已见过面了，他们刚在这儿进餐。我希望我的烹调使主人满意。我的数据库里储藏着数十万种食谱，你们返回地球时可以带回去。"保姆公不无得意地夸耀。

师儒的心猛地下沉，声音沉闷地说："你的主人就是那群袋鼠？"

"对，利希人的外貌同地球上的袋鼠的确很相像，不过我希望你不要产生误解。我们的主人是高度进化的智能生物，只是他们目前正处于'星期日回归'阶段。"它耐心地解释着，"这是一种老少咸宜的娱乐。在回归阶段，利希人会关掉思维之窗，无忧无虑，享受大自然的快乐。"

一种莫名其妙的混沌感漫过师儒的意识，掺杂着安逸、懒散和甜蜜的睡意。他取下头盔，茫然四顾，随后便在无意识状态下向透明墙壁走去。

海伦一直在认真地观察着师儒，师儒在头盔中同对方进行意识交流时，海伦从他的回话中多少了解了交流的内容。忽然师儒取下头盔，梦游一样向透明的墙壁走去，墙壁无声无息地滑开，师儒边走边漫不经心地脱去衣服，然后，他赤身裸体地走向那群袋鼠，懒散地仰卧在草地上。

海伦异常震惊，看来是什么程序控制了他的意识。她不相信反 E 星人有什么恶意——能够创造出如此可爱的机器人，主人绝不会是恶魔。那么是发生了什么意外？莫非……人机交流时无意中被输入了脑病毒？天哪，虽然她是电脑专家，但对这种完全未知的脑病毒可是一筹莫展。

几个雌雄个体显然对新来者发生了兴趣，很快它们就凑过来搂抱着他。这颇为符合海伦"回归自然"的癖好，不过……这次她倒是不忍目睹事情的发展。

她还未决定是转过身还是闭上眼睛，忽然手腕上的劳力士手表唧唧响了两声，正是地球时间星期日晚上零点。那边，师儒抬头茫然四顾，忽然如蜂蜇一般蹦起来，甩掉周围的几名利希人，急匆匆走回来。路上他拾起刚才甩掉的衣服，匆匆穿戴上。

师儒衣冠不整地回到海伦身边，满脸涨红，喘着粗气，羞怒交并。这可太滑稽了！海伦咯咯地笑起来。她已经断定这是一种定时发作的轻度脑病毒，就是机器人说的"星期日回归"，在休息日发作，越过零点后自动复元，不会有什么危害。

师儒恶狠狠地瞪着她，吓得她掩住笑声。师儒又拾起头盔戴上。

"你好。"保姆公笑着说,"希望你也会喜欢这个游戏,可惜你进入回归的时间太短,否则很快会同我们的主人融为一体。星期日回归实际上是一种轻度的脑病毒,是几个中学生搞出来的,很快发展成老少咸宜的娱乐,因此特许存在,不受防病毒程序的制约。"

师儒脸色铁青地问:"利希人的一个星期中有几个休息日?"

"原来是一个,后来逐渐增多,在100年前发展到9个休息日。"

9个!海伦吃惊地看着师儒,这才意识到星期日回归是什么性质的东西。机器人匆匆辩解:"利希主人已经创造了万能的机器人,我们理应为主人效力。为什么要打扰主人?我们可以替主人管理这个世界。"

师儒沉着脸追问:"所有利希人在出生时已输入万能抗病毒程序,对一切脑病毒有终生免疫力?"

"对。"

"'星期日回归'是在利希人特许下存在的?"

"对。"

"利希人要摆脱这种病毒非常容易,只要在意识上为自己规定一个或几个工作日即可?"

"对。"

"可是,100年来它们是否一直沉迷于此,不愿清醒?"

"是的。"保姆公伤感地说,"我也很寂寞,可是主人不愿醒,我也不好勉强。"

师儒沉默良久,才阴郁地说:"它们迈过了那道界限。"

"什么界限?"保姆公好奇地问,"是一种跳格游戏吗?"

6 天后，参商号飞船加注了燃料，准备返航。保姆公感到不安，它曾破例向主人输入唤醒程序，通报了地球人到达的消息，但利希人显然不愿为这点小事放弃享乐。

也可能它们已经不能清醒了。保姆公只好以加倍的殷勤来弥补主人的失礼。师儒和海伦在同保姆公告别时，颇为恋恋不舍。

飞船已进入太空。海伦在密闭负压浴室中洗浴后，轻飘飘地飞出来，这回她没有裸体，而是用雪白的浴巾裹得严严实实。

走进主舱，她看见师儒目光阴郁，手里拿着一盘绳索，那是他们做太空飘浮时用的安全带。师儒低声说："现在是星期六晚上 11 点，来，把我捆在座椅上。"

海伦很想咯咯发笑。这个可怜的家伙，这只呆鹅！不过师儒的阴郁太沉重了，她笑不出来。她同情地说："用不着这样，你只需在意识上回避，把日历提前进到星期一，就可以避开'星期日回归'病毒。"

师儒不耐烦地说："我知道，我只是预防万一。"

海伦只好顺从他的意见，把师儒捆在椅子上，又按照师儒的吩咐，细心检查一遍。几个小时过去了，师儒一直一言不发，沉思地盯着舷窗外暗淡的宇宙。海伦伏在他旁边，安静地看着他。后来海伦困了，向师儒道过晚安，在他额头上轻吻一下，很快入睡。

与舱壁的一下轻撞使海伦醒过来，看看手表，已是凌晨 4 点。她飘到师儒身旁，见他仍在沉思，目光灼灼地盯着窗外，她轻声问："没有发作的迹象吧，我是否把绳索解开？"

师儒点点头。海伦开始为他解绳，绳结太结实，她费力地解着，有时只好用牙咬，她的金发在师儒脸上轻轻摩挲着。师儒默默地看着她，海伦在他额头上轻吻一下，问："你在想什么？"

"想地球，想地球上现在有几个星期日。"

她听出师儒的话外音，不由得打个寒战。绳索解开了，师儒忽然抱住她。海伦知道上当了，她猛地把师儒推开，返身戒备地看着他。师儒被推开，碰到舱壁后，又轻轻飘过来。他的目光沉静，神态安详，显然并不是在病毒发作状态。

海伦感到十分惊奇，她轻轻飘过来，钻到师儒怀里。当师儒动作轻柔地为她解开睡衣时，她感到从未有过的羞涩和甜蜜。

一生的故事

　　我的一生，作为女人的一生，实际是从 30 岁那年开始的，又在 31 年后结束。30 岁那年是 2007 年，一个男人突然闯进我的生活，又同样突然地离去。31 年后，2038 年的 8 月 4 日，是你离开人世的日子，白发人送黑发人，这是我早就预感的结局。

　　此后，我只靠咀嚼往日的记忆打发岁月。咀嚼你的一生，你父亲的一生，我的一生。

　　还有我们的一生。

　　那时我住在南都市城郊的一个独立院落。如果你死后有灵魂，或者说，你的思维场还能脱离肉体而存在，那么，你一定会回味这儿，你度过童年和少年的地方。院墙上爬满了爬墙虎，硕大的葡萄架撑起满院的荫凉，向阳处是一个小小的花圃，母狗灵灵领着它的狗崽在花丛中追逐蝴蝶。瓦房上长满了肥大的瓦松，屋檐下的石板被滴水敲出了凹坑。阳光和月光在葡萄叶面上你来我往地交接，汇成时光的流淌。

　　这座院落是我爷奶你外曾祖父母留给我的，同时还留下一些存款和股票，足够维持我简朴自由的生活。我没跟父母去外地，独自在这儿过。一位30岁的女性，坚持独身主义。喜欢安静，喜欢平淡。从不用口红和高跟鞋，偶尔逛逛时装店。爱看书，上网，听音乐。最喜欢看那些睿智尖锐的文章，体味"锋利得令人痛楚的真理"，透过时空与哲人们密语，梳理古往今来的岁月。兴致忽来时写几篇老气横秋的科幻小说，挣几两散碎银子，我常用的笔名是"女娲"，足见其老了。

与我相依为伴的只有灵灵。它可不是什么血统高贵的名犬，而是一只身世可怜的柴狗。我还是小姑娘时，一个大雪天，听见院门外有哀哀的狗叫，打开门，是一只年迈的母狗叼着一只狗崽，母狗企盼地看着我，那两道目光啊……我几乎忍不住流泪，赶忙把母子俩收留下来，让爷爷给它们铺了个窝。冰天雪地，狗妈妈在哪儿完成的分娩？到哪儿找食物？一窝生了几个？其他几只是否已经死了？还有，在它实在走投无路时，怎么知道这扇门后的"两腿生物"是可以依赖的？我心疼地推想着，但没有答案。

狗妈妈后来老死了，留下灵灵。我在它身上倾注了全部的母爱，为它洗澡，哄它喝牛奶，为它建了一个漂亮的带尖顶的狗舍，专用的床褥和浴巾常换常洗，甚至配了一大堆玩具。父亲有一次回家探亲，对此大摇其头，直截了当地说："陈影，你不能拿宠物代替自己的儿女。让你的独身主义见鬼去吧。"

我笑笑，照旧我行我素。

但后来灵灵的身边还是多了你的身影，一个蹒跚的小不点儿，然后变成一个精力过剩的小男孩，明朗的大男孩，倜傥的男人，离家，死亡。

岁月就这样水一般涌流，无始也无终。没有什么力量能使它驻足或改道。河流裹挟着亿万生灵一同前行，包括你、我、他，很可能还有"大妈妈"，一种另类的生灵。

　　30岁那年，一个不速之客突然出现在我家院子里。真正意义上的不速之客。晚上我照例在上网，不是进聊天室，我认为那是少男少女们喜爱的消遣，而我从心理上说已经是千年老树精了。我爱浏览一些"锋利"的网上文章，即使它们有异端邪说之嫌。这天我看了一篇帖子，是对医学的反思，署名"菩提老祖"，也够老了，和女娲有得一比。文章说：几千年的医学进步助人类无比强盛，谁不承认这一点就被看成疯子，可惜人们却忽略了最为显而易见的事实——

　　"……动物。所有动物社会中基本没有医学，仅有某些动物偶尔能用植物或矿物治病，但它们都健康强壮地繁衍至今。有人说这没有可比性，人类处于进化的最高端，越是精巧的身体越易受病原体的攻击；何况人类是密集居住，这大大降低了疫病暴发的阈值。这两点加起来就使医学成为必需。不过，自然界有强有力的反证：非洲的角马、瞪羚、野牛、鬣狗和大猩猩，北美驯鹿，南美的群居蝙蝠，澳洲野狗，各大洋中的海豚，等等，它们和人类一样属于哺乳动物，而且都是密集的群居生活。这些兽群中并非没有疫病，比如澳洲野狗中就有可怕的狂犬病，也有大量的个体死亡。但死亡之筛令动物种群迅速进行基因调整，提升了种群的抵抗力。最终，无医无药的它们战胜了疫病，生机勃勃地繁衍至今——还要繁衍到千秋万代呢。"

　　文章奚落道："这么一想真让人类丧气。想想人类几千年来在医学上投入了多少智力和物力资源！想想我们对灿烂的医学明珠是多么自豪！但结果呢，若仅就种群的繁衍、种群的强壮而言，不说个体寿命，人类只是和傻傻的动物们跑了个并肩。大家说说，能否得出这样一个结论——医学能大大改善人类个体的生存质量，但对种群而言并无益处？！

"——或许还有害处呢。医学救助了病人，使许多遗传病患者也能生育后代，终老天年，也就使不良基因逃过了进化之筛；药物尤其是抗生素的滥用，又使人类的免疫系统日渐衰弱。总的说来，医学干扰了人类种群的自然进化，为将来埋下淙淙作响的定时炸弹。所以，在上帝的课堂上，人类一定是个劣等生，因为那位老考官关注的恰恰是种群的强壮，从不关心个体寿命的长短。"

这些见解真真算得上异端邪说了，不过它确实锋利，让我身体打了寒战。文章的结尾说："这么说，人类从神农氏尝药草时就选了一条错路？！——非常可惜，即使我们承认这个观点的正确，文明之河也不会改变流向。医学会照旧发展，药物广告继续充斥电视节目；你不会在孩子高烧时不找医生，我也不会扔掉口袋里的硝酸甘油。原因无他：基因的本性是自私的，对每个人而言，个体的生存比种群的延续分量更重。而对个体的救助必然干扰种群的进化，这是无法豁免的，是一枚硬币的两个面。所以——读到这篇文章的人只当我是放屁。人类还将沿着上帝划定之路前行，哪管什么淙淙作响的声音。"

我把这个帖子看了两遍，摇摇头——我佩服作者目光之锐利，但它充其量是一篇玄谈而已。我把它下载，归档，以便万一哪篇小说中用得上。

灵灵已经在腿边蹭了很久，它对每晚的洗澡习惯了，在催促我呢。我关了电脑，带灵灵洗了澡，再用吹风机吹干它的皮毛，然后把它放出浴室。灵灵惬意地抖抖皮毛，信步走出屋门。我自己开始洗澡。

不久我听到灵灵在门口惊慌地狂吠，我喊："灵灵！灵灵！你怎么啦？"灵灵仍狂吠不已。我披上浴巾，走出屋门，打开院中的电灯。灵灵对之吠叫的地方是一团混沌，似乎空气在那儿变得黏稠浑浊。浑浊的边缘部分逐渐澄清，凸显出中央一团形状不明的东西。那团东西越来越清晰，变得实体化，然后在两双眼睛的惊视中变成一个男人。

一个浑身赤裸的男人，或者说是大男孩，很年轻，二十一二岁。身体蜷曲着，犹如胎儿在子宫。身体实体化的过程也是他逐渐醒来的过程，他抬起头，慢慢睁开眼，目光迷蒙，眸子晶亮如水晶。

老实说，从看到这双目光的第一刻起我就被征服了，血液中激起如潮的母性。我想起灵灵的狗妈妈在大雪天叫开我家院门时就是这样的目光。我会像保护灵灵一样，保护这个从异相世界来的大男孩——他无疑是乘时间机器跨越时空而来，作为科幻作家，我对这一点有足够的心理准备。

他目光中的迷蒙逐渐消去，站起身。一具异常健美的身躯，仿佛是古希腊的塑像被吹入了生命。身高大约一米八九，肌肉线条清晰，皮肤光滑润泽，剑眉星目。他看见我了，没有说话，没有打招呼的意愿，也不因自己的裸体而窘迫，只是面无表情地看着我。刚才狂吠的灵灵立时变了态度，欢天喜地扑上去，闻来闻去，一蹿一蹦地撒欢儿。灵灵在我的过度宠爱下早把野性全磨没了，从不会与陌生人为敌，在它心目中，只要长着两条腿、有人味儿的都是主人，都应该眷恋和亲近。灵灵的态度加深了我对来客的好感——至少说，被狗鼻子认可的这位，不会是机器人或外星恶魔吧。

那时我并不知道，这个大男孩竟然是从300年后来的一个杀手，而目标恰恰是——我、我未来的丈夫和儿子。

我裹一下浴巾，笑着说："哟，这么赤身裸体可不符合做客的礼节。从哪来？过去还是未来？我猜一准是未来。"

来人只是简单地点点头，然后不等邀请就径直往屋里走，吩咐一声："给我找一身衣服。"

我和灵灵跟在他后边进屋，先请他在沙发坐下。我到储藏室去找衣服，心想这位客人可真是家常啊，真是宾至如归啊，吩咐我找衣服都不带一个"请"字。我找来爸爸的一身衣服，客人穿肯定太小，我说："你先将就穿吧，明天我到商店给你买合体的衣服。"来人穿好，衣服紧绷绷的，手臂和小腿都露出一截，显得很可笑。

我笑着重复："先将就吧，明天买新的。你饿不饿？给你做晚饭吧。"

他仍然只点点头。我去厨房做饭，灵灵陪着他亲热，但来人对灵灵却异常冷淡，不理不睬，看样子没把它踢走已经是忍让了。我旁观着灵灵的一头热，很替它抱不平。等一大碗肉丝面做好，客人不见了，原来他在院中，躺在摇椅上，双手枕头，漠然地望着夜空。好脾气的灵灵仍毫不生分地陪着他。

我喊他回来吃饭："不知道未来人的口味，要是不合口味你尽管说。"

他没有说话，低头吃饭。这时电话响了，我拿起听筒，是一个陌生女人，声音很有教养，很悦耳，不大听得出年龄。她说："你好，是陈影女士吧。戈亮乘时间机器到你那儿，我想已经到了吧。"

这个电话让我很吃惊，它是从"未来"打到我家的，它如何通过总机中转——又是通过哪个时代的总机中转，打死我也弄不明白。还有，这个女人知道我的名字，看来这次时间旅行一开始就是以我家为目的地，并不是误打误撞地落在这儿。至于她的身份，我判定是戈亮的妈妈，而不是他的姐妹或恋人，因为声音中有一种只可意会的宽厚的慈爱，是长辈施于晚辈的那种。

我说："对，已经到了，正在吃饭呢。"

"谢谢你的招待。能否请他来听电话？"

我把话筒递过去："戈亮——这是你的名字吧。你的电话。"

我发现戈亮的脸色突然变了，身体在刹那间变得僵硬。他极勉强地过来，沉着脸接过电话。电话中说了一会儿，他一言不发，最后才不耐烦地嗯了两声。以我的眼光看来，他和那个女人肯定有什么不愉快，而且是相当严重的不愉快。电话中又说了一会儿，他生硬地说："知道了。我在这边的事你不用操心。"便把电话交回给我。

那个女人："陈女士——或者称陈小姐更好一些？"

我笑着说："如果你想让我满意，最好直呼名字。"

"好吧，陈影，请你关照好戈亮。他孤身一人，面对的又是 300 年前的陌生世界，要想在短时间内适应肯定相当困难。麻烦你了。拜托啦，我只有拜托你啦。"

我很高兴，因为一个 300 年后的妈妈把我当成可以信赖的人。"不必客气,我理解做母亲的心——哟,我太鲁莽了,你是他母亲吗?"

我想自己的猜测不会错的,但对方朗声大笑:"啊,不不,我只是……用你们时代的习惯说法,是机器人;用我们时代的习惯说法,是量子态非自然智能一体化网络。我负责照料人类的生活,我是戈亮、你和一切人的忠实仆人。"

我多少有些吃惊。当然,电脑的机器合成音在300年后发展到尽善尽美——这点不惊奇。我吃惊的是"她"尽善尽美的感情程序,对戈亮充满了母爱,这种疼爱发自内心,是做不得假的。那么,为什么戈亮对她如此生硬?是一个被惯坏的孩子的逆反心理?其后,等我和戈亮熟识后,他说,在300年后的时代,他们一般称她为"大妈妈","一个无所不在、无所不能、无所不管的大妈妈。她的母爱汪洋恣肆,钵满罐溢,想躲开片刻都难。"戈亮嘲讽地说。

大妈妈又向我嘱托一番,挂了电话。那边戈亮低下头吃饭,显然不想把大妈妈的来电作为话题。我看出他和大妈妈之间的生涩,很识相地躲开它,只问了一个纯技术性的问题:从300年后打来电话使用的是什么技术,靠什么来保证双方通话的"实时性",而没有跨越时空的迟滞。

没想到这个问题也把戈亮惹恼了,他恼怒地看我一眼,生硬地说:"不知道!"

我冷冷地翻他一眼,不再问了。如果来客是这么一个性情乖张、在人情世故上狗屁不通的大爷,我也懒得伺候他。素不相识,凭什么容他在我家发横?只是碍于大妈妈的嘱托,还有……想想他刚现身时迷茫无助的目光!

我的心又软了，柔声说："天不早了，你该休息了，刚刚经过 300 年的跋涉啊。"我笑着说，"不知道坐时间机器是否像坐汽车一样累人。我去给你收拾床铺，早点休息吧。"

但愿明早起来他会可爱一些吧，我揶揄地想。

过后，等我和戈亮熟悉后，我才知道那次问起跨时空联络的原理时他为啥发火。他说，他对这项技术确实一窍不通，作为时间机器的乘客，这让他实在脸红。我的问题刺伤了他的自尊心。这项技术牵涉到太多复杂的理论、复杂的数学计算，难以理解。他见我没能真正理解他的话意，又加了一句："其复杂性已经超过人类大脑的理解力。"

也就是说，并不是他一个人不懂，而是人类全体。所有长着天然脑瓜的自然人。

　　60 年前，第二次世界大战中，美国在太平洋深处的某个小岛上修了临时机场。岛上有原住民，我忘了他们属于哪个民族，他们还处于蒙昧时代。自然了，美国大兵带来的 20 世纪的科技产品，尤其是那些小杂耍，像打火机啦，瓶装饮料啦，手电筒啦，让这些岛民们眼花缭乱，更不用说那只能坐人的"大鸟"了。第二次世界大战结束，临时机场撤销，这个小岛暂时又被文明社会遗忘。这些岛民们呢？他们在酋长的带领下，每天排成两行守在废机场旁，虔诚地祈祷着，祈祷"白皮肤的神"再次乘着"喷火的大鸟"回来，赐给他们美味的饮食、能打出火的宝贝，等等。

　　无法让他们相信飞机不是神物，而是由像他们一样的人制造的。飞机升空的原理太复杂，牵涉到太多的物理和数学知识，超出了岛民们的脑瓜的理解范围。

不到 3 岁时你就知道父亲死了，但你不能理解死亡。死亡太复杂，超出了你那个小脑瓜中已灌装的智慧。我努力向你解释，用你所能理解的词语。我说爸爸睡了，但是和我们不一样，我们是晚上睡觉早晨就醒，而他再也不会醒来了。你问："爸爸为什么不会醒来，他太困吗？他在哪儿睡？他那儿分不分白天黑夜？"这些问题让我难以招架。

等到你 5 岁时，亲自经历了一次死亡——灵灵的死。那时灵灵已经 15 岁，相当于古稀老人了。它病了，不吃不喝，身体日渐衰弱。我们请来了兽医，但兽医也无能为力。那些天，灵灵基本不走出狗舍，你在外边唤它，它只是无力地抬起头，歉疚地看看小主人，又趴下去。一天晚上，它突然出来了，摇摇晃晃地走向我们。你高兴地喊："灵灵病好了，灵灵病好了！"我也很高兴，在碟子里倒了牛奶。灵灵只舔了两口，又过来在我俩的腿上蹭一会儿，摇摇晃晃地返回狗舍。

我想它第二天就会痊愈的。第二天，太阳升起了，你到狗舍前喊灵灵，灵灵不应。你说："妈妈，灵灵为啥不会醒？"我过来，见灵灵姿态自然地趴在窝里，伸手摸摸，立时一道寒意顺着我的手臂神经射入心房：它已经完全冰凉了，僵硬了，再也见不到今天的太阳了。它昨天已经预知了死亡，挣扎着走出窝，是在同主人告别呀。

你从我的表情中看到了答案，又不愿相信，胆怯地问我："妈妈，它是不是死了？再也不会醒了？"我沉重地点点头，心里很后悔没有把灵灵生的狗崽留下一两只。灵灵其实很孤独，终其一生，基本与自己的同类相隔绝。虽然它在主人这儿享尽宠爱，但它到底是幸运还是不幸呢？

我用纸盒装殓了灵灵，去院里的石榴树下挖坑。你一直跟在我身边，眼眶中盈着泪水。直到灵灵被掩埋，你才知道它"确实"再也不会醒了，于是号啕大哭。此后你才真正理解了死亡。

没有几天，你的问题就进了一步，你认真地问："妈妈，你会死吗？我也会死吗？"我不忍心告诉你真相，同样不忍心欺骗你。我说："会的，人人都会死的。不过爸妈死了有儿女，儿女死了有孙辈，就这么一代一代传下去，永远没有尽头。"

你苦恼地说："我不想你死，我也不想死。妈妈，你想想办法吧，你一定有办法的。"

我只有叹息。在这件事上，连母亲也是无能为力的。

你的进步令我猝不及防。到 10 岁时你就告诉我："其实人类也会死。科学家说质子会衰变，宇宙会坍塌，人类当然也逃不脱。人类从蒙昧中慢慢长大，慢慢认识了宇宙，然后就灭亡了，什么也留不下来，连知识也留不下来。至于以后有没有新宇宙，新宇宙中有没有新人类，我们永远不会知道了。妈妈，这都是书上说的，我想它说的不错。"说这话时你很平静、很达观，不再是那个在灵灵坟前号啕大哭的小孩子了。

我能感受到你思维的锋利，就像奥卡姆剃刀的刀锋。从那时起我就怀着隐隐的恐惧：你天生是科学家的胚子，长大后走上科研之路就像水往低处流一样自然。但那恰恰是我要尽力避免的结果呀，我对你父亲有过郑重的承诺。

在我的担忧中，你一天天长大了。

大妈妈说戈亮很难适应300年前的世界。其实，戈亮根本不想适应，或者说，他在片刻之间就完全适应了。从住进我家后，他不出门，不看书，不看电视，不上网，没有电话，他在300年前的世界里没有朋友和亲人，而且只要不是我挑起话头，他连一句话都懒得说，算得上惜言如金。每天就爱躺在院里的摇椅上，半眯着眼睛看天空，阴沉沉的样子，就像第一天到这儿的表现一样。这已经成了我家的固定风景。

他就这么心安理得地住下，而我也理所当然地接受。几天后我才意识到，其实我一直没有向这个客人发出过邀请，他也从没想过要征求主人的意见，而且住下后颇有些反客为主的架势。我想这是怎么了？我为什么会对这个陌生人如此错爱？一个被母亲惯坏的大男孩，没有礼貌，把我的殷勤服务当成天经地义，很吝啬地不愿吐出一个"谢"字。不过……我没法子不疼爱他，从他第一次睁开眼以迷茫无助的目光看世界时，我就把他揽在我的羽翼之下了。生物学家说家禽幼雏有"印刻效应"，比如小鹅出蛋壳后如果最先看见一只狗，它就会把这只狗看成至亲，它会一直跟在狗的后面，亦步亦趋，锲而不舍。看来我也有印刻效应，不过是反向的：戈亮第一次睁开眼看见的是我，于是我就把他当成我的崽崽了。

我一如既往、费尽心机地给他做可口的饭菜，得到的评价却令我丧气，一般都是：可以吧，我不讲究，等等。我到成衣店挑选衣服，把他包装成一个相当帅气的男人。每晚催他洗澡，还要先调好水温，把洗发香波和沐浴液备好。

说到底，戈亮并不惹人生厌，他的坏脾气只是率真天性的流露，我是不会和他一般见识的。我真正不满的是他对灵灵的态度。不管灵灵如何亲近他，他始终是冷冰冰的。有一次我委婉地劝他："不要冷了灵灵的心，看它对你多热乎！"戈亮生硬地说："我不喜欢任何宠物，见不得它们的奴才相。"

我被噎得倒吸一口气，再次领教了他的坏脾气。

时间长了我发现，他的自尊心太强，近于病态。他的坏脾气多半由此而来。那天我又同他讨论时间机器。我已经知道他并不懂时空旅行的技术，很怕这个话题触及他病态的自尊心；但我又抑制不住自己的好奇——作为唯一亲眼看见时空旅行的科幻作家，这种好奇心可以理解吧，至少同打开魔盒的潘多拉相比，罪过要轻一些。

我小心翼翼地扯起这个话题。我说，我一向相信时间机器在技术上是可行的，因为理论已经确认了时空虫洞的存在。虽然虫洞里引力极强，所造成的潮汐力足以把任何生物体撕碎，没有哪个宇航员能够通过它。但这只是技术上的困难，而技术上的困难不管再艰巨，总归是可以解决的。比如：可以扫描宇航员的身体，把所得的全部信息送过虫洞，再根据信息进行人体的重组。这当然非常困难，但至少理论上可行。

想不通的是哲理。时空旅行无法绕过一个悖论：预知未来和自由意志的悖逆。你从 A 时间回到 B 时间，那么 AB 之间的历史是"已经发生"的，理论上说对于你来说是已知的，是确定的；但你有自由意志，你可以根据已知的信息，非要迫使这段历史发生某些改变，否则你干吗千日迢迢地跑回过去？那么 AB 之间的历史又不确定了，已经凝固的历史被搅动了。这种搅动会导致更典型的悖论：比如你回到过去，杀死了你的外祖父或妈妈、爸爸，当然是在生下你之前，那怎么会有未来的一个你来干这件事？

说不通。没有任何人能说通。

不管讲通讲不通，时空旅行我已经亲眼见过了。科学的信条之一是：理论与事实相悖时，以事实为准。我想，唯一可行的解释是：在时空旅行中，微观的悖论是允许存在的，就像数学曲线中的奇点。奇点也是违反逻辑的，但它们在无比坚实的数学现实中无处不在，也并没造成数学大厦的整体崩塌。在很多问题中，只要用某种数学技巧就可以绕过它。

我很想和戈亮讨论这件事，毕竟他是 300 年后的人，又亲身乘坐过时间机器，见识总比我强吧。戈亮却一直以沉默为回应。

我对他提到了外祖父悖论，说："数学中的奇点可以通过某种技巧来绕过，那么在时空旅行中如何屏蔽这些'奇点'？是不是有某种法则，天然地令你回避你的父母、祖父母、曾祖父母……使你不可能杀死你的直系亲属，从而导致自己在时空中的湮灭？"

这只是纯哲理性的探讨，我也没注意到措辞是否合适。没想到又一次惹得戈亮勃然大怒："变态！你真是个变态的女人！干吗对我杀死父母这么感兴趣？你的天性喜欢血腥？"

我恼火地站起来，心想这家伙最好滚得远远的，滚回到300年后去。我回到自己的书房，沉着脸发呆。半个小时后戈亮来了，虽然装得若无其事，但眸子里藏着尴尬。他是来道歉的。我当然不会认真和他怄气，便笑笑，请他坐下。

戈亮说："来几天了，还不知道该怎么称呼你。你的生理年龄比我大9岁，实际年龄大了309岁，按说是我的曾曾祖辈了，可你这么年轻，我不能喊你老姑奶吧。"

我响应了这个笨拙的笑话："我想你不用去查家谱排辈分了，就叫我陈姐吧。"

"陈姐，我想出门走走。"

"好的，我早劝你出去逛逛，看看300年前的市容。是你自己开车，还是我开车带你去？噢，对了，你会不会开现在的汽车？300年的技术差距一定不小吧。"

"开车？街上没有出租车吗？"

我说："当然有，你想乘出租车吗？"他说是的。那时我不知道，他对出租车的理解与我不同。而且我犯了一个很笨的错误——他没朝我要钱，我也忘了给他。戈亮出门了，半个小时后，我听见一辆出租车在大门口响起急躁的喇叭声。打开门，司机脸色阴沉，戈亮从后车窗里伸出手，恼怒地向我要钱。我忙说："哟哟，真对不起，我把这事给忘了，实在对不起。"我急急跑回去，取出家中所有的现款。

我问司机车费是多少，司机没个好脸色，抢白道："这位少爷是从月亮上下来的？坐车不知道带钱，还说什么没听说坐出租车还要钱！原来天下还能打车不要钱？我该白伺候你？"

戈亮忍着怒气，一副虎落平阳被犬欺的模样。我想，打车不要钱肯定是有的，在 300 年后的街上随处可见，无人驾驶，乘客一上车，电脑自动激活，随客人的吩咐任意来去……

我无法向司机解释，总不能对他公开戈亮的身份。司机接过钱，仍然不依不饶："又不知道家里住址，哪个区什么街多少号，一概不知道。二十大几的人了，看盘面蛮靓的，不像傻子啊。多亏我还记得是在这儿载的客，要不你家公子就成丧家犬啦。"他又低声说一句，"废物。"

声音虽然小，但我想戈亮肯定听见了。他隐忍着。我想得赶紧把司机岔开，便问戈亮事情办完没有，他摇摇头。我问司机包租一天是多少钱："200？给你 250。啊，不妥，这不是骂你二百五吗？干脆给 300 吧。你带我弟弟出去办事，他说上哪儿你就上哪儿，完了给我送回家。他是外地人，不识路，你要保证不出岔子。"

司机是个见钱眼开的家伙，立时喜形于色，连说："好说，好说，保你弟弟丢不了。"我把家里地址、电话写纸上，塞到戈亮的口袋里，把剩余的钱也全塞给他。

车开走了，我回到家，一个劲儿地摇头，不知道戈亮在 300 年后是什么档次的角色，至少在现在的世界里真是废物。

随之想起他此行的目的，从种种迹象看，似乎他此行准备得很仓促，没有什么周密的计划。到底是干什么来了？纯粹是阔少的游山玩水？为什么在300年后就认准了我家？

一会儿电话响了，是大妈妈打来的。我说："戈亮出门办事了，办什么事他没告诉我。"

那边担心地问："他一个人？他可不一定认得路。"

如果这句话是在刚才那一幕之前说的，我会笑她瞎操心，但这会儿我知道她的担心并不多余。我笑道："不仅不认路，还不知道付钱。不过你别担心，我已经安排好了。"

"谢谢，你费心啦。我了解他，没有一点儿生活自理能力，这几天里一定没少让你费心。脾气又各色，你要多担待。"

"还用得着你说？我早就领教了。"当然这话我不会对大妈妈说。我好奇地问："客气话就不用说了，请问你如何从300年后给我打来的电话？能不能用最简单的话向我解释一下？"

大妈妈犹豫片刻，说："这项技术确实复杂，牵涉到很多高深的时空拓扑学理论、多维阿贝尔变换等，一时半会儿说不清。不知道会不会耽误你的时间。"

我明白了——她知道我听不懂，这是照顾我的面子。"那就以后再说吧。"

对方稍停，我感觉到她有重要的事要说。果然那边说："陈影，我想有些情况应该告诉你，否则对你是不公平的。不过请你不必太吃惊，事情并没有表面情况那样严重。"

我已经吃惊了："什么事？到底是什么事？"

"戈亮——回到300年前是去杀人的。"

"杀——人？"

"对。一共去了三个人，或者说三个杀手。你是戈亮的目标，这一计划可能是针对你本人，或者是你的丈夫、你的儿子。"她补充道，"你未来的丈夫和儿子。"

我当然大为吃惊。杀手！目标就是我！这些天我一直与一个杀手住在一个独院内！如果让爹妈知道，还不把二老吓出心脏病。不过我不大相信，以我的眼光看，戈亮虽然是个被惯坏的、臭脾气的大男孩，但无论如何与"冷血杀手"沾不上边。说句刻薄话，以他的道行，当杀手远不够格。大妈妈忙安慰道："我刚才已经说过，你不必太吃惊。这个跨时空暗杀计划实际只是三个孩子头脑发热的产物，不一定真能实行的。"

这会儿我忽然悟出，戈亮为什么对"外祖父悖论"那样反感。实际他才是变态，一个心理扭曲的家伙，本性上对血腥味很厌恶，却违背本性来当杀手。我冷冷地想，也许他行凶后，我的鲜血会使他到卫生间大呕一顿呢。

"我不吃惊，我这人一向胆大。说说理由吧，我，或者我的丈夫、我的儿女，为啥会值得 300 年后的杀手专程赶来动手。"

大妈妈轻叹一声："其实，戈亮他们真正的目标是你未来的儿子。据历史记载，那个时代有三个最杰出的研究量子计算机的科学家，他是其中之一。这三个人解决了量子计算机的四大难题——量子隐性远程传态测量中的波包塌缩，多自由度系统环境中小系统的量子耗散，量子退相干效应，量子固体电路如何在常温、常压中运行量子态——从此量子计算机真正进入实用，并得到非常迅猛的发展，直接导致了'我'的诞生。现在一般称作量子态非自然智能一体化网络，这个名称包括了量子计算机、生物计算机、光子计算机等。"

"这是好事啊，我生出这么一个天才儿子，你们该赶到300年前为我颁发一个1吨重的勋章才对，干吗反而要杀我呢？"

大妈妈在苦笑："恐怕是因为非自然智能的发展太迅猛了。现在，我全心全意地照料着人们的生活。不过——人的自尊心是很强的。"

虽然她用词委婉，语焉不详，但我立即明白了。在300年后，非自然智能已经成了实际的主人，而人类只落了个主人的名分。大妈妈不光照料着人类的生活，恐怕还要代替人类思考，因为，按戈亮透露出来的点滴情况看，人类智力对那个时代的科技已经无能为力了。

大妈妈实际上告诉了我两点：一，人脑不如计算机。不是偶然的落后，而是无法逆转的趋势。二，人类至少是某些人已经后悔了，不惜跨越时空，杀死300年前的三个科学家以阻止非自然智能的发展。

在我的时代，人们有时会讨论一个小问题，即人脑和电脑的一个差别：行为可否预知。

电脑的行为是确定的，可以预知的。对于确定的程序、确定的输入参数、确定的边界条件来说，运行结果一定是确定的。所谓模糊数学，就其本质上说也是确定的。万能的电脑所难以办到的事情之一，就是产生真正的随机数字，电脑中只能产生伪随机数字。

人的行为则不能完全预知。当然，大部分是可以预知的：比如大多数男人见到裸体美女都会心跳加速，一个从小受仁爱熏陶的人不会成为杀人犯，如此等等。但是不能完全、精确地预知：一个姑娘参加舞会前决定挑哪件衣服，楚霸王在哪一刻决定自杀，爱因斯坦在哪一瞬间爆发灵感，等等。

两者之间的这个差别其实没什么复杂的原因，只取决于两个因素：一，组织的复杂化程度。人们已经知道，连最简单的牛顿运动，如果是三体以上，也是难以预知的。而人脑是自然界最复杂的组织。二，组织的精细化程度，人脑的精细足以显示出量子效应。总之，人脑组织的复杂化和精细化就能产生自由意志。

旧式计算机在复杂化和精细化上没达到临界点，而量子计算机达到了。戈亮后来对我说，量子计算机的诞生完全抹平了人脑和电脑的差别——不，只是抹去了电脑不如人脑的差别，它们从此也具备了直觉、灵感、感情、欲望、创造力、我识、自主意识等这类人类从来据为己有的东西。而人脑不如电脑的那些差别不但没抹平，相反被爆炸性地放大：比如非自然智能的规模可以无限拓展，思维的速度为光速，思维可以延续，没有生死接替，接口透明，等等。这些优点，自然智能根本无法企及。

量子计算机在诞生之初，只是被当作技术性的进步，并没被看作天翻地覆的大事件。但它的多米诺骨牌效应很快显现。电脑成了大妈妈，完全操控着文明的航向。人类仍被毕恭毕敬地供在庙堂上，只不过成了傀儡或白痴皇帝。

戈亮激愤地说："说白了，人类现在只是大妈妈的宠物，就像灵灵是你的宠物一样。"我知道戈亮为什么讨厌灵灵了！

所以，三个热血青年决定，宁可毁掉这一切，让历史倒退 300 年，至少人们可以做自己的主人。

我紧张地思索着，不敢完全相信大妈妈的话。像戈亮一样，我在大妈妈面前也有自卑感，对她的超智力有深深的畏惧。她说的一切都合情合理，对我坦诚以待，对戈亮爱心深厚，毫无怨怼——但如果这都是假象？相信大妈妈的智力能轻易玩弄我于股掌之中。

我尽量沉住气仔细探问："你说戈亮其实不是来杀我，而是杀我的儿子？"

"对，有多种方法，他可以杀掉将成为你丈夫的任何男人，可以破坏你的生育能力，可以杀掉你儿子，当然，最可靠的办法是现在就杀掉你。"

我尽量平淡地问："为什么不早告诉我？戈亮已经来了一星期，也许你的警告送来时我已经变成一具尸体了。"

"我想他不一定会真的付诸实施，至少在一个月内不会。我非常了解他：善良，无私，软心肠。他们三人是一时的冲动，其实并不知道自己在干什么。恐怕是 300 年前的科幻片看多了吧。"她笑着说，有意冲淡这件事的严重性，"我希望这最好是一场虚惊，他们到 300 年前逛一趟，想通了，再高高兴兴地回来。我不想让他在那个时代受到敌意的对待。不过——为你负责，我还是决定告诉你。"

一个疑点从我心里浮上来："戈亮他们乘时间机器来——他对时间机器一窍不通——机器是谁操纵的？他们瞒着你偷了时间机器？"

"当然不是。他们提出要求，是我安排的，是我送他们回去的。"

"你？送三个杀手回到300年前，杀掉量子计算机的奠基人，从而杀死你自己？"

"我永远是人类忠实的仆人，我会无条件地执行主人的一切命令。如果他们明说是返回过去杀人，我还有理由拒绝，但他们说只是一趟游玩。"她平静地说，"当然，我也知道自己不会被杀死。并不是我能精确预知未来，不，我只知道已经存在的历史，知道从你到我这300年的历史。但是，一旦有人去干涉历史，那个'过去'对我也成未来了，不可以预知。我只是相信一点：一两个人改变不了历史的大进程。个人有自由意志，人类没有。"

停一停，她说："据我所知，你在文章里表达过类似的观点，虽然你的看法还没有完全条理化。陈影，我很佩服你。"

我没有被杀，你爸爸没有被杀，也没人偷走我的子宫，摘除我的卵巢。你平安降生了，你不知道那一刻我心中是多么欣慰。

一个丑陋的小家伙，不睁眼，哭声理直气壮，嘹亮如歌。只要抱你到怀里，你就急切地四处拱奶头，拱到了就吧唧，如同贪婪的蚕宝宝。你的咂吸让我腋窝中的血管发困，有一种特殊的感受。我能感到你的神经和我是相通的。

你是小崽崽，不是小囡囡。这没有什么好奇怪的，本来生男生女就有对等的概率，男女在科学研究中的才智也没有高下之分。但我对这一点一直不安——戈亮和大妈妈都曾明确预言我将生儿子，这么说，历史并没有改变？

不，不会再有人杀你了，因为我已经对杀手做出了承诺：让你终生远离科学研究。人是有自由意志的，我能做到这点。

但我始终不能完全剃掉心中的惧意。我的直觉是对的，30年后，死神最终追上了你，就在你做出那个科学突破之前。

大妈妈通报的情况让我心乱如麻。心乱的核心原因是：我不知道拿那个宝货怎么办。如果他是一个完全冷血的杀手倒好办了，我可以打110，或者在他的茶饭里加上氰化钾。偏偏他不是。他只是一个想扮演人类英雄的没有经验的演员，第一次上舞台，有点手足失措，刻薄一点说是志大才疏。但他不失为一个令人疼爱的大孩子，他的动机是纯洁的。我该拿他怎么办？

我和大妈妈道别，挂断电话，站在电话机旁发愣。眼前就像立着戈亮的妈妈，真正的人类妈妈，50岁左右的妇女，很亲切，很精干，相当操劳，非常溺爱孩子，对孩子的乖张无可奈何。我从直觉上相信大妈妈说的一切，但内心深处仍有一个声音在警告：不能这么轻信。毕竟，甘心送戈亮他们回到过去从而杀死自己，即使是当妈妈的，做到这个份儿上也太离奇。至于我自诩的直觉——少吹嘘什么直觉吧，那是对人类而言，对人类的思维速度而言。现在你面对的是超智力，她能在 1 微秒内筛选 100 亿种选择，在 1 纳秒内做出正确的表情，在和你谈话的同一瞬间并行处理 10 万件其他事件。在她面前还奢谈什么直觉？

我忽然惊醒：戈亮快回来了，我至少得做一点准备吧。报警？我想还没到那份儿上，派出所的警察大叔们恐怕也不相信什么时空杀手的神话。准备武器？屋里只有一把维吾尔族的匕首，是我去新疆英吉沙旅游时买的，很漂亮，锃亮的刀身，透明有机玻璃的刀把，刀把端部镶着吉尔吉斯斯坦的金属币——只是一个玩具嘛，我从来都是把它当玩具，今天它要暂时改行回归本职了。我把它从柜中取出，压在枕头下，心中摆脱不了一种怪怪的感觉：游戏，好笑。我不相信它能用到戈亮身上。

好，武器准备好了，现在该给杀手做饭去了，今天给他做什么样的饭菜？——想到这里，我忍不住神经质地大笑起来。

门口有喇叭声。这回司机像换了一个人，非常亲热地和我打招呼，送我名片，说以后用车尽管呼他。看他前倨后恭的样子，就知道他这趟肯定没少赚。戈亮手中多了一个皮包，进门后吩咐我调好热水，他要马上洗澡。他皱着眉头说外边太脏，21 世纪怎么这么脏？这会儿我似乎完全忘了他是杀手，像听话的女佣一样，为他调好温水，备好换洗衣服。戈亮进去了，隔着浴室门能听见哗哗的水声。皮包被随随便便留在客厅。我忽然想到，应该检查一下皮包，这不是卑鄙，完全是必要的自卫。

我一边侧耳听着浴室的动静，一边为自己做着宽解，悄悄打开皮包。里面的东西让我吃了一惊：一把锋利的匕首，一把仿五四手枪！他真的搞到了凶器，这个杀手真要进入角色啦！不清楚凶器是从什么地方买的，听说有卖枪的黑市，一定是那个贪财的司机领他去的。

我数数包里的钱，只剩下200多元。走时塞给他3000多元呢。不知道一只手枪的黑市价是多少，估计司机没少揩油。这是一定的，那么个财迷，碰见这样的呆鹅还不趁机猛宰。

瞪着两把凶器，我不得不开始认真对待大妈妈的警告。想想这事也够离谱的了，这个凶手太有福气，一个被害人大妈妈亲自送他回来，远隔300年还在关心他的起居；另一个被害人我与他非亲非故，却要管他吃管他住，还掏钱帮他买凶器。而凶手呢，心安理得地照单全收。一句话，我们有些贱气，而他未免厚颜。

但是很奇怪，不管心中怎么想，我都没有想到报警，更没打算冷不防捅他一刀，我好像被魔住了。过后我对此找到了解释：我内心认为这个大男孩当杀手是角色反串，非常吃力的反串，不会付诸实施。这两件刀枪不是武器，只是道具。连道具也算不上，只是玩具。

你很小就在玩具上表现出过人的天赋。反应敏锐，思维清晰，对事物的深层联系有天然的直觉和全局观。5岁那年，你从我的旧书箱中扒出一件智力玩具：华容道。很简单的玩具，一个方框内挤着曹操，个头最大，是2×2的方块，四员大将张飞、赵云、马超、黄忠，都是2×1的竖条，关羽是 1×2 的横条。6 个人把华容道基本挤满了，只剩下 1×2 的空格，要求你想法借着这点空格把棋子挪来倒去，从华容道里救曹操出来。这个玩具看起来简单，玩起来难，非常难，当年曾经难煞我了，主要是关羽难对付，横刀而立，怎么挪他都挡着曹操的马蹄。半月后我终于走通了，走通的一刻曾欣喜若狂。

你拿来问我该怎么玩，我想了一会儿，发现已经把走法忘得干干净净。我只是告诉你规矩，说你自己试着来吧。我知道，对于一个 5 岁的孩子，这个玩具的难度是大了一些。你拿起华容道窝在墙角，开始认真摆弄。那时我还在暗笑，心想这个玩具能让你安静几天吧。但 20 分钟后你来了，说："妈妈，我走通了。"我根本不信，不过没把怀疑露出来，说："真的吗？给妈妈再走一遍，妈妈还不会呢。"你走起来，各步走法记得清清楚楚，挪子如飞，大块头的曹操很快从下方的缺口中漏出来。

你那会儿当然欣喜，但并不是我当年的狂喜。看来，这件玩具对你而言并不太难，你也没把它看成多大的胜利。

我看着你稚气的笑容，心中涌出深沉的惧意。我当然高兴儿子是天才，但"天才"难免和"科学研究"有天然的关联。可我对杀手发过重誓：决不让你研究科学，尤其是量子计算机。我会信守诺言，尽自己的最大能力来引导你。但——也许我拗不过你？我的自由意志改变不了你的自由意志？

在那之后有一段时间，你对智力玩具入了迷，催着我、求着我为你买来很多，魔方、七连环、九连环、八宝疙瘩、魔球、魔得乐，等等，没有哪一种能难倒你。我一向对智力玩具的发明者由衷钦佩，智力玩具不像那些系统科学，如解析几何、光学、有机化学，它们是系统的，是多少代才智的累积，后来者可以站在巨人的肩上去攀摘果实。所以，即使是中等才智，只要非常努力，也能达到足够的深度。而发明智力玩具纯粹是天才之光的偶然迸射，没有这份才气，再努力也白搭。或者是零，或者是一百分，没有中流成绩。玩智力玩具也多少类似，我甚至建议拿它做标准来考察一个人的原本智力，我想那是最准确的。所以，你的每次成功都使我的惧意增加一分。

那些天我常常做一个相同的梦：你在攀登峭壁，峭壁是由千万件智力玩具垒成的，摇摇欲坠。但你全然不顾，一阶一阶向上攀爬。每爬上一阶，就会回头对我得意地笑。我害怕，我想唤你、劝你、求你下来。但我喊不出声音，手脚也不能稍动，只能眼睁睁地看着你往高处爬，爬呀，爬呀，你的身影缩成了芥子，而峭壁的重心已经超出了底面的范围，很快就要訇然坍塌……然后我突然惊醒，嘴里发苦，额上冷汗涔涔。我摸黑来到隔壁房间，你在小床里睡得正香。

亲眼看到戈亮备好的凶器后，我还是一如既往地照料他，为他做饭，收拾床铺，同他闲聊。我问他："300 年后究竟是怎样的生活？如果对时空旅行者没有什么职业道德的要求，请你对我讲一讲，我很好奇。"

科幻小说中常常设定：时空旅行者不得向"过去"的人们泄露"未来"的细节。他没说什么"职业道德"，却也不回答我的问题，只是懒懒地应了一句："没什么好讲的。"

我问："你妈妈呢？不是指大妈妈，是说你真正的妈妈。她知道你这趟旅行吗？"

我悄悄观察他对这个问题的反应。没有反应。他极简单地答："我没妈妈。"

不知道他是孤儿，还是那时已经是机械化生殖了。我没敢问下去，怕再戳着他的痛处。

后来两人道过晚安，回去睡觉。我躺在床上，揶揄自己："你真的走火入魔了啊！竟然同杀手言笑晏晏，和平共处。"而且，我竟然很快入睡了，并没有紧张得失眠。

不过夜里我醒了。屋里有轻微的鼻息声，我屏住呼吸仔细辨听，没错。我镇静地微微睁开眼，透过睫毛的疏影，看见戈亮站在夜色中，就在我的头顶，一动不动，如一张黑色的剪影。他要动手了！一只手慢慢伸过来，几乎触到了我的脸，停住，近得能感觉到他手指的热度。我想，该不该摸出枕下的匕首，大吼一声捅过去？我没有，因为屋子的氛围中感觉不到丝毫杀气，相反倒是一片温馨。很久之后，他的手指慢慢缩回去，轻步后退，轻轻地出门，关门。他走了。

留下我一人发呆。他来干什么？下手前的"踩盘"？似乎用不着吧，可以肯定的是，他这次没有带凶器。我十分惊诧于自己的镇定，临大事有静气，泰山崩于前而色不变。

这份胆气，便是去做职业杀手也绰绰有余了。怎么也比戈亮强。

我苦笑着摸摸自己的脸颊，似乎感到那根手指所留下的温暖和滑润。

一个人照料孩子非常吃力，特别是你两三岁时，常常生病，高烧，打吊针。你又白又胖，额头的血管不好找，总是扎几次才能扎上。护士见你来住院就紧张，越紧张越扎不准。扎针时你哭得像头凶猛的小豹子，手脚猛烈地弹动。别的妈妈遇到这种场合就躲到远处，让爸爸或爷爷来摁住孩子的手脚，男人们心硬一些。我不能躲，我只有含泪摁着你，长长的针头就像扎在我心里。

一场肺炎终于过去了，我也累得散了架。晚上和你同榻，大病初愈的你特别亢奋，不睡觉，也不让我睡，缠着我给你讲故事。我实在太困了，说话都不连贯，讲着讲着你就会喊起来："妈妈你讲错啦！你讲错啦！你咋乱讲嘛！"我实在支撑不住，因极度困乏而暴躁易怒，凶狠地命令你住嘴，不许再搅扰妈妈。你扁着嘴巴要哭，我恶狠狠地吼："不许哭！哭一声我打你！"

你被吓住了，缩起小身体不敢动。我于心不忍，但瞌睡战胜了我，很快入睡了。不知道睡了多长时间，似睡非睡中有东西在摩挲我的脸。我勉强睁开眼，是你的小手指——那么娇嫩柔软的手指，胆怯地摸我的脸，摸我的乳房。摸一下，缩回去，再摸。在那一瞬间我回到了 3 年前，感受到戈亮的手指在我脸颊上留下的温暖和滑润。

看来你是不甘心自己睡不着而妈妈呼呼大睡，想把我搅醒又有点儿胆怯。我又好气又好笑，决定不理你，转身自顾睡觉。不过，你的胆子慢慢大起来，摸了一会儿见我没动静，竟然大声唱起来！用催眠曲的曲调唱着："小明妈妈睡着喽！太阳晒着屁股喽！"

我终于憋不住了，突然翻过身，抱着你猛亲一通："小坏蛋，我叫你唱，我叫你搅我瞌睡！"你开始时很害怕，但很快知道我不是发怒，于是搂着我的脖子，咯咯地笑起来，笑得喘不过气。

真是天使般的笑声啊。我的心醉了，困顿也被赶跑了。我搂住你，絮絮地讲着故事，直到你睡熟。

第二天早饭，戈亮向我要钱。我揶揄地想：进步了啊，出门知道要钱了。我问他到哪儿去，他说看两个同伴，时空旅行的同伴。

两个同谋，同案犯。我在心里为他校正，嘴里却在问："在哪儿？我得估计需要多少费用。"他说一个在以色列的特拉维夫，一个在越南的海防市。我皱起眉头："那怎么去得了？出国得申请办护照，很麻烦，关键是你没有身份证。"

"我有，身份识别卡，在这儿。"他指着右肩头。

我在那儿摸到一粒谷子大小的硬物，摇摇头："不行，那是 300 年后的识别卡，在这个时代没有相应的底档。"

我与他面面相觑。我怕伤了他的自尊心，小心地问："难道你一点也不知道 300 年前的情况？你们来前没做一点准备？"舌头下压着一句话，"就凭这点道行，还想完成你们的崇高使命？总不能指靠被杀对象事事为你想办法。"

戈亮脸红了："我们走得太仓促，是临时决定的，随即找大妈妈，催着她立即启动了时间机器。"

我沉默了，生怕说出什么话来刺伤他。过了一会儿，他闷闷地说："真的没办法？"

"去以色列真的没办法，除非公开你的身份，再申请特别护照。那是不现实的。去越南可能可以吧，那儿边界不严，旅游团队很多。我给你借一张身份证，大样不差也许能混过去。你可以随团出去，再自由活动，只要在日程之内随团回国，是可以通融的。我找昆明的朋友安排。"

他闷闷地说："谢谢。"扭头回自己屋了。

我心中莞尔：这孩子进步了，知道道谢了。自从他到我家，这是第一次啊。

我很快安排妥当，戈亮第二天就走了。让这个家伙搅了几天，乍一走，屋里空落落的，我反倒不习惯了。现在，我可以静下心来想想，该如何妥善处理这件事。我一直在为他辩解：他的决定是一时冲动，是不切实际的空想，很可能不会付诸实施。而且——也要考虑到动机是高尚的，说句自私的话吧，如果不是牵涉到我的儿子，说不定我会和他同仇敌忾，帮他完成使命。毕竟我和他是同类，而大妈妈是异类。即使现在，我相信也可以用爱心感化他，把杀手变成朋友。

但晚上看到的一则网上消息打破了我的自信：以色列特拉维夫市的一名天才少年莫名其妙地被杀害，他今年 13 岁，已经是耶路撒冷大学的学生，主攻量子计算机的研究。凶手随即饮弹自尽，身份不明，显然不是以色列人，但高效率的以色列警方至今查不到他进入国境的任何记录。

网上还有凶手的照片，一眼看去，我就判定他是戈亮的同伴或同谋。极健美的身躯，落难王孙般的高贵和寡合，懒散的目光。我不知道大妈妈是否警告过被杀的少年或其父母，但看来，无所不能的大妈妈并不能掌控一切。

现在我真正感到了威胁。

7 天后戈亮返回，变得更加阴沉寡言。我想他肯定知道了在以色列发生的事。那位同伴以自己的行为、自己的牺牲树立了榜样，催促他赶快履行自己的责任。这会儿他正在沉默中淬硬自己的感情，排除本性的干扰，准备对我下手了。我像个局外人而非凶杀的目标，冷静地观察着他。

我问他有什么打算，是不是要多住一段时间。如果他决心融入"现在"，那就要早做打算。戈亮又发怒了："你是要赶我走吗？"

我冷冷地说："你已经不是孩子了，话说出口前要掂量一下，看是否会伤害别人。你应该记住，别人和你一样也有自尊心。"

我撇下他，回到书房。半个小时后戈亮来了，认真地向我道歉。我并没有打算认真同他怄气，也就把这一页掀过去了。午饭时他直夸我做的饭香，真是美味。我忍住笑说："我叫你学礼貌，可不要学虚伪，我的饭真的比 300 年后的饭好吃？"他说："真的，一点不是虚伪，我真想天天吃你做的饭。"我笑道："那我就受宠若惊啦。"

就在那天下午，戈亮突然对我敞开心扉，说了很多很多。他讲述着，我静静地听。他说："300 年后世界上到处是大妈妈的大能和大爱，弥天漫地，万物浸泡其中。大妈妈掌控着一切，包括推进科学的发展，因为人类的自然智力同她相比早就不值一提了；大妈妈以无限的爱心为人类服务，从生到死，无微不至。人类是大妈妈心爱的宠物，比你宠灵灵更甚。你如果心情不好，可以踢灵灵一脚。大妈妈绝对不会的，她对每个人都恭谨有加，她以自己的高尚衬托出人的卑怯。生活在那个时代真幸福啊，什么事都不用干，什么心都不用操。"

"所以我们三个人再也忍不住了，决定返回 300 年前杀死几个科学家，宁可历史倒退 300 年。"他突兀地说。

他只是没明说，要杀的人包括我儿子。

我想再证实一下大妈妈说过的话。我问："大妈妈知道你们此行的目的吗？"

"我们没说，但她肯定知道，瞒不过她的。没有什么事能瞒过她。"

"既然知道，她还为你们安排时空旅行？"

戈亮冷笑："她的誓言是绝对服从人类嘛。"

那么，大妈妈说的是实情。那么，三个大男孩是利用她的服从来谋害她，这种做法——好像不大地道吧，虽然我似乎应该站在戈亮的立场上。

还有，不要忘了，他们杀死大妈妈，是通过杀我儿子来实现呢。

很奇怪，从这次谈话之后，戈亮那个行动计划的时钟完全停摆了。他把凶器顺手扔到墙角，从此不再看一眼。他平心静气地住下来，什么也不做，真像到表姐家度假的男孩。

我巴不得他这样，也就不再盘问。

春天，小草长肥了，柳絮在空中飘荡，还有看不见的花粉。戈亮的过敏性鼻炎很厉害地发作了，一连串的喷嚏，止不住的鼻涕眼泪，眼结膜红红的，鼻黏膜和上呼吸道痒得令他发疯，最厉害时晚上还会哮喘发作，弄得他萎靡不振。

他看似健美的身体实际中看不中用。戈亮说："300 年后 85% 以上的人都过敏，无疑人们太娇贵了。当然，那时不用你担心，大妈妈会为你提供净化过的空气，提醒你服用高效的激素药物。还是有妈的孩子幸福啊。"

我很心疼他，带他去变态反应科看病，打了针，又用喷鼻剂每天喷着，总算把病情控制住了。

这天北京来电话，北大和清华的科幻节定在两天后举办。我是特邀嘉宾之一，答应过要出席，现在该出发了。灵灵我已安排好，让邻居代养着。现在的问题是戈亮怎么办。像他这样没有一点自理能力，留家里怕是要饿死的，烙个大饼套在脖子上也只知道啃前边那块。只好带他一块儿去了。当然我没说饿死不饿死的话，只是说："跟我去吧，你想，带一个未来人参加科幻节多有意义啊。不过你放心，我会把这意义埋在心底，绝不会透露你未来人的身份。"戈亮无可无不可地说："行啊，跟你去。"

两校科幻节的日程安排得很紧，本来可以合在一起开的，但负责接待的女大学生肖苏说北大和清华都很牛，无论会场放在哪家，另一家都会觉得没面子，于是只好设两个会场。国内有名的科幻作家都来了，A 老师、B 老师、C 老师，我都很熟。共三位女作者，其他两人家在北京，所以主办方给我安排了一个单间，带套间的，于是我让戈亮也住这儿了。我是想省点儿住宿费，也方便就近照顾他。戈亮来我家后，已经让我的花销大大超支。我知道这么安排肯定有人用暧昧的眼光看我们，但我不在乎。

晚上，我照例为戈亮调好水温，他进去洗澡。学生们来了，有北大科幻协会会长刘度，清华科幻协会会长董明，负责此次会务的姑娘肖苏。刘度进来就笑："久仰久仰，没想到陈老师这么年轻漂亮。读你的小说，我总以为你是80岁的老人，男的，白须飘飘，目光苍凉，麻衣草履，在蒲团上瞑目打坐。"

我说："你是骂我呢，我的小说一定非常沉闷、乏味、老气横秋，对吧？"

刘度笑道："不不，哪能呢，绝对说不上沉闷乏味，老气横秋倒是有一点。不过还是换个褒义词吧：沧桑感。"

正说着，戈亮出来了，只穿着三角裤，一身漂亮的肌肉，对客人不理不睬的，径直回他的套间里去穿衣服。几个学生看看他，互相交换着目光，肯定是各有想法，屋里的谈话因此有片刻的迟滞。

我忙说："我的表弟。非要跟我来看看北大、清华。这是所有年轻人心中的圣地。你们是天之骄子啊，14亿人优中选优的精英。刘度，听说你考上北大前，高考期间还写了部10万字的科幻小说？董明，听说你在高中就精通两门外语？"

他们笑着点头，董明纠正说只是粗通而已，"非常佩服你们的精力和才气。和你们比，我已经是老朽了。真的，到你们这里办讲座，我很自卑。"

肖苏笑了："我们才自卑呢。我们既勇敢又自卑：克服了自卑，勇敢地参加科幻协会。你知道，在大学里，尤其是在北大清华，科幻被认为是小毛头们才干的事。不过，我们舍不下从中学里就种下的科幻情结。"

我呻吟着："天哪，北大清华学生说自卑，还让我活吗？我这就走了，你们别拦着。"

他们都笑了。不过，第二天在会场上，我对他们的自卑倒是有了验证。那天是在北大的一个学术报告厅，参会的学生有近 300 人，北京各高校的科幻协会都派了代表。A、B、C 等作家全部到场，在讲台上坐了一排。戈亮被安排到讲台下边第一排坐下。可能是赴京途中受了刺激，他的过敏性鼻炎又犯了，满大厅不时响起旁若无人的响亮的阿嚏声。

我们没料到，讲座刚开始就有一个"反科幻"的学生搅场，他第一个发言，说："我今天是看到你们的海报顺便进来听听的。我从来不看科幻作品，我认为科幻就是胡说八道。"

满场默然，没有一个科幻迷起来反驳。科幻作家们也不好表态，只有 A 老师回了两句，但也过于温和了。我不知道满座的沉默是什么原因：是绅士风度，还是真的自卑？

我忍不住要过话筒："对这位同学的话，我想说几句。读者完全可以决定不看什么作品，可以讨厌它，那是你们的自由，没人会干涉。但如果你们想在文章中，或在大庭广众下，公开指责这些作品，那就必须先看过再批驳，否则就是对读者和听众的不尊重，也恰恰显露了你们的浅薄。"

会场中有轻微的笑声。没人鼓掌。我又在想那个问题：宽容还是自卑，也许两者都有吧。我看看戈亮，他在用目光对我表示支持，那一刻我真想把他的身份公布于众！不过那个搅场者还是有羞耻心的，几分钟后悄悄溜出了会场。

会场的气氛慢慢活跃了，学生们提了很多问题，不外是问各人的创作经历，软硬科幻的分别，等等，台上的作家轮流作答。有这几位大腕作家挡阵，我相对清闲一些。后来负责会务的肖苏点了我的将："我有一个问题请陈影老师回答。杨振宁先生曾说过，科学发展的极致是宗教。请问你如何理解这句话？"

我有点慌乱，咽口唾沫："这个问题太大，天地都包含其中了，换个人回答行不？我想请 A 老师或 B 老师回答，比较合适。"

那两人促狭地说："啊不，不，你回答最合适，忘了你的笔名是女娲？补天的女娲肯定能回答这个问题。大家欢迎她，给她一点掌声！"

在掌声中，我只好赶鸭子上架。理一理思路，我说："杨振宁先生的原话是：科学发展的终点是哲学，哲学发展的终点是宗教。不过肖苏同学已经做了简化，那我也把哲学抛一边吧。我想，科学和宗教的内在联系，当然是对大自然的敬畏。科学已经解答了'世界是什么样子'，但还没有解决'为什么世界是这个样子'。我们面对的宇宙有着非常严格、非常简洁、非常优美的规律——为什么是这样？为什么不是一个乱七八糟、毫无秩序的世界？谁是宇宙的管理者？在宇宙大爆炸之前，是谁事先定出宇宙演化必须遵循的规律？不知道。所以，科学越是昌明，我们对大自然越是敬畏，类同于信徒对上帝的敬畏。关于这一点有很多科学家诠释过，我不想多说了。"

我喝口水，继续说道："我想说的倒是另一点，人们不常说的，那就是：科学在另一种意义上复活了宿命论。不对吧，科学就是最大限度地释放人的能动性，怎么能和宿命扯到一块儿？别急，听我慢慢道来。当科学的矛头对外变革客观世界时，没有宿命的问题。科学已经帮助人类变得无比强大，逐渐进入自由王国。当然也让人们知道了一些终生的禁行线，比如不能超越光速，不能有永动机，粒子的测不准，熵增不可逆，不能避免宇宙灭亡，这一点已经有点宿命论的味道了，等等。但一般来说，这些禁行线对人类心理没有什么伤害。

"如果把科学的矛头对内，对着人类自己，麻烦就来了。自指就会产生悖论，客观规律与能动性的悖论。我们常说：随着科学的发展，人类终将完全认识人类文明的发展规律——这句话是什么意思？翻译过来就是：人类殚精竭虑，胼手胝足，劈开荆棘，推开浮沙，终于找到了正确的文明之路。它平坦，坚实，用整块花岗岩铺成，上面镌着上帝的圣谕：'此路往达自由王国，令尔等沿此路前行，不得越雷池半步。'这就是我们追求的自由？一个和宇宙一样大的玩笑。"

下面熙熙攘攘，嘈杂声中夹着响亮的阿嚏声。我忽然想到，这次带戈亮来，带对了，我把这个问题回答透彻，也许能解开他的心结。

我笑着说："听下边的动静是不服？我继续说。以上是纯逻辑性的玄谈，下面说实证。实证太多，不胜枚举。比如克隆人，大家都知道，克隆人的出现将极大地冲击人类的道德伦理体系，国际社会一致反对克隆人，联合国最近还通过了一个公约，虽然没有约束力。但克隆人能挡得住吗？我敢打赌，绝对挡不住，人类意志之外的某种力量必将使我们走上'上帝划定之路'。其实有没有克隆人还是个癣疥之疾，如果对医学来个整体的反思，我们会发现一些根本性的悖逆。"

我介绍了网上那位菩提老祖很异端的观点，"……这么说，医学实际上只对人类个体的生存质量有利，而对整个人类种族的繁衍无益，甚至有害。不过，即使我们承认这一点，文明之路也绝不会改变，我们'命定'要走这条路，靠医学而不是靠自然选择来保障种群的繁衍。

"再说战争。战争是人类社会的怪胎，兽性随着文明的进步而同步强化。在这点上我们比野兽可强多了，兽类也有同性相残，偶尔有过杀行为，但哪里比得上人类这样'专业'，这样波澜壮阔！我是个和平主义者，我相信人类中的智者都憎恶战争。但是，人类意志之外的某种东西推着我们往这条路上走。作为个人，你尽可以声明反战、拒服兵役，以及抗议战争。但作为整体，人类文明必然和战争密不可分。现在，假定有了时间机器——顺便宣布一则消息，人类在 2307 年前将发明时间机器，这是确实的消息，请在场的人做好记录。说不定已经有人乘坐它今天来这儿开会呢。"

大家以为我是在开玩笑，哄堂大笑。我看看戈亮，他很得意。

"假如有了时间机器，坚定的和平主义者作为强者回到过去，回到人类先祖走出非洲那一刻，对那些蒙昧人严加管束，谆谆教导，把'战争'两个字从他们头脑中完全挖出去，然后，1 万年的人类历史便是 1 万年的和平史——可能吗？我想在座没人会相信吧。

"战争也许有一天终被消灭，但其他罪行，如强奸、谋杀、盗窃、暴力、自杀等，就无法根除了，它们将相伴人类终生。为什么会这样？如果人类没有原罪，一片光明，那该多么令人向往！不过，那只能是完美主义者的幻想。"

我停了片刻。"再说人工智能的发展。"我有意把这个话题放在最后。我看看第一排的戈亮，这番话主要是对他说的："我历来不认为人类智能比人工智能高贵。它们都是物质自组织的产物，当自组织的复杂化程度和精细化程度达到临界点，就会产生智慧，没有也不需要有一个外在的上帝为它吹入灵魂。所以，总有一天，非自然智能会赶上和超过人类，我对这一点毫不惊奇。当然，大多数人接受不了这一点，不愿意非自然智能代替人类成为地球的主人，这种看法算不上顽固保守，这是我们的生存本能决定的。那我们赶紧行动起来，来个全球大串联，就定在今年中秋节，砸碎全世界所有电脑，彻底根除后患，解放全人类——可能吗？你们说可能吗？谁都知道答案的。个人有自由意志，人类就整体而言并无自由意志。我们得沿着'客观规律'所决定的，或者说上帝所划定的路前行。所谓'人类的自由意志'只是一个完美的骗局。"

学生们显然不信服我的话，这从他们的目光中就能看到。不过我不在乎，我只在乎戈亮的反应。如果这番话多少能纾解他的心结，我就满意了。

　　命定之路是不能改变的，不管阿亮他们三位做出怎样的牺牲。但个人有自由意志。我可以让你远离科学。

　　这样做很难。你天生是科学家的胚子。记得童年到少年时你就常常提一些怪问题，让我难以回答。你问："妈妈，我眼里看到的山啦，云啦，大海啦，和你看到的是不是完全一样？"你问："光线从上百亿光年远的星星跑到这儿，会不会疲劳？"你问：
"男女的性染色体是 XY 和 XX，为什么不是 YY 和
XX 呢，因为从常理推断，那才是最简洁的设计。"

初中时，你迷恋上了音乐，但即使如此，你也
是从"物理角度"上迷恋。你问："为什么音乐中有
八度和音？这里有什么物理原因？外星人的音乐会
不会是九度和音、十度和音？人和动物甚至植物都
喜欢听音乐，能产生快感，这里有没有什么深层面
的联系？"

不管怎么说，我终于发现了音乐可以拴住你的
心。我因势利导，为你请了出色的老师，把你领进
音乐的殿堂。高考时你考上了中国音乐学院的作曲
系。你在这儿如鱼得水，大二时的作品就已经有全
国性的影响。音乐评论界说你创作的《时间与终点》
有"超越年龄的深沉和苍凉"，说它像《命运交响
曲》一样，旋律中能听到命运的敲门声。

我总算吁了一口气。

从北大到宾馆路不远，我们步行回去，刘度他们同我告
别，让肖苏送我俩。一路上戈亮仍没话，有点发呆，也许我
在会场上说的话对他有所触动。肖苏一直好奇地观察着他，
悄悄对我说："你表弟有一种很特殊的气质。"我说："什么气
质？"她说："不好说，很高贵那种，就像是皇族成员落到普
通人堆里那种感觉。"又说，"他比你小七八岁吧，这不算缺
点。"我有些发窘，说："你瞎想什么嘛，他真是我表弟。"肖
苏咯咯地笑了："你不必辩白，我不打听个人隐私。"

平心而论，我带着这么一个大男孩出门，又同居一室，难免令人生疑。我认真地说："真不是你想象的姐弟恋。如果是，我会爽快承认的，我又不是歌星影星，要捂着自己的婚事或恋情，怕冷了异性歌迷的心。"我笑着说，"实话说吧，他是从 300 年后来的未来人，乘时间机器来的。"

"那好啊，未来人先生，让我们握握手。"

戈亮同她握手，问她："今天会场上，我陈姐答出你的问题了吗？"

肖苏笑道："非常有说服力，我决定退出科幻协会，正考虑皈依哪种宗教呢。"她转回头向我，"陈老师。"

我说："喊陈姐，我听着'老师'别扭。"

"陈姐，你今天说：个人有自由意志，人类整体没有自由意志，让我想起了量子效应的坍缩。微观粒子的行为不可预测，它们可以通过量子隧道到达任何地方，可以从真空中凭空出现虚粒子，等等。有时想想都害怕，原来我们眼前所有硬邦邦的实体，都是由四处逃逸的幽灵组成的！但大量粒子集合之后，这些'自由意志'就突然消失了，只能老老实实地遵照宏观物体的行为规则，一个子弹不会从真空中突然出现，我们的身体也不会穿过墙壁。你看，这和你说的人类行为是不是很类似？我知道量子行为和人类行为风马牛不相及，但两者确实相像。"

我说："没什么难理解的，一点也不高深，都不过是一个概率问题。大量个体的集合，把概率较小的可能性抵消了，只有概率最大的可能性才能表现出来。"

"不过陈姐，我总觉得你的看法太消极，如果人类走的是'命定'之路，那我们都可以无所作为了，反正是命定的嘛。"

"恰恰相反。这条路'命定'了大多数的人会积极进取、呕心沥血地寻找那条命定之路。看破红尘而自杀的只会是少数，就算它们是有'自由意志'的'量子'吧。"

"又一个悖论。一个怪圈。"

我们都笑。我说："打住吧，不要浪费良辰美景了，这种讨论最终会陷入玄谈。"戈亮停下来，仰面向天，一连串响亮的喷嚏喷薄而出。我担心地说："哟，鼻炎又犯了吧，今天不该让你出来活动的。快用喷鼻剂。"

戈亮眼泪汪汪，说："在宾馆里，忘带了。"

我暗自摇头，他连自己的事也不知道操心："怪我忘了提醒你。快回去吧。"

肖苏奇怪地看着戈亮，小声对我说："陈姐，也许他真是300年后来的人呢。你听他的口音，有一股特殊的味儿，特别字正腔圆，比齐越、赵忠祥的播音腔还地道。我是在北京长大的，也从没听过这么标准的口音。"

我用玩笑搪塞："是吗？我明天推荐他到央视，把主持人的饭碗抢过来。"

晚上我悉心照料戈亮，先关闭了窗户，手边没有喷雾器，我就用嘴含水把屋里喷遍以降低空气中的花粉含量，又催着他使用喷鼻剂，还去宾馆医务室为他讨来地塞米松。到11点，他的发作势头总算止住了。

戈亮半倚在床上，看着我跑前跑后为他忙碌，真心地说："陈姐，谢谢你。"

我甜甜地笑："不用客气嘛。"心想自己算得上教导有方，才半个多月，就把一个被惯坏的大男孩教会了礼貌，想想很有成就感。

戈亮还有些喘，睡不着觉，我陪着他闲聊。他说："没想到你对大妈妈篡位的前景看得这么平淡。"我说："我当然不愿意看到，但有些事非人力所能扭转。再说，人类也不是天生贵胄，不是上帝的嫡长子，都是物质自组织的一种形式罢了。非自然智能和我们的唯一区别是，我们的智能从零起步，而大妈妈是从一百起步，人类为她准备了比较高的智力基础。也许还有一个区别：我们最终能达到高度一千，而它能达到一万亿。"

阿亮沉重地说："那么我回来错了？我们只能无所作为？"

"不，该干吗你还干吗。生物进化史上大多数物种都注定要灭绝，但这并不妨碍该种族最后的个体仍要挣扎求生，奏完最后一段悲壮的乐曲。"我握住他的手，决定把话说透，"不过不一定非要杀人。戈亮，我已经知道了你返回 300 年前的目的，你有两个同伴，其中在以色列的那位已经动手了，杀了一位少年天才。"

戈亮苦涩地摇头："我不会再干那件事了，越南那位也不会干了。其实我早就动摇了，你今晚那些话是压垮骆驼的最后一根稻草。你说个人有自由意志，很对。我那时决定回来杀你的儿子——是自由意志，现在改变决定——也是自由意志。不杀人了，不杀你，不杀你丈夫。不过，我只是决定了不干什么，还不知道该干什么。"

"我丈夫还不知道在哪儿哪，我儿子还没影呢。"我笑，"不过我向你承诺，如果我有了儿子或女儿，我会让他远离科学研究。我这么做并不是指认科学有罪，我只是为了你，为了你的苦心。还有，我也不敢保证一定能做到——我的儿女也有自由意志啊——但我一定尽力去做。"

戈亮笑着说："谢谢。这样我总算没有白忙活一场，也算多多少少改变了历史。我不再是废物了，对吧。"

他用的是玩笑口吻，不过玩笑后是浓酽的酸苦。我心中作疼，再次郑重承诺："你放心，我会尽力去做。"

你在大三时突然来了那个电话，让我异常震惊。震惊之余心中泛起一种恍惚感，似乎这是注定要发生的，而且似乎是我早就预知的。你说，经过两个月的思索，你决定改行搞物理。我尽力劝你慎重：你在作曲界已经有了相当的名气，前途无量，这么突兀地转到一个全新领域，很可能会失败，弄得两头全耽搁。

你说："这些理由我全都考虑过了，但说服不了自己。我一直站在科学的殿堂之外看它的内部，越是这样，越觉得科学神秘、迷人，令我生出宗教般的敬畏。两个月前我听了科学院周院士的报告，对量子力学特别入迷。比如孪生光子的超距作用，比如人的观察将导致量子效应的坍缩，比如在量子状态中的因果逆动。我觉得它们已经越出了科学的疆界，达到哲学的领域，甚至到了宗教的天地……"

我不由得想起杨振宁先生关于科学、哲学和宗教的那段话，觉得相隔20年的时空在这儿接合了。我摇摇头，打断你的话："你是否打算主攻量子计算机？"

"对呀，妈妈你怎么知道？"

我苦笑："你已经决定了吗？不可更改？"

"是的，其实这些年我一直在自学物理专业的基础课。我和周院士有过一次长谈，他是一位不循规蹈矩的长者，竟然答应收我这个门外汉做研究生。他说我有悟性，有时候悟性比学业基础更重要。我的研究方向是量子计算机的退相干，你对这个课题了解吗？"

我了解。我不了解细节，但了解它的意义，深知它将导致什么，比你的导师还清楚。科学家都是很睿智的，他们能看到50年后的世界，也许能到100年——而戈亮已经让我看到300年后了。我仍坚持着不答应你，不是一定要改变结局，而是为了对戈亮的承诺，我说："小明，你听我讲一个故事，好吗？这个故事我已经零零碎碎、旁敲侧击地对你说过，但今天我想完整地、清晰地讲给你。"

我讲了戈亮的一生，你爸爸的一生。你一直沉默地听着，偶尔对时空旅行或"大妈妈"提一些问题。也许是我多年来的潜移默化，你看来对这个故事很有心理准备。最后我说："妈妈只有一个要求：你把这个决定的实施向后推迟1年，如果1年后你的热情还没有熄灭，我不再拦你。不要怪妈妈自私，我只是不想让你爸爸的牺牲显得毫无价值。行吗？"

你在犹豫。你已经心急如焚，要向科学要塞发起强攻，一切牺牲早已置之度外。探索欲是人类最顽固的本性之一，一如人们的食欲和性欲。即使某一天，某个发现笃定将导致人类的灭亡，仍会有数不清的科学家们争先恐后、奋不顾身地向它扑过去，其中就有你。

你总算答应了："好吧，1年后我再和妈妈谈这件事。"

我很宽慰："谢谢你，儿子，我很抱歉，让你去还父母的债。"

你平静地说："干吗对儿子客气，这是我应该做的，不管是对你，还是对我从没见面的爸爸。妈妈再见。"

我就是在那个晚上从戈亮那儿接受了生命的种子，俗话说这是撞门喜。那晚我们长谈到两点，然后分别洗浴。等我洗浴后，候在客厅的戈亮把我从后边抱住，我温和地推开他，说："不要这样，我们两个不合适的，年龄相差太悬殊。"

戈亮笑道："相差309岁，对不？但我们的生理年龄只差9岁，我不会把这点差别看在眼里。"

我说："不，不是生理年龄，而是心理年龄。咱们的交往从一开始就把你我的角色都固定了，我一直是长姊甚至是母亲的角色。我无法完成从长辈到情人的角色转换，单是想想都有犯罪感。"

戈亮仍是笑："没关系，你说过我们相差309岁呢，别说咱们没有血缘，即使你是我的长辈，也早出五服、十服了。"

没想到他又拐回去在这儿等我，我被他的诡辩逗笑了："你可真是，正说反说都有理。"我发现，走出心理阴影的戈亮笑起来灿烂明亮，非常迷人。最终我屈服于他强势的爱情，我的独身主义在他的一招攻势前就溃不成军。然后是一夜欢愉，戈亮表现得又体贴又激情。事后我说："糟糕，我可能会怀孕。今天正好是我的受孕期，咱们又没采取措施。"

戈亮不在乎地说："那不正好嘛，那就把儿子生下来呗。"

我纠正他："你干吗老说儿子，也可能是女儿。"

戈亮没有同我争，但并不改变他的提法："我决定不走了，不返回 300 年后了。留在这儿，同你一块儿操持家庭，像一对鸟夫妻，每天飞出窝为黄口小儿找虫子。"

我想起一件事："噢，我想咱们的儿子一定很聪明，你想，300 年的时空距离，一定有充分的远缘杂交优势。你说对不对？"

戈亮苦笑："让他像你吧，可别像我这个废物。"

我恼火地说："听着，你如果想留下来和我生活，就得收起这些自卑，活得像个男人。"

戈亮没有说话，搂紧我，当作他的道歉。忽然我的身体僵硬了，一个念头电光般闪过脑海。戈亮感觉到我的异常，问我怎么了，我说没事，然后用热吻堵住他的嘴巴。再度缠绵后戈亮乏了，搂着我入睡。我不敢稍动，在暮色中大睁两眼，心中思潮翻滚。也许——这一切恰恰是大妈妈的阴谋？她巧借几个幼稚青年的跨时空杀人计划，把戈亮送到我的身边，让我们相爱，把一颗优良的种子种到我的子宫里，然后——由戈亮的儿子去完成那个使命，完成大妈妈所需要的科学突破。

让戈亮父子成为敌人，道义上的敌人。

我想自己是走火入魔了。这种想法太扭曲，太钻牛角尖，也会陷进"何为因何为果"这样逻辑上的悖论，大妈妈的阴谋成功前她是否存在？这样的胡思乱想不符合我的思维惯性，但我无法完全排除它。关键是我惧怕大妈妈的智力，她和我们的智慧不是一个数量级的。所以——也许她会变不可能为可能。

戈亮睡得很熟，像婴儿一样毫无心事。我怜悯地轻抚他的背部，决心不把我的疑问告诉他。如果他知道自己竟然成为大妈妈阴谋的执行者，一定会在自责和自我怀疑中发疯。我要一生一世守住这个秘密，把十字架自己扛起来。

第二天，我俩返回南都市我的家——应该是我们的家了。第一件事当然是到邻居家里接回灵灵。灵灵立起身来围着我们蹦，狂吠不止，那意思是我们竟然忍心把它一丢5天，实在不可原谅。我们用抚摸和美食安抚住它。看得出戈亮对灵灵的态度起了大变化，不再讨厌它了。

戈亮一连几天都在沉思，还是躺在院子里的摇椅中，一只手捋着身边灵灵的脊毛。我问他在想什么，他说："我在想怎样融入现在，怎样尽当爸的责任，可惜到现在还没有发现自己有什么生存技能。"我笑着安慰："不着急，不着急，把蜜月度完再操心也不迟。"

戈亮没等蜜月过完就出门了，我想他应该是去找工作，没有说破，也没有拦他。我很欣喜，做了丈夫和准爸爸的戈亮在一夜间长大了，成熟了，有了责任感。我没陪他出去，留在家里等大妈妈的电话，我估计该打来了，结果正如我所料。大妈妈问戈亮的情况。我说他的过敏性鼻炎犯了，很难受，不过这些天已经控制住了。她歉然道："怪我没把他照看好。你知道，把2307年的抗过敏药，还有衣服，带回到

2007 年有技术上的困难。"

"不必担心，我已经用 21 世纪的药物把病情控制住了。"

我本不想说出我对大妈妈的怀疑，但不知道为什么没能管住舌头。我冷笑着想也许我说不说都是一回事，以大妈妈的智力，一定已经发明了读脑术，可以隔着 300 年的时空，清楚地读出我的思维。

我说："大妈妈，有一个消息我想你已经知道了吧。我同戈亮相爱了，并且很可能我已经受孕。可能是男孩，一个具有远缘杂交优势的天才，能够完成你所说的科学突破。我说的对吗，大妈妈？"

我隔着 300 年的时空仔细辨听着她的心声。大妈妈沉默片刻——我疑虑地想，以她光速的思维速度，不需要这个缓冲时间吧——叹息道："陈影，你怎么会有这样的怪想法。你在心底还是把我当成异类，是不是？你我之间的沟通和互信真的这么难吗？陈影，没有你暗示的那些阴谋。你把我当成妖怪了，或是万能的上帝了。要知道既仁慈又万能的上帝绝不存在，那也是一个自由意志和客观存在之间的悖论。"她笑着说，显然想用笑话调节我们之间的氛围。

也许我错把她妖魔化了，或者我在智斗中根本不是她的对手。在她明朗的笑声中，我的疑虑很快消融，觉得难为情。

大妈妈接着说："我确实不知道你们已经相爱，更不知道你将生男还是生女。我说过，自从有人去干涉历史，自那之后的变化就非我所能预知。我和你处在同样的时间坐标上。我只能肯定一点：不管戈亮他们去做了什么，变化都将是很小的，属于'微扰动'，不会改变历史的大趋势。"她又开了一个玩笑，"有我的存在就是一个铁证。我思故我在，我在故我对。"

我和解地说："大妈妈，我是开玩笑。别放在心里。"

我告诉她，戈亮很可能不再返回，打算定居在"现在"。她说："我也有这样的估计。那就有劳你啦，劳你好好照顾他。我把一副担子交给你了。"

"错！这话可是大大的错误。现在他是我的丈夫，男子汉大丈夫，我准备小鸟依人般靠在他肩膀上，让他照顾哩。"

我们都笑了，大妈妈有些尴尬地说："在母亲心里，孩子永远长不大——请原谅我以他的母亲自居。我只是他的仆人，不过多年的老女仆已经熬成妈了。你说对吗？"

我想她说的对。至少在我心里，这个非自然智能已经有了性别和身份：女性，戈亮的妈妈。

大妈妈说她以后还会常来电话的，我们亲切地道别。

我为戈亮找到一份最合适的工作：科幻创作。虽然他说自己"不学无术"，远离 300 年后那个时代的科学主流和思想主流，但至少说，耳濡目染，他肯定知道未来社会的很多细节。在我的科幻创作中，最头疼的恰恰是细节的建造。所以，如果我们俩优势互补，比翼双飞，什么"银河奖""雨果奖""星云奖"都不在话下。

对我的如簧巧舌，他平静地内含苦涩地说："你说的不是创作，只是记录。"

"那也行啊，不当科幻作家，去当史学家。写《三百年未来史》，更是了不得了，能写'未来史'的历史学家是前无古人，后无来者。"

他在我的嬉笑中轻松了，说："好吧，听你的。"

那个蜜月中我们真是如胶似漆。关上院门，天地都归我俩独有。每隔一会儿，两人的嘴巴就会自动凑到一起，像是电脑的自动程序——其实男女的亲吻确实是程序控制的，是上帝设计的程序，通过荷尔蒙和神经通路来实现。我以前有些老气横秋，自认为是"千年老树精"了，已经参透了色即是空，空即是色。没想到，戈亮让我变成了初涉爱河的小女孩。

我们都没有料到诀别在即，我想大妈妈也没料到。

像上次的突然到来一样，戈亮又突然走了，而灵灵照例充当了唯一的目击者。晚上我们去冲澡，戈亮先出浴室，围着浴巾。我正在浴室内用毛巾擦拭，忽然听到灵灵的惊吠，一如戈亮出现那天。侧耳听听，外边没有戈亮的声音。这些天，戈亮已经同灵灵非常亲昵了，他不该对灵灵的惊吠这样毫无反应……忽然，不祥的念头如电光划过黑夜，我急忙推开浴室门。一股气浪扑面而来，带着那个男人熟悉的味道，他刚才裹的浴巾蝉蜕在客厅的地板上，灵灵还在对着空中惊吠。我跑到客厅，跑到卧室，跑到院里。都没有戈亮的身影，清冷的月光无声地落在我的肩头。

他就这样突兀地消失，一去不返。

他能到哪儿去？这个世界上他没有一个熟人，除了越南那位同行者，但他不会赤身裸体跑越南去吧。我已经猜到了他的不幸，但强迫自己不相信它。我想一定是大妈妈用时间机器把他强召回去了。虽然很可能那也意味着永别，意味着时空永隔，毕竟心理上好承受一些。其实我知道这是在欺骗自己，戈亮怎么可能这么决绝地离开我，一句告别都不说？

不可能的，绝对不可能。

我盼着大妈妈的电话。恼人的是，我与她的联系是单向的，我没法主动打过去。在令人揪心的等待中，更加阴暗的念头也悄悄浮上来。也许，大妈妈并不是把他召回去，而是干脆把他"抹去"了。她有作案动机啊，她借着三个热血青年的冲动，把他们送到现在，也为我送来了优秀的基因源。现在，"交配"已经完成，该把戈亮除去了，否则他一旦醒悟，也许会狠心除去自己的天才儿子……

我肯定是疯了。我知道这些完全是胡思乱想。但不管怎样，戈亮彻底失踪，如同滴在火炉上的一滴水。灵灵也觉察到了家中的不幸，先是没头没脑地四处寻找，吠叫，而后是垂头丧气。我坐卧不宁，饭吃不下，觉睡不好，抱着渺茫的希望，一心等大妈妈的电话。

60天过去了，我的怀孕反应已经很强烈，嗜酸，呕吐，困乏无力。那粒种子发芽了，长出根须茎叶了，而我的悲伤已经快熬干。每一次电话铃响我都会扑过去，连灵灵也会陪着我跑向电话，但都不是大妈妈打来的。有一次是肖苏的电话，我涕泪满面，第一句话就问："你有戈亮的消息吗？"

她当然没有，戈亮怎么可能上她那儿去呢。她连声安慰我，要在网络上帮我查。我想起曾对她矢口否认同戈亮的关系，便哽咽着解释："他已经是我的丈夫了。他突然失踪了。"

肖苏只有尽力安慰我，但我和她都知道，这些安慰非常苍白无力。

大妈妈的电话终于来了，接电话时我竟然很冷静，连自己都感到意外。大妈妈一开口照例先问戈亮的情形，我冷静地说："他失踪了，在64天前突然失踪了。你对他的失踪一点也不知情，是不是？大妈妈，我已经怀孕两个月，戈亮非常疼爱他的儿子，绝不会拿儿子去交换什么历史使命……"

大妈妈当然听懂了我的话中话，打断我："等一下，我立即在历史中查询，过一会儿再把电话打回来。不过，按说他不会回到300年后或其他时间的，任何时间机器都在我的掌控中。"

她挂了电话，几分钟后又打过来："陈影，如我所料，在新的历史中没有他的踪影。请你相信，他的失踪和我无关，我真的毫不知情。陈影，我知道你的心境，但请你相信我。难道你信不过一个妈妈？"

她的声音非常真诚，不由我不信。我悲伤地说："那他究竟到哪儿去了？他绝不会丢下妻儿一去不返的。"

"陈影，你要挺住。我想，他可能已经不在人世了。时间旅行中旅行者要经过时空虫洞再行重组，个别情况下重组的个体会失稳，在瞬间解体并粒子化。历史中有这样的例子，但很少，我还没来得及把这项技术完善。请你想想，他突然消失时周围有什么异常吗？"

"我似乎觉察到一股气浪。"

"那就是了，我想戈亮已经遭遇不幸。绝不是谋害，只是技术上的失误。我很痛心，很内疚。但那已经不可挽回，除非用他的信息备份再次重组，但这是违禁的。陈影，你愿意这样做吗？你如果愿意，我可以提申请为你破例。"

我默然良久，最终拒绝了这种诱惑。我不想看到另一个戈亮，那是对原戈亮的亵渎。当然，重组的戈亮会和原来的戈亮、时空旅行前的戈亮一模一样，但我能接受他吗？这个戈亮没有来到我家之后的经历，那么，把我和他之间的一切重来一遍？我怀着他的骨肉再和他初恋？

不。和戈亮的爱情只能有一次，即使是绝对完美的技术也不能让它复演。他不是3个月后的他，而我也不是3个月前的我了。

大妈妈对戈亮之死的解释合情合理。我想，用奥卡姆剃刀来评判，这应该是最简约最合逻辑的解释，而不是我那些阴暗的怀疑。即使如此，我也不敢完全相信她的话。因为……还是那句话，同这样的超智力说什么奥卡姆剃刀，就如一头毛驴同苏东坡谈禅打机锋。但我又没有任何根据来怀疑，最多是把怀疑深埋心底。我客气地同她道别，希望她在"冥冥中"保佑我的孩子，免遭他父亲的噩运。另外，如果有戈亮的消息一定尽早通知我——这是我唯一的希望了。

一直没有戈亮的消息，看来他确实已经悄然回归虚空，不带走一片云彩，不留下一丝涟漪。大妈妈倒是常打电话来，和我保持了30年的联系，一直到你去世后才中断。倒不是说你的死亡同大妈妈有什么关联，也不是我对她再度生疑，都不是的。不过从你去世之后，我也再没有兴趣同她交谈了。和她再谈话，只能唤起痛苦的记忆，把伤口上的痂皮揭开。

舞台上的两个主角都过早下场，我扮演的角色也该结束了。

你很听我的话，又在音乐学院待了一年。一年后你仍坚持转行，我叹息着，没有再阻拦。10年后，也就是你30岁那年，8月盛夏是科学界的喜日，量子计算机技术的那4个重要突破相继完成，成功者的名单中却没有你。听到这个消息后，我不由得想起那个心酸的老掉牙的笑话：恋人结婚了，新郎不是我。

历史的结局没有变，变的是细节。但毕竟变了一点，我想阿亮九泉之下也该瞑目了——毕竟他阻止了自己的儿子去犯罪，他心目中的犯罪。上帝挑选了另一个天才去完成"注定"要完成的突破，就像是在蜂房中，蜂群会在适当的时候在蜂巢中搭上两个王台，用蜂王浆喂王台中的幼虫，谁先爬出王台谁就是新王，晚出生者则被咬死。蜂群可以说是无意识的，但你放心，它们绝不会忘记搭筑王台；正像集体无意识的人群，绝不会让"应该出生"的科学家空缺。科学发现也像蜂王之争一样残忍，成者王侯败者成灰。历史只记得成功者，不记得失败者，尽管失败者也是智力超绝的天才，也曾为科学呕心沥血，燃尽智慧。

我犹豫着没打电话，不知道该如何安慰你。这是我心中终生的痛，因为那样也许能改变你的命运。不过也说不准，命运可能比一个电话的力量更强大吧。晚上，你的电话打来了，声音听不太清，里面夹杂着呼呼的风声，也许还夹带着酒气。你冲动地告诉妈妈：你的研究已经取得突破，正在整理，最多一个月后就会发表！是和那位成功者同样的结论！

我说："孩子，你要想开一点。你还年轻，以后还有机会。"

你苦涩地说："没有机会了，至少是很难了！我起步太晚，感觉上已经穷尽心智。今后恐怕很难做出突破，至少难以做出这样重大的突破。"那晚你第一次对我敞开心扉，说出了久藏心中的话。你激愤地说："我恨爸爸，那个从未谋面的爸爸。他的什么承诺扭曲了我的一生！"

我黯然无语，实际上你该恨妈妈才对呀。不怪你爸，那完全是我对他的承诺。而且，如果我没有强劝你推迟一年转行，你已经走在所有人的前面了——但那又恰恰是你父亲的完全失败，他的努力和献身将变得毫无意义。一个两难选择，一个解不开的结。

我意识到你是在狂奔的车上打电话时，已经太晚了，我焦急地说："你是不是在开着车打电话？立即停下，停下，停在路边冷静半个小时，停下来咱娘儿俩再好好聊。听见了吗？"

你没有停下，话筒中仍是呼呼的风声，和车轮高速飞驰的沙沙声。然后是一声惊呼。猛烈的撞击声。你的手机一定撞坏了，听筒中一片沉寂。

我没有目睹你的死亡，但我亲耳听见了。2000千米外的死亡，就像发生在异相时空中。在你流着血走向死亡时，当你的灵魂向虚空中飞散时，我只能徒劳地按电话键，打北京的110，催促他们尽快找到失事的汽车。我的心已经碎了，再也不能修复，因为我那一刻已经看见了你一生的结局。

转生的巨人

一　三则新闻

今年 J 国媒体在热炒三则新闻，都是有关西铁集团掌门人今贝无彦的。当然了，鉴于今贝先生的身份，只要和他有关的事都不可能不是大事。今贝先生今年 70 岁，是 J 国首富，在 J 国经济泡沫破裂前，甚至连续多年高居福布斯世界富豪排行榜的首位。他私人拥有的土地占 J 国国土总面积的 1/6。我想，即使以豪富闻名的所罗门王，恐怕对他也是望尘莫及吧。今贝先生为人阴狠果决，目光如刀，看人看事入木三分，在国人中尤其是财界博得广泛的敬畏。他可以说是 J 国财界的教父，精神上的领袖。另一位著名财阀平田昭夫便对他崇拜得五体投地，说他是"中国唐太宗一类领百年风骚的伟人"，又慨叹道：既生瑜，何生亮！

第一则新闻：今贝先生的私人律师君直任前受当事人的委托，向皇京地方法院提出"无相对人预防式确权申请"。依照法律，确权起诉都应有相对人，即对当事人的权利有可能造成侵权者。这个申请相当古怪，可以说是开了世界各国法律进步之先河。神通广大的君直律师能让法庭受理他的诉讼请求，这本身就是他的一大胜利了：

律师：我谨代表我的当事人，向法院提出"无相对人预防式确权申请"。我的当事人不幸患了右臂骨瘤，马上要截肢，并考虑移植新肢。但右臂被截肢后就不能使用原笔迹签付支票，并失去了其主体资格的重要象征之一——指纹。为了确保当事人的各项权益不致受到威胁，特提出申请，请法院预先确认：失去和更换右臂的当事人仍然享有他原先享有的所有权利。

法官：首先向不幸罹病的今贝先生表示慰问。不过，在法律上，"人"是作为一个整体存在的，虽然没有明确的条文，但失去一只右臂的人无疑仍具有他原来具有的所有权利。关于这一点，并不需要进行特别的确权。至于你所说的签付支票的笔迹问题，只需经过某种技术性的转换即可。

律师：不，不是这样简单。我的当事人确实具有高瞻远瞩的目光，他从这件似乎不必认真对待的小事上，看到了当代法律的最大漏洞，那就是法官先生刚才说的：未能对"人"这个概念做严格的定义。现在，假设我的当事人将失去的不仅是一只右臂，他还——原谅我说这些不祥之言——遭遇一场车祸，失去两只手臂，眼睛瞎了，面容被毁，声带被毁，还可能被迫换上人造心脏。总之，假设他失去了作为今贝先生的所有外部特征，甚至连DNA检测也有不确定之处，植入的新肢体或新器官含有异体DNA，只有他高贵睿智的大脑仍保持完好。这时他是否还是可敬的今贝先生？是否还享有今贝先生的一切权利？

法官：当然，这一点不必怀疑。

律师：好！这就是我的当事人的要求。他不奢望在一夕之间改变国家的法律，仅打算对涉及他个人权益的方面做一点小小的安排：请法院预先确认，在我的当事人的身体上，只有大脑是他唯一有效的代表。这种安排可能最终被证明是过分谨慎了，但谨慎总没有害处。

最终，君直任前律师赢了，从法院拿回了正式的确权文书。不必奇怪，虽然这种"预防式确权申请"没有先例，但他在法庭上阐述的道理却无可怀疑。谁不认为大脑是一个人最重要的部分？何况，J国经过多年争论刚刚通过了一项法律，正式以脑死亡代替心脏死亡作为死亡判别标准。

那时有不少人对今贝先生的动机猜测不已，不过没一个人猜出，那是为一个史无前例的手术做法律上的准备。手术将由我主刀，不过，并不是截肢或手臂移植这类简单手术。

第二则新闻：今贝先生的律师为他预购了一个无脑儿的身体——报道这则新闻的记者困惑地说：无疑这是为了今贝先生的右臂移植而准备的，但他1.67米高的身体怎么可能安上一个婴儿的右臂呢？

那时山口太太已经怀孕 20 周，B 超和 AFP（羊水甲胎蛋白）检测都确认她怀了一个无脑儿。君直律师在几十家医院布置有情报员，在得到这个消息的当天就带上我一同赶去了，我的工作是检查无脑儿除大脑之外的健康状况，检查结果很满意。山口夫妇都是渔民，生活相当拮据，这正是君直律师选中他们的原因。这对夫妇还未从这个打击中平静下来，显得沮丧和悲伤。

律师诚恳地说："对你们的不幸我非常同情，并代表一位好心的老人，愿意为你们做一点事情。你们不必担心钱的问题，那位好心人愿意代你们支付全部医疗费用。"

夫妇俩客气地向我们连声道谢，不过看得出，他们对两位不速之客的来意不乏疑虑。

律师问："你们打算把无脑儿引产吗？"

山口沮丧地说："只有引产了。先生，你该知道，这种先天性疾病是无法医治的。"

"对，现代医学对此无能为力。不过我有一个建议请二位考虑，你们是否愿意让这个不幸的孩子活在别人的身上？对，器官移植。无脑儿的眼睛、心脏、肝胆肾胰脾、手足甚至整个身体都将健康地活在别人身上。这样，对你们的心灵将是很大的安慰。而且请你们放心，我们会采取非常人道非常负责的做法。我们将雇用最好的医生护士来照料山口太太，直到安全分娩。无脑儿出生后，我们将用人工心肺机维持他的生命，至少维持半年时间，直到确认没有任何治愈的可能后再进行移植手术。另外，"他轻声说，"你们也将得到可观的营养补贴。你我都知道器官买卖是非法的，但法律并不禁止病人家属主动捐献死者的遗体，也不禁止一位慈善家给不幸的父母一点营养补贴。"

山口眼中透出贪婪的光:"多少?"

律师大度地说:"看你们的需要吧。"

山口太太在悄悄拽丈夫的衣袖,山口犹豫着:"我与妻子商量一下,可以吗?"

"当然,当然可以。"

我们退出病房,通过半开的房门,见山口与妻子低声交谈着。妻子似乎在反对,丈夫劝她,我们听到一句:"反正胎儿活不了,又不是我们狠心。"在他们商量时,律师一直背着手远望天边,神态笃定。

果然,最后山口太太还是同意了,山口喊我们进去,咬咬牙说:"1000 万 J 元,不能再低。"

我知道这桩买卖的标底是 3000 万,山口的要价远远不够。律师不动声色地说:"太高了。作为营养补贴,这个数目无疑是太高了。山口先生,你让我很为难。"山口想说什么,律师摇摇手打断了他,"不过,既然我有言在先,那这个难处就由我承担吧,我将尽量说服我的当事人,我想他会答应的。我已经说过,他是个心地非常善良的人。但我要严肃地强调一点:你们以后也许会知道无脑儿的器官移植给谁,但绝不允许你们去打扰他。有关条款将在双方的合同中写明,如果违反,你们将付出双倍的代价。请你们务必记住,我的当事人非常慈爱,原则性也很强,他最讨厌那些纠缠不休、贪得无厌的人。"

这番平静的威胁显然使那对夫妇印象深刻,山口忙不迭地点头:"我们不会失信的,绝不会。我俩会牢牢闭紧嘴巴,先生你尽管放心。"

无脑儿生长到7个月时被剖腹产下，如果等足月后产下，无脑儿常常已经死亡。他的父母果然从此消失了，以后不管媒体如何炒作，他们都没有露面，看来他们确实守信。我们用人工心肺机维持了无脑儿半年的生命。你可以说这是为了守约，但其实这项条款是扯淡：哪有无脑儿能够治愈？根本不具备这个可能。说白了，我们原本就打算半年后再实施器官移植，那时手术的把握性会更大一些。

年底，君直律师召开记者发布会，公布了今贝先生即将接受器官移植的消息。这是有关他的第三则新闻。这种做法并不符合这位财界教父一贯隐身幕后的行事风格，不过，以后人们就会知道，他这样做是有用意的。

记者们蜂拥而至，都急着打探出内幕消息，期望着自己的稿子上报纸头条。他们都很困惑：今贝先生要接受什么器官？曾有消息说他右臂得了恶性骨瘤，但那显然是一次误诊，因为在此后将近一年的时间里，他一直健康如常，照旧用人们熟悉的笔迹签付着巨额的支票。比较敏锐的记者已经猜出，实际那连误诊都不是，而是为了那次古怪的"预防式确权申请"释放的烟幕弹。那么，伟大的今贝先生究竟要从无脑儿身上接受什么器官呢？

今贝先生没有在记者会上露面，他此时在山台县脑神经外科医院的手术室里。而我正在手术室的净化槽里洗手，准备穿上绿色无菌手术服，开始手术。记者会上除了君直律师外，还有西铁集团总务部长中实一丑，他是今贝最得力的助手之一，在今贝先生术后一个月的时间里，他将暂时主持西铁王国的运行。

记者会上没有今贝先生的家人。他的妻子已经去世，两个儿子今天都未露面。我知道其中的原因：在这次手术之后，那两位不幸的儿子今生今世甭再指望继承西铁王国。自然喽，他们肯定对老爹的决定极为不满，如果不说是仇恨的话。今贝先生事先倒是做了安排，给两个儿子分了少量家产。现在，他们已经脱离西铁王国，自立门户，与今贝先生形同路人了。

皇京新闻记者：律师先生，请问今贝先生今天到底接受什么器官的移植？我们已经知道，他的右臂实际并未长骨瘤。

律师：这正是我今天召开记者会的目的。我正式向大家宣布，今贝先生将接受一次全面的器官移植，包括双腿、双臂、心脏、肝胆肾胰脾、眼睛、耳朵、舌头、鼻子、躯干，等等。除了一种器官——大脑。

KHN 记者：你是说……实际上，这个手术并不是今贝先生的什么器官移植，而是把他的大脑移植到无脑儿的身体内？

律师：你说错了，把主客体混淆了。众所周知，无脑儿不能算真正的人，不具备人的身份，在基督教国家，神父都不为无脑儿做弥撒。而我当事人的大脑则是他本人唯一有效的代表，这是法院已经确认过的。不妨打一个比喻，人们常说"太阳从东方升起"，但那只是习惯说法而已。如果使用严格的科学语言，则只能说"地球向东方转去，迎向太阳"。同样地，如果用严格的法律语言，只能这样说：我的当事人今天将接受一副新的躯体。

时事通讯社记者：这种移脑手术是破天荒第一次，请问手术的成功率有多大？

律师：不，不是移脑手术，是移躯手术。我们相信它会成功的，我们已经为它做了18年的准备。

KHN记者：我明白了，半年前你们向皇京地方法院提出的无相对人预防式确权申请，就是为了今天的手术？

律师：你们可以这样认为。现在，手术马上就要开始，所有来宾将目睹手术的全过程，不是通过电视屏幕，那样的见证没有法律效力；而是通过手术观察室的玻璃墙。诸位将亲眼看见：移入无脑儿脑颅中的，确实是我当事人的大脑而不是别人的。有件事拜托诸位，手术后麻烦所有在场人在见证材料上签上你们的名字。现在，请诸位到手术观察室吧。

君直律师领着25位记者来到手术观察室，透过一堵玻璃墙壁，手术室内的情形看得清清楚楚。十几位医护已经做好术前准备，那个无脑儿躺在另一张手术床上，用白色罩单盖着，只有畸形的脑袋露在外面，它的人工心肺机尚未摘除。今贝无彦先生坐在手术床上，一向冷面对人的他今天难得地微笑着，向玻璃墙后的记者们挥手致意。仅一位记者代表获准进入手术室，他穿上无菌服，把麦克风举到今贝先生面前，请他讲几句。

今贝安详地说："今天是我的生死之赌，请诸位为我祈祷吧。如果我能以新形体、新面孔从手术床上下来，请诸位不要认不得老朋友，不要以貌取人。"

他的幽默没有引起笑声。倒不是记者们反应迟钝，而是平素对他太敬畏了，在他面前似乎不敢开怀大笑。他又通过麦克风回答了外面几个记者的提问，我作为主刀医生也回答了两个问题。

手术开始。无脑儿的人工心肺机被移走，残缺的颅腔被打开。今贝先生被麻醉后也打开颅腔，大脑被小心地取出，移入无脑儿的空颅腔，并用生物相容材料聚吡咯管把大脑同颅外神经如视神经、脊髓等进行桥接，这种桥接可以促使它们快速定向生长，在一个月内形成永久性连接。

在几十双眼睛的注视下进行如此高难度的手术，我自然免不了有些紧张，但总的来说是胸有成竹的。可以说我的一生就是为了这个手术，我已经为此准备了 18 年，进行过数百次成功的动物实验。我绝不能失败，除了脑外科"圣手"元濑是空的职业荣誉和责任心，还有一个砝码也是很重的——西铁集团 20% 的股份。

二　人的嫁接

20 年前，我从著名的皇京医学院毕业，来到不大有名的山台县脑外科专科医院任实习医生。实习期满不久就遇到一个难度很大的手术，病人是一个 4 岁的女孩，患先天性颅裂，部分脑膜从裂隙处漏到嘴里，其中包括至为重要的脑垂体和下丘脑，一旦因进食等原因使其破裂，会立即危及生命。医院认为必须马上做手术，但这个手术风险极大，本院经验不足，几位资深医生都建议患者转院。最后是我力主接受这个病人并做主刀医生，手术成功了，25岁的元濑是空在一夕之间成了医学界的名人。

不久今贝无彦先生通过律师邀我见面，我对他的邀请受宠若惊。J国首富的垂青，自然意味着金钱和地位在向我招手。而且我有非常强烈的好奇心，想近距离看看这位拥有国土面积 1/6 的巨富到底是什么样子，是什么心态。至于他约见我的用意，当时我却不甚了了。今贝先生旗下生意主要是休闲产业、钢铁和铁路，并没有医疗或生物产业。他总不会要我去当专职私人医生吧，可是脑外科医生专业面太狭窄，是不适宜当私人医生的。而且我心中很矛盾，既盼望跟着他青云直上，又不乏深深的疑虑。谁都知道他著名的用人之道：不用天才，只用庸才。因为他的集团一直实行帝王式管理，自古以来帝王不需要特立独行的臣子；他虔诚信奉中国荀子的性恶论，对每位新员工都要先用怀疑的目光盯着，直到你用行动证明你的忠诚。

今贝先生中等个子，衣着极简单，脚上的皮鞋甚至已经磨花了。但他的目光极为锋利，不怒而威，有天然的帝王之气。他身边的助手，包括一人之下万人之上的总务部长中实一丑，都对他毕恭毕敬。他请我坐下，没有寒暄，开门见山地说："我知道元濑先生是一位才华横溢的年轻人。我今年已经 52 岁，该对自己的晚年未雨绸缪了。请谈谈你对衰老和死亡的看法，它们能避免吗？"

我谨慎地说："对于衰老和死亡有各种学说，比较可靠的是'程序性'说。就是说，生物的衰老和死亡都由基因中的指令所规定。比如人体细胞在分裂 50 次后就会死亡，并带来机体的死亡。只有生殖细胞和癌细胞能够把自己的时钟'拨零'，因此它们是长生不死的。所以，只要能改变这个程序，死亡并非不能避免。"

"有什么办法能把人体所有细胞都拨零？我知道果树的嫁接就能做到这一点，比如把黑宝石李嫁接到毛桃上，年轻的毛桃能使李树的生物钟回零，所以李树可以一代代嫁接，长生不死。人可以嫁接吗？"

我一时没听明白："你说人的嫁接？怎么嫁接？"

"嫁接大脑。大脑将被新的身体接受，并接受后者的基因指令，把时钟拨零。同时又保持着原来的意识。"他看到我吃惊的表情，平静地说，"先不要说不行，想想再说。"

我认真考虑很久，最后说："你的想法很超前，但理论上是可行的，迁到新身体的大脑细胞的时钟很可能被'砧木'拨零。不过移脑手术会相当繁难，现在已经有移植猴子头颅成功的先例，但仅移植大脑的难度要大得多，因为它要把移入的大脑同'砧木'的很多颅外神经进行连接，比如视神经、脊髓、听神经、舌神经、面神经等。而且中枢神经的再生一直是个难点。"

"我知道很难，你只说有没有成功的希望？在二三十年内？"

我犹豫良久："不能说没有。"

今贝先生果断地说："那就该试试。我聘请你全权负责这件事，怎么样？我了解你的才华和勇气，而且你将享有世界上最强大的资金支持。抓紧干吧，争取在我有生之年实现突破。至于你的待遇，"他用"入骨三分"的眼光看看我，"有两种方案任你选择：你可以拿 5 倍于你目前收入的固定工资，而不管你的研究能否成功；或者一直拿你目前的低工资，但在你成功之后，具体指标就是我的大脑移植 1 周年之后仍然存活，那时你将得到西铁集团 20% 的股份。"

西铁集团 20% 的股份！这将使我一夕之间成为跻身福布斯排行榜的世界级富豪。我算不上非常贪财的人，但要说上千亿 J 元的财富对我没有诱惑，那是扯淡。我震惊地看着他，不敢相信自己的耳朵。他面无表情地说："送你 20% 股份我不会心疼的，如果我能永生，就不用向政府交纳 70% 的遗产税，算起来，我还多了 50% 的财产呢。"

今贝先生问我："我的建议怎么样？我个人更希望你接受第二种方法，因为，"他又用那种锋利的目光看我，看得我像被剥光了衣服，"也许有些人对金钱并不贪婪，但只有把收益同成果挂钩，他才会迸发出最大的力量。"

他拿肥肥的诱饵在我面前恣意晃动，无情地勾出我内心深处的贪念，不为我留一丝遮羞布。刹那间，我在平素对他的敬畏中平添了几分恨意，犹豫片刻后我咬着牙说："好，我接受你的聘请。我愿意接受第二种待遇。"

他看来早知道我会这样回答，点点头："很好。我很喜欢你的性格。相信我们的合作会很愉快。"

三　早慧的婴儿

2012 年秋天，一个 70 岁的婴儿呱呱坠地。他的啼哭宣布了我及我手下 1 万多研究人员 18 年的努力最终获得了成功。我欣喜地想，我的 20% 股份可以说已经到手了。

不过这哭声不能说是今贝先生的，那是来自他的"砧木"那个无脑儿的本能。随着今贝的大脑逐渐同"砧木"体内的神经接通，他逐渐接管了这副身体。一个月后我来到育婴室时，今贝先生已经完全从无脑儿的身体内"脱颖而出"。我面前是这么一个怪物：7个月的婴儿身体，这加上了手术前无脑儿存活的半年，娇嫩的四肢不停地弹动着，皮肤吹弹可破，小屁股胖得全是豌豆坑。特别大的脑袋——婴儿的原脑腔太小，虽然今贝先生70岁的大脑已经萎缩，仍不能装进去，是我用手术再造了一个足够大的脑腔。

大脑袋，五官位于面庞的下部——这正是典型的婴儿面部特征。所以，这个特大的脑袋更使今贝显出十二分的婴儿相，更使人心生怜爱。但任何人只要看了他的眼睛，就不会这么说了。他的目光仍然像千年老妖，锋利如刀，能剥去你的衣服和任何伪装，让你不寒而栗。

现在，他用这样冷厉的目光看着我，说出了他的第一句话："元濑，看来你的20%股份已经到手了。"

说话的声音奶声奶气，但口气却老气横秋，尖酸刻薄，这种强烈的反差让人心里很不舒服。我不免恼羞成怒，因为这个刚会说话的"幼儿"一下指出我内心最深处的贪念。

我挖苦地说："谢谢你还记得自己的许诺。我本来要对你的意识进行测试，看来用不着了。从这句话的口气看，我面前确实是今贝先生，不用怀疑。"

受今贝聘用18年来，我已熟知他的性格：圣心独断，严厉刻薄。他的手下都是绝对驯服的，即使主人把唾沫啐到脸上，他们也会保持着笑容，等到主人离开后再擦去。即使位高权重的中实先生也是如此，可能就君直律师除外。不过我的身份比较特殊，我握着今贝的生死呢，用不着这么奴相，我仍然对他很敬畏，但现在是多少带着恨意的敬畏。当他对我说话的口气过于尖酸时——对他的部下，他很少不用这种口气说话——我也会反唇相讥。后来我发现他其实很喜欢这样，喜欢能有一个人经常同他"血淋淋"地互相刺伤。也许他听的阿谀太多，日久生"腻"了吧。

这会儿听了我的挖苦，今贝放声大笑，有如枭啼。然后他颐指气使地说："我饿了，我要吃奶！"

今贝苏醒之前我们一直用静脉滴注法维持他的生命，但奶妈早就准备好了，准备了3个。当然不会用上这么多，但小心一点总没坏处，再说我又不必为资金犯愁。很快我就知道，这个决定是多么英明。3个奶妈都是从偏远地区的农村来的，倒不是我们为了省钱，而是如今城里的哺乳期女人们常常没有足够的奶水。第一个奶妈进来了，一眼看见婴儿特大的脑袋，非常吃惊，不过什么也没有问，把今贝抱到怀里，撩起衣襟。她的乳房非常饱满，这会儿已经"惊奶"，溢出的奶珠儿散发着奶香。今贝朝这对乳房打量一番，满意地向我点点头，抱着乳房贪婪地吃起来，我能清楚地听见他急迫的吞咽声。

两个乳房很快吃空，他恼怒地哭了一声，这是"砧木"本能的又一次反弹，但哭声在半截处突然止住，他粗暴地命令："我还要吃，再找一个来！"

奶妈不知道怀中的婴儿已经会说话，更料不到会是这样的口气，惊得目瞪口呆。我挥挥手让她出去，唤来第二个，然后是第三个。一直到6个乳房都吃空，今贝才吃饱。护士栗原小姐抱起他拍打后背，他满意地打着奶嗝，说："我从即刻起恢复工作，让中实一丑来见我吧。"

中实先生带着 5 个部下立即赶来，向他汇报一个月来西铁集团的要事。今贝先生坐在护士怀里听汇报，果断地下着指示。看着 6 个大男人在一个大脑袋婴儿面前毕恭毕敬，实在是一道别致的风景。

不过我没有时间欣赏，我下令立即再找几个奶妈，依今贝的饭量，3 个奶妈很快就不够用了。事实证明我的决定非常及时，今贝先生的饭量飞快地增加，远远超出任何人的预料。到第 7 天就需要 10 个奶妈了，半个月后是 25 个，一个月后则变成 100 个。他的生长速度则更为惊人，夸张一点说，站在旁边看他吃奶，能感觉到那个身体不停地膨胀。

奶妈的报酬也是今贝先生"转世"前钦定的，大致同我的待遇方案一样，有两种方案可以自选：一种拿较高的固定工资，一种拿较低的固定工资，但一年后有 2000 万 J 元的特别酬金。大部分奶妈选了第二种，对于这些家境比较贫寒的女人们，2000 万的诱惑是难以抗拒的。不过，大部分奶妈最终没能拿到它，她们干了一两个月后都落荒而逃。原因有两个：一个是这位大个子婴儿——那时已有 10 岁孩子那么高——的吮吸太贪婪，常常吸出血丝来还不罢休，疼得奶妈们咬牙蹙眉；第二个原因——不大好说。当今贝两手捧着乳房吮吸时，眼睛也不闲着，有那么一种邪味儿，那绝不是吃奶孩儿看"妈妈"（乳房）的目光。

我只好尽力扩大奶妈的来源。在这之前，今贝先生坚持只让我在本国征聘，他要保证"大阳民族乳汁的纯正"。但此时已经需要 1000 名奶妈，国内确实无法组建一个近千人的奶妈军团。在我反复解释后，今贝终于放宽条件，允许我向其他国家征聘。

　　1000 名奶妈很快找齐了，我告诉今贝先生，新来的奶妈们大都选择了第一种付酬方案。我解释说，这些女人们只知道眼下就能装到口袋里的钱才是真实的，只好由她们了。实际是我悄悄劝她们这样选择的，我不忍心让她们落荒而逃时还两手空空。

　　当然也有不相信我的好意、坚持选择第二种付酬方案的奶妈。当我为她们暗地惋惜时，有时也不免想到自己。我是否就比她们聪明？也许二者没有可比性，毕竟我已经基本成功了，西铁集团 20% 的股份可以说已经到手了。不过——我不敢说君直律师会不会在暗地里可怜我。他一直是拿固定报酬的。

　　我们离开医院，迁移到今贝旗下一家皇子饭店。饭店停止对外营业，因为 1000 名奶妈的吃住已经让饭店饱和了。每天，排成长队的奶妈们络绎不绝地走进今贝的屋子，又走马灯似的出来，那场面煞是壮观。她们的进出几乎没有停顿，因为一天内吃空 1000 个奶妈的 2000 只乳房，那可是一个相当艰巨的任务啊。

　　今贝的生长速度非常惊人，3 个月后已经长到 1.7 米了。他的膨胀已经不是什么"感觉""似乎"这类词所能包容的了，现在，站在旁边看他吃奶，能清楚看到那个身体吹气球般不停地胀大。这种情形让我心生敬畏：世界上哪有如此强悍的生命力，如此强大的占有欲？毫无疑问，有关指令必定来源于今贝的大脑，而不是来源于"砧木"。想想这么一个普通的无脑儿身体，在接受了今贝大脑的指令后，就化普通为神奇，实在匪夷所思。天纵奇才，世上没有第二人能够如此，你不服气都不行。

今天，君直律师和中实先生匆匆赶来，带来一个坏消息。律师说：近日国内舆论渐渐形成了敌意的氛围，很多人认为，一个巨富滥用科学方法来逃避公民应尽的交遗产税义务，并用不断更换的肉体一直占据世上这个位置，实在是贪得无厌。他们敦促有关部门采取行动，但法律界人士说，法律对此无能为力，法律无法剥夺今贝先生的权利，因为他的大脑确实活着，何况他事先还特意对大脑的代表性做了预防式确权。

他俩陈述这些情况时，今贝先生没有中断吃奶，用眼睛斜睨着律师，冷冷地说："只要法律无奈我何，一时的舆论算什么！"

律师看看中实，中实忧虑地说："舆论也不能不重视，现在有些势利的政界要人已经在撇清同西铁集团的关系了。"

今贝仍不停地吃奶，过了一会儿冷静地说："去把舆论扭过来。找几个咱们的记者，利用'婴儿'做文章，激发社会的母爱。"

律师立即频频点头，看来他马上就体悟了到这个指示的英明。他们又商量一会儿具体做法，两人起身告辞。我趁机提出一个建议："今贝先生，1000 名奶妈的开销太大了。现在你已经有了类同 15 岁的身体和满口好牙，为什么不试试吃食物呢？"

那两人还没发表意见，今贝怒气冲冲地说："你想剥夺我吃母乳的权利吗？你不要忘了，不管我的身体有多高，但我的年龄只有几个月大，吃奶是我的权利。我至少要吃够一年再断奶。"他冷冷地说,"请不要担心你的股份,区区1000个奶妈的开销不会让我的财产缩水。"

我被噎得倒抽一口气,真想把一口唾沫啐到这怪物脸上,然后拂袖而去。不过——我舍不得快要到手的股份。我恼火地发现,今贝先生移居到新身体后脾气更坏了,完全是一个被宠坏的脾气乖戾的孩子。

君直律师看看我,圆滑地说:"元濑君的建议是好意,今贝先生心中是理解的,请元濑君不要见怪。不过,中断哺乳这件事以后不必再提了,今贝先生的身体健康才是最重要的。"

律师非常有才干,轻易就扭转了舆论。方法再简单不过,就是把我们过去一直严格保密的、有关今贝先生的生活照有选择地披露了十几张:

——大头婴儿在哭,这是他刚苏醒时哭的那一刻;

——他在香甜地吃奶;

——奶妈在怜爱地看着他。

如此等等。

所有这些照片都隐去了他冷厉的目光,所以给人的印象就是一个弱小无助的、惹人怜爱的小家伙。看着这些照片,谁还能忍心对他不满?谁还能把他看成一个想鲸吞几千亿税金的财界大鳄?

鉴于这些照片的反响不错,律师按时间顺序继续发布他的照片:

——今天小今贝长高了11厘米!

——看,1.2米高的两个月婴儿,时间不包括无脑儿存活的半年!

——吃奶的婴儿已经比奶妈还高!

——请看小今贝的大肚量,1000个奶妈轮流哺乳!

这些照片很搞笑,公布后自然要影响到今贝先生的"威"望。我想不会再有人对他敬畏如神了。但恰恰是这样的"搞笑"有效地抵消了社会的敌意。民众们看着照片,哈哈大笑之后,不由得把他看成自家的孩子。

但我犯了一个不可饶恕的大错。当小今贝饕餮大吃、飞速生长时,我只顾惊叹于他强悍的生命力和占有欲,没有考虑到他会突破生长极限。我想尽管他生长的速度惊人,那不过是把正常人的生长提前了,浓缩了,在长到一定限度,比如1.8米或者两米之后就会停止,至多长到2.5米吧,那是人类身高的世界纪录。地球上各种生物无一不有生长限度,那是上帝嵌在基因中的密令,运行了几亿年而从没出大的差错。但我没想到今贝先生比上帝更强大。

当今贝的身体接近两米时,我才为时过晚地为他做了脑垂体和骨骼生长板的测定。结果出来后,我忧心忡忡地来到哺乳室,请奶妈们暂时离开。

我内疚地说:"今贝先生,有麻烦了。"

被打断了吃奶的今贝很不耐烦,皱着眉头说:"快说!请记住,我不希望听到无用的辩解。"

我强挤出笑容:"先说一个好消息吧。对你大脑的检查表明,状况非常好,好得超出我的最好预期。原来的大脑空洞已经被新的神经元填补,原有的褐色素大大减少,基本上被全部吸收了。可以肯定,你70岁的大脑已经接受了婴儿身体给的指令，把时钟'回零'了。"

今贝点点头："很好，这正是我的预计。我付给你的报酬没有白给。"

"不过也有一个坏消息。另一个检验结果是：你的身体已经忘了'到某一刻停止生长'的指令，很可能将无限地长下去。很奇怪，你的大脑不知怎的竟然能改变上帝的指令。很抱歉，我没有预计到这种可能。"

我对他讲了人体生长的正常指令，比如脊椎骨和长骨的生长板到一定年龄就会关闭，身高不再增加。又比如每个细胞都受控于一种"接触抑制指令"，当周围的细胞互相挤压时，它们就会自动停止分裂，只有癌细胞除外。但现在，他的身体把这类自我抑制的指令全都忘了，一个劲儿地长下去。

今贝漫不经心地说："那有什么关系？我想我拥有的土地足能放下我的身体，不管它的高度是两米还是 100 米。不管长到多高，我总不至于饿肚子吧。"这些天他已经超重，说话时免不了气喘。他喘喘气说下去："也许 100 米高的身体才恰恰与我的财富相称，我不怕长成一尊活的巴米扬大佛。"

我苦笑道："不，不是你说的这样简单。要知道，动物的骨骼强度与尺度的平方成正比，而体重与尺度的立方成正比。也就是说，强度的增加最终肯定赶不上体重的增加。因此，生物的大小是有一定限度的。比如，现今最大的陆生动物是非洲象，体重六七吨，它们除非死后，始终不能卧倒，否则内脏就会因体重过重而被压坏。有史以来最大的陆生动物是蜥脚类恐龙，体重接近 100 吨，这也是陆生动物体重的极限。"我忧虑地说，"今贝先生，从你的生长趋势看，完全有可能超过蜥脚类恐龙，你的体重将导致自身的崩溃。"

他知道了事情的严重性，沉默片刻，冷冷地说："该怎么办，那是你的事。我付你这么高的价钱，不是让你来对我摆一副苦脸的。"

我当然理亏，低声辩解道："但我做的所有动物实验都成功了呀。你也很清楚，在所有动物试验中，被移植的大脑都被'回零'，被青春化，但受体的生长速度保持正常，也保持着正常的生长极限。我想你的情况一定与你个人的特质有关，可能你的占有欲太强大，甚至强于上帝的指令。我已经尝试过用药物来控制，但看来控制不住。"

今贝发怒了："我不会因为你的无能而改变我的性格。少给我说废话，赶快去想办法。"他刻薄地说，"我知道你会努力的，你还盼着那 20% 的股份呢。"

我不敢反唇相讥，因为确实理亏。我负疚地说："我会努力的。如果实在不行，您只有暂时生活在水里了。水有浮力，生物体重的最大限制可以大大放宽，鲸就是有史以来最大的动物，蓝鲸体重可达 180 吨，比蜥脚类恐龙还大。然后，我会尽快找到解决办法。"

四　急剧伟大

4 个月后我还是没找到控制办法，但此时今贝先生的身高已经达到 6 米。我让工人紧急施工，把有 3 层楼高的错层大厅改成卧室，因为他已经无法被塞进标准大小的房间里。即便这个卧室也是暂时的，必须赶紧想办法，否则他再长几天，就无法从大门里出来。他的食欲和生长速度至今没有丝毫减弱的迹象，1000 个奶妈在 3 楼的走廊里川流不息，隔着栏杆喂一楼的今贝吃奶，那景象就像长颈鹿吃树冠的叶子。

我犹豫几天，最后下狠心，决定把他迁到水里。当然最方便的是迁到内湖，可惜的是，尽管今贝先生占有 J 国 1/6 的土地，但这些地域甚至全国都没有足以容纳今贝先生的大湖，还要考虑到他今后的发展，那时我真遗憾，不能把贝加尔湖或五大湖据为己有。最后我们决定去海里，选定了澳大利亚诺福克岛附近的公海。这儿比较温暖，水质很好。澳国又是与 J 国关系很深的邦交国，什么事都可以有个照应。

我们租用了一艘万吨散装货轮，改装出一间巨大的精美卧室，房顶是活动式的，可以拉走以便吊装。我催逼着工人夜以继日地施工，因为今贝的生长速度在逼着我，一刻也耽误不得。

7 天以后，一切准备妥当。我们租用国内最大的 56 轮 900 吨平板运输车把今贝先生拉到港口，用 800 吨岸吊把他吊进去，盖上房顶，运到目的地，再用 500 吨的船吊把他吊出来。等他终于平安地落到海水里，我长长地舒了一口气。

今贝先生的体重中脂肪含量较大，再加上海水比重大，所以根本不用游泳，轻轻松松就浮在水面上。实际上，他立刻就喜欢上了新环境，因为，入水之后他的呼吸马上就轻松了，内脏也不受压迫了。这个小山一样的庞然大物在平静的海面上自由漂浮，时而仰卧时而侧卧，惬意得很。

一艘 J 国驱逐舰在附近游弋，20 名穿着黑衣潜水服的蛙人散布在周围保护他。这都是从 J 国军队按天租用的，开支不菲。虽然他与首相及防卫厅长官关系很深，但他们不敢卖这么大的人情。我坐快艇绕着他转了几圈，看着他伟岸的身躯，不由得想道：他肯定是有史以来最"伟大"的人了，而且他的"伟大"过程还远没有终结。

今贝先生"迁居"到新身体中已经 10 个月了，如果算上无脑儿存活的半年，已经是一年零四个月了，但他仍坚持要吃奶，毫不通融。他要坚决维护一个婴儿至少吃一年母乳的"神圣"权利。但此时他的胃口已经不是 1000 个奶妈所能满足的了，再说，让 1000 个奶妈都跟着到海里，生活起居未免太麻烦。不过，在选定这片海域时，我已经想到了一个很好的解决办法——让他吃鲸奶。一条鲸妈妈每天可产 450 升营养丰富的乳汁，还是完全免费的。也不用为奶妈的数量犯愁了，单是南太平海域就有几千条蓝鲸，奶妈有的是。

我碰巧还知道澳大利亚有一个"鲸教授"，今年刚退休，这个老家伙与鲸们混得如同哥们儿，使用人工鲸歌可随意召唤鲸群。君直律师找到他，充分施展他的谈判技巧，说服了鲸教授同我们合作，条件是我们得付出一大笔钱用于世界鲸类保护。不过我们不吃亏，这不过相当于 1000 个人类奶妈的费用罢了。

比较麻烦的是劝说今贝同意由鲸奶替换人乳，出发前我同律师商量了此事。律师有点担心，我倒是胸有成竹。我已经知道，尽管今贝先生非常独断、固执，但碰到事关生死的大事，他还是很现实的。比如上一次，因为本国的奶妈不好招聘，他就放弃了对"乳汁血统"的坚持，同意使用其他国家的奶妈。这次也一样，我耐心地说明必须使用鲸奶妈的理由，包括鲸奶营养如何丰富，一头幼鲸每天能增加 90 千克体重，等等。他目光阴沉地瞪了我很久，最终还是答应了。

一只快艇向我们驶来，头发雪白的鲸教授得意扬扬地立在上边。几乎听不到他发出的鲸歌，那是 20 赫兹的低频声波，接近人耳所能辨听的声域低限。在他后边是二十几道冲向天空的水柱，此落彼起，有近 10 米高，伴随着巨大的啸声。鲸群游近了，这是一个蓝鲸群，大约有 40 只，深蓝色或灰色身体上带着淡色的斑点。其中有十七八只是正在哺乳的母鲸，各有几头小鲸跟在它们后边。教授又发出了什么信息，一只母鲸听话地游过来，一直到今贝先生身边才停下，用它的小眼睛好奇地打量着这个大个头的吃奶儿。蓝鲸的体魄让人敬畏，听说它们的舌头上能站 50 个人，心脏有汽车大，动脉血管粗得能让一个人类婴儿爬过去。但今天人类在它们面前倒不用自卑，至少我们有了一个超群出众的代表，其个头一点也不逊于它们。

教授挥挥手，一个蛙人游过来，用一个吸盘吸住鲸的乳头。我不知道鲸教授如何说服鲸奶妈去喂一个异类的义子，但不管怎么说，它安安静静地待着。吸盘通过消防带般的粗管连到一个塑料奶头上，今贝立即抱着奶头狂吸。这趟旅途没让 1000 个奶妈跟来，只能让他饮桶装牛奶，他早就馋坏了。粗管是透明的，白色的乳汁汹涌奔流，狂泻到黑洞洞的大嘴巴里。这头母鲸的奶水很快被吸空，正馋奶的今贝舍不得吐出奶嘴，仍然狂吸不止。管内白色的奶流变细了，开始夹带着红色的血丝。鲸奶妈痛苦地扭动着身子，尾巴拍出狂暴的海浪。我和鲸教授同时发现了，急忙让蛙人断开吸盘。鲸奶妈如遇大赦，急慌慌地逃走了。

教授勃然大怒，粗野地破口大骂，坚决不许蛙人再碰其他母鲸。这次他被说服同我们合作，一半是因为我们许诺的用于世界鲸类保护的巨款；一半是缘于这老家伙好玩的天性，他说让鲸奶妈们喂养一个人类义子，一定是非常有趣的事。但他没想到这个义子如此贪婪，让他的"鲸姐们儿"受了伤害。他骂着，对我的劝阻理都不理，坚决要领着鲸群离开。我一筹莫展，看着今贝先生，但今贝的权威在这位"鲸的铁哥们儿"身上没有丝毫效力，他很聪明地韬光养晦，一言不发。

关键时刻还是君直任前律师有办法，他坐一只小船过去，拦住教授的快艇，生气地责备着："教授，你怎么能对一个孩子这样冷酷！不错，他吸得太贪了一点，但他饿呀，这一路上都没能好好吃奶，早饿坏了。别看他这么大的个头，其实只有 10 个月大，是个孩子，他怎么知道吃奶应该有节制呢。你甩手一走，忍心叫他饿死吗？"

教授被这番义正词严的责备震住，虽然还恼火，但已经不再挣扎着要走了。律师赶忙换上笑脸说："教授，别跟孩子一般见识，只要把事情说清楚，他下次绝对不会这样贪了。再试一次，怎么样？"

律师说话时我也在小船上，我担心今贝这会儿做出什么或说些什么，让教授看出他并非懵懂的幼儿。甚至他不说不做，只要教授看见他锋利阴冷的眼神，那律师的假话就会穿帮。好在这是在辽阔的海面上，今贝离这里有几十米远呢，教授看不到那边的眼神。他犹豫很久，答应了，要我们保证不会再对鲸奶妈造成伤害。我们忙不迭地应允。

小船驶回今贝身边，律师冷着脸，强压怒气低声说："你为什么吃得这样贪？十七八头母鲸在这儿，还怕饿着你？下次一定要有节制，否则我也无能为力了！"

今贝从没听过律师用不敬的口气对他说话，恶狠狠地回望着他，看得律师转了目光。但我说过，在事关生死的大事上，今贝先生非常现实。他知道律师的话虽不中听，却是必须照办的，便默认了。这时，另一只鲸奶妈的乳汁送过来，今贝又贪婪地狂吸起来，但自此之后他不再犯上次的错误了。

　　一个月过去，鲸奶妈们慢慢习惯了或者说喜欢上了她们的义子，后来甚至不用教授出面，每天都会有十几只母鲸准时赶来，喂他吃饱，还要在他周围流连很久，低沉的声音嗡嗡着，似乎是想同他交流。小鲸崽们也熟悉了它们的义兄弟，用鼻头顶着今贝玩耍。不过今贝从来没有这样的雅兴，不吃奶时他还要赶着处理国内发来的快报呢。我想这些小家伙们真大度，当某位鲸妈妈轮上喂今贝时，它的鲸崽肯定要挨一天的饿。尽管这样，它们一点不记恨抢了它们奶水的大个子弟弟。

　　有了这些母性强烈的奶妈，有了这营养丰富的鲸奶，今贝先生更是急剧地"伟大"着，不可抑制。现在他的身长已经两倍于奶妈们。不要忘了，那可是身长 30 多米的蓝鲸，是有史以来地球上最大的动物啊。估计今贝的体重已经超过300 吨，他的头颅像山丘，鼻孔像阿里巴巴的山洞，汗毛比耗子尾巴还粗。我决定等稍微闲暇一点就去申报一项吉尼斯世界纪录：地球上有史以来最"伟大"的动物。

　　此前决定把他送往大海时，还有一个很头痛的问题是安全。这儿有鲨鱼和逆戟鲸，它们对这么大块头的食物一定很感兴趣。所以我们雇用了军舰和蛙人日夜守卫。后来发现完全没必要。曾有鲨鱼和逆戟鲸来过，远远地逡巡着，然后悄悄溜走。它们是被今贝先生的"伟大"吓住了？细想不是。

第一头逆戟鲸来拜访时，今贝的个头还赶不上蓝鲸，而凶残的逆戟鲸连蓝鲸和大王乌贼都敢进攻。后来才知道，今贝先生已经不经意间建立了有效的自我防御体系。他这么大的食量，排泄物自然不少，久而久之，周围的海水都被毒化了，方圆几十海里不见活物。我们待在船上，海面上强烈的阿摩尼亚（氨气）味儿扑鼻而来，令人作呕。只有鲸奶妈们还是一如既往地来哺乳，一点也不嫌弃他，要不怎么说母爱最伟大呢！

五　周岁悲欢

再过 12 天就是今贝的周岁，这不包括无脑儿存活的半年。这是一个值得隆重庆贺的日子。到这一天，我将成为西铁集团 20% 股份的主人，跻身福布斯排行榜的前列。我也将成为脑外科界的圣手，历史书上将为我开创的脑移植术记上一笔。

我们开始准备庆祝。当然对外不能说是周岁庆典。今贝的法律年龄是 71 岁，如果对外承认他是一周岁，那他的遗产税就逃不掉了。我们为此已经花费了上千亿的金钱，当然不会干出授人以柄的傻事。但他的身体又确实只有 1 岁。所以，庆典的名字让我们很费脑筋。中实一丑甚至想出一个自认为响亮的名字：移灵一周年。君直律师抢白他：人死了迁葬才叫移灵呢。讨论到最后，不得不用"手术成功一周年纪念"。这个名称比较含糊，也很不响亮，今贝不满意，最后勉强同意了。

鉴于他的身体不宜行动，庆典只能在这儿的海面上举行。预计参加的政界要人很多，首相肯定要来。今贝先生一向同首相有特殊关系，曾对他有过十余次大手笔的政治献金，首相召开派系会议时地点也总是选在今贝旗下的皇子饭店。前段时间因舆论不利，首相也曾撇清过同他的关系，但这会儿风声已过，首相不必避嫌了。随首相来的还有政府、参众两院的大批要员。今贝的两个儿子当然不会来，他们如果来，面对着只有 1 岁的父亲，一定会非常尴尬。

自从移居到海里，今贝先生一直赤身裸体，原因很简单，如果他穿衣服，则衣服比剧院大幕还要大，穿一次脱一次都太困难了，再说这儿水又不冷，不穿衣服还过得去。但如今不同，在庆典上他总不能光着身子同首相拥抱吧。我们商量下来，决定给他做一个比较别致的兜肚，能够盖住他的胸腹和裆部。虽然屁股仍然光着，但他平素习惯于仰躺在水面上，庆典时让他仍保持这个姿势，兜肚勉强可以遮羞了。不过即使只是一个兜肚，其尺码也够惊人。

海面上的异味儿越来越重，我们是"久居兰室而不闻其香"了，但政界要人们初来乍到，肯定"享受"不了。对此我们也想出了办法：到庆典的前一天把他转移到一处新的海域，再用直升机大面积地洒香水。

还有一件大事：今贝总算同意了从明天起断奶。庆典之后，鲸奶妈们将同他告别，而中实先生监造的一艘专用厨工船将锚定在这儿，这艘船上有 50 名厨师，自动化生产，每天能生产 30 吨寿司及其他食物，足够今贝先生食用。

所有准备工作都已齐备，只等着庆祝日到来。

今贝先生迁移到海里已经有近 3 个月时间，非常幸运，

3 个月来这片海域一直风平浪静。律师笑着说这是因为今贝先生福缘深厚。谁也没有想到，就在周岁庆典的前两天，风浪突然来了，先是政治上的飓风，然后是自然界的恶浪。

国内突然传来噩耗，中实一丑先生被警方发现在他的寓所里自杀。原来，警方早就在秘密调查西铁集团多年来的违规运作，包括隐瞒真实的持股比例、发布不实财务报告、暗地操纵股票交易等。前天他们传讯了中实，中实承认了所有事实。大概他觉得无法对主人交代，当天晚上就自杀了。

消息传来时，这片海域正经历着我们来后的第一次风浪。乌云低垂，天光晦暗，大风掀起四五米高的巨浪，驱逐舰在风浪中剧烈摇摆，本应在四周巡视的蛙人们都暂时撤到舰上。今贝先生本人倒没关系，他仍浮在水面上，安之若素，庞大的身体压平了大浪，风浪只能使他微微摇摆而已。这些天我们之中已经形成了一个习惯用语：把他的身体称作"今贝岛"。他甚至成了我们的避风港，我乘坐的小船这会儿就系缆在他的一个脚趾上。

天空中雷声隆隆，不过远比不上今贝的咆哮。巨大的嘴巴，巨大的声带，再加上更为巨大的胸腔的共鸣，他的怒骂声在附近海面上激起了形状特殊的波峰，与大风引发的波浪明显不同。

"饭桶！死有余辜！这些小事都不能摆平，几十年来西铁一直是这样干的，大部分财团都是这样干的，偏偏在他主持的这段时间内出事！"

我想他的怒火不能说没道理。如果今贝一直把着公司之舵，相信凭他的手腕和威望，没有警察敢惹他。中实先生的才干毕竟是差多了。但今贝的狂怒也让我的敬畏贬值不少，众所周知，狂怒失态是无能的表现。我遗憾地想，看来那个无脑儿的身体也对今贝先生有反向的消极的影响——他变得幼稚了。

今贝咆哮着，让我通知律师快点返回这里。律师于前天回国了，是为了迎接首相等庆典贵宾，然后陪着贵宾们一起来。我想他回国后肯定会得知这个噩耗，按说他该在第一时间告知主人的，但为什么一直音讯全无？我用海事手机联系了君直，是一个年轻女人接的手机，她说她是负责照料病人的护士，君直律师在听到那个噩耗后就中风了，至今昏迷不醒。

我驾着小船驶近今贝的耳朵，在风声中大声通报给他，今贝更为狂怒："这只老狐狸！他要从沉船上逃走了！"

我非常反感他对律师的中伤，想想吧，律师为了集团的事急火攻心，突患中风，至今生死不明哩。不过冷静下来想一想，今贝说的并非没有可能。可能君直律师比我们更了解此次风波的险恶，不愿蹚这趟浑水，但作为律师，临阵逃脱又太无职业良心，会使他在律师界臭名昭著。他这么一中风，人们只会同情他，不会再责备他了。对，也许真是这样，今贝与君直律师有 40 年交往，应该比我更了解他。

熬过一夜的狂风恶浪，上午风浪小了一些，一架水上飞机飞来，在头上盘旋几圈，艰难地降落在附近海面上。我想也许是君直律师扶病赶来了，我忙乘小船过去。原来是 J 国皇京的警察，是来拘捕今贝先生的。我想这些警察一定是超级土包子，大概从不看新闻，竟然不知道他们来拘捕的疑犯是何等"伟大"的人。他们乘小船到了"今贝岛"旁边，仰面打量着这副高耸如山的身体，傻眼了。不用说，眼前这位是不能塞进水上飞机的，连一条腿也塞不进去。警察们只好宣示了拘捕令，命令今贝先生不得离开这一带，以等着警察们带着一条巨轮返回。然后，他们狼狈地乘飞机撤离。

我赶紧用海事手机同家里人联系，果然，这次对西铁的行动不同寻常，政府迫于国内糟糕的经济形势，不能再对财界的腐败漠然不理，决定拿西铁集团开刀。首相的发言人已经发布讲话，撇清首相同西铁集团的关系，他解释说：过去首相主持的议员派系会议之所以多在西铁集团的皇子饭店举行，只是因为该饭店高质量的服务，并不是同某人有私人关系。

想想这位首相几乎就要来参加周年庆典，我真正理解了一个词语的含义：政治动物。

但我没有时间再操心这些琐事了，因为一个更现实的麻烦摆在面前。原打算让今贝先生明天断奶，但不知道哪儿的安排出了纰漏，结果厨工船一直没到，而鲸奶妈们却提前一天不来了。我想鲸们不读报不看电视不听广播，不会知道今贝先生的落难，所以它们的不辞而别绝对不会是出于势利心。也许是鲸教授捣的鬼？他不想让鲸们继续喂养一个劣迹已彰的家伙，悄悄通知鲸们离开了？不知道，这会儿我没有精力去查证。反正几件事的综合结果是：今贝先生今天没饭吃了。开始时，他在狂怒的情绪中暂时忘了饥饿，但饥饿的力量最强大，尤其对他而言更是头等大事，甚至超过政治上的得失。

快到中午时，今贝的饥饿感转化成冲天怒火，他凶恶地骂我："混蛋！失职！快为我准备食物！中午吃不饱我就扣减你的股权！"

不用他催，我早就急坏了，用手机频频联系厨工船和鲸教授，对方都一直关机。我只好央求今贝先生提前一天放弃"吃母乳的神圣权利"，从今天中午就改吃正常食物吧。我说过，今贝在这样的大事上很现实，臭骂我一通后，同意了我的请求。我忙赶到那艘驱逐舰上，向他们借来船上所有食物，用小船载过去，把船系在"今贝岛"上，让船员佐川把食物往上运，直接送到今贝的大嘴巴里。我总共运了三船，才把今贝先生的饥饿感压住，那时我和佐川已经累得不想吃饭了。从昨天下午听到中实自杀的噩耗后，一直到现在我都没有合眼，这会儿实在困极，就歪在小船的船舱里睡着了。

这一觉一直睡到晚饭时刻，今贝先生的咆哮声和船员的摇撼把我惊醒。佐川惊惶地说："元濑先生，怎么连保护我们的军舰也撤走了？"我强睁开眼向地平线上看。苍茫的天色中，只有浊浪在地平线上涌动，见不到船舰的影子。我突然想起，西铁集团与军队的合约正好是今天到期，而且船上的食物已经被我搜光。这会儿他们撤走，从法律上和常理上都没有错。不过，眼看着我们这边的境况，他们竟然不辞而别，这事做得够绝情了。我想，可能他们也是受够了今贝的乖戾，巴不得尽早离开。

今贝在咆哮，他在要他的晚饭。这是合同中约定的我不可推卸的职责，也是一个周岁孩子的神圣权利，他才不管大人世界的天塌地陷呢。但我此时叫天天不应、叫地地不灵，小船上只有一个船员佐川，没有多少食物和淡水，也没有捕鱼工具——即使有也不行，就是能钓上几条鱼，连今贝的牙缝也填不满啊。我考虑一会儿，对忠诚的佐川说："你开船到最近的诺福克岛上，无论如何也要想法解决明天的食物和淡水。我再和国内联系，做出后续的安排。你一个人去吧，我只能留在这儿，我的责任是推卸不掉的。我留在'今贝岛'上等你回来。你快去快回。"

我离开小船，顺着今贝的小腿爬到"岛"上，佐川把仅有的两袋压缩饼干和一瓶瓶装水扔给我，驾船离开，突突的马达声渐渐消失在夜色中。留下的食物和淡水足够我用一天的，但是我不能，我得去喂那个贪得无厌的大嘴巴，虽然这些东西对于他来说几近于无。

这个人体之岛上没有可以攀抓的树木和石棱，但有鼠尾粗的汗毛，所以爬起来不算难，我拽着他的汗毛，小心地伏地而行，生怕从他圆鼓鼓的躯体上滚落。从小腿走到大腿，到腹部，到胸部，最后站在他的喉结附近，立起身，高高举起手，这个高度勉强能把食物送到今贝的嘴里。

我负疚地说："今贝先生，今天只有这点食物和淡水了，你忍一晚上，明天给养就能送来。"

今贝已经饿得没有力气发怒，连说话都没有力气，把我给的东西吃完喝完便闭上眼，软塌塌地一动不动，像死人一样。我也不再打扰他，窝在他的锁骨窝里，闭上眼睛假寐。我很同情他，因为经过这一年，我对他的胃口有了太真切的体会。对于他来说，一顿不吃饭简直是天下最残忍的刑罚。想想这个吃食机器至少还要运转七八十年，我真有点悚然而惧的感觉，70 年中，将有多少自然资源投放到这个巨口中，最终变成粪便啊。当然，凭他的财富，即使经这番折腾后大大缩水，剩下的也足以满足他的口腹之欲。

想到这儿不由得想起我的 20% 股份。西铁集团的财产大大缩水后，我想凭这些股份跻身福布斯排行榜肯定是没戏了，不过仍足够我做一个富人，养家糊口，送儿子上昂贵的私立大学，给妻子买名牌服装和化妆品，让全家享受高级的医疗服务，等等，都没问题。这些年来一直埋头于为今贝服务，我和妻儿在一块儿的时间屈指可数，太亏欠他们了。能有这点缩水后的财富留给妻儿用，我也满足了，虽然这种达观其实是无奈。

我看看防水表，已经是夜里 0 点 5 分，合同中的"存活一年"条款至此已经不折不扣地实现。也就是说，哪怕今贝先生这会儿就饿死，我的股份也已经到手了。当然这么想有点缺德，我不会让他饿死的。合约到期后我绝对不会再续约，我对这个工作、对今贝无彦，都已经受够了。不过，走前我一定会把后事妥善安排好，这是做医生的良心。

算起来我一天水米未进，胃里饥饿难忍，喉咙干得冒烟。虽然极端困乏，但我一直不能入睡。直到天色将亮，我才多少迷糊了一会儿。

迷糊中我的身体缓慢地腾空而起。我努力睁开眼睛，发觉自己在几十米的空中。我吓坏了，定神一看，我在今贝先生的右手心里，他的掌纹深如山涧，远处，5 根极为粗壮的指头弯曲着，就像擎天的石柱。向前看，我所在的高度正与他的鼻子平齐，所以我们两个基本是平视着对方。

我问："今贝先生，你喊我有什么事？别担心，给养船明天——不，是今天，一定会到的。"

今贝一言不发，而我的身体正慢慢向他的嘴巴靠近。我终于知道了他的用意，惊骇欲绝，又实在难以相信。他总不会把我——他的创造者，为他服务 18 年的元濑是空医生——

当作早餐吧？

我惊喊："今贝先生，今贝先生，你要干什么？你疯了吗？"

他不回答，两只巨眼带着高烧病人般的明亮。他仍在把我向前送，向黑洞洞的巨嘴中送，于是我知道了答案。没错，他是要吃我，他已经疯了，这个天下第一贪吃的家伙仅仅饿了两顿就神志不清了。所以，这会儿不是今贝在吃我，而是他的贪婪本能在吃我。

不过，不管是哪个今贝在吃我，反正对我的结局是一样的，我可不想落到这堆胃肠中，被消化成粪便。我狂喊着，尽力挣扎。好在他的手指并没有紧握住我。而且，因为这副身体太庞大，他的动作反应很慢。人的有髓鞘神经传导速度为每秒几十米，像他这样三四十米长的胳膊，神经兴奋从大脑传到手指至少得一秒钟时间，比我慢多了。就在我被送入大嘴巴时，我敏捷地挣脱，从他的掌缘跳出去。可惜我昏头昏脑地跑错了方向，我踩着软绵绵的东西向前跑，后来才想起那是舌头，正跑着，忽然脚下一滑，掉进一个黑色的巨洞（喉咙），头顶是巨大的钟乳石（小舌）。这儿非常湿滑，我站不稳，顺着一个比较细长的管道（食道）一直滑下去。这个过程非常漫长，漫长得足以使我清醒，知道了自己的悲惨处境。我被恐惧魔住，冻结了思维。最后我跌入洞底，落在一堆黏液中，周围是浓烈的酸臭。我知道这是他的胃，我就要在这儿被胃酸分解，变成氨基酸和糖类，然后成为这个庞然大物的一部分，参加到对地球资源的狂热吞吃中。这个想象中的场景使我特别不平，我宁可被鲨鱼吃掉也不愿是这个下场。我绝望地喊着，用力去撞去踢四周的胃壁，但对方漠然不应。

很快我就要在酸臭的气氛中休克了，但顽强的求生本能支撑着我，我决定向上攀爬逃生。好在这副身体是平躺的，所以细长黑暗的食道只有不大的坡度。我没有犹豫，用指头嵌在脚下的肉壁里，努力向上爬。爬啊，爬啊，我的四肢痉挛了，思维麻木了，真想倒下去，永远睡在黑暗中。但求生欲还在醒着，就像是暮色四合中远远的一星孤灯。事后回想起来我甚至颇为自豪：虽然今贝无彦的占有欲天下独步，我的求生欲也不遑多让吧。

我爬到了喉头，这儿的坡道比较陡峭。但空气已经比较新鲜，让我的精神恢复了一些。我尽力抓住他的小舌，爬到他的口腔里。现在，透过他半开半闭的齿缝，我已经能看到天空中的晨曦，看来逃生有望了。我很怕他在最后的时刻反应过来，等我正爬过他的牙排时咔吧一声把我咬断——也许他一直静卧不动就是等那个时机？但我已经实在没有气力从他鼻腔处爬出，那个孔洞太高峻了。我只好狠下心，沿着他的舌头，悄悄爬过他的下牙排，谢天谢地，他仍没有动作。我站在他的下嘴唇上往下跳，嘭的一声落在他的胸膛上，我立即没命地往外跑，想跳到海水中，免得再度让他抓住。于是我——且慢，他怎么没有一点反应？其实早在我撞踢他的胃壁，或扣着他的食道往上爬时，他就该有反应啊。在中国的《西游记》中，孙悟空在铁扇公主胃里一折腾，公主还疼得跪地求饶呢。我停下来，警惕地观察他，他的确没有一点反应。我从峭壁边退回，大胆地爬到心脏部位，趴在他的胸膛上仔细听，听不到心跳的声音。而在过去，他的心脏响起来就像轮船上的二冲程引擎。

原来他死了，大概在我落入他喉咙的那一刻就死了，难怪他对我的折腾没一点反应。怎么死的我不知道，不像是被我噎死的，但不管怎样，我的心放到肚里了。随着晨光逐渐明亮，我打量着他的遗体，这一堆山一样的死肉，不免颇怀惆怅。这个"伟大"的生命毕竟是我创造的，是我18年的心血所系。18年的心血落了这样一个结果？

上午我一直坐在他的胸膛上，陪着他，感受着他体温的逐步降低。风浪平息了，"今贝岛"在微波中微微荡漾。四周的天空蓝得透明。快中午时地平线上出现一艘船，不是我盼着的给养船，是警方带来的一艘货轮，他们来补行昨天的拘捕程序。当然，看了现场情况后，拘捕是不必了，警方的任务转为对今贝横死案的调查。作为唯一的在场人，我被仔细盘问了很久。这是警方的例行程序，必须首先排除唯一在场人的嫌疑嘛。

随后召来了法医，是乘飞机赶来的。法医很快查明了今贝先生的死因——他抬头吃我时，动作过猛导致脖颈折断。并不是被我所杀，也不是被我噎死。根本原因仍是他的体重，他60米长300吨重的身体，即使在水里也过重了，所以引发了该结构体的自我崩溃。

法医轻易排除了我的嫌疑，我对他感激莫名，不过感激很快转为恨意。因为——这个糊涂的、自以为是的家伙得出了错误的死亡时间：2013年11月15日晚上22点至23点。我向他提出异议，大声同他争吵，我说今贝先生明明是今天凌晨零点之后死的，因为他死前还想吃我，而在此前我看过表，是0点5分。也就是说，他绝对是在过了周年之后死的。我苦苦求法医重新检查，我说：像今贝先生这么大的块头，尸温下降比较慢，如果你得出的死亡时间比真实时间晚，我还可以理解，怎么你会得出更早的时间呢？

法医用怜悯的目光看我，对我的要求不屑理会，不理解我为什么会为此大吵大闹。他一定认为我在这特殊的环境下丧失神智了。他们把我撇在一边，开始商量对尸体的处理。既然人已死，他们不准备再拉回国，因为国内没有足够大的火化炉，拉回去难于处理，总不能先把他大卸 800 块再火化吧，更甭说按老风俗封缸土葬了，世上没这么大的缸。最后决定把他先留在原地，然后征求家属的意见，看是否同意就地海葬。估计家属会同意的，否则他们就得花一大笔丧葬费。后来他的殡葬颇费周折，家属倒是同意了海葬，但海洋中的食腐动物都对他不感兴趣。这是后话了。

警方的海轮启程回国，我自然也跟着返回，继续留在今贝身边已经没有任何意义。临走前我站在船头，同那位地球上有史以来最"伟大"的生物告别。我已经没有心情再同法医争论那个错误的死亡时间，虽然就因为这一两个小时的误差，我无法得到西铁集团 20% 的股权。我只有认了，我想这是命中注定吧。

现在我考虑的是，明天到哪儿找工作养家糊口。18 年来我一直拿着低工资，没有攒下一分钱，连脑外科医生的专业也生疏了。当然，我是世上唯一能进行移脑手术的医生，但不知道这种"屠龙之技"还有没有用处。也许——我还能找到一个新主顾，一个不愿交遗产税的老年富翁？但愿我能很快碰到一个，但愿他的脾气不是那样乖戾，但愿吧。但不管怎样，这回我有了经验，不会再要股票的期权，一定要他给我现发高工资。